彭小妍　著

唯情
与理性

九州出版社
JIUZHOUPRESS　｜全国百佳图书出版单位

图书在版编目（CIP）数据

唯情与理性 / 彭小妍著. -- 北京 ： 九州出版社，
2023.8
ISBN 978-7-5225-1995-1

Ⅰ．①唯… Ⅱ．①彭… Ⅲ．①唯情论－研究 Ⅳ．
①I0

中国国家版本馆CIP数据核字(2023)第140184号

唯情与理性

作　　者	彭小妍　著
责任编辑	郭荣荣　段琪瑜
出版发行	九州出版社
地　　址	北京市西城区阜外大街甲 35 号（100037）
发行电话	（010）68992190/3/5/6
网　　址	www.jiuzhoupress.com
印　　刷	北京盛通印刷股份有限公司
开　　本	880 毫米×1230 毫米　32 开
印　　张	11.75
字　　数	270 千字
版　　次	2023 年 11 月第 1 版
印　　次	2023 年 11 月第 1 次印刷
书　　号	ISBN 978-7-5225-1995-1
定　　价	68.00 元

《跨越丛书》总序

刘东

　　着手创办这套新的丛书，是为了到"跨文化"的背景下，来提示下述三重思绪的主旨，——而数十年间，它们一直是我念兹在兹、挂在嘴边的话题，无论是当年在北大的比较文学所，还是如今在浙大的中西书院。

　　第一重就是所谓的"**混杂性**"。不夸张地说，凡是注重于比较思维的人，或者凡是盯紧了文化跨越的人，都会本能地抗拒——至少是犹豫或有所保留——有关"本真"或"正宗"的夸张。因为在实际上，地球上绝大多数的现有文化，全都经过了传播、叠加与杂交。——也正是出于这样的心念，我才会在以往的著述中写道："什么才是这种'比较文学'的犀利方法呢？如果简单和形象一点地回答，那就是能像分析化学家那样，让目力得以钻进现有的物体之中，甚至能看穿组成它的分子式，以致当一粒石子在别人眼中，还只表现为力学上的坚硬固体时，却能在你的解析中被一眼看穿，而呈现为'碳酸＋钙'之类的文化化合物。"（刘东：《悲剧的文化解析·自序》）

　　特别需要提示的是，尤其是到了这个"后殖民"时代，我们才既恍然大悟、又追悔莫及地发现，在近代西方的、爆炸性的全球性扩张中，所有非西方世界所受到的空前重压，也就在由此造成的文化化合层上，浓重地造成了文化压迫和碾轧，而且这样的压迫还往往是我们不闻其臭的、基本失语的。——比如，在动情地唱着"黑眼睛黑头发黄皮肤，永永远远是龙的传人"的时候，或者在动情地唱着"让海潮伴我来保佑你，请别忘记我永远不变黄色的脸"的时候，在我们中间已很少有人还能够想到，"正如奇迈可（Michael Keevak）向我们揭示的，其实在迟至18世纪中期之前，欧洲人对于'东亚人'的肤色描述，还多是白皙、略暗的白色、橄榄色等，换言之更同自己的肤色相近；而当时被他们归为'黄皮肤'的，倒是在19世纪被归为'白人'的印度人。"而进一步说，"中国肤色的这种'由白变黄'，也就正好在欧洲人那里，对应着18世纪流行的'中国热'，以及又在19世纪流行的'中国冷'。——说得更透彻些，如果白色意味着圣洁、高贵与聪慧，而黑色意味着邪恶、低贱与愚昧，那么，介于白与黑之间的这种'黄色'，也就正好介乎两个极点之间……"（刘东：《〈大海航译丛〉总序》）

第二重则是所谓的**"生产性"**。无论如何，虽说单只从历史的"短时段"来看，文化的对撞难免要带来血与火，带来难以喘息的辗轧与压迫，可一旦放眼于历史的"长时段"来看，又未必不能带来文化的互渗与杂交，并且就基于这样杂交而寻求向上的跃升。早在任教于北大比较文学所时，我就不断告诫要在方法上"退一步，进两步"，而这也就意味着，不妨把我们的工作比作文化上的化学家，既要通过"分析"来暴露和祛除外来的覆盖，又要通过"化合"去丰富和加强固有的文化。——在这个意义上，如果冯友兰曾经提出过"照着讲"和"接着讲"，而且明显在侧重于后一种讲法，那么，我则有针对性地又提出了"从接着讲到对着讲", 也同样把重心落到了后一种讲法上: "它不仅不再把精神围闭于某一特定的统绪, 甚至也并不担保仅靠两种或多种传统间的对话与激发, 就一定能够帮助摆脱深重的文明危机; 它唯一可以承诺的是, 文化间性至少会带来更多的头脑松动和思想选项, 使得我们有可能挣脱缠绕已久的文化宿命论, 从而有可能进行并不事先预设文化本位与文化归属的建构。"(刘东:《从接着讲到对着讲》)

说到根子上, 也只有借助于这样的 "生产性", 或者借助于这种交互性的 "对着讲", 我们才真正可能去拯救自家的传统, 而不是人为竖起一道刚性的篱笆, 把这种传统给 "保护" 成了世界文明的 "化外之物", 或者给 "保护" 成了只能被圈养起来的大熊猫。——事实上, 对于此间的这番道理, 我也早在别处给出了论述: "正是在这种具有'自反性'的'对着讲'中, 我们在把自己的国学带入那个'大空间'的同时, 也应当头脑清醒地意识到, 自己身后的传统无论多么厚重和伟大, 都绝不是什么僵硬的、刀枪不入的死物; 恰恰相反, 它会在我们同世界进行持续对话的同时, 不断借助于这种对话的'反作用力', 而同整个国际文化展开良性的互动, 从而不断地谋求自身的递进, 也日益地走向开放与自由。如果宏观地展望, 实际上全世界各个民族的'国学', 都在百川归海地加入这场'重铸金身'的运动, 而我们的传统当然也不能自外于它。"(刘东:《国学如何走向开放与自由》)

第三重又是所谓的 "**或然性**"。也就是说, 即使在文化的碰撞与交汇中, 确实可能出现某种 "生产性", 但我们仍不可盲从任何前定的目的论, 仍不能秉持任何浅薄的乐观论。毕竟, 并不是所有的文明间的叠加, 全都属于具有前途的文化融合, 那也完全可能杂交出一个怪胎, 只因基因的排斥而无法传宗接代, 只能够逐渐式微地无疾而终。在这个意义上，所谓"文化间性"也只是开放的、和不确定的；而且，这种或然性的历史结构，或者开放性的可能世界，也就正好敞开向了我们的深层思索，留给了我们的文化选择。——而此中的成败利钝，又正如我在以往议论过的："如果我们已从比较哲学的角度看到，宋明理学乃是作为中土主导价值的儒学，同当年的西学、即印度佛学之间的交流产物，那么，我们也就可以再从比较哲学的角度想到，要是为此吃尽了千辛万苦的玄奘当年，走到的那个西天竟不是印度、而是更远处的希腊，则此后作为文化间性的发展，也就会显出完全不同的景象，甚至超出了后人的理解和想象。"（刘东：《天边有一块乌云：儒学与存在主义》）

　　当然在另一方面，既然还没有停止自己的运思，还没有放弃自己的努力，那么，至少在当下的这个历史瞬间，我们也同样没有理由说，人类就彻底丧失了自己的前途，而历史也就此彻底沦为了黑洞。如果我们，既能从心情上回到那个"轴心时代"，又能基于那"四大圣哲"的价值立场，去展开新一轮的、充满了激情的"文明对话"，那么，就足以从跨文化的角度发现，真正能结出丰硕成果的对话，决不会发生在孔子与释迦牟尼、或者孔子与摩西之间，而只会发生在孔子与苏格拉底之间。——这也正是我晚近正在不断呼吁的、一种真正可以普适于人类的"文化生产性"："也就恰是在这一场剧烈冲突的背后，甚至，正是因为有了如此激烈的化合反应，反而应当求同存异地、'更上层楼'地看到，其实在这两大世界性文明之间，倒是罕见地共享着一连串的文化要素，包括多元、人间、现世、经商、感性、审美、乐观、怀疑、有限、中庸、理性、争鸣、论理、伦理、学术、讲学等。也正是鉴于这两者间的'亲和性'，自己晚近以来才越来越倾向于认定，我们正孜孜以求的'中国文化的现代形态'，绝不会只是存在于本土的文化潜能中，而更加宽广地存在于文明与文明之间，特别是'中国与希腊'这两者的'文化间性'中。"（刘东：《悲剧的文化解析·自序》）

　　但愿收进了这个系列中的著作，无论其具体的问题和立场如何，都能激发出对于上述要点的持续关注，使得大家即使在剧烈的文明冲突中，也不敢稍忘自己所肩负的、唯此为大的历史责任！

2023 年 11 月 17 日
于浙江大学中西书院

自　序

彭小妍

　　情感与理性是否不相为谋，甚至水火不容？我们做决定之时，是否应该头脑冷静，亦即，不受情感干扰？神经科医师达马西欧（António Damásio）1994 年出版专著《笛卡尔的失误：情感、理性与大脑》（*Descartes' Error: Emotion, Reason, and the Human Brain*），书中描述的神经病理学案例，发人深省。病人艾略特（Patient Elliot）本是个成功的生意人，因脑瘤而性格大变，开刀去除脑瘤后，额叶（frontal lobe）掌控情感的区域受损，导致他徒有完美的理性分析能力，却无法做适切的判断、也无法规划时间，于时频频失业，人生一败涂地。更令人震惊的是，艾略特在述说自己的人生悲剧时，毫无情感波动，难过的反而是医师。常识认为情感只会干预理性，达马西欧的研究证明不然，他的结论是：理性需要情感才能做出正确判断，而情感奠基于身体的记忆及感受。全书主旨在批判笛卡尔（René Descartes, 1596—1650）的心物、情理二元论。①

---

　　① António Damásio, *Descartes' Error: Emotion, Reason, and the Human Brain*, New York: Avon Books, 1994. 若说围棋比赛电脑可以战胜人脑，似乎证明，不受情感干扰的理性判断可以战胜人，然而电脑只是计算（calculation 或 computing），并非理性判断（reasoning）。

　　情感与理性的关系，从欧洲启蒙时代就是知识分子辩论的课题，也是本书所探讨的五四启蒙时代的重要议题。欧洲启蒙时期有笛卡尔的理性主义，同时也有休姆（David Hume, 1711—1776）与卢梭（Jean-Jacques Rousseau, 1712—1778）的情感主义。五四时期梁启超、蔡元培所领导的人生观派主张情感启蒙与唯情论，大力批判科学派的启蒙理性主义。至 1960 年代，德国法兰克福学派重启情动力（affect）与理性（reason）的探讨，人类非理性的层面获得系统性的关注，如今情动力概念已是哲学、社会学、心理学、文学界的核心议题。本书探讨五四轰动一时的"科学与玄学论战"（科学与人生观论战），旨在说明中国现代知识分子并未在全球情感与理性的永恒辩论中缺席。当年人生观运动以本体论挑战康德的认识论，后者将哲学视为可用科学方法分析的认识论，认为本体无法用科学证成，故不可知；相对的，前者则认为科学有其专攻，但不能认证形上概念；形上概念只能由本体论探讨。人生观运动主张情是宇宙、世界、人生的本体；因为有情，宇宙万事万物连动共振。唯情论的情感启蒙与启蒙理性主义的辩证，是五四精神的真髓。情感启蒙不仅是心理学或神经科学上的情感，更是五四唯情论所主张的唯情，涉及我与非我、主体与客体的相互关系，与西方的情动力是相通的。唯情论认为"情"是道德观、人伦观、社会观、政治观、国家观以及宇宙观的关键。

　　二十余年来笔者从事张竞生研究，本书是此漫长学术旅程中的意外收获。2007 年，笔者前往母校哈佛大学搜集资料，面见恩师韩南（Patrick Hanan, 1927—2014）教授，提及研究进度。韩南教授提出一个关键问题："张竞生受到的西方影响固然重要，问题是，他与同世代知识分子究竟有何关联？"此大哉问，开启了笔者一系列崭新的跨文化探讨。笔者开始思索：张氏 1924、1925

年两部乌托邦作品，因何定名为《美的人生观》与《美的社会组织法》？"美"与"人生观"究竟有何当代意义，与东西方思潮如何接轨？在探索过程中，笔者发现张竞生是在回应"科学与人生观论战"。而1923年触发该论战的张君劢，前一年曾与德国人生哲学家倭伊铿（Rudolf Eucken, 1846—1926，又译奥伊肯）合著一本德文著作，题为《中国与欧洲的人生问题》（*Das Lebensproblem in China und in Europa*, 1922）。好奇心作祟，笔者花了四年的时间从头学习德文，读完此书后茅塞顿开，也开始重启张竞生计划的研究方向；先前几近完稿的书稿完全作废，另起炉灶，本书也发展成为独立的研究。好老师的作用是提出发人深省的问题，也许他自己并不知道答案，重点是启发学生挑战未知。因此，本书谨献给2014年辞世的韩南教授。

在长期的研究过程中，本书六章中有下列四章曾分别发表，原先专注于思想史及哲学层面，修改时加入大量文学材料并阐发情动力理论。付梓的书稿经大幅修改，已改头换面。已出版各章如下：

《"人生观"与欧亚后启蒙论述》，收入彭小妍主编《文化翻译与文本脉络》（台北"中研院"中国文哲研究所，2013），第221—267页；

《"唯情哲学"与科学理性》，收入彭小妍主编《跨文化实践：现代华文文学文化》（台北"中研院"中国文哲研究所，2013），第245—264页；

《民初美育运动的"情感"与"理性"辩证：跨文化观点》，收入彭小妍主编《翻译与跨文化流动：知识建构.文本与文体的传播》（台北"中研院"中国文哲研究所，2015），第275—299页；

《〈创化论〉的翻译：科学理性与"心"的辩证》，收入彭小妍主编《跨文化流动的吊诡：从晚清到民国》（台北"中研院"中国文哲研究所，2016），第 261—291 页。

　　若非特别注明，本书中的外文引文均由笔者翻译。在本书构想与修改过程中，首先感谢中国文哲研究所的同人林维杰、黄冠闵、何乏笔、杨德、何进兴等研究员，感谢他们与笔者切磋有关哲学、思想史、佛学等方面的问题。笔者有幸与哲学研究者相濡以沫，哲学概念成为日常无所不在的常识。若非中国文哲研究所跨学科、跨领域的先天组成，笔者身为文学研究者不可能完成本书。其次，感谢伦敦国王学院范可乐教授有关佛学因明学的指点。2015 年 7 月汉堡大学的东亚概念史会议中，笔者讨论了人生观与欧亚反启蒙论述，在座的南京大学孙江教授鼓励有加，让笔者对挑战主流稍具信心。2018 年上半年，笔者在香港中文大学研究期间，与中文系研究生的讨论至为关键。同学们陆续提出的疑问与回馈，刺激笔者持续增补修订原稿。谢谢香港中文大学文化研究中心李欧梵及张历君两位教授安排演讲，让笔者有机会面对不同学科的专家、同学，首度完整呈现本书的内容。哈佛大学王德威教授长期关心笔者的工作，他的有关现代文学的抒情传统研究，是本书的灵感泉源。感谢东京大学林少阳教授赠与有关章太炎的2018 年近作，令笔者受到许多启发。本书接近完稿时，结识香港大学博士候选人欧阳开斌，共同的研究兴趣让我们一见如故，使笔者受益良多。德勒兹专家李育霖教授在此时加入中国文哲研究所，不吝耗费时间与笔者讨论德勒兹哲学的中英文翻译及情动力的理解问题，铭感五内。感谢中研院人文讲座的助理、助教们协助借还书、影印资料。中国文哲研究所近现代文学研究室的助理党可菁在研究室及人文讲座行政庶务、电脑技术等方面的长期襄助亦不可或缺，让笔者减轻许多研究之外的杂务。更感谢生物人类学者王道还，他多年来扮演质疑、批判的角色，引导笔者在潜移默化中走上跨学科、跨领域之漫漫长路；他的经常倾听，更协助笔者由言谈中一步步厘清自己的庞杂思绪。

2019 年正逢五四运动一百周年，本书此时问世，乃是对五四遗产的重新评价与礼赞。自 1936 年起，五四启蒙理性主义引领风骚八十余年，本书探索长期被主流论述遮蔽的唯情论及情感启蒙论述，企图还原一个完整的五四故事。

目　录

导言

唯情与理性的辩证

五四的本体论认识论

　　本书深入探讨 1923 年科学与人生观论战的来龙去脉，发现梁启超与蔡元培主导的人生观运动提出"唯情论"，主张情感启蒙（Enlightenment sentimentality），挑战启蒙理性主义（Enlightenment rationality）及科学主义（scientism）的主导地位，这一论述在思想界、文学界与艺术界均引起深刻回响。人生观派著书立说、邀请东西方相关哲学家来访，系统性地联结欧亚的反启蒙运动，影响深远，然而学界却少见这方面的研究。首先笔者要澄清，本书所谓的"反启蒙"（Counter-Enlightenment）并非反对启蒙，而是启蒙的悖反；情感启蒙论述与启蒙理性主义并辔齐驱，两者都是欧洲启蒙时代以来的产物，是一体的两面。[①] 本书主张，五四的唯情论大力批判启蒙的科学理性主义，认为情感的启蒙才是解决人生问题的根本。当年人生观论述与蔡元培的美育运动合流，又与无政府主义者如李石岑、吴稚晖相互支援，与创

[①]　Isaiah Berlin 首先提出"反启蒙"（the Counter-Enlightenment）的说法，认为欧洲反启蒙思潮与启蒙运动同时发生："Opposition to the central ideas of the French Enlightenment, and of its allies and disciples in other European countries, is as old as the movement itself," (p. 1). Cf. Isaiah Berlin, "The Counter- Enlightenment," in *Against the Current: Essays in the History of Ideas* (Princeton and Oxford: Princeton University Press, 2013), second edition, pp. 1-32。晚近学者 Anthony Pagden 仍然指出，一般人对欧洲启蒙运动的认识只有理性主义挂帅，而不知主情主义在其中所扮演的重要角色："The familiar and often unquestioned claim that the Enlightenment was a movement concerned exclusively with enthroning reason over the passions and all other forms of human feeling or attachments is, however, simply false。" (p. xv) Cf. Anthony Pagden, *The Enlightenment and Why It still Matters*, Oxford University Press, 2013.

造社作家郭沫若相濡以沫。[①] 人生观派串联了古今中外相关学说，从跨文化观点深入唯情与理性的本体论认识论辩证，主要论点是：人对自我、他人及宇宙的认识，究竟是透过情，还是透过理性？换句话说，要追求真理，究竟必须透过情，还是理性？人与他人及宇宙万物的联系何在？人生观派的知识分子呼应柏格森（Henri Bergson, 1859—1941）与倭伊铿的人生哲学（Lebensphilosophie; philosophy of life; 日文为"生命哲学"），认为哲学探讨应脱离认识论纯理性的知识探讨；应从生命出发，探讨人之所以为生的问题——也就是情。

唯情论对唯心论、唯物论的批判

科学与人生观论争虽在 1923 年才爆发，事实上从 1910 年代初，在梁启超及蔡元培领导下，人生观论述就已经在酝酿了（详见本书第一章至第四章）。"唯心论"与"唯物论"的二元对立乃众所周知，五四时期的"唯情论"同时批判两者，主张心物合一，却少有人注意。对人生观派而言，无论唯心、唯物，都偏重理智（reason），沦为理性主义，蒙蔽了真理；唯情论以直觉（intuition）出发，才能求得真理。人生观派的理论基础是 1918 年张东荪翻译的柏格森《创化论》（1907），直觉就是柏格森的主张。柏格森

①　李石岑是美育运动的关键人物，第四章有详细说明。吴稚晖 1923 年发表的两篇文章，请见第五章。吴稚晖：《箴洋八股化之理学》及《一个新信仰的宇宙观及人生观》，《科学与人生观》，亚东图书馆，1924，第 1—11 页及第 1—166 页。此版本每篇文章均各自编页码。本书引用汪孟邹主编《科学与人生观之论战》，香港中文大学近代史料出版组，1973，第 443—453 页及第 489—653 页。身为无政府主义者，吴稚晖既相信科学，又主张人生价值，与方东美一样，主张科哲融合。有关无政府主义与人生哲学，请参考第六章。有关人生观派与创造社作家，请看第二章及第五章。

此书一方面批判知识论脱离生命而走向唯心论，另一方面反对斯宾塞（Herbert Spencer, 1820—1903）的生物学走向唯物论。五四的唯情论显然承接了柏格森"创化论"对唯心与唯物的批判，但进一步以"唯情"来解决心物的二分。就西方现代哲学的发展而言，达尔文（Charles Darwin, 1809—1882）"性择说"（sexual selection）的出现，使爱欲的本能成为探讨心物合一的关键，[①] 于是笛卡尔的心物二元论成为被批判的对象，现代哲学家如柏格森、杜威（John Dewey, 1859—1952）等均主张精神与物质的合一[②]；人生观派的唯情论主张心物合一，并非特立独行。由于达尔文主义的影响，杜威的经验主义主张，哲学理论必须能够以科学实证方法验证；但他反对科学主义或理智主义，认为情感、想象和价值才是哲学的源头，而非理智、科学或事实。杜威反对的是"由上而下"的传统形而上学，主张哲学应该"由下而上"，从生活或人生发展出价值判断的内在标准。亦即，杜威经验主义哲学的目的是由生命（life）本身探讨"内在超越"（参考第五章"牟宗三、胡适与杜威"一节）。由"外在超越"到"内在超越"的转折，也就是体认到"形而上"存在于"形而下"之中，这是现代哲学的特质。不仅是朱谦之（1889—1972）与袁家骅（1903—1980）的唯情论，战后新儒家的研究亦如此，如徐复观（1903—1982）《心的文化》（1979）、杜维明《超越而内在——儒家精神方向的特色》（1989）等。

唯情论亦批判康德（Immanuel Kant, 1724—1804）的主客分

① 彭小妍：《以美为尊：张竞生"新女性中心"论与达尔文"性择"说》，《中国文哲研究集刊》44 期，2014 年 3 月，第 57—77 页。

② 请参考本书第二章的柏格森《创化论》研究、第五章的杜威哲学讨论、第六章的方东美研究。

离，主张主客合一。他们认为"情"联结了人生与宇宙、心与物、我与非我、精神与身体，打破了主观与客观的界线；认为理智只是情之一部分，不能取而代之；情透过直觉，能直探真理，要靠理智追求真理，无乃缘木求鱼。此处要强调的是，论战爆发前后所浮现的唯情论，并非仅止于一般意义上的情感（feeling）或情绪（emotion），而是斯宾诺莎（Baruch Spinoza, 1632—1677）、尼采（Friedrich Nietzsche, 1844—1900）以及德勒兹（Gilles Deleuze, 1925—1995）等所关注的，具有感受力（to be affected）与回应力（to affect）的情感动能，即"情动力"（affect）[①]；这也是中国传统概念中源自《易经》的"情"——即充沛流动于天地万物、形体与形体、形与神之间，相互作用、相互感应的情。如同朱谦之所说，"宇宙进化都成立于这一感一应的关系上"，变化不已（详见第五章、第六章）。斯宾诺莎、尼采、德勒兹学说的连接点是柏格森，而五四的唯情论一方面是对柏格森的响应与批判，另一方面以柏格森创化论的角度重新检视传统学术（包括儒释道）。亦即，五四唯情论的主要来源是柏格森与传统中国学术，与西方的情动力理论异曲同工。

唯情论的创发，证明了传统学术与西方理论互相发明的可能；当前新儒家以跨文化实践自许，其实五四的唯情论早已先

---

① 现行的德勒兹翻译多半将 to affect and to be affected 译为"影响与被影响"。笔者的翻译参考五四唯情论者的概念：情的"一感一应"。

行。① 本书由朱谦之与袁家骅的唯情论来对照西方的情动力理论，显示朱、袁等人由于充分掌握传统中文，以传统学术为资源，在阐发西方理论时方不致佶屈聱牙、捉襟见肘，更彰显传统学术因西方学术的介入而转化的情形；唯情论的创发就是跨文化实践的最佳展示。唯情论在五四时期有性博士张竞生的呼应，其提倡的"唯美主义"就是对唯情论的修正；唯情论以"情"为宇宙人生的最高价值，张则以"美"为"一切人生行为的根源"。虽因长期被主流论述掩盖，唯情论几已消失在知识界，但是二战后移居港台的文学及哲学研究者，仍有提起唯情论的，例如《中国新文学史》（1979）的作者司马长风、《比较伦理学》（1965）的作者黄建中以及继承司马长风抒情传统的陈国球。由于陈国球的持续努力，新世纪以来，在内地也逐渐有文学研究者使用唯情论的概念讨论司马长风，甚至汤显祖（请参阅第六章）。

科学与人生观论战研究

本书研究科学与人生观论战（又称"科学与玄学论战"），认为人生观派的唯情论影响深远，不仅涉及思想界，更深入文学界、艺术界；若说现代中国的思想史必须重写，亦不为过。2013年，王汎森指出人生观的关怀在五四时期深入民间，王从思想受

---

① 黄冠闵主编《跨文化哲学中的当代儒学：政治哲学》，台北"中研院"中国文哲研究所，2014；林维杰、黄雅娴主编《跨文化哲学中的当代儒学：工夫论与内在超越性》，台北"中研院"中国文哲研究所，2014；陈玮芬、廖钦彬主编《跨文化哲学中的当代儒学：与京都学派哲学的对话》，台北"中研院"中国文哲研究所，2015；林维杰、黄冠闵、林宗泽主编《跨文化哲学中的当代儒学：工夫、方法与政治》，台北"中研院"中国文哲研究所，2016；何乏笔主编《跨文化漩涡中的庄子》，台湾大学人文社会高等研究院东亚儒学研究中心，2017。

众的角度，讨论人生观概念如何进入日常生活而"问题化"，展现思想史研究进入民众日常的企图。[①] 这阐明了李泽厚1987年在《中国现代思想史论》中的观点："不是宇宙论，不是认识论，不是科学的本质、内容、范围，也不是真正的形而上学，而是具体的人生观成了时代的焦虑、学术的主题，成了人们（特别是青年一代）寻找追寻以便确定或引导自己的生活道路的现实指针。"（第56页）[②] 1924年，丰子恺与鲁迅不约而同地翻译了厨川白村（1880—1923）的文艺理论《苦闷的象征》（1921）。[③] 这正说明，"时代的焦虑"及精神的危机成了"学术的主题"。晚清到五四的划时代精神危机中，知识分子、青年男女的自杀事件成为严重的社会问题，是许多学者关注的议题[④]（请参考第三章）。

　　科学与人生观研究从哲学角度切入的，有2002年黄玉顺的《超越知识与价值的紧张："科学与玄学论战"的哲学问题》。黄反对李泽厚的看法，认为"这场科玄论战，其哲学史或者人类思

---

① 王汎森：《"烦闷"的本质是什么——主义与中国近代私人领域的政治化》，《思想史》第1期，2013年9月，第86—136页。

② 李泽厚：《中国现代思想史论》，三民书局，2009。西方学界讨论哲学生活化的专著，请参考 Pierre Hadot, *Philosophy as a Way of Life: Spiritual Exercises from Socrates to Foucault*, trans. Michael Chase, Malden, Mass.: Blackwell, 1995；Alexander Nehamas, *The Art of Living: Socratic Reflections from Plato to Foucault*, Berkeley, Calif.: University of California Press, 1998.

③ 1924年10月1日起，鲁迅翻译的《苦闷的象征》在《晨报副刊》上连载了一整月，1925年出版单行本，为《未名丛刊》之一种。无独有偶，1924年6月丰子恺已经翻译了《苦闷的象征》中的《艺术的创作与鉴赏》，由浙江上虞春晖中学的校刊《春晖》第32期刊载；次年由上海商务印书馆出版单行本。参考工藤贵正：《厨川白村现象在中国大陆与台湾》，秀威经典，2017，第104—106页。

④ 海青：《"自杀时代"的来临？二十世纪早期中国知识群体的激烈行为和价值选择》，中国人民大学出版社，2010。

维史的意义大于其思想史的意义……科玄论战提出的哲学层面的问题，其实正是我们今天面对的全球性的、人类共通性的一些问题。科玄论战不仅具有中国思想史的意义，尤其具有世界思想史的意义"（第 10—11 页）[①]。本书基本上同意此观点，并认为思想史研究如能结合哲学探讨，必能进一步理解五四知识分子联结古今中外学术、建立本体论的努力。但黄认为科玄论战中玄学派采取"二元对立思维模式"，"把认知与意向、理智与意志对立起来"（第 220 页），却忽略了唯情论在此次论战中的关键概念——联结知情意、打破二元对立思维。值得注意的是，黄在同书次页引用了张君劢在科玄论战后四十年发表的回顾文章《人生观论战之回顾——四十年来西方哲学界之思想家》（1963），其中说明了怀特海（Alfred North Whitehead, 1861—1947）对生机主义的分析：

> 怀氏认为此项二分论（The theory of the bifurcation of Nature），产生所谓第一性第二性乃至现象与本体之隔断。于是起而矫之，乃创生机主义说，以为世界之最后实在只有一种，名曰"感"（Feeling）。然此西文之感字，视之为最后实在，不应视同感情之感，而应译为感应子（如兰勃尼子 [莱布尼茨]——之单子）。此感应子之名，由我读程伊川书："天地之间，只有一个感与应而已，更有甚事"，伊川语气中"只有"与"更有甚事"云，岂不与怀氏最终实在云云有相冥合之处乎。（第 221 页）[②]

---

① 黄玉顺：《超越知识与价值的紧张："科学与玄学论战"的哲学问题》，四川人民出版社，2002。

② 张君劢：《人生观论战之回顾——四十年来西方哲学界之思想家》，1963，收入程文熙编《中西印哲学文集》下册，学生书局，1971，第 1041—1087 页。

　　张君劢 1963 年的此段回顾文字，虽离论战已经四十年，但充分显示其理解到怀特海所谓的"感"不只是感情（feeling），而是程颐所说的"感应"，也就是"世界的最后实在"。此段引文至关重要，说明了当年唯情论联结现象与本体的思维。此处的"感"及"感应"，就是朱谦之、袁家骅根据程颐思想及柏格森哲学所提出的"宇宙进化都成立于这一感一应的关系上"，对唯情论而言，"情"就是宇宙的真理。本书第五章、第六章进一步将"一感一应"与情动力概念联结。可惜黄玉顺虽引出此段，却毫不以为意，轻轻放下，错失了人生观派以情打破理智、意志二元论的命题。原因是黄玉顺如同大多数论者，只重视收入"科学与人生观论战"选集中的文字，轻忽了人生观派在论战选集外的重要著作。这些著作在理论上相互呼应、相互发明，全面检视才能发掘其整体的意义。

　　若从 1936 年起发展的"五四启蒙理性"主流论述看来（详见下文），情的论述完全是不值得注意的末流，但却是本书探讨的重点。笔者心有戚戚焉的是蒙培元的《情感与理性》（2002）。蒙氏认为，儒家哲学"将情感视为生命中最重要的问题"，两千年来持续不断的讨论使得情感"成为整个儒学的核心议题"（第 1 页）。[①] 该书第十五章讨论了科玄论战中的情感问题，指出梁启超主张情感是"生活的原动力"，并且主张"情感显然是与审美价值相联系的""关于情感方面的事项，绝对的超科学"（第 400页）。蒙氏谈论的是梁启超于 1923 年发表的文章《人生观与科学——对于张丁论战的批评（其一）》，本书第一章对梁启超此文

---

　　① 　蒙培元：《情感与理性》，中国社会科学出版社，2002。

有进一步的分析。梁启超所说"情感显然是与审美价值相联系的",正是指涉当年蔡元培的美育运动所提倡的审美价值。

本书以跨文化研究为方法,突破哲学、思想史、历史、文学及语言诸学科的学科限制,联结德国、法国、日本、中国的人生观运动,将梁启超、蔡元培领导的人生观派及美育运动置于二战前后欧亚"反理性主义"(要注意,并非"反理性")语境中,说明中国的人生观运动为欧亚人生哲学的一环。梁启超与蔡元培串联欧亚人生哲学的故事,也就是五四知识分子以唯情论及情感启蒙挑战启蒙理性主义的故事,如同本书结论指出的,本书旨在"还原一个完整的'五四故事'"。

五四启蒙理性的检讨

近年对五四启蒙理性主义的反省,首先是 1970 年格里德尔(Jerome B. Grieder)的《胡适与中国文艺复兴》。格里德尔指出,胡适虽以"八不主义"反古典文学、提倡白话文学,其实他一向将其提倡的文学革命及新文化运动类比为欧洲的文艺复兴,目的是让传统得到新生;胡适是个自由主义者,从未主张彻底打倒传统。[①]

《五四新论:既非文艺复兴,亦非启蒙运动》一书重新评价五四的启蒙论述,对本书的研究具有重要参考价值。其中张灏的《重访五四:论五四思想的两歧性》指出,虽然,五四的理性主义最显而易见,但我们必须正视五四浪漫主义的比重。张灏联结五四浪漫精神和乌托邦思想,认为 1921 年郭沫若的诗集《女神》

[①] Jerome B. Grieder, *Hu Shih and the Chinese Renaissance*, Cambridge, Mass.: Harvard University Press, 1970.

将浪漫精神转化为乌托邦思想，表现"生命奋进的宇宙观，热情奔放的人生观，而归结到一个乌托邦主义的信念"。其文章总结道："在理性主义与浪漫主义的双重影响下，五四思想对理性与情感的平衡发展是有相当的自觉。"^① 本书透过人生观论述的跨欧亚联结，引导出五四的唯情与理性辩证，与张灏此文的结论不谋而合。本书显示，创造社作家的浪漫主义与五四的唯情论者，在理念上是互通声气的。在文学研究方面，现代文学的抒情概念来源有二，一是陈世骧（1912—1971）的《中国的抒情传统》（1971），探讨中国从古以来，《诗经》《楚辞》的抒情传统；一是捷克学者普实克（Jaroslav Průšek, 1906—1980）的《抒情的与史诗的：现代中国文学研究》（1980）^②。晚近王德威的中英文专著《现代抒情传统四论》（2011）及 *The Lyrical in Epic Time: Modern Chinese Intellectuals and Artists Through the 1949 Crisis*（《史诗时代的抒情声音：一九四九年危机中的现代知识分子及艺术家》，2015），讨

① 许纪霖的《启蒙如何起死回生》同意五四启蒙有"内在复杂性"（页357），认为"浪漫主义本身也是启蒙的一部分"（页358）；改革开放以后启蒙又"起死回生"，"1980年代是'启蒙时代'，1990年代是一个'启蒙后时代'，所谓"later enlightenment"，而2000年以来则是一个'后启蒙时代'，这个'后'是"post enlightenment"的意思"（页353）。参考许纪霖：《启蒙如何起死回生：现代中国知识分子的思想困境》，北京大学出版社，2011。

② Chen Shih-hsiang, "On Chinese Lyrical Tradition: Opening Address to Panel on Comparative Literature," AAS Meeting, 1971, *Tamkang Review* 2.2 & 3.1 (Oct. 1971 & April 1972): 17-24; 本文翻译请见陈世骧：《中国的抒情传统》，《陈世骧文存》，杨铭涂译，志文出版社，1975，第2版，第31—37页；Jaroslav Průšek, *The Lyrical and the Epic: Studies of Modern Chinese Literatutre*, Bloomington: Indiana University Press, 1980.

论抒情概念在现代语境中的意义。① 王企图在革命启蒙之外，以"抒情"建构中国文学现代性的面向。所谓现代的抒情传统，与五四的唯情论及情感启蒙论述是息息相关的。无独有偶，陈国球的《结构中国文学传统》（2011）也探讨了中国现代文学的"抒情精神"与"抒情传统论"。② 本书意图说明，此"抒情传统"不仅是文学、艺术界超越启蒙理性主义的潮流，更印证了思想界的唯情论与启蒙理性主义的辩证。

有关五四启蒙理性的专著有如汗牛充栋，基本的看法不出大陆思想史学者许纪霖 2011 年《当代中国的启蒙与反启蒙》的意见：五四时期的启蒙运动与 1990 年代以来中国的新启蒙运动一样，均以"拿来主义"的方式吸收外来思想，照单全收、没有真正理解，更没有进入认识论层面。③ 这个论点，林毓生早在 1979 年的《中国意识的危机：五四时期激烈的反传统主义》即已提出，其所主张的五四"全盘西化""彻底打倒传统"，也是学界耳熟能详的，虽然林在《中国传统的创造性转化》（1988）中修正了这个看法，此书的影响力远不如前者。④ 以张灏对五四启蒙理性主义的质疑为基础，本书重申，五四知识分子并非彻底打倒传统，而是受到外来思想刺激而重新评价传统，亦即透过"他者"来重新建立"自我"，进而创新传统。而且，有别于许纪霖的"拿来

① 王德威：《现代抒情传统四论》，台湾大学出版中心，2011；David Der-wei Wang, *The Lyrical in Epic Time: Modern Chinese Intellectuals and Artists Through the 1949 Crisis*, New York: Columbia University Press, 2015.

② 陈国球：《结构中国文学传统》，华中师范大学出版社，2011。

③ 许纪霖：《当代中国的启蒙与反启蒙》，社会科学文献出版社，2011。

④ Lin Yu-sheng, *The Crisis of Chinese Consciousness: Radical Antitraditionalism in the May Fourth Era*, Madison: University of Wisconsin Press, 1979；林毓生：《中国传统的创造性转化》，生活·读书·新知三联书店，1992。

主义"说法，本书论述，五四时期的唯情论及情感启蒙论述正是从本体论 / 认识论层面批判启蒙理性主义。许纪霖所谓的"反启蒙"是对"保守主义"者的批判，认为保守主义者对抗启蒙理性主义，是逆势而行的失败者。本书则认为反启蒙论述主张唯情论及情感启蒙，对主智的启蒙理性主义提出质疑。唯情论者从本体论探讨人之所以为人的本质，深究哲学的目的究竟是探讨人生问题，还是专注偏向理性主义的论理层次——对人生观派而言，从笛卡尔的"我思故我在"到康德以自我来给予世界秩序，哲学逐渐走上了认知科学的道路，失去了古希腊哲学对人生的关注。

五四时期的启蒙与反启蒙论述，毋庸赘言，延续了晚清维新主义者康有为、谭嗣同、章太炎等在思想上所展现的现代性与传统的紧张关系。根据林少阳的研究，鲁迅在日本留学期间受到章太炎及尼采的影响，其早期作品发表于《河南》月刊，如《人之历史》（1907）、《摩罗诗力说》（1908）、《科学史教篇》（1908）、《文化偏至论》（1908）、《破恶声论》（1908），这些作品透露了对启蒙理性主义及进步主义的怀疑，"有着明显的反启蒙主义色彩"（第 390 页）[1]。鲁迅批判"以科学为主义者"（第 387 页），《破恶声论》认为启蒙主义者"精神窒塞，惟肤薄之功利是尚，躯壳虽存，灵觉且失"（第 388 页）。鲁迅致力探讨非理性的力量，例如佛教、道教等宗教信仰，认为"迷信可存"，而其宗教概念指的是"哲学上形而上的思考"（第 393 页）。受到欧洲浪漫派影响，

---

[1] 林少阳：《鼎革以文：清季革命与章太炎"复古"的新文化运动》，上海人民出版社，2018，第 381—431 页。林少阳指出，章太炎认为"所谓'文明'只不过是物质文明而已"，并"批判包括日本启蒙主义者在内的启蒙主义者"及其信奉的进步主义；而日本最著名的启蒙主义者是福泽谕吉（1835—1901），最著名的反启蒙主义者是中江兆民（1847—1901）（第 388 页）。

鲁迅称许"艺文思理"（意指艺文的美及感性能崇大"人的思理"，见下文），并推崇受帝国主义压迫的民族之"情愫"（第 411 页）。如果仔细阅读《摩罗诗力说》[①]，尤能见鲁迅对人文力量之推崇与对欧洲浪漫主义之钟情，文中曰"盖人文之遗留后世者，最有力莫如心声"（第 63 页），"凡诗宗词客，能宣彼妙音，传其灵觉，以美善吾人之性情，以崇大吾人之思理者，果几何人？"（第 69 页）以及"盖世界大文，无不能启人生之閟机，而直语其事实法则，为科学所不能言者。所谓閟机，即人生之诚理是已"（第 71—72 页）。也就是说，只有文学才能直观事理的法则，开启人生的奥秘，科学则有所不逮。鲁迅称许浪漫派诗人拜伦（Lord Byron, 1788—1824）以"全心全情感全意志，与多量之精神而成诗"（第 82 页），气魄轩昂，不囿于凡夫俗辈的批评。由此可见，清末反启蒙思潮的涌现，是值得探究的题目。

本书探讨的范围主要涵盖 1910 年代的美育运动及 1920 年代"科学与人生观论战"，而此阶段参与唯情论及情感启蒙的知识分子都是人生观派。他们不但中国传统学术根柢深厚，对西方哲学传统更是如数家珍，如领导人物蔡元培、梁启超、张东荪、张君劢等均曾旅居或留学日本，对日本学术相当熟悉。人生观派在东西方哲学的跨文化批判上，做过系统性的努力。透过唯情论，人生观派联结了西方与中国传统中的反理性主义思想。然而，由于五四启蒙理性研究一向为学界主流，当年许多有关情感启蒙论述的出版品都被遗忘了。如果只以科学与人生观论战期间报刊刊载的论述做探讨材料，实在难以超越目前的主流研究。本书则挖掘

---

① 鲁迅:《摩罗诗力说》（1908），《鲁迅全集》卷 1，人民文学出版社，1989，第 63—115 页。

并爬梳当时有关唯情论及情感启蒙论述的罕见期刊，如《美育》以及被忽略的论著《唯情哲学》等，试图还原当时唯情与理性的辩证，目的为展现五四时期反启蒙论述的跨欧亚联结，并深化五四启蒙论述的复杂性。

反启蒙思潮

反启蒙思潮对理性主义的批判，周而复始，早在欧洲启蒙时期即已出现。众所周知，笛卡尔 1637 年的"我思故我在"名言，为启蒙理性做了典范性的注脚。休姆于 1739 至 1740 年出版的《人性论》（*A Treatise of Human Nature*）则强调情感（passions）的力量，认为"理性（reason）充其量只不过是情感的奴隶"[1]。

1750 年卢梭的《论科学与艺术》（Discours sur les sciences et les arts）认为艺术与科学皆为腐蚀道德的人为规范，应遵从良知与自然的呼唤。[2] 卢梭主张的情感教育，对后世影响重大。[3] 五四的唯情与理性辩证，不仅回溯欧洲启蒙时期的情感启蒙论述，亦呼应古希腊"形而上学"（五四时期亦译为"玄学"）以生命为本的伦理态度。人生观派知识分子十分关注法国哲学家柏格森的直觉说，从中国传统中寻找对应的思想来理解并批判之，认为明代陈白沙的"明"与"觉"的工夫以及王阳明的"良知"（即真情、直觉），是一元的，与陆王心学派的"心即理"哲学命题相通，

---

[1] David Hume, *A Treatise of Human Nature,* vol. 2, Bristol: Thoemmes Press, 2001, p. 248. 原文为："Reason is, and ought only to be the slave of the passions."

[2] Jean-Jacques Rousseau, *Discours sur les sciences et les arts*, Paris: Le Livre de Poche, 2004.

[3] Cf. Hina Nazar, *Enlightened Sentiments: Judgment and Autonomy in the Age of Sensibility*, New York: Fordham University Press, 2012.

而柏格森认为"直觉"无法取代"理智",落入二元思考的架构。[①]
事实上,从欧洲启蒙时期以来,反启蒙理性思潮不绝如缕。十八
世纪有乌托邦社会主义者圣西门(Henri de Saint-Simon, 1760—
1825)与傅立叶(Charles Fourier, 1772—1837),一战前后有对五
四时期影响深远的柏格森与倭伊铿,二战后法兰克福学派以非理
性对抗启蒙理性。德勒兹的情动力理论在今天国际学界更是如日
中天。在《千高原》(A Thousand Plateaus)中,德勒兹从斯宾诺
莎发展出情动力的概念,认为相较于理性,情动力才是联结、推
动、转变、塑造生命的力量,[②] 人生哲学俨然又重新获得关注。晚
近李泽厚发展"情本体"论[③],也是典型的例证。五四时期的人生
观派虽然一直被视为维护传统的保守派,但他们联结跨欧亚的反
启蒙论述,企图为传统寻找现世意义的努力,更贴近今天以非理
性为首的西方学术流派。李泽厚虽未深入探讨,但曾在《中国现

---

① 请参考本书第五章。

② 请参考本书第六章有关《千高原》的讨论。

③ 李泽厚本人对"情本体"的界定,参考李泽厚、刘绪源:《该中国哲学登场了:李泽厚2010年谈话录》,上海译文出版社,2011。"这个'情本体'本来就'在伦常日用之中'……这个形而上学即没有形而上学,它的'形而上'即在'形而下'之中。……'情本体'之所以名之为'本体',不过是指它即人生的真谛、存在的真实、最后的意义,如此而已"(第75页)。李泽厚:《中国哲学如何登场:李泽厚2011年谈话录》,上海译文出版社,2011。"人在这个神面前是非常非常渺小的。它给予你的,其实是一种情怀、心境,一种人生态度,一种超越人世凡俗的超脱感。所以这是一种宗教情感,是'情本体'的最高形式"(第69页)。李泽厚、刘悦笛:《关于"情本体"的中国哲学对话录》,《文史哲》2014年第3期,第18—29页:"'情本体'不一定要一个信仰,它追求信仰是没有问题的,问题是信仰不一定是信仰上帝呀!本身在人世间,也可以有一个信仰呀"(页20)。有关情本体的研究,参考陈来:《论李泽厚的情本体哲学》,《复旦学报》2014年第3期,第1—10页。

代思想史论》的一个简短段落中明确指出：

> 　　如果纯从学术角度看，玄学派所提出的问题和所作的某
> 些（只是某些）基本论断，例如认为科学并不能解决人生的
> 问题，价值判断与事实判断有根本区别，心理、生物特别是
> 历史、社会领域与无机世界的因果领域有性质的不同，以及
> 对非理性因素的重视和强调等等，比起科学派虽乐观却简单
> 的决定论的论点论证要远为深刻，它更符合于二十世纪的思
> 潮。（第 58 页）①

　　人生观派发动的唯情与理性的辩证，对当时及后来学界均影
响深远，例如在文学上"创造社"等浪漫派对情感的讴歌，以及
思想界新儒家的成立。对启蒙理性主义的不信任，是西方批判理
论哲学家的特色，如劳思光所说："你们都知道 critical theory（批
判理论）所批判的是启蒙运动。启蒙运动的特色之一就是特别强
调理性思考。不管早年的阿多诺或者是后来在法兰克福学派以外
的那些批判启蒙运动的人，像德里达（Derrida）、福柯（Foucault），
他们都有一共同点，就是对理性的不信任（mistrust in Reason）。"
（第 xviii-xix 页）② 由李明辉的研究可一窥新儒家与五四人生观派
的关联，即"当代新儒家并不反对科学，但一贯批判科学主义"
（scientism），从梁漱溟（1893—1988）、熊十力、科玄论战中的张
君劢，及稍后的牟宗三均如此（第 18 页）。③ 李也指出，西方哲

---

① 李泽厚：《中国现代思想史论》。
② 劳思光：《文化哲学讲演录》，香港中文大学出版社，2002。
③ 李明辉：《当代儒学之自我转化》，台北"中研院"中国文哲研究所，1994。

学继韦伯之后，"法兰克福学派继续深入批判西方世界中的科学主义及西方工业社会底意识形态"（第 19 页）。李并认为"近代西方社会之'理性化'原系孕育于西方启蒙运动中的理性精神，其结果却成了理性之否定"，指的是霍克海默（Marx Horkheimer, 1895—1973）及阿多诺（Theodor W. Adorno, 1903—1969）的合著《启蒙的辩证》（*Dialectic of Enlightenment*, 1947）以及马尔库塞（Herbert Marcuse, 1898—1979）的《单向度的人》（*One-Dimensional Man*, 1964），他们认为现代西方工业社会过度强调"技术合理性"，结果造成了"单向度的哲学"与"单向度的社会"（第 20 页）。本书显示，五四人生观派在批判启蒙理性主义的同时，提出唯情论及情感启蒙；这是五四研究界及思想史、哲学界较少关注的课题。

跨文化语汇的方法论

跨文化研究是对比较研究、区域研究、多元文化研究及后殖民研究的反省。比较文学以不同国家或语言的比较或影响为主，然而在全球化流动的时代，传统国家、语言疆界及认同观念，已经不足以回应此类疆界逐渐模糊的事实。区域研究如东亚研究，显然无法与非东亚地区做切割，因为人员、文本、概念、资讯、物质、商品的全球流动，是不受欧、美、亚等洲际疆界限制的。有别于多元文化概念，跨文化研究的重点不在讨论差异、认同与沟通，而是关注各文化的溷杂本质、各文化间的相互联结，进一步体认他者文化的不断渗透，如何成为自我不可分割的部分，进而促成自我的转化与创新。不同于后殖民研究，跨文化研究关心的并非强势文化的霸权与弱势文化的抗拒，而是在权力不均等关系中，弱势文化如何在全球化趋势中找到立足点，创新传统、面向未来。本书追索人生观论述的跨文化联结，彰显思潮、概念、事件等等跨越国家、语言、文化的全球化流动，挑战强势／弱势、中心／边缘、激进／保守等标签式的二元划分思考模式，主张地球任何一隅都可以是中心。

同时，跨文化作为一个研究范式，必须面对一个难解的吊诡：数世纪来在全球化的趋势之下，一方面物质文化与精神文化的全球流动成为无法否认的事实，我们不得不承认传统国家疆界及认同观念早已受到与日俱增的冲击；另一方面根深蒂固的种族观念、血统观念及国家主义、本质主义仍然挥之不去，因此而发动的大大小小战争更成为诸多地区的梦魇。我们以为传统的本土观似乎已是过时的知识概念，但是跨文化的前沿研究在面对现实面根深蒂固的本土观时，却难以化解其中症结。如同斯蒂芬·格林布拉特（Stephen Greenblatt）在《文化的流动》一文中指出，在全球化流动的时代，我们必须重新思考有关文化命运的种种基本假设，必须充分理解文化的屹立不摇（persistence）与变异（change）并存的矛盾。[①] 跨文化现象与民粹主义并存，是永恒的吊诡。

本书以"跨文化语汇"作为方法，透过追溯"跨文化语汇"在欧亚出现的脉络，串联起思想概念的跨文化流动。所谓"跨文化语汇"，意指具有跨文化意涵的关键语汇，多半由欧美的源头

---

① Stephen Greenblatt, "Cultural Mobility: An Introduction," in Stephen Greenblatt ed., *Cultural Mobility: A Manifesto*, Cambridge: Cambridge University Press, 2010, pp. 1-23. 作者指出："There is an urgent need to rethink fundamental assumptions about the fate of culture in an age of global mobility, a need to formulate, both for scholars and for the larger public, new ways to understand the vitally important dialectic of cultural persistence and change" (pp. 1-2).

先引介入日本，翻译成汉字语汇后，中国知识分子又直接挪用，例如本书所深入探讨的"人生观""美育""理智""创造""进化"等语汇。[①] 从事比较文学或比较哲学的研究者，不能忽略翻译在中国现代文学及哲学所扮演的关键角色。本书的研究得力于翻译研究对外来辞语的关注，但笔者认为辞语的翻译研究不应只限于辞语、概念的转换及崭新意义的生成上，应该提升到方法论的层次，于是提出"跨文化语汇"的概念，主要理由如下。

自马西尼（Federico Masini）的中国辞语研究（1993）[②] 起，历经刘禾的《跨语际实践》（1995）[③] 及孙江与刘建辉领导的长年大型研究之出版品《亚洲概念史研究》（2013）[④]，二十余年来关键词研究成为显学，但多半仍然专注于辞语、概念的转换历史。刘禾强调后殖民主义的"对抗"（resistance）模式、"主方语言和客方语言之间不可化约的差异"，以及"这些对抗纪录了一种意义生成的历史"（第 32 页）[⑤]。笔者所说的跨文化语汇强调的并非对抗、差异或意义的生成历史，而是不同文化在哲学概念上的实际联结与殊途同归。东西方的交会除了对抗，更有意义的问题是，

① 参见本书第一章、第二章、第五章。

② Federico Masini, *The Formation of Modern Chinese Lexicon and Its Evolution Toward a National Language: The Period from 1840 to 1898*, Berkeley: University of California, Project on Linguistic Analysis, 1993.

③ Lydia H. Liu, *Translingual Practice: Literature, National Culture, and Translated Modernity, 1900-1937*, Stanford, Calif.: Stanford University Press, 1995.

④ 孙江、刘建辉主编《亚洲概念史研究·第一辑》，生活·读书·新知三联书店，2013。此大型计划方兴未艾，2018 年 3 月 24 至 25 日曾在南京大学举办"概念史的亚洲转向学术研讨会"。

⑤ 刘禾：《跨语际实践：文学，民族文化与被译介的现代性（中国，1900—1937）》，宋伟杰等译，生活·读书·新知三联书店，2002，第 44—45 页。

为什么在对抗中仍要交流？本书提醒大家注意的是，东西方交会时彼此的镜像关系：在他者文化中看见自我的身影，看见对方的长处、自己的不足；也可能从对方眼中的自我身影中，看见自己传统的长处，进而借助他者的眼光来创新自己的传统。一个跨文化语汇的引介，代表一个概念由他者文化进入在地文化，往往引起在地文化对自身传统、现状的重新评价，进而促成自我的创造性转化。[①]

如果不能辨认出跨文化语汇，会以为这些语汇原本就是中文，可能忽略这些语汇所代表的跨文化意涵，误以为这些概念所涉及的文化事件只局限于中国本土。跨文化语汇的辨认，让我们明白，任何新的概念——例如"人生观"——在中国本土的出现，可能都与中国以外的他者文化产生关联；透过追溯跨文化语汇从欧美源头、取径日本、继而进入中国的轨迹，可以串联起文化思潮跨越欧亚的流动网络。跨文化语汇的探索，让我们认识到，在全球化的概念形成之前，全球化的事实早已发生，而中国早已是全球社群的一员。

透过跨文化语汇的研究方法，认识自身在某个文化事件上的跨文化联结是必要的，因为唯如此，我们才能避免落入自我中心主义的陷阱，重新认识自我的涵杂性：自我乃因他者的渗透而转化，自我与他者的交融正是自我创造性转化的契机。要真正的

---

① 李明辉指出，"一个半世纪以来，儒家思想面临前所未有的挑战"，但在挑战中完成了彻底的"自我转化"；这不仅是"对外在挑战的被动因应"，也是"自觉的抉择和定位"。在此自我转化的过程中，佛学及西方思想均是思想资源，包括佛学对于熊十力与梁漱溟、牟宗三、唐君毅，冯友兰之于新实在论，牟宗三之于康德哲学，张君劢之于德国生命哲学等；柏拉图、柏格森、存在哲学，乃至马克思主义，均影响了当代儒学之发展。李明辉：《当代儒学之自我转化》，第 iv 页。

认识自我，必须体认自我当中无数的他者，以及在历史关键时刻无数他者促成自我转化的轨迹。

跨文化语汇的研究可以挑战常识，重写思想史或概念史。如同王德威与陈国球在革命启蒙之外，企图建立现代文学抒情论述的典范，现代思想史与哲学史亦可透过跨文化语汇的研究，发掘主流启蒙理性论述所遮蔽的其他论述，进而重写五四典范。

本书缘起于 2007 年之后，当时笔者为了其他研究课题，开始探讨"人生观"一词的来历，发现"人生观"是日文翻译语汇，乃来自倭伊铿的德文。于是，笔者开启了本书跨越中、日、德、法的研究，长达十年。透过对"人生观""人生哲学""创造"等关键语汇在中日德法文献中的追索，笔者认为，两次大战的文化危机期间，人生观运动是跨越欧亚的跨文化事件，绝非现代中国所独有。在追索过程中，笔者发现"唯情论"及"情感启蒙"对启蒙理性主义的系统性挑战，也发现人生观派与无政府主义者及创造社作家的相互声援，于是得以重写五四。职是之故，"跨文化语汇"应提升为方法论，以突破翻译研究的现状，彰显其重写现代文学及哲学研究的可能性。

以下说明本书各章的规划。

本书架构

本书共六章，各章内容如下。

第一章："人生观"与欧亚反启蒙论述

民初人生观派向来被视为保守分子，在五四科学启蒙时代仍坚持儒释道传统，抱残守缺。事实上，人生观派透过跨欧亚串联，企图创新传统。梁启超流亡日本期间，见证以西田几多郎

（1870—1945）为首的人生观论述（日本又称为"生命主義"或"生命哲学"），并参与井上哲次郎、蟹江义丸的东洋伦理复兴运动。之后，梁不仅率领旗下众青年知识分子赴欧，亲自拜访德国人生哲学家倭伊铿，担任通译的张君劢更留下来与倭氏学习人生哲学。张回国后，于1923年以倭氏学说掀起科学与人生观论战。在张与倭氏1922年合撰的德文著作中，倭氏自称承继希腊时代的"玄学"（即"形而上学"）传统，反对启蒙理性主义，不满康德以来哲学走向认知科学的倾向，认为哲学应该回归人生。倭氏将自己的人生观概念与儒家思想做参照，认为儒家思想可纠正欧洲启蒙时代以来过度重视科学理性的偏颇。日本京都学派的西田几多郎则以佛教的"有情众生"概念，反驳科学理性主义。本章强调"人生观"一词作为跨文化语汇的重要性。此语汇原为倭伊铿的Lebensanschauung，安倍能成自创汉字语汇，日语翻译为"人生観"后，由中国人生观派直接挪用，掀起了五四时期的唯情与理性的辩证。

第二章：张东荪《创化论》的翻译——科学理性与"心"

科学与人生观论战虽是在1923年爆发的事件，但此事件的酝酿早在1910年代就开始了。在梁启超心目中，柏格森与倭伊铿是欧洲当代最伟大的两位哲学家，1918年他率领子弟兵赴欧拜访倭氏时，其好友张东荪也出版了柏氏《创化论》的文言翻译。《创化论》所使用的跨文化语汇，如"直觉""绵延"（法文la durée，或英译duration，日译"連續"）"玄学"（Metaphysics，原为蔡元培所译，日译"純正哲学"）等，奠定了日后人生观派论述的基础。日后人生观派也称为"玄学派"，此书的翻译是关键。张东荪不通法文，主要根据Arthur Mitchel的英译本（1911），并参照金子马治、桂井当之助的日译本（1913）。在翻译理论上，张东荪一方面阐发严复的"信达雅"理论，另一方面认为翻译势必促成中国文体的欧化。在翻译语汇上，张认为自创宜少，日译与汉文训诂相通方可用，万不得已时才用音译，严译则大都"辞艰义晦"。张认为柏格森并不排斥科学，而是排斥心物二元的旧科学。为其作序的汤化龙也指出，柏氏之学说为"精灵一元"，而"所谓宇宙的真本体乃时间之流动，其作用即绵延之创化"，并认为柏氏学说可与《易经》的"天行健自强不息"互相发明。《创化论》对柏氏学说的诠释引领了人生观派的论述，自此，人生观派积极从中国传统学术中寻求与欧洲人生哲学的对应。因此，此书至关重要。《创化论》的翻译，使得"创造""直觉""绵延"等跨文化语汇，成为现代中国的日常用语，"创造社"的成立便是最佳的例子。1920 年 2 月，郭沫若一封给宗白华的信中，提起他曾读过张东荪翻译的《创化论》，认为柏格森"生之哲学"脱胎自歌德（Johann Wolfgang Goethe, 1749—1832）。随后于 1921 年，创造社由郭沫若、成仿吾、郁达夫等留日知识分子在东京成立。哲学思想与文学的相互印证，是一个尚待开发的领域。本章结尾以徐复观为例，探讨战后新儒家与人生观论述的联结。

第三章：梁漱溟的《东西文化及其哲学》

梁漱溟是梁启超的弟子，1921 年出版《东西文化及其哲学》，目的是比较中国、印度及西方哲学，设法找寻中国文化在现代世界存在的意义。梁漱溟指出孔子是人生哲学家，并将儒家学说与倭伊铿、柏格森的人生哲学联系起来，这符合《创化论》序中贯通东西洋文明的呼吁。然而，梁漱溟对柏格森的理解，与张东荪有基本的歧义：张东荪认为柏格森并不排斥科学，只是排斥心物二元的旧科学，梁漱溟却认为柏格森是反科学的。梁漱溟首先讨论"西方化""东方化"的问题，指出现在世界的主流是"西方化"，若来不及西方化则沦为西方国家的殖民地，如印度、朝鲜、安南、缅甸等。日本因"西方化"早，所以没有中国目前被迫西化的压力。梁问："东方化"能存在吗？其实梁漱溟这种二元化思考难以成立；众所周知，日本所谓西化，并未抛弃传统，而是融合了东西方的长处。二元化思考是梁漱溟最基本的问题：他认为东西方文化有根本的差异，因此反对杜威、罗素（Bertrand Russell, 1872—1970）、梁启超所主张的东西方文化应当调和的说法。梁漱溟认为西方文化的根本是理智，因此它生长于火砲、铁甲、声光化电等西方文明中，但这些与东方文化是不相容的。西方文明成就于科学，东方则为"艺术式"的成就。梁指出，科学擅长分析解剖，专事化整为零来进行检验，是可以验证的，只讲固定不讲变化；而艺术则是整体的，直观的，是倾向于玄学、无法验证的，因为玄学是"一而变化、变化而一"的。梁漱溟的东西方文化二元式看法，对五四一代影响深远，后来科学与人生观论战基本上就是沿袭科学理性对比玄学直观的基调；论战中的争辩，的确如同许纪霖所说，未达认识论的层次。然而，如果我们除了论战中的文字，全面阅读当时人生观派的论著，会有不同的认知。例如，对照张东荪《创化论》对柏格森学说的诠释，我们知道人生观派最成熟的主张事实上远超越此二元对立，而是趋向于情理融合（请见第六章）。这也是本书企图论证的。由此我们亦可理解，人生观派的知识分子虽然怀抱共同的理想，但是并非众口同声、人云亦云，而是彼此切磋琢磨、相互发明也相互批判。本章探讨讲学社的成立及活动。1920 年 9 月，蔡元培与旅欧归来的梁启超及张元济（商务印书馆负责人）合作，组织讲学社，邀请国际大思想家如杜威、罗素、杜里舒（倭伊铿学生 Hans Driesch, 1867—1941）、泰戈尔（Rabindranath Tagore, 1861—1941）等先后来华访问，对新文化运动影响深远。分析讲学社所邀请的思想家之主张，可知人生观派对人生哲学的系统性引介。

第四章：蔡元培美育运动的情感启蒙——跨文化观点

受到德国及日本美育运动的影响，蔡元培早在 1912 年担任第一届教育部长时就提倡美育运动，获得全国艺术学校师生的积极响应。蔡于 1912 年发表《世界观与人生观》一文，1917 年发表《以美育代宗教说》，登高一呼，促成了 1920 年《美育》杂志的创刊。《美育》主张以艺术教育来建设一个"新人生观"，以改革"主智的教育"，认为人生不像启蒙理性主义者主张的全靠理智，而是靠着敏锐的感情。《美育》杂志所强调的情感启蒙与启蒙理性主义的辩证，在人生观派的理论基础上具有关键意义。1925 年无政府主义者李石岑与蔡元培主编两本文集《美育之原理》及《美育实施的方法》，由商务印书馆出版，从美学理论进而步入美育实践的方法。其中蔡元培所描绘的乌托邦蓝图，涵盖了未生的胎教到死后的埋葬。由此可知人生观派对理论实践的重视，美育运动的知识分子主张实践"美的人生"，这在张竞生的思想中得到进一步的阐发。沈从文在 1940 年代曾撰文纪念蔡元培的以美育代宗教，冰心致力于呼吁真善美，都是响应美育运动的情感启蒙论述。

第五章：朱谦之与袁家骅的"唯情论"——直觉与理智

人生观派从儒家传统"天地万物皆有情"的概念，建立唯情论，主张"情"是精神的本体，参与欧洲启蒙时代以来跨越欧亚的情感与理性辩证。唯情论是1922年朱谦之所提出，确立人生观派以情为本体的本体论主张。朱援引《易经》，主张宇宙的真相为浑一的"真情之流"，变化无间；这显然呼应张东荪《创化论》对柏氏学说的诠释。1924年袁家骅的《唯情哲学》与朱谦之的《一个唯情论者的宇宙观与人生观》相继问世。然而，人生观派固然认同柏格森的直觉观，却并非照单全收，而是批判性地接受。袁的唯情论，正是透过直觉方法，以情融合自我及宇宙本体的人生哲学，认为柏格森主张的绵延，是"记忆的堆积"，如雪的堆积、袁自己所主张的绵延，则是"感情的自然，是生命之神秘的发动和流行"，如水的流动。袁批判柏格森理智与直觉二分的二元论，主张理智乃以直觉为本，是为一元论。袁认同也批判尼采，认为尼采主张的"超人"是"向权力进行的意志"，袁自己主张的"情人"则是"向本体活动的情感"。袁以"大我"及"无我"作为"真我"的概念，等于继承又修正了启蒙以降的极端个人主义。袁致力于打破心物二元论，强调情是主客不分、灵肉合化、没有物我分别，是浑然一体的。对朱谦之而言，真情的探求就是人生的实践。朱认为情是个人的真正主观，也能符合普遍的主观；人与人共通的真情就是人类共通的真理。朱主张，要追求真理，就必须从格物做起，情理是相融的。朱赞成陆象山的"宇宙便是吾心，吾心便是宇宙"，主张泛神论，并提倡"东西文化一元论"，批判梁漱溟的东西文化二元论。人生观派普遍认为儒家属于形而上学及人生哲学，朱谦之则强调儒家人生哲学的系统性，认为儒家在社会政治经济问题上，也具有系统性的见解，儒家传统的精神就是大同思想。朱主张天下大同的超国家组织，这与注重实践的人生观派主张是符合的。朱谦之唯情论的创发，受到创造社作家郭沫若的启发，自认其泛神论受到郭沫若诗作《女神》的影响。朱的老师是梁漱溟，但是既受老师启发，又批判其理论之缺点。朱谦之对泛神论的回响，在日后沈从文的作品中清楚可见，如《凤子》（1932—1937）、《虹桥》（1946）。在思想界，最能呼应唯情论及美育运动主张的，是张竞生的著作《美的人生观》（1924）与《美的社会组织法》（1925）。本章亦探讨杜威的"自然主义形而上学"，说明杜威的经验主义目的在主张"可验证"的形而上学。

第六章：方东美的《科学哲学与人生》——科哲合作，理情交得

五四期间有关人生哲学的论著不知凡几，其中最值得深玩的是1927年的《科学哲学与人生》。方东美被誉为新儒家的起源，书中指出"宇宙人生乃是一种和谐圆融的情理集团，分割不得"，可以说他为科学与人生观论战做了一个总结。方旁征博引，展现对中西方哲学、文学、艺术的娴熟修养。他在全书开宗明义，十七世纪以前哲学统摄一切知识系统，科学与哲学不分。然而文艺复兴以来，知识系统逐渐分化，如今科学万能当道，哲学遂式微。方认为哲学与科学均起源于神话，两者的出发点都是认识环境的需求，哲学则进一步到情感的蕴发。对环境的认识是为了明事理，是感觉的亲验与理智的推论；情的蕴发是美化、善化等价值化的态度与活动，更接近于艺术家的精神。方指出，虽然情属于生命领域，理属于客观世界，但是两者不能截然二分，而是一贯的，即"情由理生，理自情出""情因色有，色为情生"。生命是有情之天下，其本质是不断创进的欲望及冲动；宇宙是有法之天下，其结构为条贯的事理与色相。这些思想，融合了儒家、佛家与道家，柏格森的创化论也明显可见。方东美主张人生哲学，指

出人类的求知是为促进生命，知识是人生的利器："人生，假使没有你，知识又值得什么？"方回顾希腊哲学中"物格化的宇宙观"及"价值化的唯神论"，为了挣脱唯神论贬抑人性、社会阶级化的束缚，从文艺复兴以来西方进行了天文学、史地、政教上的革命，争自由、争平等，以物质所启示的因果论及自然律统摄宇宙，达到了令人震惊的科学成就。然而，这种唯物论重视物质却藐视人性，成为西洋民族的不幸。科学当道的结果，使得哲学倾向于认识论，以康德的唯心论集其大成，主张人类的心智、精神本其自身的律令创建世界、征服自然。唯心论一出，物质与心灵二分。方东美的《科学哲学与人生》目的是提倡心物合一，情理不分。本章结语探讨人生哲学在五四时代及其后的影响，其中最为重要的是无名氏六卷本的史诗式小说《无名书》（写作于1945—1960）。我们对五四唯情论的理解，仍有许多空间。

小结：我感故我在

Je sens, donc je suis (I feel, therefore I am；我感故我在).

——Daniel Mornet, "Le Romantisme avant les romantiques"
(Romanticism Before the Romanticists；浪漫派之前的
浪漫主义)，1929。

　　五四的启蒙理性论述向来为研究主流，本书以五四反启蒙论述为主轴，探讨五四唯情论与启蒙理性主义的辩证，开拓了一个崭新的视野。本书从跨文化研究的角度追溯人生观论述的欧亚联结脉络，展现人生观派发动的唯情论及情感启蒙论述，上承欧洲启蒙时期的情感论述，下接1960年代以来德勒兹发展的情动力概念以及李泽厚的"情本体"论。本研究以唯情与理性的辩证，重新定义五四的知识论体系（episteme）。历来主流论述以"全盘西化""拿来主义"描述五四一代，本书爬梳一般忽略的文献资料，显示五四知识分子在知识论上的跨文化串联，连通古今中西，打破了传统／现代、中国／西方的二元论。重新认识五四知识界的唯情与理性辩证，目的是使现有的五四启蒙理性论述复杂化，开展五四唯情论及情感启蒙论述的知识论可能，更彰显人生观派知识分子与二战前后新儒家兴起的关联。

1929 年法国的卢梭研究专家摩尔内（Daniel Mornet, 1878—1954）创造了一句法文名言，"我感故我在"①，对应笛卡尔的拉丁文谚语"我思故我在"。"我感故我在"彻底说明了自欧洲启蒙时代起，卢梭以降的反启蒙潮流以情感启蒙论述对抗启蒙理性主义。代表理性主义的《百科全书》（Encyclopedie, 1751—1772）逐年出版时，卢梭批判科学主义的著作《科学与艺术》（1750）早已问世；启蒙与反启蒙是同时并行的。五四的唯情论即是欧洲启蒙时代以来，跨越欧亚的反启蒙潮流之一环，因此本书特以"我感故我在"作为书志。摩尔内的研究发现，革命的导火线，是主情的浪漫主义，并非理性主义。许多论者已经指出，直接导致法国大革命的著作，是卢梭的《民约论》（Du contrat social, 1762），

---

① Daniel Mornet, "Le Romantisme avant les romantiques,", in Société des amis de l'Université de Paris ed., Le Romantisme et les lettres (Paris: Édition Montaigne, 1929), pp. 43-68. 感谢哈佛大学 Widener 图书馆透过国际图书馆合作，提供藏书。有关卢梭的主情主义与理性主义的研究，有如汗牛充栋，最近的研究例如 Anthony Pagden, The Enlightenment and Why It still Matters (2013)；Frank M. Turner, European Intellectual History from Rousseau to Nietzsche (New Haven, CT.: Yale University Press, 2014)；Anthony Gottlieb, The Dream of Enlightenment: The Rise of Modern Philosophy, New York: Liveright Publishing Co., 2016.

而非《百科全书》[①]。创造社 1921 年的成立,开启了五四中国浪漫派的年代。成仿吾、郭沫若等 1928 年从文学革命转向革命文学,看似突兀,历来研究者纷纷尝试解说,其实是有历史轨迹可循的。[②] 此外,如同本书各章指出,人生哲学是主张行动的实践哲学,美育运动即主张建设"美的人生"(参阅第四章"美的人生"一节)。朱谦之认为"宇宙是无穷的流行,也就是无限的革命……同时革命即同时创造"(参阅第五章)。以创造社作家与人生观派知识分子的声气相投,成仿吾、郭沫若等人自命为"艺术家""革命家",走上革命的道路,实为意料中事(参阅第二章)。

1923 年 2 月 14 日张君劢在清华大学的演讲《人生观》,引爆了五四时期的科学与人生观论战,这便是我们熟知的五四事件。就在十天之前,2 月 4 日在欧洲也发生类似的事件。英国遗传学家、演化生物学家哈尔登(John Burdon Sanderson Haldane, 1892—1964)在剑桥大学的演讲《代达拉斯:科学与将来》,大力推崇科学能带来人类的幸福。曾于 1920 年访问中国的罗素则全力反对,于次年出版《易卡刺斯:科学之将来》一书,警告世人科学的滥用只会带来祸害(参阅书志及第三章)。两次大战前后的全球危机中,科学的进步价值与反求诸己的人文价值,看似截然对立,其实相互辩证。科学与人生观实为欧洲启蒙时代以来跨越欧亚的论争,周而复始。放眼今昔,中国与任何其他国家一

---

① 有关近年卢梭与法国大革命的研究,请参考 Joan McDonald, *Rousseau and the French Revolution, 1762-1791*, London: Bloomsbury Collections, 2013.

② 成仿吾、郭沫若:《从文学革命到革命文学》,创造社出版部,1928。历来相关研究众多,例如郑学稼:《由文学革命到革文学的命》,亚洲出版社,1953;侯健:《从文学革命到革命文学》,中外文学月刊社,1974;徐改平:《从文学革命到革命文学:以文学观念和核心领袖的关系变迁为中心》,中国社会科学出版社,2013。

样，从来无法自外于思想、事件、物质文化等的跨文化连动，而这种跨文化连动，跨越时空、语际，他我不分，环环相扣。

第一章

"人生观"与欧亚反启蒙论述

> 人生观之中心点，是日我。与我对待者，则非我也。
>
> ——张君劢

启蒙哲学问题所在：主客二分

1923 年中国爆发了科学与人生观论战，双方阵营所牵涉的知识分子众多，当年知名人物几乎都榜上有名。稍识中国现代史的人，没有不知此论战的，然而却很少人注意到"人生观"这个概念，事实上是串联了德国、法国、日本及中国的一个跨文化思潮。"人生观"也许我们认为是中文，其实是现代日文的翻译，在日文叫做じんせいかん，中文后来直接借用。由于日本殖民的关系，这个词汇也流传到韩国，如果询问韩国人，也会以为这是韩国固有的词汇。在此意义下，"人生观"联结了欧亚的文化思潮，可称为跨文化语汇，原本来自德文的 Lebensanschauung①，乃德国哲

---

① Rudolf Eucken, *Die Lebensanschauungen der Grossen Denker: Eine Entwick- lungsgeschichte des Lebensproblems der Menschheit von Plato bis zur Gegenwart* (1890) (The Philosophy of Life of the Great Thinkers: A History of theDevelopment of the Problem of Human Life from Plato to the Present, Leipzig:Verlag von Veit & Co., 7th ed., 1907). 英文翻译，参考 Rudolf Eucken, *The Problem of Human Life: As Viewed by the Great Thinkers From Plato to the Present Time* (7th ed., 1907; 1909), trans. Williston S. Hough and W. R. Boyce Gibson, London: T. Fisher Unwin, 1910 笔者参考 Hough 及 Gibson 的翻译，偶尔稍作修改。此书重新出版时曾由倭伊铿本人数度修订。据笔者所知，1922 年的德文版修改幅度极大，与前面数版有很大差异。参考 Rudolf Eucken, *Die Lebensanschauungen der Grossen Denker: Eine Entwicklungsgeschichtedes Lebensproblems der Menschheit von Plato bis zur Gegenwart* (1922), in *Gesammelte Werke*, vol. 12 (Complete Works; Hildesheim: Georg Olms Verlag AG, 2007)。本文除非另作声明，均引用 1907 年版。

学家倭伊铿所发展的哲学概念。法国主张创造进化论的柏格森，也被归属到人生哲学方面。因此科学与人生观的讨论虽是中国1920年代的一个论战，事实上是一个跨越欧亚文化的思想运动。

学者对人生观派的评价，一向认为是"传统保守势力"对"进步力量"的反扑。[1] 然而，透过追溯人生观思想从德法旅行到日本、中国的历程，我们会发现，由于世界大战及殖民主义无限扩张的灾难导致了普遍的精神危机，启蒙主张的科学理性被认为是罪魁祸首，因此触发了跨越欧亚的人生观论述。无论是德国、法国、日本、中国，人生观论述的关键概念可由张君劢在《人生观》中的一段话来总括："人生观之中心点，是曰我。与我对待者，则非我也。"[2] 换言之，人生观论述所关注的是"我"与"非我"的关系，也就是倭伊铿所说的 Ich 与 Nicht-Ich 的关系；张君劢所提出的这两个概念，就是从倭伊铿的德文翻译来的。探讨"我"与"非我"的关系，亦即探讨人究竟是要挟科学理性征服自然万物、以万物为我所用，还是正视自己与自然相通并存的关系，以寻求安身立命之道？

在此反启蒙思潮中，如倭伊铿、柏格森、西田几多郎、梁启超等欧洲及中日思想家，认为启蒙理性的关键问题是以理性的"我"来归纳、掌控世界，导致主体（我）与客体（非我）分

---

① 例如 D. W. Y. Kwok, *Scientism in Chinese Thought, 1900-1950*, New Haven and London: Yale University Press, 1965, pp. 140-143.

② 此段落全文如下："人生观之中心点，是曰我。与我对待者，则非我也。而此非我之中，有种种区别。就其生育我者言之则为父母；就其与我为配偶者言之，则为夫妇；就我所属之团体言之，则为社会为国家；就财产支配之方法言之，则有私有财产制公有财产制；就重物质或轻物质言之，则有精神文明与物质文明。"张君劢：《人生观》，《清华周刊》1923年3月272期，第3—10页。

离。因此，寻求主客合一的道路，成为这一波欧亚反启蒙运动的关键课题。倭伊铿提倡希腊传统的"玄学"（Metaphysik，亦即形而上学；民初译为"玄学"），呼吁哲学脱离认知科学的歧途，回归人生的探讨。西田几多郎由法国哲学的"心的认知"（la connaissance du coeur）概念，进而发展佛教的"一切有情"及"宗教心"概念，由坐禅来达到与道合一的境界。张君劢等，则在打倒孔家店、科学挂帅的五四启蒙运动中，致力于联结儒家传统与欧亚反启蒙运动，使濒临危机的传统文化展开跨文化的联结，重新开创传统文化的现世意义。

张君劢之所以触发了科学与人生观论战，是因为 1922 至 1923 年德国生机学学者杜里舒在中国巡回授课时，张担任杜氏的翻译，并发表了掀起科学与人生观论战的文章《人生观》。杜氏来华授课，是梁启超、蔡元培、林长民、张元济、张东荪等人于 1920 年所成立的讲学社邀请的。[1] 除了杜里舒以外，讲学社也曾经邀请杜威（1919—1921）、罗素（1920）、泰戈尔（1924）等来演讲，深刻影响了一代中国青年的思想。梁启超是一个了不起的人物，基本上中国的现代学术，无论任何一个门类的发展，稍微深入地探究，都会发现他在其中扮演了关键角色。在当年，他是青年导师，张君劢即是他旗下众多青年学者之一。[2] 杜里舒来华所讲授的"生机学"，在英文是 vitalism，事实上就是从柏格森的

① 李永强：《梁启超与讲学社》，《荷泽学院学刊》2006 年 12 月 28 卷 6 期，第 97—100 页。

② 有关张君劢与梁启超的交谊，参考杨永乾：《张君劢传：中华民国宪法之父》，唐山出版社，1993，第 15—51 页。有关梁启超作为报人与知识分子，参考 Natascha Vittinghoff, "Unity vs. Uniformity: Liang Qichao and the Invention of a 'New Journalism' for China," *Late Imperial China* 23.1 (June 2002): 91-143.

人生哲学所发展出来的概念，而杜里舒正是倭伊铿的学生。

张君劢与倭伊铿合作的渊源是梁启超的策划。变法运动失败后流亡日本的梁启超，受到日本明治启蒙的影响，于1903年提倡"新民说"，开启了"以'西学'反'中学'的启蒙运动"①。身为中国早期启蒙运动领导者之一的梁启超，在五四新文化运动期间却成为反科学理性主义的反启蒙运动领袖人物，说明了启蒙与反启蒙运动的内在联系及其复杂性，值得进一步探究。1918年，梁担任巴黎和会的非正式观察员，带着一批青年学子到巴黎，包括张君劢、蒋百里、刘崇杰、丁文江、徐新六，历时一年余。在欧洲，他原本计划访问倭伊铿与柏格森，因为他认为此二人是当前世界最伟大的哲学家，结果只见到倭伊铿，访问时由张君劢担任翻译。如同当年典型的知识分子一样，张君劢有着坚实的国学基础。他曾于1906至1910年留学日本，后来于1913至15年又留学德国，均主攻政治、经济学。此次随着梁启超拜访倭伊铿，与其深谈之后，决定在德国留下来追随他学习哲学。1922年师生两人用德文合写了一本书，题为《中国与欧洲的人生问题》。此书是现代东方与西方思想界交流的里程碑，始终未有人深入讨论，值得我们关注。

倭伊铿与张君劢，《中国与欧洲的人生问题》

《中国与欧洲的人生问题》全书两百页，有关欧洲哲学的部分，从希腊、罗马、启蒙到现当代，仅四十余页，这部分是倭伊

---

① 有关"以'西学'反'中学'的启蒙运动"，见李泽厚:《中国现代思想史论》，第4页。李指出:"谭嗣同对封建纲常的沉痛攻击，严复于中西文化的尖锐对比，梁启超所大力提倡的'新民'，就都是用'西学'（西方近代文化）反'中学'（中国传统文化）的启蒙运动。"

铿写的。有关中国哲学从孔、孟、老庄到清代，共七十余页，由张君劢主笔。其余总结批判的部分，则出自倭伊铿之手，包括中国传统哲学的伦理学特色及当代意义、人类生命的现况、当今中国知识分子的任务，等等。① 在序中，倭伊铿说明，由于种种原因他无法接受邀请前往中国，但因"德高望重的中国政治家及学者的启发"而作此书，目的是作为"中国人的人生教育"。梁启超等认为中国人目前正经历严重的精神危机，必须与德国理想主义及其个人的实践主义建立紧密的联系。倭氏指出，统领全书的哲学思考，出发点是检视中国及欧洲传统中。"将人生结构视为整体"的各种论述。倭氏希望此书成为中德双方在人文精神上的最佳联系，并指出，此书中无论中德双方，都须用各自的语言来表达。其所谓各自的语言，并非中国人用中文、德国人用德文，而是用各自的表述方式来谈中国哲学与欧洲哲学的问题。

由倭伊铿的序言可知，在中国正经历前所未有的精神危机之时，梁启超及张君劢千里迢迢亲自到德国耶拿（Jena）拜访他，目的是将中国传统文化与其哲学联系起来，以便向国人证明儒家文化的现世价值：儒家的精神是解决当今乱世问题之钥。然而，表面上看来虽是梁与张登门向倭伊铿请益，不如说是梁等体认到倭伊铿哲学与儒家文化的相通之处，因此特意上门拜访，希望倭氏向中国人指出中国传统文化的价值。这正是在他者中找寻自我，由他者与自我的共通之处来证明自我的价值。同理，倭伊铿自己也理解到儒家思想与其哲学体系契合之处；倭氏观察儒家思想时，事实上是从自己的观点出发——他认为儒家思想有完美的整体生

---

① Rudolf Eucken and Carsun Chang, *Das Lebensproblem in China und in Europa*, Leipzig: Quelle & Meyer, 1922.

命结构，而这正是其自身哲学的特色。更重要的是，中国哲学的对照，提供他一个检讨欧洲启蒙哲学的机会。

倭伊铿与张君劢合著的书名《中国与欧洲的人生问题》，其中所指的"问题"究竟是什么？中国与欧洲的共同人生问题是什么？1922 年正值第一次世界大战之后，正是由于第一次世界大战的发生，使得欧洲许多知识分子产生危机意识，令他们彻底地反省自我，反省的重心是欧洲精神文明与物质文明的问题。对倭伊铿及许多知识分子而言，物质的追求——也就是机械文明的无尽追求，才导致战争这一可怕灾难的发生。科学文明的发达使得战争的器械杀伤力更强。对欧洲而言第一次大战的伤亡，是惨绝人寰的经验。其实不只是欧洲，全世界牵连到的国家均感同身受。可以说，这是一个全球性的毁灭性战争。1918 年，斯宾格勒（Oswald Spengler）的著作《西方的没落》称西方文明为"浮士德式的文明"（the Faustian civilization），因为其总是挑战不可能的极限。[1] 法国诗人保尔·瓦雷里（Paul Valéry，又译梵乐希）在第一次世界大战结束时，发表了一篇文章"La crise de l'esprit"（精神的危机，1919）。这篇小文章的影响非常之大，启发了后来的理论家德里达（Jacques Derrida，1930—2004，又译德希达）的著作，名为 L'autre cap（The Other Heading；另一个方向），全书讨论了所谓欧洲到底是什么？我们要如何为欧洲下定义？到二十一世纪的今天，欧洲情势丕变，为了消解战争的威胁，由经济上统合单一货币出发的欧盟已经成立了，然而这个问题仍然历久弥新。

---

[1] Oswald Spengler, *Der Untergang des Abendlandes* [The Decline of the West], Wien und Leipzig: Wilhelm Braumüler, 1918. 后来改写发表为 *Der Untergang des Abend-landes: Umrisse einer Morphologie der Weltgeschichte* [The Decline of the West: Outlines of the Morphology of World History], München: Beck, 1922-23.

在《精神的危机》这篇文章中，梵乐希说，欧战使欧洲失去了自我；他哀悼欧洲灵魂的煎熬。[1] 梵氏重新反省整个欧洲文明的本质，认为科学的无尽发展及不当应用，已经使科学道德破产了。对梵乐希而言，科学的探讨失去了其自身的目的，变成权力及征服他国、物质财富的工具，有识之士应该思考个人生命与社会生活的冲突。1922 年罗素的《中国的问题》（The Problem of China）则赞美中国的精神文化优于西方的工业化、科学主义及帝国主义。[2] 1924 年《易经》在欧洲出现德文翻译本，译者魏礼贤（Richard Wilhelm, 1873—1930）为退休传教士，在两次大战期间将《易经》诠释为东方的智慧，认为其值得西方学习。[3] 这显然有别于 1882 年理雅各（James Legge, 1815—1897）的英文翻译；理雅各由传教士转为牛津教授后的译本，用意在于新学科的成立，

---

[1] Paul Valéry, "La crise de l'esprit," *Oeuvres*, vol. 1, Paris: Gallimard, 1957, pp. 988-1000. 英文参考 Paul Valéry, "The Crisis of the Mind," (1919), *The Outlook for Intelligence*, trans. Denise Folliot and Jackson Mathews, New Jersey: Princeton University Press, 1962, pp. 23-36. 此处引文为第 24—25 页。此文首先在一家伦敦杂志上以英文发表：*The Athenaeum*, April 11 and May 2, 1919。

[2] Bertrand Russell, *The Problem of China*, London: G. Allen & Unwin Ltd, 1922.

[3] 魏礼贤的导言指出："Yet we must not overlook the fact that apart from this mechanistic number mysticism, a living stream of deep human wisdom was constantly flowing through the channel of this book into everyday life, giving to China's great civilization that ripeness of wisdom, distilled through the ages, which we wistfully admire in the remnants of this last truly autochthonous culture." Cf. "Introduction to the *I Ching* by Richard Wilhelm," rendered into English by CaryF. Baynes, *HTML*. Edition by Dan Baruth. Online Posting: https://www.iging.com/ intro/introduc.htm (accessed on October 30, 2018). 魏礼贤的翻译由 Cary Baynes 译成英文，于 1950 年出版，世称 Wilhelm-Baynes Edition，成为流传最广的《易经》翻译版本。

目的是对欧洲人显示他者文化的存在。① 倭伊铿从十九世纪末起所提倡的人生哲学，以及其与张君劢的合著，应置于上述的脉络下进行观察。

倭伊铿对中国哲学推崇有加。在总结批判的部分，《中国生命结构的阐释与评价》一章中，他由三方面进行分析：一是中国哲学的特色，二是中国哲学与欧洲哲学的比较，三是两者共同的目标。他指出，中国北方的孔子思想及南方的老子思想均缺乏系统性。比较而言，前者是理性的，后者是非理性的。然而，即使相对于西方哲学，主导中国人社会生活的孔子学说缺乏系统，他却认为孔子学说的特色是实际的人生智慧及对人性的理解（伟大的、实践的人生智慧与人学，第 123 页）。② 他认为，虽然表面上孔子思想如同希腊哲学及启蒙哲学，均强调理性及个人的道德教育，然而我们不应忽略孔子思想与西方哲学——尤其是启蒙哲学——的差距。他认为，相对于启蒙哲学，中国人的人生（哲学）不可能从纯粹理性来分析理解（第 131 页），此处的"纯粹理性"显然是批判康德。

倭伊铿认为，西方思想面向来世的荣耀，现世沦为一个无足轻重的过渡阶段，如此汲汲营营地追逐不可知，往往使人心浮躁不安，落得意义全失。相对的，中国儒家思想对不可知的事物——例如鬼神——态度理性，而着重在经营现世，面对世俗，

①　Tze-ki Hon, "Constancy in Change: A Comparison of James Legge's and Richard Wilhelm's Interpretations of the *Yijing*," *Monumenta Serica* 53, Taylor & Francis, Ltd., 2005, pp. 315-336. 韩指出，理雅各早期的《易经》译本用意为宣扬基督教文明，手稿失散未曾出版，转为牛津教授后的译本，所关注的是学术问题。

②　Rudolf Eucken and Carsun Chang, *Das Lebensproblem in China und in Europa*.

并将过去带入当下，与过去的传统联系紧密，因此中国人的人生较为平和稳定（第133—134页）。倭氏知道现在中国面临空前危机，问道：在面对此危机，要解决自己危机的时候，中国应该以西方为楷模吗？答案当然是否定的（第152—153页）。倭氏认为，中国的"中庸之道"及现世逻辑都是西方没有的。对其而言，儒家思想的长处就是"中庸之道"及实践哲学（Positivismus，第136—137页；实证主义）。①

倭伊铿认为，与西方哲学的"理性"（Vernunft）相对，中国的人生哲学的根本是"道"（Weltvernunft；世界理性）。相对于启蒙哲学以人的理性掌握社会及世界的秩序，"道"是统领宇宙间万事万物的原则，维持理性与实际人生的平衡，将人置于结构紧密的社会关系网络中而各得其所，并达到人与自然的和谐关系。倭氏指出，"道"的遵循，可在形形色色的运作及利益间达到"全然的平衡"（ein volles Gleichgewicht），这也就是"中庸之道"。他认为这是中国的人生哲学的伦理信念，结合了智慧与道德观（第147—148页）。倭氏观察欧洲哲学史的脉络，认为西方问题起源自启蒙运动的理性思辨，还有它极端的个人主义：人的生命，不只是理性思辨；认知的过程，除了理性思考，事实上是起源于对自然界的直接观察，然后透过我们的情感作用及判断。倭氏认为哲学应该从生命出发，启蒙则是从理性、从思考出发；极端个人主义的发展，往往导致责任感丧失，而任何生命的提升应与责任感相辅相成（第170页）。倭氏还认为，相对于中国人与自然的和谐关系，西方对科学及物质文明的追求，无止无尽，目的是

---

① "Positivismus"一般翻译成实证主义，而倭伊铿在评论孔子思想时，强调的是儒家的实践精神。

要控制自然（第149页）。他指出，中国虽然在科技方面落后，但是西方最缺的正是东方这种对生活、生命的态度。西方的理性思辨，问题究竟何在？倭氏认为是"我"与"非我"的截然划分。

倭伊铿认为人之所以超越动物，乃因其语言能力及文化生活，包括艺术、宗教及道德的表现。然而，随着人类生活越来越趋向"精神化"，人也越来越脱离与自然的直接感知联系（第160—161页）。后来，物质文明越趋发达，使得物质世界变成协助人文生活的工具（第160—161页）。于是物质世界成为可以分门别类的物质组合，而人文力量就统合控制了大自然中的万物刍狗。理性思辨这种统合分析的力量，使我们的感知经验提升到一个新的境界：将我们的感知印象整理出一个秩序，将现实世界建构为概念的系统（Begriffen，第162页）。倭氏认为在这种趋势中，最重大的改变是主体与客体的分离。倭伊铿以"物质存有"或"感知存有"（das sinnliche Dasein）与"理性思辨"（das Denken）相对，指出问题所在：

> 感知存有显示了印象的直接触动，形成一股源源不绝的事件流动。相对的，理性思辨则倾向于将我与非我截然划分；严重的问题是，这导致生命的显然矛盾。因为如此一来，生命过程中的某些东西被视为非我，然而此非我却应该是一直存在于我之中的。（第162页）

对倭伊铿而言，当今世界的问题起源于我与非我的截然划分。然而，一方面我们固然要化解这种划分，另一方面还是必须把握它。因为唯有这种划分才可能得到真相——真相唯有在我与非我既分又合的状态中才能获得。在倭氏心目中，我与非我的截然划分是混乱的祸源，要克服这种划分，我们必须从内在来扩大及改变生命；精神生活必须与宇宙秩序建立一个完整的内在统合，才能与自然既竞争又并存。倭伊铿认为人的考验和伟大，表现在两种层次的生活上：一是人属于自然的物质世界，与自然有无法分割的联系；二是透过与自然的共存，人可以提升精神生活，使自我达到更高的境界。倭氏指出：

> 不可否认的，我们既是物质世界也是精神世界的一部分；然而，我们必须决定，究竟是精神主导物质，还是物质主导精神。①

倭伊铿认为，只有从事精神生活，真、善、美才能从自然万物中升华，然而精神的理想化不能与物质成就分开，因为伟大精神生活的创造必须奠基于整体生命的作用，否则一切追求真相的努力都将成幻影。倭伊铿指出，人的特质是从经验的阶段出发，进而到创造的阶段，并指出精神生活的基础是"玄学"（Metaphysik）。倭氏所谓玄学，并非什么饱学之士的迂腐学派，而是生命从本身源头所出，并持续创新生命。他将玄学与思辨哲学（Die spekulative Philosophie）做区隔，认为玄学是所有创造及伦理的起源，此处的伦理并非仅指社会伦理或人际伦理，而是一种使人的自我精神能不断新生的伦理，以便面对变动中的自然与社会。只有如此，人才能一方面既是世界的一部分，另一方面本身又是一个独立的生命能量（第 167—168 页）。中国

---

① "Sinnlich"是"感知"或"觉知"之意，也就是透过身体感官而觉知，强调人的身体的物质性：人是物质世界的一部分。

当年的科学与人生观论战，又称为科学与玄学论战，原因即在此。人生观派认同的便是倭伊铿的主张，即玄学是创造生命的泉源。

对倭伊铿而言，人的任务是发挥这种奋斗向上的基本精神本质。由于精神的本质是奋斗向上的，所以它会争取自由，企图摆脱自然的限制。然而，要平衡生命争取无限扩张的趋势，就必须要有责任感。倭氏说道：

> 责任感及不断向上的生命活动必须相辅相成。生命不断向上的活动如果缺乏责任感，会沉沦为单纯的自然本能，然而如果只有责任感而没有向上的生命活动，就失去乐趣而变成规范，毫无活力。在新的秩序中，向上的生命力及责任感是彼此的支柱；唯有两者结合，才能成为生命及努力的坚实基础，唯有两者并行，才是超越自然的保证。（第170—171页）

倭伊铿召唤责任感，以平衡人的无限扩张的本能，与保尔·瓦雷里的修辞性问题异曲同工——"知识与责任，你们难道彼此排斥？"[①]。倭伊铿认为这就是中国的道德传统值得西方学习的地方。对他而言，西方文化致力于无尽的知识及科技发展，使得道德沉沦，精神无法创新。但是他相信"全球运动中的整体生命力量"可确保人类的向上。其所谓"全球运动"包括领导性思想的揭示、精神的再教育、伟大人物的出现等等，如此才能保证整体人类生活走上正确的方向，否则必然走向灾难，世界大战就是例子。倭

---

① Paul Valéry, "La crise de l'esprit," p. 990; "The Crisis of the Mind," p. 24.

氏认为，自己的思想具有超越性格，而"生命是所有公理的公理，也是科学的公理"（第 174 页）[1]。

倭伊铿的《大思想家的人生观》

要进一步理解倭伊铿的哲学，我们必须探讨其 1890 年的著作《大思想家的人生观：柏拉图以降人生问题的发展史》（*Die Lebensanschauungen der grossen Denker: Eine Entwicklungsgeschichte des Lebensproblems der Menschheit von Plato bis zur Gegenwart*）。此书如与其和张君劢的合著一起阅读，可更清楚阐释其关键概念。在此书中，倭氏综览西方哲学从柏拉图到当今的世界观及人生哲学。指出启蒙哲学融合了世俗化、布尔乔亚工作伦理及个人主义，是希腊哲学的整体人生观传统的没落。副标题《十八世纪对启蒙的反弹》一节中，倭氏指出休谟对人类情感及非理性的推崇，卢梭对情感教育的提倡，都是对启蒙理性及主智主义的反动（第 389—391 页）。此外，由歌德集大成的德国文学黄金时期，对人生及世界怀抱独特的看法，基本上也是反对及企图超越启蒙的强大运动（第 422 页）。最能说明倭伊铿理念的，是其对康德的看法：康德所发展的主体性概念，将自我看成是世界的中心——自我赋予世界秩序及意义。倭伊铿认为，康德的成就是德国理想主义传统的结果，是人的认知理论的突破。倭氏特别强调康德的知识系统中道德的角色：真知与真正的道德并不相互抵触，反而是相

---

[1] Rudolf Eucken and Carsun Chang, *Das Lebensproblem in China und in Europa.*

辅相成、彼此需要。^① 倭氏指出,比起前行的哲学家,康德更能明确阐释感性(sinnlichkeit)、悟性(Verstand)、理性(Vernunft)与真(Wahres)、善(Gutes)、美(Schönes)的意义。^② 中国五四时期对真善美的歌颂,康德的理论便是其主要来源之一。

然而,对倭伊铿而言,康德有其限制。康德认为我们的认知受限于经验(Erfahrung)及理性,但倭氏认为,尽管人的认知基础是经验,经验并不能局限我们的思想(第 406 页)。倭氏认为康德的认知体系无法回答有关神、心灵及宇宙等问题,而这些对人而言是最根本的问题——"我们自古以来所谓的真理,从此永远被排除在我们之外"(第 408 页)。要修正这个缺憾,倭氏认为必须探讨其他思想家的看法,并指出,康德所主张的艺术性人生,主要是更新了柏拉图的心灵与世界合一的概念(第 429 页)。倭伊铿认为艺术(art)与幻想(fantasy)可以超越启蒙以来的功利主义及布尔乔亚的现世工作伦理,应透过艺术与幻想来开创新的现实,开展充实的内在教化,开拓具有更清楚结构及更强烈美感的世界(第 422 页)。^③ 倭伊铿指出,浪漫主义运动的成就及陷阱值得我们重视:被艺术提升到超越一切的自我,强调了心灵的内在及悸动;然而不可否认地,浪漫主义

---

① 此句引文出自 1907 年版,最后三个字是"fördern und fördern"。Hough 及 Gibson 翻译为"each required the assistance of the other"。1922 年版把"fördern und fördern"修正为"ergänzen und fördern"。Cf. Rudolf Eucken, *Die Lebensanschauungen der Grossen Denker* (1907), p. 403; *Complete Works* (2007), vol. 12, p. 416; Hough and Gibson trans., *The Problem of Human Life: As Viewed by the Great Thinkers from Plato to the Present Time*, p. 436.

② Rudolf Eucken, *Die Lebensanschauungen der Grossen Denker* 1907, p. 408.

③ Cf. Hough and Gibson trans., *The Problem of Human Life: As Viewed by the Great Thinkers From Plato to the Present Time*, p. 458.

所标榜的自由流动的情绪、无限自由的主体、徒然的自恋及对道德的惯常蔑视（第 442 页），是无法真正启发生命的。总体而言，倭伊铿认为，如果不论其中极端面相，浪漫主义运动其实具有极大贡献：相对于断然将自然万物视为自我的对立面，浪漫主义使主体回归自然，与自然万物分享深刻的灵通，使万物亦有生。

倭伊铿对德国哲学家如费希特（Johann Gottlieb Fichte, 1762—1814）、谢林（Friedrich Wilhelm Joseph Schelling, 1775—1854）、黑格尔（Georg Wilhelm Friedrich Hegel, 1770—1831）等的分析，也是强调他们如何联结人生与世界。费希特认为文化是人企图摆脱非我的束缚的努力，而且相信"人类强化了健全的生命冲动，成果丰硕"；相对的，谢林则将自然视为一个精神的整体（ein inneres Ganzes）及持续的更新流变（ein immer neues Werden）。倭氏认为，如果费希特主张"行为使人类整体的生存蜕变"，谢林则主张："学习创造自我"（第 452 页）。倭氏指出，对后者而言，无意识的流变及成长超越了有意识的行为。谢林将现实视为艺术品，相信艺术为人类展开了现实的终极意义，然而倭氏认为其态度过于玄想被动，可能阻碍了个人的主动性（第 451—452 页）。黑格尔认为思辨的过程成为一个与世界联结的过程，而这种逻辑举世皆同，必须将思想从特殊个人性解放出来。惟其如此，我们才能上升到客观思考的高度，不受任何限制束缚，此刻人的理性即与神合一（第 454—455 页）。但倭伊铿认为，黑格尔把思辨过程视为统领一切的系统，有吞噬一切内在生命及直觉的危险，使人成为知识过程中毫无意志的工具（ein willenloses Werkzeug，第 461 页）。

倭伊铿举出士来马赫（Friedrich Schleiermacher, 1768—

1834），叔本华（Arthur Schopenhauer, 1788—1860）及尼采对理
性理想主义的反动。士来马赫认为"情"（Gefühl）——直接的
自我意识（unmittelbares Selbstbewusstsein）——不仅是心灵禀赋
（seelenvermögen）之一，而且是所有生命的根基（第 466 页）。
叔本华认为现实经验的系统化是透过"感受"（Empfindungen）
的力量，而现实的核心是一种神秘的生命冲动（in einem dunklen
Lebenstriebe），盲目而焦躁不安地挣扎着，完全不受理性控制（第
468 页）[1]。叔本华强调直觉及情在形成世界观时的重要性，认为
生命出自我们的自由行动（in einer freien Tat），或意志的自我肯
定（in einer Selfstbejahung des Willens，第 470 页）。对倭伊铿而言，
叔本华的缺点是只承认盲目的欲望，而无止尽的幸福渴望就控制
了心灵，最终导致弃绝。尼采同样将生命整体联结到主体的情及
生命冲动，认为生命中一切都是不断运行流动的，种种充满强烈
矛盾的力量从整体分裂，受强烈情感牵动（vom starkem Affekt）
的各种行为无时无刻不在彼此加乘或钳制（第 513 页）。倭伊铿
认为，相对于十九世纪写实主义文化的平庸，尼采的生命观是新
生解放的力量，让人一窥原初真理的状态。然而，尼采的问题
是，尽管其生命观浑然天成而富有艺术性，却无法区别事物的核
心及人的实践，无法达到内在的自足；此外，其思想体系并未充
分发展。因此对倭伊铿而言，主观主义（subjektivismus）作为一
个哲学趋势，无法显示生命的重要内涵，也无法给予生命一个具
有启发性及统合性的意义，生命真相及社会生活的内在凝聚也丧
失了。对倭氏而言，主观主义是一个必须超越的时代现象（eine

---

[1] Hough and Gibson trans., *The Problem of Human Life: As Viewed by the Great Thinkers From Plato to the Present Time*, p. 511.

Zeiterscheinung, 第 515 页）。

倭伊铿基本上是一个理想主义者，惋惜哲学已经变成一种认识论的思辨（Reflexion erkenntnistheoretischer Art, 第 518 页）。他相信当今世界渴望"生命的巩固及深化"，批判启蒙理性过于浅薄（eine flachfrohe Aufklärung），并提倡玄学，取代思辨哲学（第 517—518 页）。倭氏相信德国哲学传统中的心灵开创（geistiges Schaffen）特性在今天越来越受期待，因此鼓吹转向玄学（eine Wendung zur Metaphysik），以确保我们的精神自我（unser geistiges Selbst）及其理解真理全面的可能性；人的任务是建立精神生活的坚实基础。我们今天困顿纷扰的时代显示，人只能靠自己的行动（nur durch eigenes Tun）才能探索到自身内在深处本质；人既是自我的创造者，也是共同建构宇宙的伙伴（Mitarbeiter am Bau des Alls）；人不是向外寻找支持的力量，而是从自己的内在世界。倭氏结语说，在高度的精神生活中，并非时代创造人，而是人创造时代（第 518—519 页）。

张君劢与倭伊铿两人的邂逅，表面上是梁启超与张君劢去找倭伊铿，要去向西方取经，但事实上是他们事先做了选择，专程与其对谈。中国当时主流思潮提倡科学、主张"全面西化，打倒孔家店"的口号彻底否认了传统的存在价值。而梁启超所带领的青年知识分子，从倭伊铿反映的欧洲反启蒙思想中，找到中国传统的新生命。另一方面，对倭伊铿而言，面对梁启超与张君劢，面对中国文化，正是其反省自我、反省欧洲的一个契机。倭氏谈论中国哲学之时，思考的是欧洲哲学的问题所在。其大力推崇的中国哲学长处，正是其心目中西方思想所欠缺的面向。双方的邂逅、接触，显现了自我与他者之间其实是一个镜像关系。我们从他者身上看到自我，体认自我的优、缺点。跨文化的意义，在于面对异文化即自我反省的契机，领悟到自我与他者的镜像关系，看见自我中的他者、他者中的自我。而自我检讨的目的，是开创一个全新的自我。梁启超与张君劢受到倭伊铿的启发，重新肯定传统中国儒释道的精神，是保守的体现吗？笔者认为，无论中西方，往往需要从过去传统寻找重新开创自我的泉源，而与他者的接触则经常成为触发探询自我的媒介。正如梁启超等人从儒家思想的日新又新的训示中，找到倭伊铿所主张的开创自我精神。

"人生观"的日译

1918 年，张君劢会见倭伊铿后回到巴黎，当地的中国留学生希望他能够做个演讲，谈谈他跟倭伊铿见面的一手资料。于是，张氏于是做了两次谈话，后来于 1921 年发表了一篇文章，题为《倭伊铿精神生活哲学大概》，称倭伊铿的 Lebensanschauungen 为"生活哲学"或"生活观"，并未直接就用"人生观"。这个词也出现过一次，但全篇文章主要是用生活观或生活哲学。[①] 但 1923 年的《人生观》一节中，张自始至终都用"人生观"一词。此语汇事实上是日文翻译，后来在中国的科学与人生观论战期间，变成是通用的语汇。1912 年，日本学者安倍能成（1883—1966），将倭伊铿的著作翻译成《大思想家的人生观（大思想家の人生観）》[②]。翻译倭伊铿的"Lebensanschauungen"时，安倍用转借自

---

① 　张君劢：《倭伊铿精神生活哲学大概》，《改造》3 卷 7 期，1921 年 3 月，第 1—18 页。

② 　ルドルフ・クリストフ・オイケン（Rudolf Eucken）（安倍能成訳）『大思想家の人生観』東亜堂書房，1913。是根据倭伊铿原文的第七版（1911）翻译的，并参考 Hough 与 Gibson 于 1910 年的英文翻译。参见ルドルフ・クリストフ・オイケン（Rudolf Eucken）（安倍能成訳）「凡例」，『大思想家の人生観』東亜堂書房，1913。

中文的日文语汇"人生"（じんせい）加上"観念"（かんねん），合起来就变成了"人生観"。日文译本出版时，附上了倭伊铿序文的德文手稿影本。倭氏想象，在解决人生问题的共同努力上，东西方串联起来了：

> 本书的发展，在西方并未完结，仍须继续研究努力。对我们而言，最有价值的是，东方正积极努力参与此精神运动，我们正结合彼此的力量，朝向人类远大的目标迈进。①

安倍的翻译在两年中出到第五版，影响所及，数十年间无数日本知识分子开始讨论人生观的问题。此后人生观、世界观、社会观、宇宙观等语汇成为日本日常用语。日本积极追求西方文明、战争连连、无限殖民扩张之际，日本人普遍苦于精神流离失所，倭伊铿对启蒙进步史观的批判，对精神生活（Geistleben）及自我修养的呼吁，显然大受欢迎。

倭伊铿的人生哲学在日本触发了一波自我检讨的趋势，"人生观"一词引发日人探讨自身的精神真理，检视儒家及道家传统是否足以解决人生问题。② 1916年，真井觉深发表《弘法大师的人生观》，弘法大师即平安时代创办真言宗的空海。真井指出，佛教的中心议题是人生问题，空海从儒学进入佛学的原因，即因

---

① ルドルフ・クリストフ・オイケン（Rudolf Eucken）（安倍能成訳）「無題の序」，『大思想家の人生観』東亜堂書房，1913。
② 有关此主题的书，包括白石喜ノ助『基督教の宇宙観及び人生観』教文館，1913；人生哲学研究会编『近代人の人生観』越三堂，1925；鈴木重雄『世界観・国家観・人生観』第一公論社，1942。

其认为后者比前者更能解决人生问题。^① 真井引用空海在 797 年
所写的《三教指归》，指出空海早年心心念念追求生之起源、现
世及死亡等问题（第 17—18 页），留学中国后空海创办了真言
宗，其中心思想也转为追求"宇宙最高的真理"，即"天地同根，
万物一体"（第 36—37 页）。根据真井，此真理导引至一个概念：
"变化"是宇宙的本质；宇宙间没有任何事物是固定不变的（页
39）。由佛教出发，真井等于演绎了倭伊铿的生命为整体（unity）
的概念，即人与世界万物、宇宙是生命共同体，同时，他也演绎
了倭伊铿在分析现代欧陆哲学时所指出的"变化"概念：有变化
才有创新，如果僵化、一成不变的话，那就如一潭死水，没有
未来。

藤原正于 1924 年出版《人生观的基础》认为，奠定人生观
时有三个出发点，一是主观的，一是客观的，一是绝对的^②。所谓
主观的，就是"自他未分"，以自我为世界的中心点；客观的是
"自他分别"，"我"是"我"，"非我"是"非我"，两者是隔绝的，
也就是倭伊铿说的西方思想的问题所在；所谓"绝对"就是"自
他圆融"，主体视自我为整体的一部分，呼吁部分与整体的融合。
对藤原而言，绝对的立场整合了主观与客观的立场。虽然他这篇
短文并未特别提到那些哲学家，但是他所使用的语汇，包括人生
观、自意识、真、善、美、知、情、意等，显示他正参与康德以
来有关主体性的辩论，而且显示他赞成倭伊铿的概念：自我与世

<hr>

① 真井觉深『弘法大师の人生観』六大新報社，1916，頁 7、13。此书是
真井的演讲纪录，于 1916 年 6 月 15 日京都所举办的弘法大师 1 千 1 百 43 年冥
诞发表。
② 藤原正「人生観の基礎」，北海道林業会編『野幌林間大学講演集』
1924，頁 111—120。

界是一体的。

二十世纪前半叶，无论中日，在讨论人生观问题时，均回归到儒释道传统，并检视自我与世界的关系。在日本，此趋势事实上必须回溯到京都学派的领袖西田几多郎（1870—1945），其1911年的《善的研究》是最早思考此类议题的著作，在倭伊铿思想传入日本之际，奠定了讨论相关议题的日文语汇。

西田几多郎：何谓生命？

> 生命とは如何なるものであるか。
>
> ——西田几多郎

最能代表日本对启蒙理性的批判的，是京都学派哲学，西田几多郎的"生命主义"是近年日本学界重要课题。[1] 1887或1888年间，西田写信给高中同学山本良吉时，已经提到"精神不朽"的问题，主张"宗教心是自我的智力所不能及的所在"[2]。根据上山春平的说法，西田在这两封信中已经表现了他对启蒙理性的抗

---

[1] 中村雄二郎「哲学における生命主義」，鈴木貞美編『大正生命主義と現代』河出書房新社，1995，第2—25页；有田和臣「生命主義哲学から生命主義文芸論への階梯——生命主義者としての西田幾多郎，その小林秀雄に与えた影響の一側面——」『京都語文』18期，頁153—173。有田和臣指出，西田的生命主义思想主张，理性所统御的认识活动以生命的原动力为基础；西田与中井宗太郎、阿部次郎是大正生命主义的重要推手，主张"艺术作品显露了人的内在生命，创造了人格"，成为二十世纪—二十年代日本美术批评界的主流。

[2] 西田幾多郎「書簡集一」（1887—1937），『西田幾多郎全集』卷18，岩波書店，1978。

拒^①。他儒学基础深厚，西方哲学训练严谨，同时从二十八岁起就几乎每日坐禅，往往一次长达两三小时，作为自我修养的方法。西田被誉为日本最有原创力的思想家，事实上是汲取融合了东西方思想的泉源。

西田的著作数度提到倭伊铿，并清楚倭伊铿与柏格森的渊源，提到前者时，必定与后者并论。1916 年，西田批评倭伊铿太急于提倡精神生活，以至于"缺乏缜密深刻的内省"^②。然而，即使西田不认为倭伊铿是深刻的思想家，两人还是有许多相通的概念。西田这些概念，若非来自倭伊铿本人，乃来自其对柏格森、德国思想家如叔本华、尼采、谢林、黑格尔，美国思想家如杜威、詹姆士（William James, 1842—1910）等的理解。

西田与倭伊铿的相似之处，可由西田的阅读笔记一览无遗。这些笔记大约是 1905 年所记，是研究日本哲学翻译语汇的最重要资料。其中所思考的许多语汇，日后将发展成为其哲学体系中的关键概念，例如"直接经验""纯粹经验"等。在"直接经验"一栏，注明了德文"Unmittelbare Erfahrung"，并指出其若干特性，例如"主客同一"。西田认为，一旦牵涉到理性思辨，主体就与客体分离了（思惟となる主と客と離れる，16: 274）^③。倭伊铿的相同主张，由前文从《中国与欧洲的人生问题》所引用的文字，即可明确看出："感知存有显示了感官印象的直接触动……相对的，理性思辨则倾向于将我与非我截然划分。"显然，此处倭

① 上山春平編『西田幾多郎』中央公論社，1970，頁 51—52。
② 西田幾多郎「現代の哲学」（1916），『西田幾多郎全集』卷 1，頁 334—368。
③ 西田幾多郎「純粋経験に関する断章」，『西田幾多郎全集』卷 16，頁 267—572。

伊铿所谓的"eine unmittelbare Berührung der Eindrücke"，与西田所谓的"Unmittelbare Erfahrung"（直接经验），异曲同工；对两者而言，"直接经验"的领域是主客合一的。此外，倭伊铿认为精神生活有不断向上提升到更高境界的倾向，西田则认为直接经验是动态的，而非静态的。

倭伊铿笼统地将"eine unmittelbare Berührung der Eindrücke"描述为"形成一股源源不绝的事件流动"，西田则费心定义与"直接经验"相关的种种概念。对西田而言，直接经验的特色是"意识统一"，而且是主动的（能働的），不是被动的（所働的）。它先于思考与判断，是一种单纯的意识或"无意识"（16: 277）。西田也将之与情意、意志（意思）、直觉做区隔，认为"所有情意是直接经验的结果"（情意は凡て直接经验の事实である），"直接经验的结果有别于知觉的直觉，等同于冲动的意志"（衝动的意思），且"直觉是一种能量""直觉是原文，理性思辨是注释"（16: 275—276）。更值得注意的，可能是西田在括号中的陈述"直接经验背后有无限神秘的秘密"（直接经验の背後には無限の神秘の秘密がある，16: 275）。这句话充分透露其信念：直接经验是超越理性分析能力的。

西田 1916 年的文章《现代の哲学》中，对启蒙理性的态度昭然若揭。他认为"在启蒙哲学中一切神秘的事物都被排除了"（啓蒙哲学に於て凡て神秘のなるものは排除せられ），人的理性则成为最高权威：

> 启蒙哲学的理性充其量只是自然科学的理解力。知性的个人被认为是所有事物的最高权威。要寻求支配我们精神的最终权威，若只从逻辑理解着手，将人视为遵循逻辑理解原

则的机器，恐怕反而是大大压抑了人性。

对西田而言，康德代表启蒙理性的高峰，康德在哲学上的成就，可比拟哥白尼（Nicolaus Copernicus, 1473—1543）在自然科学上的成就。[1] 然而，终其一生，西田以思辨哲学最有效的工具——辩证法，来批判康德的理性思维。这篇文章分析了新康德学派、胡赛尔学派、柏格森，最后呼吁回归"情的故乡"（情の故郷，1: 341）[2]。所谓"情的故乡"，指涉诺瓦利斯（Julian Schmidt Novallis, 1772—1801）的小说《奥夫特尔丁根》（*Heinrich von Ofterdingen*）中，抒情诗人所向往的境界，以蓝色花朵（青の花，1: 368）为象征。小说 1876 年版的序言写道："直到今天，'蓝色花朵'仍是浪漫诗歌的通俗说法。"[3] 然而在西田心目中，情有更深刻的意义。他指出，对诺瓦利斯而言，"万物融于诗中，一切有情（Gemüt）；如光照万物，显其颜色，情亦普照万物"

---

① 有关日本的康德研究史，参考牧野英二：《日本的康德研究史与今日的课题》及《日本康德研究的意义与课题》（1946—2013），廖钦彬译，收入李明辉编《康德哲学在东亚》。台湾大学出版中心，2016，第85—185页。

② 西田幾多郎「現代の哲学」。Heinrich von Ofterdingen 是传说中的十三世纪德国抒情诗人，据说在 1260 年赢得瓦尔特堡（Wartburg）歌唱大赛。参 Julian Schmidt Novallis, *Heinrich von Ofterdingen* (Leipzig: Brockhaus, 1876). 此传说启发了许多欧洲艺术家的作品，包括 E. T. A. Hoffmann 的小说 *Der Kampf der Sänger* (The Singers' Contest, 1819)、Heinrich Heine 的讽刺诗 "Elementargeister"（荒野的幽灵；1837）以及华格纳的歌剧 *Tannhäuser und der Sängerkrieg auf Wartburg*（唐怀瑟及瓦尔特堡的歌唱大赛；1843）。

③ Julian Schmidt Novallis, "Preface," *Heinrich von Ofterdingen*, Leipzig: Brockhaus, 1876, pp. v-xxiii: "Noch heute ist die 'blaue Blume' eine populäre Bezeichnung für die romantische Poesie."

（1: 340—341）①。他询问："今天的哲学界，谁会发现 Heinrich 的'蓝色花朵'？（1: 368）。"对情的故乡的渴望，无疑可追溯到卢梭。对西田而言，情的论述与中国哲学当然是相联结的，1919年1月的日记如此记载："真理显现于情之中，Duns Scotus の sapientia（智慧，西田的拉丁文）并非反理性，而是超越理性。中国哲学的基础不正是情吗？"（17: 361）②

西田所谓的"情"，也就是德文的"Gemüt"，对其而言是一种"宗教的直观"或"宗教的感情"（1: 340—341）③。西田认为诺瓦利斯的世界中万物皆情，而这正与佛教的宇宙观相同：一切有情。日文"有情"乃由梵文"sattva"翻译而来；此字亦翻译为"众生"。④ 习于坐禅的西田，顺理成章地将诺瓦利斯的浪漫情愫翻译成佛教的"一切有情"。西田所谓的"宗教的直观"，乃从费希特的"知的直观"（intellektuelle Anschauung）概念而来。根据西田的说法，费希特此语汇的意义是"主观与客观的合一"（主観と客観とが合一，1: 339）⑤。如果我们检视其如何比较费希特与康德，可以对此概念有进一步的理解。

---

① 西田幾多郎「現代の哲学」。

② 西田幾多郎「日記」（1897—1945），『西田幾多郎全集』卷17。

③ 西田幾多郎「現代の哲学」。西田在此提供德文"Gemüt"，《全集》误植为"Gemüth"。

④ 考慧琳（唐）:《一切经音义》，收入《大正新修大藏经》第54册（台北：新文丰，1983），第621页："有情 梵言萨埵萨者此云有埵此言情故言有情言众生者案梵本仆呼膳那此云众生语名别也。"最近的研究，参考何石彬，《《阿毗达磨俱舍论》研究：以缘起、有情与解脱为中心》，宗教文化出版社，2009，页114："佛教所说的有情（sattva，音译作萨多婆、萨埵缚或萨埵，旧译作众生）指一切有情识的生命形式。"感谢我的同事廖肇亨帮助我了解佛教"众生有情"的概念。

⑤ 西田幾多郎「現代の哲学」。

根据西田的说法,康德拥抱启蒙理性(啓蒙思潮与同一傾向である),对康德而言,我们的客观知识是靠"纯粹统觉"的综合而成立的:自然科学的世界透过"纯我"的"综合作用"而成立,而"纯我"是"自然的立法者"(第336页)。对康德而言,"我"并非"心理学上的我"(心理的我),亦非"个人性的主观"(個人的主観),而是"先验的主观";并非"存在的意识",而是"价值意识"(第336页)。康德认为,经验的世界,也就是客观的知识,乃透过纯我的综合而成立,同时,人所无法理解的物自体是不可或缺的前提。西田认为,康德的纯我绝非世界的"创造者"(生産者),而仅是世界的"构成者"。对西田而言,康德无法达到纯我的深层根基。

相对的,西田认为费希特虽然也如康德主张"纯我",却摒弃物自体的前提。费希特所提倡的,是浪漫哲学的"纯主观主义"。西田指出,对康德而言,外来的"感觉的内容"由直觉(intuition, or Anschauung)统合后,成为"经验的直觉",也就是"知觉",然后透过理性理解的种种"范畴",组织成"知识",亦即"经验"。因此对康德而言,纯我充其量不过是此类"形式的统一"的根基。相对的,对费希特而言,"我"具有"创造的作用",自身可流变。西田对费希特"自我哲学"(Ich-Philosophie)的分析,令人联想到傅柯的"自我技艺"(technology of the self)或"自我对自我的工作"(le travail de)[1],后者应该是受到费希特的启发。西田此处是讨论费希特的工夫论,即自我修养——"所

---

[1] 考何乏笔:《内在超越重探——韦伯论"基督工夫"与资本主义精神的创造转化》,收入刘述先、林月惠编《当代儒家与西方文化(宗教篇)》,台北"中研院"中国文哲研究所,2005,第91—124页。傅柯所谓le travail de soi sur soi,何乏笔翻译为"自我对自我的工作",第92页。

谓我，是对自我的工作"（我が我に対して働くといふこと），并引用其德文 "Der Begriff oder das Denken des Ich besteht in dem auf sich Handeln des Ich selbst" 及 "das Setzen des Ich durch sich selbst"（透过自我所建立的我，1: 338—339）。亦即，对费希特而言，我既是工作的人，也是工作的产品（Das Ich ist… zugleich das Handelnde, und das Produkt der Handlung, 1: 339）。西田最后认为，根据费希特的我之定义，所谓自我意识（自觉），就是思考者与被思考者合一（自覚に於ては考へるものと、考へられるものとが一であって），因此费希特所谓的 "intellektuelle Anschauung"（知の直観），就是主观与客观合一（1: 339）。

然而，要进一步理解 "intellektuelle Anschauung" 在西田哲学体系中的意义，我们必须探究《善的研究》的第四章，标题正是《知的直观》。西田认为，此语汇意指 "直觉"，是超越经验的，也就是艺术家及宗教家常有的直觉：

> 所谓知的直观，有人认为是一种特别神秘的能力，有人认为是完全超越经验事实的想象力或幻想（空想）……莫扎特作曲时，即使是冗长的曲子，他也能凭直觉看到全体，有如看见一幅画或是一具站立的凋像……例如宗教家的直觉，可体会到因爱所生的他我合一的直觉，也就是其极致境界……从直接经验的观点而言，想象力与真理的直觉（真の直覚）是同性质的，只不过其统领的范围大小有别罢了。（1: 40—41）[1]

由此可见，对西田而言，直接经验与直觉是对抗启蒙理性的

---

[1]　西田幾多郎「善の研究」（1911），『西田幾多郎全集』卷1，页 1—200。

关键概念，而必须从艺术与宗教来阐释这些概念。1899 年 12 月
20 日西田写给山本良吉的信，认为禅宗是达到"思想统一"（思
想ノ统一）的"最捷径"（18: 51）①。至于西田所谓的"思想统一"，
必须从其宗教实践来观察。由其日记可得知，从 1898 年起西田
开始练习打坐，1901 年后也称为静坐或坐禅。他几乎日日为之，
有时从晚上九点一直到十二点，连续三小时。坐禅的目的是冥想
宇宙真理，亦即道。1901 年 2 月 14 日的日记，西田感叹欲望往
往阻碍其达成冥想道的目标：

> 我冥想道的意志薄弱，日复一日不知几回，由于少许欲望，
> 由于些许肉欲（些々の肉欲の為め），而使我忘了道……原因
> 之一是我缺乏克己的意志力（余が克己の意力に乏しきによる，
> 17: 51）。②

同年 3 月 23 日，西田渴望放弃肉身（此の肉身を放弃せよ，
17: 53）。1903 年 1 月 1 日，他终日坐禅，却因身体不适，又因即
将出国、升等为教授等，使其无法集中精神，结果无法达到纯一
的境界（纯一になれぬ，17: 101）。在日记中我们看见，打禅时
他往往在欲望与冥想真理之间挣扎，致力于克己、忘我，进而与
道合一。对西田而言，禅是自我对自我的工作，1905 年 2 月 7 日
日记如此说明打坐的工夫："最大的勇气就是战胜自己，最大的事
业是改善自我。"（17: 134）偶尔成功时，他难掩喜悦。7 月 19 日
记："禅是音乐，禅是美术，禅是运动。除此之外心的慰藉不可

① 西田幾多郎「書簡集一」（1887—1937），『西田幾多郎全集』卷 18。
② 西田幾多郎「日記」（1897—1945），『西田幾多郎全集』卷 17。

求。"（17: 148）坐禅是一种身心合一的工夫，而对西田而言，最大的功课就是忘记身体与自我，使精神与道合一；也就是说，达到主体与客体的合一。

在《有关纯粹经验的片断》中，题为"宗教的修养"的一节，克己的艰难工夫被视为与道合一的途径："知道自己的无力并摒弃之，归依支配自己与宇宙的大威神力，并乘其前行，这就是宗教心。"（16: 433）对西田而言，宗教是心的问题，而无关理性。由于其宗教情感倾向，西田特别喜爱法国哲学家如曼恩·德·比朗（Maine de Biran, 1766—1824），尤其是柏格森。1936 年的文章《有关法国哲学的感想》，清楚展露其态度。对西田而言，法国哲学与德国或英国哲学不同之处，在于其"诉诸直觉的思考方式"（考え方の直感的なこと）。西田认为，虽然笛卡尔被公认为理性哲学的起始者，但是其思维是直觉式的。他指出法文 sens 这个字，来自 sentir（感觉），sens 不等同于英文的 sense 或德文的 Sinn。虽然字典将这三个字看成是对等的，都是"感觉"或"意指"的意思，然而法文 sens 意指"心的知识"（心によっての知；connaissance par coeur, 或 sens intime），正是柏格森的 la durée（纯粹持续）概念及德·比朗哲学的核心（12: 126—127）[①]。

西田也看重 sens 这个字与日常生活的联结，认为此字一方面可以从内在的意义来考量，一方面也有社会面、常识面的意义，乃是不受概念制约的直觉（概念に制約せられない直感）。西田认为蒙田是不寻常的哲学家，因其以日常语言讨论日常课题（日

---

① 西田幾多郎「フランス哲学についての感想」，『西田幾多郎全集』卷 12，頁 126—130。西田翻译 sens 的片假名是サン，表示他认为最后的 s 不发音。但，虽然法文许多字结尾的 s 不发音，sens 乃例外之一。正确的翻译应该是サンス。

常的题目を日常的に論じた）时，其中的真理远优于深奥的哲学体系。西田同意蒙田的看法，认为历史现实的世界就是日常生活的世界；而日常生活是哲学的起点，也是哲学的终点，是希腊字母的第一个字母 α（alpha），亦是最后一个字母 ω（omega）（そこが哲学のアルファでもオメガでもある，12: 127）。

1911 年，西田在《善的研究》初版自序指出，即使书前半部讨论哲学议题，全书的中心其实是人生问题（人生の問題が中心であり），结论亦如是（1: 4）。① 对西田而言，人生的问题在于主体与客体的分离，而"意识统一"的最高境界是"主客合一""物我一体"，这也是人与神合一的境界（1: 171—172）。西田的哲学生涯始终在探讨这个概念。要彻底了解其生命及宗教哲学，笔者认为必须检验其晚年最后两篇文章，分别写于 1944 年及 1945 年：《生命》与《场所的逻辑与宗教的世界观》。②

《生命》一文反省苏格兰生理学家哈尔登（John Scott Haldane, 1860—1936）的《哲学的生物学基础》（1931）③。首先，

① 西田幾多郎「善の研究」（1911），『西田幾多郎全集』卷 1。

② 西田幾多郎「生命」（1944），『西田幾多郎全集』卷 11，頁 289—370；「場所的論理と宗教の世界観」（1945），『西田幾多郎全集』卷 11，頁 371—464。

③ J. S. Haldane, *The Philosophical Basis of Biology: Donnellan Lectures, University of Dublin, 1930*, London: Hodder and Stoughton Limited, 1931. 哈尔登为苏格兰生物学家，此书主旨在于说明，探讨生命及有意识的行为时，伽利略及其后继者所发展的物理学是不足的。然而，生物学家及生理学家均视物理学为普遍真理，因此限制了生物学与生理学的发展。哈尔登认为有关生育之类的生命活动（vital activity），以及有关遗传及物种特性的现象，无法以物理化学或机械定理来解释，因此致力探讨"哲学的生物学基础"。对其而言，生物学是对我们物质存有的生物性诠释；相对于物理及化学定律，生命的关键概念是南非及英国政治家及哲学家 Jan Smuts（1870—1950）所说的"整体化"（holism），也就是"整个个体的动态显现"（the active manifestation of a persistent whole）。

西田表示，虽然物理及化学的定理及公式阐释了时间、空间、物质及能源的原理，然而在面对生命现象时，这些定理公式的道理并非那么清楚（生命现象に至ると原理や公理は、どうしてもそれ程明でない，11: 289）。①西田指出，虽然生机学被普遍排斥，要理解有机体的生命活动，就必须超越大多数生理学家所主张的、将有机体简化为"机械装置"的机械论（11: 290—291）。西田同意哈尔登的意见"一个有机体的各部分与环境之间的关系，具有此特性——一个正常的个体结构与环境间维持着能动的关系"，而非仅是作用与反作用的关系（11: 292）。②西田此处特别强调"能动的维持"的概念，他认为根据哈尔登，这就是生命的特性。西田宣称自己从"彻底的实证主义立场"，赞成哈尔登的看法：生命可以用生物学的科学定理来解释；演化论并非机械论。然而，对西田而言，如同所有科学定理，生物学定理仍然不足，因为它排斥了直觉。西田认为生命奠基于生命的自觉（生命は生命の自覚によらなければならない，11: 294）。③

西田从 1924 年起发展的"场所"概念，讨论的就是生命的

---

① 西田此处几乎是逐字翻译哈尔登的文本："When, however, we come to the phenomena of life, the principles and axioms appear by no means so clear." Cf. J.S. Haldane, The Philosophical Basis of Biology, pp. 7-8.

② 西田此处的日文直接翻译哈尔登的文本："We Perceive the relations of the parts and environment of an organism as being of such nature that a normal and specific structure and environment is actively maintained." Cf. J. S. Haldane, *The Philosophical Basis of Biology*, p. 18.

③ 对哈尔登而言，生物学处理的，是有机体在生命的能动性维持中，"盲目的"或无意识的行为；牵涉到有意识的行为、直觉、记忆及个性等现象时，我们就进入了另一个科学领域——心理学。参 J. S. Haldane, *The Philosophical Basis of Biology*, pp. 98-103.

自觉。游佐美智子为西田这个概念下了一个简洁的定义,"'场所'事实上是意识运作的空间隐喻"(第 204 页)①,并指出西田此概念与现象学、亚里士多德及柏拉图的关系(第 202—204 页)。②然而,我们如果从西田哲学另一个关键概念,即"矛盾的自己同一"。来思考"场所"的意涵,那么"场所"就是随着时间的演进,由无限"自己否定"及"自己肯定"所组成的自我,最终成为一个统一的自我的所在。在此所在,不断对自己工作的自我,历经了自我形成、也就是自我创造的过程。从此观点来看,我们可以说"场所"不仅是空间的隐喻,也是时间的隐喻,详见下文。

在讨论"矛盾的自己同一"时,西田以数学的集合论来阐

---

① Michiko Yusa, *Zen & Philosophy: An Intellectual Biography of Nishida Kitarō (Honolulu, HI. : University of Hawai'i Press, 2002)*: "'Basho' is in fact a spatial metaphor for the workings of consciousness." 此书第十六章题为 "The Logic of the Topos," 指出西田从 1924 年起,开始发展"场所"的概念。

② 游佐指出,西田的"场所"理论来自于他对现象学方法的批判;"现象学无法完全去除客观的立场",相对地,西田则认为"认知的主体统合了现世的与超越的,普遍的与特定的",第 202 页。游佐认为,西田的"无"的理论比亚里士多德的"实体"(substance)概念更进一步: 亚里士多 德认为"实体"是文法上没有任何述语的主语(substance is the grammatical subject that is not predicated of anything else),西田则认为"实体"(或是文法上的主语)"必须统合所有的述语"(must unify infinite predicates)。因此她认为"场所"意指一个不变的空间,在当中存在着所有时时变易的事物;由于 这个不变的空间"并非我们意识的操作所能清楚体会的",所以可说是"无"。游佐并认为西田受到柏拉图的 *Timaeus* 启发, 其中有关"空间"(place)的意象,比比皆是,"流变, 流变的'所在', 流变被复制与生产的 '来源之处'"("the becoming, that 'wherein' it becomes, and the source 'wherefrom' the becoming is copied and produduced"; p. 204)。然而,任何人若非对道家文学完全陌生,立即可以察觉,西田的"无"生万物的概念与道家思想有关联。

释[1]，关心个体的全体性关系（一つの全体の関係）：个体之中包含了无数的形体，这些形体不断地被比较、被创新成新形体；然而在自我中有一个中心点，就是"焦点"。西田指出这个焦点的拉丁文名称"punctum saliens"（意为"跳跃的起点"）。这个"焦点"沿着直线无限前行的起点，而非固定的定点。更精确地说，这是一个无限前行的"座标的原点"（11：242—243）。[2] 因此在其定义下，所谓"焦点"就是自己定义自身的"自觉点"，如 Modul（西田提供的德文，意为"整体的基本元素"）而以此基本元素为起点，自我可以进行无限的自我创造（11：242）。就个体与其他个体的关系而言，"场所"就是无限个体共存（共存的）、互相反映（自己自身を映す）、交互转换（互に転换的）的所在。所谓自觉并非一个封闭的个体内部所产生的，而是与其他个体的互动而产生。因此，对西田而言，任何个体只要包涵了"自我表现的要素"，从中就可见所有生命的法则（11：242—245）。

对西田而言，所谓时间，是"多元自我否定所形成的一"，相对的，空间则是"个体的自我否定所形成的多元"（時間を多くの自己否定の一と云ひ、之に反して空間を一の自己否定の多と云ふ）。因此"场所"在其定义下，即"多元与一形成的自己同一的场所"（多と一との矛盾の自己同一の場所），而如此定义的"自我限定"——或自我定义——就包括了时间及空间的运作（11：245—246）。在此意义下，我们可以说，对西田而言，"场所"是自觉运作的时间及空间的隐喻。相对于康德将时间看成是先验

---

① "集合论的中心难题是无限集合的概念"，引自《集合论简介》，网址：http:// people.linux.org.tw/~cwhuang/pub/math/logic/set.html。

② 西田幾多郎「数学の哲学の基礎附け」（1945），『西田幾多郎全集』卷11，頁237—285。

的形式，西田认为，时间及空间是"矛盾的自我同一的世界"所运行的两个方向。因此，不断在对自我工作的自我，一方面已经生成了，一方面又继续流变，可以思考任何时空中的事物（作られて作る我々の働く自己によって何処までも考へられる，11: 247）。

最重要的是，在《场所的逻辑与宗教的世界观》中，为了进一步发展"场所"在宗教上的意涵，西田申论"绝对矛盾的自己同一"的概念。此概念是其 1939 年所提出，讨论个体与世界的关系。[①] 在此"绝对"一词被赋予宗教意义，而"绝对者"指的是神。西田指出，任何人内心深处都有宗教心，只不过许多人并未自觉到，并认为宗教信仰并非客观事实。对自我而言，宗教信仰是"绝对的事实"（绝对の事实），也就是其友人铃木大拙所说的"灵性"（11: 418）。[②] 西田认为，在自我的深处，总是有超越自我——应该说是超越矛盾的自我的意志。所谓矛盾的自我，表示自我迷失了，而自我的同一即为"发现真我"（真の自己自身を见出す），于此宗教信仰就成立了。西田认为，宗教信仰就主观而言是"安心"，就客观而言是"救济"。他以主语／述语的二分法来说明：向外就主语而言，自我是欲望的自我；向内就述语而言，自我则是理性的。就心理的层面而言，自我不仅是感官的

---

① 西田幾多郎「绝对矛盾的自己同一」（1939），『西田幾多郎全集』卷 9，第 147—222 页。此文的简介，参考 Michiko Yusa, *Zen & Philosophy*, pp. 296-297. 游佐指出西田受到莱布尼茨（Leibniz）的单子论（theory of the monad）的影响，对莱布尼茨而言，"单子具有双重的结构：个体既反映世界，也同时是世界的焦点"（第 296 页）。

② 西田幾多郎「場所の論理と宗教の世界観」（1945），『西田幾多郎全集』卷 11，第 371—464 页。

或意志的，而是此两方向的"绝对矛盾的自我的同一"。对西田而言，进入宗教信仰代表自我的"绝对的转换"，也就是"回心"，或心的转换（11: 418—419）。此处"安心""救济""回心"，都是佛教语汇。求"本心"是《楞严经》的关键概念即"失我本心。虽身出家，心不入道"[1]。西田借净土宗高僧亲鸾（1173—1262）的开示，指出心的转换并非线性的，而是"横超的"（超越的）、"圆环的"（11: 419；循環的）[2]。西田指出，有别于康德的市民道德，佛教的"悲愿"观是历史形成的道德观。他引用铃木大拙的说法，比较东西文化的差异："所谓悲愿，不存在于西方文化中。这是东西文化的基本差异。"西田认为，"见性"的观念深植日本人心，而"人的自我即由绝对者（神）的自我否定而形成，所谓绝对者的自我否定，亦即个体的多而形成的自我"（11: 445）。因此"场所"即自我与神合一的境界。西田笃信净土宗，在追寻绝对真理时，关注的是心，而非理性。尽管他是启蒙理性的产物，却坚信，心是人的意识及创造力的泉源。

西田几多郎若非一生以跨文化实践为务，打破中日及东西疆界，不可能如此成就斐然。根据京都学派的久松真一的说法，西田终身思索人生问题，建立系统性的主体理论，而其贯串东西的深厚学养及直觉洞察力，使其能成就宽广事功。[3] 除了禅的精神

---

[1] 《新译楞严经》卷 1，三民书局，2003，第 29 页。

[2] 就净土宗佛教而言，"横超"意指"于弥陀之本愿深信不疑，应其愿力而修行，一心不乱，于命终后直接往生真实报土"。Tung Lin Kok Yuen Buddhist Door Website Team (2006-2013), *Buddhistdoor Buddhist Dictionary*, 网址：http://dictionary.buddhistdoor.com/en/word/65966/ 横超（2013 年 3 月 29 日阅览）。

[3] 久松真一「我尊会有翼文稿. 不成文会有翼生草稿について」，西田幾多郎『西田幾多郎全集』卷 16，頁 675—677。

及语汇以外，儒道思想亦贯穿西田的思想体系。日本哲学的现代化与儒家及道家的渊源深厚，从西周（1829—1897）、中江兆民（1847—1901）到西田，一脉相承。[①] 有关西田与儒家，可特别注意宋明时期陆象山（1139—1193）及王阳明（1472—1529）心学的影响。陆王尊崇孟子，主张"本心"是道德及主体的中心。到明朝中叶，此学派与禅宗紧密联结，[②] 反对朱熹（1130—1200）理学将心与理作区隔。西田1880年代末的日记有其阅读纪录，四书、王阳明、老庄都包括在内（17：22—23：33）。

西田与道家的渊源，可从其少年时期的诗文中验证。他在第四高等中学校求学时，于1889年5月至1890年7月与朋友组织了文友会，以汉文及日文书写诗文，彼此切磋。此时期其诸多作品，道家思想跃然纸上。《答宾戏》一文中，西田戏称，其笔名

---

① 从六世纪中期起，道家文本及佛典的中文翻译就输入日本。七世纪中期圣德太子以儒释道制订十七条宪法。江户期间（1603—1867）儒道思想盛行，道家经典的诠释，仅是徂徕学派就有二十九种，遑论通俗版本。参考徐水生，《道家思想与日本哲学的近代化——以西周、中江兆民、西田几多郎为例》，《鹅湖月刊》379期（2007年1月），第42—50页。研究西田的日文及中文研究，大多强调他与禅宗、而非与道家的联系，例如 Nishitani Keiji, *Nishida Kitarō*, trans., Yamamoto Seisaku and James W. Heisig, Berkeley and Los Angeles: University of California Press, 1991；Robert E. Carter, *The Nothingness beyond God: An Introduction to the Philosophy of Nishida Kitarō*, St. Paul, Minnesota: Paragon House, 1997；以及 Robert J. J. Wargo, *The Logic of Nothingness*, Honolulu: University of Hawai'i Press, 2005.

② 参考 Wu Xiaoming, "'The Heart that Cannot Bear…the Other': Reading Menzi and the Goodness of Human Nature," in P. Santangelo and U. Middendorf ed., *From Skin to Heart: Perceptions of Emotion and Bodily Sensations in Traditional Chinese Culture*, Wiesbaden: Harrassowitz Verlag, 2006, pp. 165-182；陈永革：《心学流变与晚明佛教复兴的经世取向》，《普门学报》9期，2002年5月，第53—85页。

"有翼生"来自庄周梦蝶的典故（16: 607—608）。[①] 他赞叹庄子的智慧不受拘于形体，翱翔穹苍，"行而不知其所之，止而不知其所止"（往て往く所を知らず、止て止る所を知らず，16: 607）。以汉文书写的《病中述怀》[②]中，西田称庄子为真人、天徒，认为其无欲无求故而能自由出入天地间，与自然合一（16: 627）。这正是庄子所说："忘己之人是之谓入于天。"西田的哲学体系中"主客合一"或"物我一体"的概念，也与庄子的"万物与我为一"相类。西田所运用的黑格尔辩证法，在老庄的思辨模式中亦屡见不鲜，如《天地》篇中"道可道非常道"以及《齐物》篇中"天下莫大于秋毫之末，而太山为小"。其"场所"即为创生万物的"无"，与道家所说"无名天地之始，有名万物之母"，异曲同工。笔者认为，西田所受到的道家影响是值得深究的。

1929 年《善之研究》中文翻译出版时，西田的序言充分透露其哲学体系的中国思想基础：

> 我们东洋人的哲学，必须为我们生命的表现，必须发扬几千年来孵化我们祖先的东洋文化。哲学的学问形式，我以为不可不学于西洋，而其内容则必须为我们自身的东西。而且我相信我们宗教艺术哲学的根柢，比诸西洋，内容优越而毫不逊色呢。
>
> 二十余年前在东海一隅所作的这本书，由邻邦——从前

---

① 西田幾多郎「答宾劇」（1889—1890），『西田幾多郎全集』卷 16，頁 607—609。

② 西田幾多郎「病中述懷」（1889—1890），『西田幾多郎全集』卷 16，頁 627—628。

我们祖先仰慕为大唐——的国民阅读,我引以为荣。①

西田联结西方逻辑方法与东方儒释道精神的努力,是哲学史上的里程碑。中国的人生观论战期间,相对于西方科学的物质理性,儒释道思想被定义为东方思想,或玄学。1919 年五四前后开启的启蒙运动,即新文化运动,推崇科学理性,而梁启超等人则推崇儒释道的精神,采取了反启蒙的立场。

梁启超于 1898 年百日维新失败后,流亡日本,直至 1911 年辛亥革命前夕才回到中国。虽然尚未有证据显示他与西田有直接的来往,但两人有共同的朋友,即著名哲学家井上哲次郎(1856—1944)及其学生蟹江义丸(1872—1940)。后者和西田一样,都是第四高等中学校的学生,后来师事井上,西田稍后也成为井上的学生。② 梁旅居日本时,井上与蟹江正在编辑十卷本的《日本伦理汇编》,目的是复兴东洋伦理(東洋論理の復興)。所谓东洋伦理,几乎包括了日本研究中国传统思想的所有派别,例如阳明学派、古学派、朱子学派、考证学派、老庄学派、折衷学派、独立学派等(第 390—392 页)。中村哲夫认为,蟹江将孔子塑造为具有现代意义的思想家及教育家,西田则设法超越西洋的自我概念,以禅宗为本而回归到"前现代日本的情感世界"(第 392—393 页)。中村指出,梁启超受到井上与蟹江的折衷主义立场影响,因此"并未采取西田的哲学立场——将东西方哲学截然划分的立场"（第 395 页）。然而，本文下节将显示不同的看法。

二十世纪初叶日本复兴东洋伦理的企图，最终将导向"超越西方现代性"的论述（近代の超克）。1942 年的一场讨论会内容，于当年 9 月的《文学界》杂志整理为专辑，参加该场讨论的，除了《文学界》的同人及罗曼派作家，还包括京都学派的西谷启治及铃木正高，目的是全面检讨、并超越从明治以来影响现代日本的西方文化，进而建立一个"神圣的时刻"，使日本能实践真正的自我。相对的，中国对东西方文化的检讨，导致 1923 年科学与人生观论战的爆发，进而促成新儒家的崛起的领导人物包括梁漱溟、冯友兰、方东美等（第 4 页）。[1]

梁启超流亡日本时，与日本哲学家有直接的接触，后来访问欧洲又与倭伊铿会面问学（如前所述），无怪乎他在中国的人生观论战中扮演了关键的角色。

梁启超的人生观论述

> 影子是谁？就是这位"科学先生"。
>
> ——梁启超：《欧游心影录》

在耶拿与倭伊铿会面后，梁启超于 1920 年 3 月 6 日起，在《晨报》连载《欧游心影录》，声称科学已濒临破产边缘，而数百年来追逐科学的欧洲人，就像沙漠中迷路的人在追逐影子。梁认为，科学进步与工业革命摧毁了内在生活，感叹人类心灵被贬

---

[1]　刘述先：《现代新儒学发展轨迹》，《儒家哲学的典范重构与诠释》，万卷楼图书股份有限公司，2010，第 3—18 页。刘述先条列新儒家四代人物，详见本书第六章。

低为"物质运动现象之一种",也就是说,成为新心理学的研究
对象:

> 这些唯物派的质学派。托庇科学宇下建立一种纯物质的
> 纯机械的人生观。把一切内部生活外部生活都归到物质运动
> 的"必要法则"之下……根据实验心理学。硬说人类精神。
> 也不过一种物质。一样受"必然法则"所支配。于是人类的
> 自由意志。不得不否认了。意志既不能自由。还有什么善恶
> 的责任……当时讴歌科学万能的人。满望著科学成功……如
> 今功总算成了……我们人类不惟没有得着幸福。倒反带来许
> 多灾难。好像沙漠中失路的旅人。远远望见个大黑影。拼命
> 往前赶。以为可以靠他向导。那知赶上几程。影子却不见了。
> 因此无限悽惶失望。影子是谁。就是这位"科学先生"。欧
> 洲人做了一场科学万能的大梦。到如今却叫起科学破产来。①

有别于五四启蒙运动以"科学先生"为治中国百病的良方,
梁氏此处指控科学为邪恶的根源,摧毁了生命的意义与价值,认
为对科学及物质的无尽追求,导致第一次世界大战的爆发,成为
人类的"灾难"。值得注意的是其所使用的跨文化语汇"纯物质
的纯机械的人生观",正是张东荪《创化论》中所使用的,人生
观论战期间更唤起无数回响。我认为梁启超并非一个深刻的思想
家,其人生观论述在此阶段仍不成熟。此时梁氏并未体认到唯心
论与唯物论同样有问题,两者都将精神与物质截然相对。柏格森

---

① 梁启超:《欧游心影录》,《晨报》,1920 年 3 月 6 日—8 月 17 日,第 8
页。本段引文出自 3 月 13 日。

"心物合一""心物同源"的看法，1918年张东荪翻译的《创化论》已经说明了（请参阅本书第二章），但梁启超此时似乎并未体会。真正发挥"心物合一"概念的，是1924年袁家骅的《唯情哲学》（请参阅本书第五章）。到1923年论战期间，梁启超赞同杜里舒的说法："凡物的文明。都是堆积的非进化的。只有心的文明是创造的进化的。"虽然，梁氏批评杜里舒对文明的定义过于狭隘，但同意"人类心能"所创造的全球文明遗产，将长存人间。[①] 刘述先在《现代新儒学发展的轨迹》中指出，梁启超的《欧游心影录》记录其目睹欧战后欧洲残破不堪，启发了1921年梁漱溟《东西文化及其哲学》的文化思考（参阅第三章），进而激发了1923年的科玄论战，这是毫无疑义的。[②]

1922至23年经由讲学社安排，梁启超与杜里舒在东南大学共同讲授系列课程。1923年1月课程结束时，梁氏发表告别辞，呼应张东荪的意见：应结合儒家思想与柏格森人生哲学（详见本书第二章）。在告别辞中，梁氏引用孔子"毋我"及佛家"无我"的说法，重新诠释柏格森的宇宙永恒创造、永恒"流动"的概念：

> 东方的学问。以精神为出发点。西方的学问。以物质为出发点。救知识饥荒。在西方找材料。救精神饥荒。在东方找材料……我自己的人生观。可以说是从佛经及儒书中领略得来。我确信儒家佛家有两大相同点:(一) 宇宙是不圆满的。正在创造之中。待人类去努力。所以天天流动不息……（二）

① 梁启超:《历史现象是否为进化的》,《饮冰室合集》卷5之40，中华书局，1989，第5—6页。

② 刘述先:《现代新儒学发展的轨迹》，第7页。

人不能单独存在。说世界上那一部分是我。很不对的。所以
孔子"毋我"。佛家亦主张"无我"。所谓无我。并不是将固
有的我压下或抛弃。乃根本就找不出我来……澈底认清我之
界线。是不可能的事。①

　　将东方的精神文明与西方的物质文明截然二分，当然是肤
浅的看法。上引文中的"毋我"出自《论语》第九《子罕四》：
"子绝四：毋意毋必毋固毋我。"梁启超结合人生观论述与儒学
传统的立场，是人生观派的共同策略。如众所周知，从百日维
新起梁氏宣扬打倒传统学术，鼓吹外来学问，但到1924年则解
释，当时其与挚友夏穗卿的确主张"中国自汉以后的学问全要
不得"，事实上他们治乾嘉派考证学，尊崇各经的正文和先秦诸
子，从来不曾批孔孟。②其追随者之一的梁漱溟，早在1921年
秋就出版了《东西文化及其哲学》，以《易经》的"生生之谓
易"来阐释柏格森的"流动"概念。梁漱溟认为西方文化以科
学及理智为主，东方文化则以形而上学（即玄学）及直觉为中
心，并指出，东方文化的特性是倭伊铿及罗素所说的"the life
of spirit"（精神生活）。该书的目的是将中国及印度思想与西方
哲学做比较，在五四一片打倒孔家店声中，为中国哲学找出路。
梁漱溟认为哲学有三种取向，为形而上学、认识论及人生哲学，
并指出，中国缺乏认识论，但在形而上学及人生哲学方面，有

――――――――――

① 梁启超：《东南大学课毕告别辞》，《饮冰室合集》卷5之40，第7—15
页。原为1923年1月13日讲演。
② 梁启超：《亡友夏穗卿先生》，《东方杂志》21卷9号，1924，第1—
5页。

丰富悠久的传统。① 梁漱溟认为孔子的思想是一种人生哲学，其形而上学的基础就是《易经》所主张的"生生之谓易"，也就是"变化"与"调和"的概念。在其心目中，笛卡尔是理性派，康德是认识论集大成者；柏格森以"直觉"作为方法，则为玄学"开辟一条道路"：

> 要认识本体非感觉理智所能辨，必方生活的直觉才行，直觉时即生活时，浑融为一个，没有主客观的，可以称绝对。直觉所得自不能不用语言文字表出来，然一纳入理智的形式，即全不对，所以讲形而上学要用流动的观念，不要用明晰固定的概念。

有关梁漱溟的《东西文化及其哲学》，本书第三章将详细讨论。梁启超的振兴儒学事业，在子弟兵及有志一同者的呼应之下，联结了倭伊铿与柏格森的人生哲学，触发了1923年的人生观论战。其中关键概念，包括直觉、形而上学（玄学）、创造、流动等，成为当时人生观派的基本语汇。

张君劢的《人生观》是1923年3月在《清华学报》刊登的。梁启超虽然在1920年的《欧游心影录》将物质与精神对立，到1923年5月29日其发表于《晨报副刊》的文章《人生观与科学——对于张丁论战的批评（其一）》，相关论述上就比较周密。梁启超认为张君劢的人生观主张及丁文江的科学主张均嫌偏颇，因此尝试定义什么是"人生"，什么是"科学"。他指出："人类从

---

① 梁漱溟：《东西文化及其哲学》，商务印书馆，1922，第5版，第68—69页。

心界物界两方面调和结合而成的生活，叫做'人生'。我们悬一种理想来完成这种生活，叫做'人生观'。"他又说："根据经验的事实分析综合求出一个近真的公例以推论同类事物，这种学问叫做'科学'。"① 梁启超指出张君劢的错误：由于心界生活不能脱离物界而单独存在，而物界是受到时间空间的种种法则所支配的，因此不能像张君劢所说的，一切单凭直觉的自由意志来片面决定。这方面，梁启超同意丁文江"人生观不能和科学分家"的看法，并且指出人生观必须与理智相辅相成。张君劢认为人生观是主观的，科学是客观的；梁启超则认为人生观必须主观和客观结合。这充分显示出梁已体认到心物合一、主客融合的道理，而这是柏格森、倭伊铿、西田几多郎都强调的。对于丁文江主张用科学方法来统一人生观，梁则认为非但不必要，而且有害。梁启超在这篇文章中清楚地将理性与情感并列，说明人类情感生活超越科学理性所能涵盖：

> 人类生活，固然脱离不了理智；但不能说理智包括人类生活的全内容。此外还有极重要一部分——或者可以说是生活的原动力，就是"情感"。情感表出来的方向很多，内中最少有两件的的确确带有神秘性的，就是"爱"和"美"。"科学帝国"的版图和威权无论扩大到什么程度，这位"爱先生"和那位"美先生"依然永远保持他们那种"上不臣天子下不友诸侯"的身分。请你科学家把"美"来分析研究罢，什么线，什么光，什么韵，什么调……任凭你说得如何文理密察，

① 梁启超：《人生观与科学——对于张丁论战的批评（其一）》，《晨报副刊》，1923 年 5 月 29 日，第 1—2 版。

可有一点儿搔着痒处吗？至于"爱"那更"玄之又玄"了。
假令有两位青年男女相约为"科学的恋爱"，岂不令人喷饭？
（第2版）

　　情感超越理性所能涵盖，是蔡元培领导的美育运动的主张，
本书将在第四章详论。梁启超在文章结论中指出，人生观涉及理
智的部分一定要用科学方法来解决，而"关于情感方面的事项，
绝对的'超科学'"。这篇文章对"爱先生""美先生"和"科学
的恋爱"的幽默嘲讽跃然纸上。对当年人生观论战熟悉的读者，
不难理解梁任公是在嘲讽何方神圣。按，张君劢的《人生观》原
来于1923年3月9日在《清华周报》上刊出，丁文江等的反驳
文章从4月12日至6月3日在《努力周报》上登载。如果检视
1923年5月至6月的《晨报副刊》，会发现它转载了科学与人生
观论战的代表文章，从张君劢的《人生观》开始，再加上几篇新
作，一共二十一篇。同时真正进行中的是"性博士"张竞生发起
的"爱情定则讨论"，从4月29日至6月底，一共三十六篇，因
此两个论战的文章有两个月的时间在《晨报副刊》上同时出现。
显然主编孙伏园趁张竞生的"爱情定则讨论"加入人生观论战的
机会，刻意转载过往科学与人生观论战的双方讨论，企图再度掀
起论战高潮。张竞生的人生观是科学与哲学不能偏废，他以爱情
作例子，认为爱情一点也不神秘，而是有条件的，完全可以用科
学定则来分析。梁任公嘲笑的"科学的恋爱"即是指此。至于
"爱先生""美先生"当然是嘲弄仿讽科学派的"赛先生""德先
生"。而我们不要忘记，张竞生1924年起推出的"美的人生观"
蓝图，正是以"爱"与"美"作为其乌托邦的标竿。本人日后当
有专书讨论这个议题，此处就点到为止。

张君劢的人生观论述

前面提过张君劢的《倭伊铿精神生活哲学大概》，这是其研究倭伊铿学说最重要的一篇文章。张氏指出，"唯心"和"唯物"是哲学史上两个最主要的趋势，但倭伊铿并非寻常的哲学家，而是人生哲学家。张氏区分目前理想派的哲学为二：一是生活哲学，一是思想哲学（speculative philosophy）。他认为现代的思想哲学源自笛卡尔、康德、黑格尔，直至最近的新康德学派等。相对的，现代的生活哲学则始于尼采，他引用尼采的德文："Soll nun das Leben über die Wissenschaft herrschen, oder das Erkennen über das Leben?"[1]（如今应该是生活领导科学，还是科学知识领导生活？）尼采认为生活重于思想，因为所有思想根源是生活。张君劢认为，柏格森的直觉哲学属于生活哲学。

张君劢认为，思想哲学的出发点是思想，强调理性与概念；生活哲学则以生活为出发点，认为思想只不过是生活的一部分。他还指出，倭伊铿的生活哲学是对十九世纪末的"主智主义"及"自然主义"的反动，前者指孔德（Auguste Comte, 1798—1857，法国实证主义哲学家）的实证哲学传统，后者指达尔文的演化论传统。张君劢指出，此两者的发展导致科学与物质文明的兴盛，出发点是以科学掌控自然，但最后人类生活成了物质的奴隶（第5页）。相对的，倭伊铿认为生活的目的远超过现实需求及机器工厂的生产，与柏格森想法相同。张氏提到，倭伊铿1908年的著作《生命的意义与价值》（*Sinn und Wert des Lebens*）于1912年出法文版时，柏格森的序文指出，主智主义以智识掌控现实，以公

---

[1] 张君劢：《倭伊铿精神生活哲学大概》，第1页。

式化的概念来面对生命（第 ii 页）。① 柏格森认为，倭伊铿的哲学中从无任何生命公式，没有任何有关生活的公式化概念，并且认为生命的意义不在智识，而在精神的活动上：

> 其全书中谆谆告人者。曰努力向上而已。本此努力向上之精神。以求超脱乎现在之我。以求创造其他高尚之活动形式。质言之。人类行动上固未尝无一种理想。然理想不过表示方向。今日所以为满意者。明日则又吐弃之。故此理想为暂时而非永久的。日在变动不居中。而非一成不易者也。诚如是。此活动即精神之本体也。（6）②

比较此段落与柏格森在法文版《生命的意义与价值》的序言，笔者发现张此处几乎是在逐字翻译柏格森的文章。"努力向上"一词，是翻译柏格森的 "le sentiment de l'effort et du progress"（努力与进步的感觉，第 iii 页）。"超脱乎现在之我"，法文原文是 "la vie cherche…à se dépasser elle-même"（生命极力超越自己，第 iii 页）。自我超越自己的概念，与倭伊铿的理论异曲同工。

张君劢指出，柏格森认为倭伊铿理解，精神与物质虽处于对立面，却必须相辅相成，才能具有"创造能力"。柏格森在序言中说道："精神与自然融合，才真正具有创造能量。"（第 iii 页）很明显的，柏氏对倭伊铿的评价，与其在《创化论》中所阐释的"生机"（élan *vital*）及"恒变"（le flux continue）概念，若合

---

① Henri Bergson, "Avant-propos," in Marie-Anna Hullet et Alfred Leicht trans., *Le sens et la valeur de la vie, par Rudolph Eucken*, Paris: Librairie Félix Alcan, 1912, pp. i-iv. Traduit de l'allemand sur la 3e édition.

② 张君劢:《倭伊铿精神生活哲学大概》。

符节（第 2、7 页）（请参阅本书第二章针对张东荪《创化论》翻译的讨论）。对张君劢而言，这正是孔子所说的"天行健君子以自强不息"。张氏引用倭伊铿在《大思想家的人生观》的说法："创造行为也。精神界之建设也。"（第 8—9 页）倭伊铿主张进化是"创造的劳作"；柏格森则主张"创造的进化"。除此之外，两人均认为真理是可知的，倭伊铿的方法是透过"精神的直接"及"合主客观而成一体"，与柏格森主张的"直觉"无二致。倭伊铿并主张，透过人生的奋斗（Lebenskampf），可以"由有限而趋于无限"，"由部分而归于全体"。在张氏的解读下，无论柏格森或倭伊铿的思想都显示二十世纪是行动、奋斗、创造的时代，也就是说，是"革命时代"。

张君劢这篇文章对倭伊铿的解读，复杂、全面而杰出，然而却少有学者讨论。[1] 相对而言，1923 年其爆人生观论战的文章，题为《人生观》，则把科学与人生截然对立起来，缺乏细致的讨论及复杂性。也许因为这篇文章原来是当年 2 月 14 日对清华大学学习科学的学生所做的演讲，张氏觉得有必要做简洁的推论。首先他指出，科学的一切都由公式及因果关系所决定，而人生的复杂及异质性，是无法以公式来限定的。以"我"作为人生观的中心，张氏条列科学与人生二元化的对比：科学是客观的、论理的、分析的、求相同现象的，由因果律所决定；人生观则是主观的、直觉的、综合的、求人格单一性的，由自由意志所决定（第

---

[1] 　如 D. W. Y. Kwok 研究科学与人生观论战的专著中，从未提及张君劢的《倭伊铿精神生活哲学大概》一文。Cf. D. W. Y. Kwok, *Scientism in Chinese Thought, 1900-1950*, New Haven and London: Yale University Press, 1965. 李泽厚在讨论人生观论战时，亦未提及张君劢此文。见李泽厚：《中国现代思想史论》，第 49—64 页。

5—8 页）。[1] 最容易误导的，是他把中国及欧洲、精神文明与物质文明对立起来：

> 科学无论如何发达，而人生观问题之解决，决非科学所能为力，惟赖诸人类之自身而已。而所谓古今大思想家，即对于此人生观问题有所贡献者也……自孔孟以至宋元明之理学家，侧重生活之修养，其结果为精神文明。三百年来之欧洲，侧重以人力支配自然界，故其结果为物质文明。

张氏指出，精神文化培养内在生活，物质文化则追求人类精神生活之外的东西，并提出一个问题：一个国家如果过分强调工业及商业，这是正确的人生观吗？是正确的文化吗？他指出，即使欧洲人今天也已经开始质疑这种趋势，而在欧战后，有些欧洲人倦于这种外在物质的无尽追求，开始摒弃物质文化的过度发展（第 9 页）。张这篇文章所批判的直接对象，便是当时中国主张科学至上的新文化运动人物，他说道：

> 方今国中竞言新文化，而文化转移之枢纽，不外乎人生观。吾有吾之文化，西洋有西洋之文化。西洋之有益者如何采之，其有害者如何避之；吾国之有益者如何存之，有害者如何革除之；凡此取舍之间，皆决之于观点。观点定，而后精神上之思潮，物质上之制度，乃可按图而索。

张君劢的用意，无疑是刺激议论，从科学与人生观论战的发

---

① 张君劢：《人生观》。

展来看，他也的确达到了目的。

小结

人生观派提醒世人，无论科学如何发达，面对有关人生的许多问题，科学是束手无策的，如人际关系、感情、自我追寻、宗教情操等方面。换句话说，无论东西方，科学并非解决人生问题的万灵丹。虽然人生观派一直被学界视为保守派，透过联结欧洲、日本的反启蒙运动可知，当时梁启超等人所掀起的人生观论战事实上是欧亚反启蒙运动的一环。五四一代一向被认为是启蒙的一代，科学理性主义当道，传统的儒释道思想则被视为落后迷信。相对的，质疑科学理性主义的反启蒙运动也透过跨越欧亚的跨文化联结，企图重新开创传统文化的现世意义。梁启超等人在传统文化濒临危机之时，见证了日本的振兴儒家运动，问道于欧洲的倭伊铿及柏格森的人生哲学，于是在中国创办讲学社，透过系列性的策划，邀请欧亚思想家如杜里舒、罗素、泰戈尔等访问中国，发起检讨科学理性主义的舆论。

在此同时，人生观派以唯情论来对抗理性的思潮，也在1920年代前后的中国展开。中国知识分子热中于"唯心"与"唯物"的辩证之时，1924年朱谦之、顾绥昌（1904—2002）、袁家骅为首另辟蹊径，提出"唯情"的主张，全面检讨中国哲学与西方哲学中的情感论述，以解决"心""物"的二元对立，其具体论述请参考本书第五章。

第二章

张东荪《创化论》的翻译

科学理性与"心"

我要去创造些新的光明，不能再在这壁龛之中做神。

——郭沫若《女神》（1921）

五四时期的"唯情论"由柏格森得到灵感，重新诠释《易经》以来的传统学术，张东荪翻译的《创化论》（图 2.1）功不可没。由于《创化论》，"创造"一词成为五四的日常用语。若搜寻台北中研院的《汉籍电子文献资料库》，可知在后汉文中"创造"一词已见，主要是用为"创作文章"的意思。[①] "创造"在五四时期成为知识分子朗朗上口的语汇，完全有赖人生观派推广《创化论》。[②] 虽然留学日本的陈独秀、李大钊在 1915 年已经写文章宣扬柏格森的"创造进化论"（见本书第六章结尾），若非 1918 年张东荪《创化论》的翻译以及 1921 年创造社作家的兴起，这个跨文化语汇不可能在五四时期的中国如此风靡一时。本章以《创化论》为中心，说明人生观派反驳科学主义的理论基础。

---

① 后汉书应劭传《奏上删定律令》："又集駮议三十篇，以类相从，凡八十二事。其见汉书二十五，汉记四，皆删叙润色，以全本体。其二十六，博采古今瑰玮之士，文章焕炳，德义可观。其二十七，臣所创造。"网址：https://ctext.org/hou-han-shu/zh?searchu=创造。

② 有关创造社的研究，多半讨论情绪、情感、感伤主义或革命文学的问题，例如朱寿桐：《情绪：创造社的诗学宇宙》，上海文艺出版社，1991。

图 2.1　1918 年张东荪翻译的《创化论》在《时事新报》上连载，1919 年由上海商务印书馆出版，分为上、下两册。

　　1923 年发生的科学与人生观论战，是晚清以来东西方价值观严重分歧，长期酝酿、越演越烈的结果。西方科学万能、足以富国强兵的信念，加上普遍认为中国积弱不振、受列强欺压乃因传统文化落后的缘故，使梁启超等知识分子深为忧虑传统文化在现代世界的存在意义。如本书第一章所述，1898 年百日维新失败之后梁启超流亡日本，见证了来自德法的人生哲学与日本东洋伦理复兴运动的结合，认为中国传统文化与德国哲学家倭伊铿及法国哲学家柏格森的人生哲学精神相通；梁氏也认定他们是当今欧陆最伟大的两位哲学家。梁氏于 1918 年带领张君劢等弟子赴欧，原拟同时拜访两人，但只见到倭伊铿，后张君劢留在耶拿与倭氏学习哲学。虽然梁等一行人在欧洲与柏格森失之交臂，但同一年梁的挚友张东荪（1886—1973）自 1 月 1 日起三个月，在《时事新报》上连载《创化论》，原著正是柏格森的 L'évolution créatrice（1907）。① 译文次年由商务印书馆出版成书，由政论家汤化龙作序②。整个人生观论述的酝酿，在此时早已萌芽。《创化论》所使用的翻译语汇，为后来人生观派的论述奠定了基础。

随后于 1921 年，梁启超的弟子之一梁漱溟出版了《东西文化及其哲学》梁在书中主张孔子是人生哲学家，并将孔子学说与倭伊铿及柏格森的人生哲学联系起来，本书第三章将讨论此观点。此书出版后，又有次年张君劢与倭伊铿的德文合著《中国与欧洲的人生问题》出版，本书第一章已深入分析此书。由《创化论》《东西文化及其哲学》及此德文书的先后陆续问世，梁启超结合子弟兵在人生观论述上跨文化联结的整体性策略不言可喻。

张东荪于 1905 至 1911 年官派留学日本，就读东京大学哲学系。1906 年，他与蓝公武等人创办《教育》杂志，主要讨论哲学、伦理议题。张东荪在日本居留期间与张君劢交好，赞成梁启超的立宪派立场。张在回国后参加南京临时政府，虽然被列为国民党员，实际上跟梁启超成立的进步党关系更密切，反对袁世凯的复辟。后来，张进入报界，先后担任上海各大报的主笔。1918年继张君劢之后接任研究系（进步党演变而来）在上海的喉舌《时事新报》主编，创办了该报的副刊《学灯》。同年，《创化论》就在该报连载发表。1920 年，梁启超、蔡元培等发起的讲学社邀请罗素来华，在杭州、南京、长沙等地演讲，全程由张东荪陪

---

① 左玉河编著《张东荪年谱》，群言出版社，2013，第 81—82 页。
② 汤化龙:《创化论序》，张东荪译释《创化论》，商务印书馆，1919，第1—3 页。

同。① 张东荪的文化事业，实与梁启超密不可分。《创化论》的翻译对五四一代思想界影响重大，却少见学者研究。若深入探讨，不但可进一步了解人生观论述的思想来源，更可一窥现代中国在翻译实践及理论上的创发。

张东荪的翻译理论

在《创化论》的《译言》中，张东荪指出，由于不熟悉法文，其翻译主要根据美国学者 Arthur Mitchel 于 1911 年的英译本，同时参考金子马治（1870—1937）及桂井当之助（1887—1915）于 1913 年的日译本。② 首先在书名的翻译上，就可见张东荪对翻译语言的执着，他一方面参考日译本，另一方面坚持维护中文的特性。他将日文书名译为"创造的进化"，在中文"的"字为口语。由于全书以文言文翻译，有人劝其参照日文译为"创造之进化"，但张东荪认为如翻译成英文，会变成 The Evolution of The Creation，不合英译本的 Creative Evolution。但若译成"创造进化论"也不妥，会被误认是 To Create the Evolution。就语言特性而言，中文一字即可表达的意思（如"国"），日文往往喜欢用叠字（如"国家"），其实在中文根本不必使用叠字。因此张东荪坚持译为"创化论"，言简意赅，"创造"与"进化"的意思都涵盖在内了（《译言》，第 2 页）。

张东荪的《译言》可视为其翻译理论。当时主导名词翻译的

① 王昌焕编撰《梁启超 张东荪》，人民日报出版社，1999，第 1—22 页；左玉河编著《张东荪年谱》。

② 张东荪：《译言》，收入张东荪译释，《创化论》，第 1—8 页。参考金子马治、桂井当之助译，《创造的进化》（东京：早稻田大学出版社，1913）；Arthur Mitchell trans., *Creative Evolution*, New York: H. Holt and Company, 1911。

三派，包括日译派、严复派及译音派，张氏都不甚满意，认为日译的名词可酌量使用，如积极、消极、肯定、否定等，"辞虽不雅，文意尚可通"。但是如场合、持续、取缔、取引等，"与汉文无训诂相通者"，则万万不可用。张氏主张，除非是不得已的情况下，尽量少用译音及自创的名词。其自创的名词，主要是"绵延"及"理"（order）二辞。日文将 duration 译为"連續"即"连续"，张氏认为"连续"意指两个物体的相连接，不合原意，因此自创"绵延"一词，表达"一物的自延长"。至于 order，日文译为"秩序"，意为先后次第；他则认为不如"理"字为好，意为"条规"。有关张东荪对"理"字的理解，不妨参考他 1946 年出版的《理智与条理》一文。文章指出，西方的"理性"（reason）与中国旧有的"性理"概念不同；中国讲理是指"条理"，可译为 order，不可译为 reason。中国思想上的"理"，不得已时可译为 intelligible order，以别于 moral order 及 natural order。文章又指出中国人不分道德界上的秩序与自然界上的秩序。英文的 order 与 law 原本相通，中国是由礼到理，外国则由法到理；更重要的是，西方的理乃自"智"而生。[①]

其他，如日文将 Metaphysics 译为"純正哲学"，张东荪则遵从蔡元培的旧译，译为"玄学"[②]；consciousness 不从日文译为"意

---

① 张东荪：《理智与条理》，《理性与民主》，商务印书馆，1946；收入张耀南编《知识与文化：张东荪文化论著辑要》，中国广播电视出版社，1995，第351—394 页。

② 北京大学于 1918 年制定校旗，蔡元培解释右边横列红蓝黄三色，左边纵列白色、黑色，分别代表科学、哲学与玄学。他特别指出，叔本华、柏格森的学说都是玄学。蔡元培：《北京大学校旗图说》（1918），《蔡子民先生言行录》，文海出版社，1973，影印上海新潮社版，第 355—358 页；陶英惠：《蔡元培与北京大学》，《民国教育学术史论集》，秀威资讯，2008，第 33—103 页。

识"，而译为"心意"或"心"，因为"意识"是唯识论中的特别名词，不可乱用；英文 intellect（法文原文 intelligence）不从日文译为"睿知"或"理知"，而译为"智慧"，则是从一般字典的旧译（《译言》，第 3—4 页）。他所自创的语汇，如"绵延""心"等，成为人生观派的关键用语，奠定了人生观论述的理论基础。我们今天乃后见之明，知道日后虽然有些新词是张东荪的自创胜出，然而日文新词的普及却势不能挡，甚至压倒性胜过早期传教士创造的无数新词，主因是日文语汇随着大量日本教习进入了中国新兴现代教育体系①。总之，透过翻译，无论自创或转借自日文，如"玄学""绵延""心""创造""进化"等跨文化语汇，不仅跨语际，联结了欧洲、日本、中国在现代思潮上的传播与发展；更跨历史分期，联结了古代与现代学术。例如科学人生观论战又称为科学与玄学论战。"玄学"（即"形而上学"）的概念，古希腊即已有之，经倭伊铿、柏格森发扬光大，到日本哲学界"纯正哲学"与启蒙理性主义的辩证，再透过蔡元培的翻译，在五四时期激发对儒释道思想的重新评估。② 如果不追溯其跨越欧亚思想史的源头与发展，会误以为"玄学"是中文语汇，而忽略了此概念的跨文化意涵。一个新语汇进入在地文化，代表一个概念的衍生，不仅带来了外地文化的概念，也使在地传统新生。这说明了辨认跨文化语汇的意义：透过追溯跨文化语汇跨语际、跨历史的轨迹，

---

① Cf. Peng Hsiao-yen, *Dandyism and Transcultural Modernity: The Dandy, the Flâneur, and the Translator in 1930s Shanghai, Tokyo, and Paris*, London and New York: Routledge, 2010, pp. 171-172.

② 倭伊铿推崇古希腊玄学，认为玄学是人生哲学，反对启蒙哲学以来哲学的理性挂帅倾向，尤其是康德将哲学推向认知科学之途，脱离生命本身；请参考本书第一章。柏格森亦然，详见下文。

可让我们理解自身文化在某一特定时期的创造性转化。

张东荪的翻译理论，主要奠基于他对中文特性的看法。后世研究者也许比较熟悉 1920 年代末、30 年代初鲁迅与梁实秋有关"硬译""死译"与"曲译"的辩论。[①] 但较少人讨论，在 1910 年代张东荪翻译《创化论》之时，就已提出了有关"直译"与"义译"的看法，可见相关问题是现代翻译史上的老问题。张认为翻译中不宜过度直译，避免扭曲中文句法以就外文，否则会使得中文难以读懂；至于"义译"或可达意，但与原文比对当然有出入。其结论是"直译"与"义译"并非截然不相容的，而是较为近似与较不类似的两端，中间有种种程度的差别；亦即，应视实际情况而调整直译与义译的程度与比例，最终目的以达意为主。从本文稍后的讨论，读者可以自行判断，究竟张东荪在实际的翻译过程中如何权衡操作"直译"与"义译"。

有关严复的"信、达、雅"说法，张东荪也以中文的特性为原则。他认为最理想的情况，是维持三者的平衡；做不到此理想境界，就努力使达、信均衡，雅则其次。但在真正进行翻译时，却难以配合理论，只能视译者的趋向而定。如果以"信"为最高准则，不免会出现令人费解的句子。至于严复，专事尚"雅"，以桐城派古文翻译，结果除了《天演论》以外，均辞句艰难、含义晦涩（其实对当今的读者而言，《天演论》也难以读懂）。张东荪本人则主张以"达"为主，为了达意，宁可稍稍牺牲信、雅。因此他自称是"译释"，并声明是师法日本人的"解说体"翻译。不以"信"为主的原因是，中国文体先天与欧文的语气、结构、

---

① 梁实秋：《论鲁迅先生的"硬译"》，1929，及鲁迅：《"硬译"与文学的阶级性——附"新月"的态度》，1930，等文，收入黎照编《鲁迅梁实秋论战实录》，华龄出版社，1997，第 190—225 页。

文体截然不同，但不能忽略文体变化的可能性。现代日本由于翻译发达，使得日文的文体趋向于欧化，可见一斑。又如由于佛经的翻译，唐代到了玄奘时深受梵文影响，文体产生剧变，几乎已无虚字。张氏深信此后中文的变化势不可挡，其变化必然趋向于欧文；但这种变化必须假以时日，经历代众人之努力自然变化而得，个人翻译时不可强而为之，使读者无法理解。张氏指出："今日文体方在变化之中途，尚未告一段落。且他日变化如何，亦难逆睹。"（《译言》，第 7 页）这说明了在 1910 年代张东荪已经很清楚，翻译有助于促成古典中文变化为现代白话文。由古文到白话文也许是巨变，但换个角度看，凡是活生生的语言，哪有不是在"变化之中途"的？

张东荪的翻译理论，虽然只是《创化论》的《译言》中几个段落，却论及现代翻译史中周而复始的关键议题，也是每个译者必须面对的实际操作问题。其《译言》更点出了一个关键概念：翻译势必促成中文的欧化。我们应该说，从古典中文过渡到白话文的过程中，翻译扮演了不可或缺的角色；至于"欧化"与白话文发展的关系，也已有学者开始注意。①

"诠知之学"与"释生之学"

柏格森因何写作《创化论》？换言之，《创化论》是针对什么问题而作？我们可从以下张东荪翻译的引文，知其梗概：

---

① 老志均：《鲁迅的欧化文字：中文欧化的省思》，台北师大书苑，2005；黄兴涛：《"她"字的文化史：女性新代词的发明与认同研究》，福建教育出版社，2009；费南（Florent Villard）：《瞿秋白——翻译理论与语言共同体：寻找一个中国读者》，收入彭小妍编《文化翻译与文本脉络：晚明以降的中国、日本与西方》，台北"中研院"中国文哲研究所，2013，第 111—128 页。

　　要而言之。诠知之学与释生之学不可畔离。前者名曰知识论。后者名曰生命论。其生命论而不与知识论为伴者。不过取智慧所籀之范畴。而强以生物之诸现象纳之其中。徒便于科学。无裨乎真际。一空架之论而已。反之。其知识论而不与生命论为侣者。是不知置智慧于生物进化之程途。则不足明知识何由以成。何由以出也。故二者关合。实为要务。务必使其若环无端。斯可矣。(《创化论》上，第 5 页)

　　纵言之，《创化论》的写作，是为了解决"认识论"与"生命论"的对立，认为两者应相辅相成，如两线头尾相接成环，不见其端（"若环无端"）。译文中"诠知之学与释生之学不可畔离。前者名曰知识论。后者名曰生命论"两句，在法文原文、英译、日译都仅只一句："认识论与生命论不可分离。"[1] 很显然，张东荪的"译释"，虽说是师法日译的"解说体"，在翻

　　① 　Henri Bergson, L'*évolution créatrice*, Paris: Presses Universitaires de France, 1998: "*la théorie de la connaissance* et *la théorie de la vie* nous paraissent inseparables l'une de l'autre" (p. ix; 斜体为法文原有); Arthur Mitchell trans., *Creative Evolution*: "*theory of knowledge* and *theory of life* seem to us inseparable" (p. xxiii; 斜体为英译原有); 認識論と生命論とは、到底分離可きものではないことが分かる，第 8 頁。这方面研究可参考 Keith Ansell-Pearson, Paul-Antoine Miquel and Michael Vaughan, "Responses to Evolution: Spencer's Evolutionism, Bergsonism, and Contemporary Biology," in Keith Ansell-Person and Alan D. Schrift ed., *The New Century: Bersonism, Phenomenology and Responses to Modern Science,* Chicago: University of Chicago Press, 2010, p. 347-379: "Bergson's *Creative Evolution ... is intel*lectually ambitious and rich in showing how philosophy andscience can reach a new rapport concerning questions of life; and it has inspired major developments in both post-war philosophy (notably the work of Gilles Deleuze) and recent biology (notably in applications of complexity theory and non-linear thermodynamics to the study of living systems), p. 2.

译时还是视中文语境需要而自行增加解说，不尽然跟着日译本走。此处日文用的是"认识论"，张东荪改为"知识论"，无可厚非；两词日后均通行。至于"诠知之学与释生之学"的解说，则是为了古典中文读者的理解而加上的，意指：诠释知识之学与诠释生命之学。他如此说明，中文读者是否能理解，就不得而知了。

我们如果对照柏氏的原文，会发现"释生之学"——亦即"生命论"——指的是生物学，以达尔文演化论经典《物种原始论》(*On the Origin of Species*, 1859；马君武译，1920）集其大成。1920 年杜威在中国的讲演认为柏格森《创化论》批判的是达尔文演化论的机械论，[①]但达尔文并不讨论机械论的问题。柏格森批判的主要对象应该是斯宾塞，由于后者将演化视为物质科学。其《第一原理》(*First Principles*, 1862）套用物理学中的热力学（thermodynamics）理论说明演化论，来建立其自己的哲学体系：物质不灭，能量不灭，惯性定律，各种能量的互相转换，等等，斯宾塞认为这些物理定律支配了演化。意思是自然世界遵循必定的规律：从热量的波动到小提琴琴弦的震动；从光、热及声音的律动到潮水的起伏；从性周期到星球的运转周期；从日夜相继到季节变换等等。如同热力学所预测，斯宾塞同意宇宙能量会耗尽，世界必将走向永夜。但热力学主张世界将趋向永恒死亡，他却跟尼采一样相信永恒回归（eternal recurrency），认为演化及能量散尽的周期完成后，又会不断地重启下一个周期，每个周期的结局

① 杜威：《现代的三个哲学家》，胡适口译，《杜威五大讲演》，晨报社，1920，本文原载于《晨报》（1920 年 3 月 8—27 日），又载《北京大学日刊》（1920 年 3 月 11 日—4 月 30 日）；《现代的三个哲学家》，《杜威五大讲演》，安徽教育出版社，2005，第 2 版，第 228—265 页。详见第三章。

都是死亡。① 对斯宾塞而言，生命必须不断适应外在环境：发育跟能量的消耗成反比，低等生物抵抗外在危险的能力薄弱，因此死亡率高，必须有高生育率才不至于灭种；高智商的生物自保能力高，因此生育力低。例如，哲学家总是鲜少育儿；女性为了生育，智力活动就降低。② 这种演化论令人咋舌，难怪柏格森认为斯宾塞的理论是"伪进化论"（《创化论》上，第 6 页），张东荪1928 年的文章《新创化论》也重复相同看法（第 100 页）③。

《创化论》中柏格森持续批判"法国《百科全书》哲学家"（les philosophes）以专事实用的物理来涵盖所有思想活动，与斯宾塞同陷困境，例如：

> 哲学家。有谓动作比循乎物理者焉。谓理即 [理智]。

① 王道还：《〈天演论〉中的热力学》，《科学文化评论》10 卷 5 期，2013，第 32—54 页。

② 此处有关斯宾塞《第一原理》的讨论，来自威尔·杜兰。杜兰指出斯宾塞的理论完全运用物理学，但并未指出是物理学中的热力学。Cf. Will Durant, *The Story of Philosophy: The Lives and Opinions of the Greater Philosophers*, New York: Pocket Books, 1953, p. 351-400. 斯宾塞也信奉马尔萨斯的人口论：人口的成长总是超越食物的供给，初期这种人口压力是进步的动力，迫使人种分歧，并从狩猎走向农业；社会发展因之而起，增进生产、改善技术及加强人的智能。所谓"物竞天择、适者生存"即由此而来。达尔文只说了上半段"物竞天择"（struggle for existence and natural selection），斯宾塞发明了"适者生存"（survival of the fittest），甚至主张以国家力量节制弱者的生育。斯宾塞的进化论是十九世纪末起盛行的社会达尔文主义之一，影响深远。

③ 张东荪：《新创化论》，《东方杂志》25 卷 1 号，1928 年 1 月，第 97—114 页。所谓"新创化论"意指柏格森之后的哲学的进化论，包括英国生物学家 Conwy Lloyd Morgan 的 *Emergent Evolution* (1923)、S. Alexander 的 *Space, Time, and Deity* (1916—1918) 等。张东荪指出斯宾塞是哲学的进化论，与达尔文的生物学进化论完全是两回事。

夫以此释 [理智]，特一循环论耳。若认此论为真。必与斯宾塞。同陷一难境。斯氏谓 [理智] 率由物理而成。物理映射于人心。乃离 [理智] 而自存者也。（《创化论》上，第158—159 页)

又如：

哲学者不察。竟以专在实用之思惟法而移于纯粹思辨之境。宜其谬矣。（《创化论》上，第 162 页)

读者若熟悉欧洲启蒙时代的研究，应该知道，启蒙时代由狄德罗（Denis Diderot, 1713—1784）领导合作 Encyclopédie（百科全书）的一百余位法国哲学家，法文通称为 les philosophes，英文则为 the philosophes[①]；此处张东荪若译 les philosophes 为

[①]　相关著作，例如 Paul H. Meyer, "The French Revolution and the Legacy of the Philosophes," *The French Review* 30: 6 (May 1957): 429-434; Darrin M. McMahon, "The Counter-Enlightenment and the Low Life of Literature in Pre-Revolutionary France," *Past & Present* 159 (May 1998): 77-122. McMahon 指出 : "As will be apparent, I employ the term 'counter-Enlightenment' much more broadly to characterize all those who positioned themselves in opposition to the principal *philosophes* of the Enlightenment." 又如 Robert Darnton, *The Business of Enlightenment: A Publishing History of the* Encyclopédie *1775-1800* (Cambridge, Mass.: The Belknap Press of Harvard University Press,1970) : "What form did the thought of the philosophes acquire when it materialized into books, and what does this process reveal about the transmission of ideas?" (p. 1).

"法国《百科全书》哲学家"会更精确。① 这点不只张东荪,《创
化论》的英译者也没有看出来, 例如上引页 153 法文句子英译
为 "Philosophers will reply that action takes place in an ordered
world"(第 168 页)。标准的翻译应该是 "The philosophes will
reply that…"张东荪忠实翻译了柏格森对当前生物学发展的批
判,"其生命论而不与知识论为伴者。不过取智慧所籀之范畴。
而强以生物之诸现象纳之其中。徒便于科学。无裨乎真际"一
段(《创化论》上, 第 5 页), 参考法文原文, 原意为: 生物
学("生命论")如果不能伴随对知识的批判(une critique de la
connaissance), 就只能拘泥于理智(日译;张译"智慧", 法文
为 l'entendement, 英译为 understanding)既定的范畴, 将所有
"生物"现象(faits, "生物"为张东荪所加)纳入其中;这或许
是实证科学(la science positive)的必要作法, 但不能有助于对
事物真相(真际)的直接理解(une vision directe)。所谓"直
接理解", 也就是张在全书所阐释的"直觉"概念。②

　　当然, 柏氏同时也批判知识论:"其知识论而不与生命论为
侣者。是不知置'理智'于生物进化之程途。则不足明知识何由

―――――――――

　　①　欧洲启蒙运动除了法国, 遍及意大利、瑞士、苏格兰、英国、德国等
地。Cf. Hugh Trevor-Roper, *History and the Enlightenment*, New Haven and London:
Yale University Press, 2010。提到撰写《百科全书》的法国哲学家, 书中有 the
French Encyclopaedists 与 the French *philosophes* 的用法(页 10)。

　　②　Henri Bergson, *L'évolution créatrice*, p. ix: "Une théorie de la vie qui ne
s'accompagne pas d'une critique de la connaissance est obligée d'accepter, tels quels,
les concepts que l'entendement met à sa disposition: elle ne peut qu'enfermer les faits,
de gré ou de force, dans des cadres préexistants qu'elle considère comme definitifs. Elle
obtient ainsi un symbolism commode, nécessaire meme peut-être à la science positive,
mais non pas une vision directe de son objet."

以成，何由以出也。"(《创化论》上，第5页；为讨论方便，中括号之语汇为笔者参照日译所改，以下皆同）法文原意为：知识论如果不把理智置于生命的普遍进化中，则不能阐明知识的框架（les cadres de la connaissance）是如何建构成的，也不能阐明我们可以如何拓展或超越这些框架（les élargir ou les dépasser）。① 因此，柏格森提倡的创化论既批判唯心论，也批判唯物论。他蓄意结合知识论（唯心）与生物学（唯物），一方面主张生物学不能只讨论生物的物质性，必须关注生物之所以为生的特性——也就是柏格森所说的"生之动力"；一方面主张知识论不能沦为哲学概念的演绎，必须超越知识论的框架，对生物现象的真相有"直接的理解"——也就是说，"直觉"才能达到真理。这是柏格森的关键概念。众所周知，五四人生观派对此信奉有加，普遍以直觉作为批判启蒙理性主义的利器。②

西方现代物质科学的进展获得前所未有的成功，生物学即其中之一。但是生物拥有物质所没有的属性，可总括为"生命"一词。生物科学最基本的问题是：生命现象是否有独立的逻辑，或是可完全化约成物质现象？柏格森的《创化论》，主旨在阐明生命现象有其独立的逻辑，远超越物质科学所能理解的范围。对柏格森而言，正确的生物学是联结精神科学（Geisteswissenshaft）与物质科学（Naturwissenshaft）的关键学问，也就是联结唯心论与唯物论。

① Henri Bergson, *L'évolution créatrice*, p. ix: "D'autre part, une théorie de la connaissance, qui ne replace pas l'intelligence dans l'évolution générale de la vie, ne nous apprendra ni comment les cadres de la connaissance se sont constitués, ni comment nous pouvons les élargir ou le dépasser."

② 参考本书第三章讨论梁漱溟的《东西文化及其哲学》。

理智与生命

马克思认为，达尔文的演化论证明生命世界没有内在的目的，而且是变动不居的；也就是说，达尔文将"目的论"（造物者）成功地逐出了自然科学。[1]《创化论》对目的论的批判是与达尔文一致的；柏格森也认为生命世界变动不居，没有目的。但是柏格森认为达尔文天择之说，只能解释"生物之所以湮没之故"，却不能说明两个复杂有机体在不同的演化路径上生长，竟然结构完全相同。也就是说，天择说只能说明生物之灭绝，不能说明生物之生长。[2] 因此，柏氏以"生之动力"理论来说明生命的生长。（详见下文）

对柏格森而言，理性不足以解释生命现象。见张东荪译文：

---

[1] Marx's letter to Ferdinand Lassalle (1825-1864) in Berlin: "Darwin's book is very important and serves me as a basis in natural science for the class struggle in history. One has to put up with the crude English method of development, of course. Despite all deficiencies, not only is the death-blow dealt here for the first time to 'teleology' in the natural sciences but their rational meaning is empirically explained", London, 16 January, 1861; 这方面研究文献，请参考 Paul Paolucci, *Marx's Scientific Dialectics: A Methodological Treatise for a New Century*, Leiden and Boston: Brill, 2007, p. 98; Terence Ball, "Marx and Darwin: A Reconsideration," *Political Theory* 7: 4, November 1979: 469-483.

[2] Henri Bergson, *L'évolution créatrice*, pp. 56-57; Arthur Mitchell, *Creative Revolution*, pp. 63-64. 张东荪此处误译为"兹有二生物焉。种既不同。其率进之途亦殊。其官品之构造亦极复杂，而竟呈相同之形"。法文原文及英译均无"种既不同"之语。法文原文为 "Que sera-ce, quand elle voudra expliquer l'identité de structure d'organes extraordinairement compliqués sur des lignes d'évolution divergentes?", p. 56. 英译为 "How much greater will this difficulty be in the case of the similar structure of two extremely complex organs on two entirely different lines of evolution!", p. 63.

"'理智'之能事，唯在几何学耳。是则'理智'纯系乎静物之事理。不能与生物之进化。启其秘钥也明矣。盖'理智'为生物进化所产。有所限制。"（《创化论》上，第2页）张译此处所说"静物"，事实上是与"生物"相对的"无机物"（日译词；法文 matière inerte，英译 unorganized matter），即无生命的物体；日译的某些新词事实上比张译高明、准确。此外，由以下笔者翻译的柏格森此段文字，可知张氏此处遗漏了部分原文，因此译文在前后衔接上不是很清楚。参照柏格森原著，还原所遗漏的部分，则条理分明：

　　理智擅长于几何学，显示出逻辑思考与无机物之密合。理智只要跟随其自身的自然运作，几乎不需与经验有任何接触，即可不断发明突破。而经验是绝对跟随在理智之后的，也必然证实理智的成就。但由此也必须了解，理智（notre pensée）在纯粹逻辑框架下，是无法呈现生命真谛及演化进程深义的。理智是生命创造的，在特定情境中所生、作用于特定事务，它来自生命、只是生命之局部，如何能拥抱生命全体？ [1]（笔者译）

---

[1] Henri Bergson, L'*évolution créatrice*, pp. v-vi: "notre intelligence triomphe dans la géométrie, où se révèle la parenté de la pensée logique avec la matière inerte, où l'intelligence n'a qu'à suivre son movement naturel, après le plus léger contact possible avec l'expérience, pour aller de découverte en découverte avec la certitude que l'éxperience marche derrière elle et lui donnera invariablement raison. / Mais de là devrait resulted aussi que notre pensée, sous sa forme purement logiques, est incapable de se représenter la vraie nature de la vie, la signification profonde du movement évolutif. Créée par la vie, dans des circonstances demines, pour agir sur des choses dérminées, comment embraserait-elle la vie, dont elle n'est qu'une émanation ou un aspect?"

此处张氏所遗漏的"经验"一词十分关键，因为经验是与生命息息相关的；也就是说，几何学之类的科学，仰赖理智的逻辑思考，可在不与人生经验接触的抽象层次中自行运作，只需遵从理智的自然逻辑，即可有所发明进展。在柏格森原文中的 notre pensée，英文版译成 our thought，张东荪有时译为"智慧"（即日译的"理智"），有时译为"思辨"。在西方哲学，理性端赖逻辑思考；笛卡尔的名言"我思故我在"道尽此意，我们都耳熟能详。因此，张译将两词互换是有道理的。

柏格森对生物学的批判，由张译此段引文可看出："然进化论者。既以诠释'无机物'之法。直移用于生物之研究。又复谓'理智'为进化所产。而不自知其矛盾。"（《创化论》上，第 3 页）亦即上文笔者所译柏格森引文所指出：理智乃演化所生之局部，局部焉能诠释生命之全体？如欲进一步了解柏格森为何认为理智不足以诠释生命或生物学，则必须先理解他对目的论的批判。事实上，他同时批判西方十八世纪以来盛行的机器观（méchanisme，英译为 mechanism）与目的论（张东荪译为"究竟观"）（finalité，英译 finalism），认为此两者均过度依赖理性，无视生物之变化及创进本能。张译曰：

> 究竟观之弊。正同于机器观。皆偏重于[理智]耳……机器观视世界为一大机器。究竟观谓宇宙为一大计画。皆不过表示人心上互相辅翼之二趋向而已。
>
> 究竟观尚有同于机器观者。则皆不承物心之本为不可预

知之创化也。(《创化论》上，第 43—44 页)[①]

对照原著，可知张译虽大致掌握了原意，但相当程度简化了法文原文。大多数简化的情况无伤大雅，但是遗漏了关键字眼，可能会造成理解的不全。例如"机器观视世界为一大机器"与"究竟观谓宇宙为一大计划"两句中文，非但对仗工整，令人叫绝，也表达了原意；但前句遗漏了"数学原理"的概念。笔者今翻译如下："无论将自然视为以数学原理运转的大机器，或将自然视为一大计划的实现。""数学原理"实际上贯串了柏格森对机器观的诠释，张译此处遗漏，也连带后来有关数学的大部分讨论也省略了。

柏格森自幼长于数学，《创化论》日译版书中的《柏格森氏小传》中指出，柏格森为巴黎出生的犹太后裔，1868 至 1878 年就读中学（Lycée Condorcet）时，即获得中学跨校数学竞赛的首奖（1877），获奖的解答次年刊载于当时颇具权威的数学杂志 *Annales Mathématiques* 上，这是其最早的出版作品。柏氏曾想日后主修理科，但人生问题对他更具有吸引力，终于进入巴黎的

---

① Henri Bergson, *L'évolution créatrice*, pp. 44-45: "L'erreur du finalisme radical, comme d'ailleurs celle du mécanisme radical, est d'étendre trop loin l'application de certains concepts naturels à notre intelligence…Qu'on se figure la nature comme une immense machine régie par les lois mathématiques ou qu'on y voie la realization d'un plan, on ne fait, dans les deux cas, que suivre juqu'au bout deux tendances de l'esprit qui sont complémentaires l'une de l'autre et qui ont leur origine dans les mêmes necessités vitals. / C'est pourquoi le finalisme radical est tout près du mécanisme radical sur la plupart des points. L'une et l'autre doctrines repugnant à voir dans le cours des choses, ou même simplement dans le développement de la vie, une imprévisible création de form"; Arthur Mitchell trans., *Creative Evolution*, pp. 50-55.

高等师范学院就读哲学。[①] 这是法国最具声望的高等学府之一，历来出了不少重量级的人物，如数学家 Evariste Galois（1811—1832）、科学家 Loui Pasteur（1822—1895）、作家 Jean-Paul Sartre（1905—1980）、哲学家及社会学家 Raymond Aron（1905—1983）、历史学家 Marc Bloch（1886—1944）、作家 Simone Weil（1909—1943）等。《创化论》中除了物理、化学、生物学等，十分倚赖数学理论，尤其在诠释机器论时微积分的运用。机器论就十八、十九世纪欧洲语境而言，意指宇宙为一完美的机器，宇宙万物按既定的程式运转不息，井然有序；造物主则为制造此完美机器的退休工程师（retired engineer），因为宇宙造成后，上帝就不再干预世事了。一般认为牛顿建立了机器宇宙观，但事实上要到十八世纪末法国数理大师拉普拉斯（Laplace, 1749—1827）提出太阳系是个稳定系统的数学证明，才奠定了机器宇宙观的基础。[②] 因此柏格森以数学理论说明机器论，是有根据的。

具体时间：“真时”

在分析机器论的特性时，柏格森以微积分理论来说明人为的、即科学的“抽象时间”（日译，法文 le temps abstrait，英译 abstract time），以区别自然的“具体时间”（日译，法文 le temps concret，英译 concrete time）。所谓“具体时间”，张东荪译成“真时”（le temps réel），意为真实的时间；至于“抽象时间”他则避而不译，不仅因其牵涉到艰深的数学理论，应是由于此辞汇在

---

①　金子馬治・桂井当ノ助訳「ベルグソン小伝」，『創造の進化』。

② 　Cf. Edward B. Davis, "Myth 13," in *Galileo Goes to Jail and Other Myths about Science and Religion*, ed. Ronald L. Numbers, Cambridge: Harvard Univ. Press, 2009, p. 115-122.

中文语境没有太大意义。具体时间与抽象时间的对比，是柏格森《创化论》的基础概念，要了解此书的理论，就必须理解两者的差异。

我们首先讨论"具体时间"。柏格森指出，生物的演化犹如胚胎的演化，具体时间的"绵延"必然持续在生物体中留下印记，由年幼、青少年、中年到老年，无论身心都不得不随时间变化。过去的印记永远是现在不可抹灭的一部分，现在的印记也永存于未来；这也就是"有机物的记忆"（mémoire organique）之特性。[1] 就人而言，这种记忆，既指身体的记忆，也指"心"（张译；英译为 consciousness；法文原文为 conscience；日译为"意识"）的记忆。柏格森特别强调心的变化与时俱进，恒常流动，永不静止。张译十分传神："盖记忆常传昔于今。使心态如雪之堆积。增进无已。"[2]（《创化论》上，第8页）此处"心态"是"mon état d'âme"的翻译（英译为"my mental state"），至为贴切。由此亦可理解，对"consciousness"一字的翻译，张东荪为何不用日译的"意识"，而宁可译为"心"。当然，我们还必须从传统学术的联结来理解，为何张译选择"心"。《孟子·尽心上》曰："仁义礼智根于心，其生色也，睟然见于面。盎于背，施于四体，四体不言而喻。"心的本然有

---

[1]　Henri Bergson, L'évolution créatrice, p. 19.

[2]　Henri Bergson, L'évolution créatrice, p. 2: "Mon état d'âme, en avançant sur la route du temps, s'enfle continuellement de la durée qu'il ramasse; il fait, pour ainsi dire, boule de neige avec lui-même"; Arthur Mitchell, Creative Evolution, 4: "My mental state, as it advances on the road of time, is continually swelling with the duration which it accumulates: it goes on increasing-rolling upon itself, as a snowball on the snow.

如四体，身心合一，是植根于传统学术的。孟子又主张四端：
"恻隐之心，仁之端也；羞恶之心，义之端也；辞让之心，礼之
端也；是非之心，智之端也。"孟子主张的性善观念中，心的
本然包含仁义礼智。第三章将讨论的梁漱溟的《东西文化及其
哲学》中，梁氏直指四端之心乃人之固有；而孔子所谓仁，就
是"敏锐的直觉"，是"顺着自然流行求中的法则走而已"（第
125—127 页）。情自心生，到了科学与人生观论战末期，朱谦
之、袁家骅提出唯情论，认为理是情的一部分；总结论战的方
东美认为"宇宙人生乃是一种和谐圆融的情理集团，分割不得"。
这类情理合一的思路，都根源于传统，在科学与人生观论战期
间发挥无遗。（详见第五、第六章）

柏格森对"心态"恒常变动的描写，着墨甚多，张译也相当
生动。例如下列节译：

> 是心态者非他。变而已矣。
>
> 是则由一心态而以至于他者。固无异乎即在一心态之中。
> 诚以一心态之中。既常自变。则由此徂彼。何尝其自延焉。
> 原夫心态之自延。偶有起伏。似非联贯。于是取其著变。谓
> 为别一心态。实则何有彼此之分。不过一不绝之变而已。犹
> 如鼓琴合奏。鼓声高扬。引人注意。琴音幽致。听者忽之。
> 心态特起之变。殆如鼓声。要之。皆系乎一流之中。不过为
> 一流之诸波。故心态非孤立也。乃永为无尽之流耳。
>
> （《创化论》上，第 8—9 页）[1]

---

[1] Henri Bergson, *L'évolution créatrice*, p. 2-3.

其中"犹如鼓琴合奏"一节的翻译，令人拍案叫绝；在法文是"就像交响乐中爆发的鼓声渐去渐远。我们的注意力凝聚于其中，因为鼓声更具吸引力，但点点鼓声都浮沉于心理之流整体之中"[①]（笔者译）。"琴音幽致。听者忽之。心态特起之变。殆如鼓声"，虽是原文此处所没有的字句，但却是原文上下文涵义的引申或补充。重点是结语，这是柏格森所强调的概念："故心态非孤立也。乃永为无尽之流耳"（en un écoulement sans fin）。也就是说，心之波动所生的各种状态并非独立元素，而是互相串联、绵延不绝、今昔潆杂纠缠的整体意识之流。[②]

上述"心理之流"（la masse fluide de notre existence psychologique tout entire），英文翻译为"the fluid mass of our whole psychical existence"，其中"心理"（psychologique）一词实为关键，张译并未显示。"psychical"一词在法文是"psychique"。柏格森的绵延说，是针对现代心理学发展的批判，影响到詹姆士的心理学理论及欧美现代文学意识流的兴起。[③] 他的批判，主要是针对心理学上有关"自我"的固定概念。弗洛伊德所发展的心

---

① Henri Bergson, L'*évolution créatrice*, p. 3: "ce sont les coups de timbale qui éclatent de loin en lin dans la symphonie. Notre attention se fixe sur eux parce qu'ils l'intéressent advantage, mais chacun d'eux est porté par la masse fluide de notre existence psychologique tout entire."

② Henri Bergson, L'*évolution créatrice*, p. 3: "C'est cette zone entire qui constitue, en réalité, notre état. Or, des états ansi définis on peu dire qu'ils ne sont pas de elements distincts. Ils se continuent les uns les autres en un écoulement sans fin."

③ Cf. Robert Humphrey, *Stream of Consciousness in the Modern Novel*, Berkeley:University of California Press, 1954; Brook Miller, *Self-Consciousness in Modern British Fiction*, New York: Palgrave MacMillan, 2013; Horace M. Kallen, *William James and Henri Bergson: A Study in Contrasting Theories of Life*, Bristol, England: Thoemmes Press, 2001.

理分析理论，把人的心理机制（psychic apparatus）分成三个部分："本我"（id; 德文为 Es），即前意识（preconscious）或潜意识（unconscious）的本能欲望；"自我"（ego; Ich），即实际的、有组织的我，在本我与超我之间协商；"超我"（superego; Über-Ich），即理想的、道德的自我，可控制与引导"本我"。本我、自我、超我的理论，对今天的人文学者而言，已是老生常谈，但当年的中国学者可能还不是太熟悉。虽然弗洛伊德到 1923 年才发表重要文章《本我与自我》（Das Ich und das Es; 英译 Ego and Id），奠定此理论基础，但他从 1880 年代开始就反覆思考此理论，相关讨论散见于他陆续发表的研究中，[①] 欧洲学者讨论此议题的亦相当普遍。1933 年弗洛伊德为文批判哲学家不以实验科学方法寻找真理，尤其是那些依赖"直觉"的哲学家，显然是针对柏格森。[②]因此实验心理学与柏格森人生哲学之间的矛盾，是长期酝酿的。柏格森对弗洛伊德的"自我"固定概念的批判，在张东荪的翻译中呼之欲出。如下列引文：

> 凡人以注意之集中。弃流而取波。分心为诸心态。又复贯之。以为有无形之我焉。为固体。无差别。无变易。贯诸心态。而为其本体。犹如珠环。以丝串珠。珠犹心态。丝即为我。惟人止见心态。而本体之我。仍不可究诘。是所谓我

---

① Cf. Barbara Engler, *Personality Theories: An Introduction* (Belmont, Calif.: Wadsworth Cengage Leaning, 2014), pp. 27-59; Matthew C. Altman and CynthiaD. Coe, *The Fractured Self in Freud and German Philosophy* (Hampshire, England: Palgrave and Macmillan, 2013).

② Matthew C. Altman and Cynthia D. Coe, *The Fractured Self in Freud and German Philosophy*, pp. 2-3.

者。初不过使诸心态贯连之一征识（un simple signe）耳。夫
以我贯诸心态。则我必不变。心态既待我而后贯串。是亦不
变。不能自移。凡此为说。乃谓心为静止。删其间所涵之时。
徒便于名诠。非真理也。（《创化论》上，第 9 页）①

　　此段文字并非按照原文（或英译本）逐句而译，而是打散
了原文的次序重新排列组合，以有利于中文做文章，并且和日
文一样，简化了法文原文及英文翻译；但也必须承认，张译基
本上的确掌握了原意的大要。张东荪此处的“本体”一词，来
自日文翻译，②英文翻译为 ego，法文原文为 moi（在中文哲学
用语中，“本体”noumenon 一词与“现象”phenomenon 相对）。
此处“心态”在法文是 des états psychologiques（心理状态）。
柏格森的要旨是：心理分析创造了一个“无形的自我”（un moi
amorphe；英译 a formless ego），不动心（indifférent，意为无情
绪、无喜好），不变易（immuable）。心理分析试图以它所创造
的这个不动心的自我（un “moi” impassable；英译 an impassable
ego），将人心时时波动的种种心态贯串起来，犹如以线串珠为
项链，只是一种人为、虚假的串联（un lien artificial；英译 an
artificial bond）。人之所见只是诸种色彩斑斓的心理状态（nous
ne percevons précisément que du coloré, c'est-à-dire des états
psychologiques），而无色暗流（ce substrat incolore；英译 this
colorless substratum）、绵延不已、充满不确定性的真正的自我

---

　　① Henri Bergson, L'*évolution créatrice*, pp. 3-4; Arthur Mitchell trans., *Creative Evolution*, pp. 3-4.

　　② 金子馬治・桂井当ノ助訳『創造的進化』：「事実斯くの如き本体は、如何にしても実在とはれない。」頁 16。

（张译"本体"）则不可见。固定不变之心态以固定不变之自我串联起来，只是内在生命（la vie intérieure）的虚假模仿，永远无法取代绵延不绝的意识之流。以上张东荪所译不差，但"徒便于名诠"的"名诠"为佛教语，意为诠释人世真理的言论，在此却显得语焉不详，不知与上下文的关系。比对原文，此部分是柏格森针对心理分析的描述：

> 实际上这种对内在生命的虚假模仿，以静态的概念取代之，更依赖逻辑与语言的运作，正因为其中去除了真实时间的成分。但是，至于掩藏在诸多象征物下方的内在生命，我们很容易察觉，时间就是它的本质。① （笔者译）

心理分析的过程正是完全仰赖逻辑与语言，透过病人与分析师的交谈，潜意识中的感受得以找到语言表达的模式；逻辑与语

---

① Henri Bergson, L'évolution créatrice, p. 4: "La vérité est qu'on obtient ainsi une imitation artificielle de la vie intérieure, un equivalent statique qui se prêtera mieux aux exigencies de la logique et du language, précisément parce qu'on en aura éliminé le temps réel. Mais quant à la vie psychologique, telle qu'elle se déroule sous les symbols qui la recouvre, on s'apperçois sans peine que le temps en est l'étoffe même" ; Arthur Mitchell trans., Creative Evolution, p. 6: "What we actually obtain in this way is an artificial imitation of the internal life, a static equivalent which well lend itself better to the requirements of logic and language, just because we have eliminated from it the element of real time. But, as regards the psychical life unfolding beneath the symbols which conceal it, we readily perceive that time is just the stuff it is made of."

言代表的是意识层面的理性整合。[1] 本我、自我、超我只是内在生命的象征，这些对柏格森而言，并非实际的内在生命。透过比对柏格森的原文，还原张东荪译本以"名诠"所带过的部分，我们可进一步了解柏格森的《创化论》批判心理分析的理论针对性。如阅览张译《创化论》第三章，即可知柏格森仍继续批判心理学的物质科学倾向（《创化论》下，第 200—201 页；230—231）。当然，熟悉心理分析的读者也许会质疑，弗洛伊德的本我、自我、超我概念，真如柏格森所说，只是固定、静态的概念吗？这又是另一个层次的问题了，不是本文所能处理的。此处的重点是柏格森认为，时间的绵延是生命的特性，而科学分析的方法不能捕捉具体时间，只能处理抽象时间。

抽象时间

柏格森说明抽象时间时，主要运用的是几何学与微积分。张东荪的确翻译了部分相关讨论，如下列有关"微分方程式"的例子：

---

[1]　Cf. Martin Thom, "The Unconscious Structured as a Language," in MacCabe Colin ed., *The Talking Cure: Essays in Psychoanalysis and Language*, London: Macmillan, 1981, pp. 1-44; *Monique David-Ménard, Hysteria from Freud to Lacan: Body and Language in Psychoanalysis* (Ithaca: Cornell University Press, 1989); Jacques Lacan, *The Language of the Self: The Function of Language in Psychoanalysis*, trans. Anthony Wilden, Baltimore: Johns Hopkins University Press, 1981. 根据 Martin Thom，拉康在解读弗洛伊德时指出，潜意识的结构就是语言："The Unconscious is structured like a language"；在 "The Interpretation of Dreams" 中，弗洛伊德认为 the manifest dream-text 及 the latent dream-thoughts 是两种不同的语言：前者是病人醒来时还原组合的梦境文本，后者则是奠基于前者的更完整的梦境。弗洛伊德认为梦境文本将梦境思想转化为语言，并要求读者比较原文与翻译（the original and the translation）。

　　　无生物无今昔之殊……其视现状为前一时状态之函数
（fonctions；英译 functions）。据此而推算焉。质言之。即行
乎无生物间之公例为以时间为自变数之微分方程式是已。然
此法果能用以诠释生物乎。吾见其不能矣。(《创化论》上，
第 23 页)①

　　此处张东荪又简化原文，并重新组合原文词句的次序。原文
有关函数一句，在微分方程式之后，中间及前后还有许多讨论是
张译省略的。主要省略的，是有关"当下前一刻"的数理说明，
即上引张译中的"前一时状态"。根据柏格森，具体时间的特性
为绵延不绝，任何一刻都是当下，无法区分"当下"与"当下前
一刻"。然而，在抽象时间的概念中，以微积分来计算，是可以
切割出"当下前一刻"的。就微积分而言，"当下前一刻"与"当
下"之间的间隔是 dt，即"两点之间的时间"。此方程式在法文
原著写为：$dedt$，$dvdt$（张译、英译、日译缺）。具体涵义如下：
任何一个物体的运动轨迹上的任一点，都代表一个独特的时间，
都是当下；欲知道任两点之间的距离，就必须知道物体在此两点
的瞬间速度与瞬间加速度，以判定其轨迹与方向。② 这是牛顿发
明的用来分析行星的轨道的方程式。柏格森稍前已指出，自从伽
利略（Galileo Galilei, 1564—1642）的物理发现以来，以数学测
度太阳系已成为定理，甚至有说法是生物体也可用同样的数理来
测量。柏格森问："无生物运行的法则可以用时间作为独立变数的

---

① Henri Bergson, L'*évolution créatrice*, pp. 21-22; Arthur Mitchell trans., *Creative Evolution*, pp. 23-24; 金子馬治・桂井当ノ助訳『創造の進化』，頁 45。

② Henri Bergson, L'*évolution créatrice*, pp. 21-22.

微积分方程式表达，但难道这也是生命运行的法则吗？"其答案
当然是否定的（《创化论》上，第 23 页）①。

柏格森的原著写出微积分方程式，并说明此方程式如何分析
隶属抽象时间的"当下前一刻"概念；这在英译本、日译本及张
东荪译本都遗漏了，可能因为该问题难以被理解或说明。透过微
积分的分析，柏格森的目的是指出，抽象时间所谓"当下前一
刻"，在生命世界的具体时间中是没有意义的。因为具体时间的特
性是绵延，要理解生物体也因此而必须以"其过去之全史"为判
准："生物亦自绵延。常变不息。创新不已。积留其过去之全史。
正与心之现象相同也。"（《创化论》上，第 26 页）②。对柏格森而
言，无生物虽不能与生物比拟，但整个宇宙的运转日新又新，是
可与生物比拟的。见张译："世界自延。吾人愈穷真时之谛。乃愈
知绵延之为义在自进。在创新不息……科学所分析之物。实与全
世界浑沦为一。其绵延正犹我心。"（《创化论》上，第 15 页）③。

---

①　Henri Bergson, L'*évolution créatrice*, p. 20; Arthur Mitchell trans., *Creative Evolution*, p. 24. 张译此处并未提伽利略之名，英译有之。

②　Henri Bergson, L'*évolution créatrice*, p. 23; Arthur Mitchell trans., *Creative Evolution*, p. 27.

③　Henri Bergson, L'*évolution créatrice*, p. 11: "L'univrs dure. Plus nous appronfondirons la nature du temps, plus nous comprendrons que durée signife invention, creation de forme, elaboration continue de l'absolument nouveau···Rien n'empêche donc d'attribuer aus système que la science isole une durée et, par là, une forme d'existence analogue à la nôtre, si on les réintègre dans le Tout"; Arthur Mitchell trans., *Creative Evolution*, p. 14: "The universe endures. The more we study the nature of time, the more we shall comprehend that duration means invention, the creation of forms, the continual elaboration of the absolutely new···There is no reason, therefore, why a duration, and so a form of existence like or own, should not be attributed to the systems that science isolates, provided such systems are reintegrated into the Whole."

意为，科学分析的无生物与宇宙实际上是合而为一的；宇宙的绵延正犹如心的绵延，均展现真实时间的真理及意义：自我推进、创新不息。

生之动力

对柏格森而言，意识（心）即是生的意志，亦是生之动力，其特质是自由；同样重要的概念是，意志不能脱离物质（身体）而生。从张译此段可见：

> 今假吾人自溯其意志发动之本原。必稍稍知吾人为不绝之生长与无穷之创化。盖意志实有一种不可思议之力也（miracle）。事业中之有创制。行为中之有自由。机体之中有活动（spontanéité）。肾恃此耳。然此皆为形体之创造。而非于形体之外有所创造。夫生力之创化如潮流固也。然无单纯之生力。所有者仅物质所载之生力耳。故其如潮之流也。亦不过推进生力所凝聚之物质耳。（《创化论》下，第 258 页）①

此处指出，由于生之动力，所以人的功业（l'oeuvre de l'homme; 英译 human work）有创造的可能，行为可以自由，有机体内在具有自发性。我们必须注意张东荪在《译言》中的解说：柏格森并非主张心物二元论，而是主张心物是"一动之顺逆两转"，亦即心物同源（《译言》，第 8 页）。虽然，前者遵循"生力上之理"，后者遵循"几何上之理"（《创化论》下，第 255 页），

---

① Henri Bergson, *L'évolution créatrice*, p. 240; Arthur Mitchell trans., *Creative Evolution*, p. 261.

两者同为生之动力所策动则一。此处柏格森认为，物质（身体）是生之动力的载体，生力所推进的是物质，亦即一切创化皆"形体之创造"（法文 creations de forme；英译 creations of form）。因此，心与物是相辅相成的，两者皆不可独存；宇宙全体即是生力之创化与被创造的物质的全体（la totalité de l'univers）（《创化论》下，第 259 页）①。柏格森既批判唯心论，也批判唯物论："或主唯物。或主唯心……或谓一切物质本为不灭。或谓一切物质同为神造。兹欲破此谬说。当先明创造之观念即为生长。"（《创化论》下，第 259 页）亦即："宇宙本体本非既成。乃生长不绝。创化无穷故。"（《创化论》下，第 260 页）

柏格森的《创化论》一贯以流水来比喻生之动力（le courant vital; 英译 the vital current），认为生之动力如水流般无目的，只是一心一意挣脱物质的束缚，争取最大的自由：

> 所谓生之动力者。不外乎创化之要求。惟非绝对之创化。乃贯彻于物质中之创化。长受物质之抵抗焉。质言之。即于必然性中求有自由。固定性中求为不定。是已。(《创化论》下，第 267 页）②

如何确认生之动力追求自由与不定呢？张东荪的翻译，诠释了柏格森上下文的思路，圆满回答了这个问题：

---

① Henri Bergson, L'*évolution créatrice*, p. 241.

② Henri Bergson, L'*évolution créatrice*, p. 252; Arthur Mitchell trans., *Creative Evolution*, p. 274.

> 吾人以知觉而见有机体。必以为其为集合各部分而成。而不思及全生物界上生源动力之统一者。职是故耳。此由诉诸［理智］为然。若诉诸直觉与活动。则必视一切物皆互相融透。而为浑然之一动。化分析者为不可分矣。(《创化论》下，第266页）[1]

此处"直觉与活动"，法文是 l'ésprit（英译 spirit），亦即"自发性的直观的能力"，也就是全书一贯使用的 intuition。理智长于分析各部分的知识，透过直觉才能看见全体。直觉重要性何在？张译曰：

> 试检哲学史。凡说之含真理者。必基于直觉。直觉以外虽有所谓辩证法者。足以辨直觉之真幻。并使直觉化为概念。然二者实为相反。以直觉本超乎辩证法而上之。且辩证法以观念与观念相连属。必致观念内所含之直觉为之消灭也。故凡以直觉为起点之哲学者。及其一旦移入概念。必觉其说之动摇。而谋复归与直觉焉。既复归于直觉。乃知辩证法为无价值矣。(《创化论》下，第257—258页）[2]

此处，柏格森以直觉与辩证法相对，认为两者相反，而直觉超越辩证法——即理性思考。哲学家一旦进入由概念推论到下一个概念的理性层次，就失去直觉；真理只有一个，然而辩

---

[1]　Henri Bergson, L'évolution créatrice, p. 251; Arthur Mitchell trans., *Creative Evolution*, p. 273.

[2]　Henri Bergson, L'évolution créatrice, p. 239; Arthur Mitchell trans., *Creative Evolution*, pp. 260-261.

证法却有"歧义之解释"，因此必然觉得失去"立足点"（英文为"foothold"；张东荪译为"必觉其说之动摇"），而必须回归到直觉。此段之后张东荪继续翻译："直觉常为暂时一现。且易于消失。不甚完全（incomplete）。苟能保而留之。化而大之。必能尽哲学之能事也。"这里漏译了一个关键概念：如能使直觉可长可久，甚至，如能以外部之基准为参照，以免迷失，就必须自然（nature）与心不断来回互相关照（continual coming and going is necessary between nature and mind）；如此"必能尽哲学之能事也"。至于直觉究竟是什么？这就必须看柏格森 1896 年的作品《物质与记忆》（ *Matière et mémoire* ）。此书讨论了身体与精神、物质与记忆的关系。所谓记忆，是感知经验的累积。在需要做决定的时刻，记忆将过去感知的经验带到眼前现在，于是绵延中无数的时刻被压缩成瞬间的直觉；也就是说，过去所有经验的累积是直觉取之不尽的资源，让直觉在瞬间有所感悟，进而立即做出行动的决定。[1] 以直觉与理性相对，柏格森要说明的是宇宙有两种秩序，一是非理性的、心力的秩序；一是理性的、几何的秩序（《创化论》下，第 239—242 页），[2] 亦即前述张译所说"生力上之理"及"几何上之理"。此处则是强调，两者不能偏废。

柏格森认为，机器观与目的观皆不可取，乃因两者皆漠视具体时间——即真实时间——的绵延特性，也无法接受不可预测的未来，也就是无视生之动力的自由与不定性。对机器观与目的观而言，过去与未来都是现在的函数，一切时间均在预定

①　Henri Bergson, *Matter and Memory*, trans. N. M. Paul and W. Scott Palmer, New York: Zone Books, 1998, pp. 66-73.

②　Henri Bergson, L'*évolution créatrice*, pp. 221-224; Arthur Mitchell trans., *Creative Evolution*, pp. 240-243. 此部分原著又谈到启蒙哲人的理性倾向。

中（all is given）；任何物体——至大如宇宙、至小如原子——的诠释，均可透过能操作数学计算的"超人的理智"（张译缺；法文 une intelligence surhumaine, capable d'effectuer le calcul；英译 a superhuman intellect capable of making the calculation）。有这种假定，是因为科学家相信机器论的普世价值及完美的客观性（张译缺；英译 universality and perfect objectivity）（《创化论》上，第 38 页）[1]。对柏格森而言，类似莱布尼茨（Gottfried Wilhelm Leibniz, 1646—1716）（张译"莱伯尼志"）主张的目的论不可取，正因为它和机器论一样，认定所有事物只在实现一个"事先预定的程序"（张译缺；原文 une programme une fois tracée；英译 a program previously arranged）。既然无一事不可预测，也就没有任何创新的可能，那么时间也就没有意义了（《创化论》上，第 39 页）[2]。时间的绵延特性与生之动力的不可规范是息息相关的。柏格森特别强调"意识等同于生物体选择的力量""意识即创造及自由的同义词"（笔者译）[3]。

柏格森主张，人的理智具有机器论及目的论的倾向，但这两种倾向与真实时间的特性是背道而驰的。张东荪掌握了原意，但往往借题发挥，在翻译中加入了原文所没有（但由上下文可推断）的字句，就中文而言，十分流畅痛快。例如，柏格森原文曰"无

---

① Henri Bergson, *L'évolution créatrice*, p. 38; Arthur Mitchell trans., *Creative Evolution*, p. 43.

② Henri Bergson, *L'évolution créatrice*, p, 39; Arthur Mitchell trans., *Creative Evolution*, p. 45. "目的论"英译主要译为"finality"，此处亦译为"the doctrine of teleology"。

③ 张东荪译释《创化论》下，第 280 页。"心之强弱以选择自由之度为比例。则心与自由及创造二语实为同诂"；Henri Bergson, *L'évolution créatrice*, p. 264; Arthur Mitchell trans., *Creative Evolution*, p. 287.

论何处，凡生物打开簿子即可见时间所留下的印记"①（笔者译），此句是以教堂的登记簿来比喻时间的印记：在教堂的档案详细登记着人的生老病死，只要打开登记簿即立即可查知。紧接在此句之后，张译为：

> 视生物如机器之人以为时非真有。无复作用。不过一比喻而已。凡此机器观之说。盖出于人智自然之趋向。此趋向为何。曰。人智实具机器观之天性是已。夫心之根为记忆。记忆为积留过去并前进不回之绵延。前已言之矣。特体验以蔽于此天性。未能以此诏示于人也。且夫宇宙之本体为流转创化。正犹记忆之累积。必离科学所分析之物理。超常识所映之物象。而始得进窥此閟奥。前亦言之矣（《创化论》上，第 19—20 页）②。

对照原文及英译，可以证实张东荪的翻译确实是"译释"，前后对调、补充说明，发挥了极大的自由。笔者重译如下，供读者参考：

---

① 张东荪译释《创化论》上，第 19 页："总之。含生之伦。不拘何所。概有计时之痕也"；Henri Bergson, L'*évolution créatrice*, p. 16: "Partout où quelque chose vit, il y a, ouvert quelque part, un register où le temps s'inscrit"；Arthur Mitchell trans., *Creative Evolution*, p. 20: "Wherever anything lives, there is, open somewhere, a register in which time is being inscribed"；金子馬治・桂井当ノ助訳『創造的進化』，頁 40。「されば。凡そ生活体の存在するところには。必ず何処にか「時」といふものが記入さる可き帳簿の無いことはない。」

② Henri Bergson, L'*évolution créatrice*, pp. 16-17; Arthur Mitchell trans., *Creative Evolution*, p. 20; 金子馬治・桂井当ノ助訳『創造的進化』，頁 40–41。

　　有人说，这只不过是一种比喻；事实上，把描述时间特性及实际作用的说法看成是比喻，正是机器论的本质。直接体验告诉我们，意识存在的根本是记忆，记忆即过去在当下的累积，亦即前行而无法逆转的绵延；但这样说没用。推理证明，我们越脱离常识与科学所切割的事物及孤立的体系，越能理解现实的内在本质是整体的变化，正如过去记忆的累积，前行而不复返；这样证明也没用。人智的机器性本能，毕竟比推理及直接体验更强大得多。（笔者译）

　　笔者尽量忠实于原意，但翻译的结果平淡无奇，没有任何动人之处。反观张东荪的翻译，虽然并非逐字逐句对应原著，但已捕捉到旨意。即使有乍看之下语焉不详的词句，重复阅读大致还能读出意思。最重要的是，"存在的本质是内在整体的变化"一句，日译与笔者之翻译相当："実在の真相は全体として的に変化流転するもの。"[1] 张东荪译为"宇宙之本体为流转创化"，虽然并不贴近原文，但原著上下文确有此意，而读来铿锵有声，可以朗朗上口；就中文而言，畅快淋漓，不似翻译。总而言之，张译虽然在"信"上稍作牺牲，却是成功的翻译。虽然推理的过程可能无法如原文一般层层紧扣，牵涉到的数理科学理论也无法交代清楚，但是，他等于以中文创造了一套全新的语汇、修辞与概念，令人读来印象深刻、赞叹信服。难怪当年《创化论》影响深远，不仅奠定了人生观派的理论基础，"创造""直觉"等跨文化语汇更进入现代中文世界，成为本土语言不可或缺的成分。

---

[1]　金子馬治・桂井当ノ助訳『創造的進化』，頁 40–41。

《创化论》与创造社

《创化论》的翻译，与创造社的成立直接相关。郭沫若 1914 至 1923 年留学日本东京帝大，1920 年 2 月 15 日写了一封信，给上海《时事新报》文艺副刊《学灯》的主编宗白华，信中提到阅读张东荪翻译的《创化论》："《创化论》我早已读完了，我看柏格森的思想，很有些是从歌德脱胎而来的。凡为艺术家的人，我看最容易倾向他那'生之哲学'。"（第 57 页）[①] 虽然郭长期留学日本，其日文修养想必足以阅读日文翻译本，但是直接刺激他思考的，还是张东荪的中文译本。前面说过，发表《创化论》的《时事新报》是梁启超的研究系办的报纸，这在郑伯奇的《回忆创造社》一文得到证实："宗白华同志编辑的《学灯》给他（郭沫若）提供了美好的园地，不断地刺激他的创作活动《学灯》是《时事新报》的副刊，而《时事新报》是研究系的机关刊物。"（第 9 页）[②] 根据郑伯奇，后来创造社成立了，与《新青年》群体、文学研究会、新月派，都是格格不入的，尤其新月派不断造谣生事，打击创造社："在较长期的事件，创造社处于孤军奋斗的形势之中。"（第 3 页）人生观派的导师梁启超办的报纸，由宗白华主编副刊《学灯》，刊登了郭沫若的大量作品，有助其成长为有分量

① 田汉、宗白华、郭沫若:《三叶集》，上海书店，1982。本书收集 1920 年 1 月至 3 月三位作家的二十封通信。田汉的序指出，"三叶"是德文 Kleeblatt 的翻译，"拉丁文作 Trifolium，系一种三叶矗生的植物，普通用为三人友情的结合之象征。我们三人的友情，便由这部 Kleeblatt 结合了"（第 1 页）（根据上海亚东图书馆，1923，第 3 版）。

② 郑伯奇:《忆创造社》,《忆创造社及其他》，三联书店（香港）有限公司，1982，第 1—43 页。根据主编本书的郑延顺（郑伯奇之子）说明，本文曾于 1959 年在上海《文艺月报》连载（第 249 页）。

的作家，可说促成了后来创造社的成立。这些作品后于 1921 年编入泰东书局出版的诗集《女神》。在这首长诗中，郭沫若以"创造"作为众缪思女神的追求目标：

> 女神之一
> 我要去创造些新的光明，
> 不能再在这壁龛之中做神。
> 女神之二
> 我要去创造些新的温热，
> 好同你新造的光明相结。
> 女神之三
> 新造的葡萄酒浆
> 不能盛在那旧了的皮囊，
> 我为容受你们的新热、新光，
> 要去创造个新鲜的太阳！（第 4—5 页）①

这首长诗可能是中国现代文学首次以"创造"为主题的作品。1921 年，创造社在日本东京成立，其成员多半是留学日本的青年学生，如郭沫若、成仿吾、郁达夫、田汉、张资平、郑伯奇。创造社的刊物由上海泰东书局出版，包括《创造季刊》《创造周报》《创造日》《创造月刊》等，标举"创造"为标竿。《创造季刊》第一期以郭沫若的诗《创造者》打头阵，指出尽管"创造者的孤高""创造者的苦恼"是不能回避的宿命，但他

---

① 郭沫若：《女神》，泰东书局，1921，第 1—17 页。原发表为《女神之再生》，《民铎》2 卷 5 号（1921 年 2 月 15 日），第 1—14 页。

们以"创造者的狂欢"为乐，以"创造者的光耀"为荣。^①从《创化论》翻译的出版到创造社的成立，可知思想概念与文学发展的相互渗透，是不可忽视的层面。检验跨文化语汇在文学作品中的传播，更能体验外来思想进入本土后的深植人心、遍地开花。

1928 年创造社宣布"从文学革命到革命文学"，从浪漫走向革命，跟人生观派的行动及实践理念（第一章已论及）若合符节。早在 1923 年，郭沫若在《我们的文学新运动》一文中，就已经透露创造社作家的社会革命倾向。他以精神与物质的对比来说明文学运动必须打倒布尔乔亚的"恶根性"："凡受着物质的苦厄之民族必见惠于精神的富裕"；"我们于文学事业中要打破从来因袭的样式而求新的生命之新的表现"；"光明之前有浑沌，创造之前有破坏"；"我们的目的要以生命的炸弹来打破这毒龙资本主义的魔宫"（第 13—16 页）。^②也就是说，生命的目的在摆脱物质的束缚，创造新的前景。美育运动主张美育的目的是规划"美的人生"（参阅本书第四章）。郭沫若在《艺术家与革命家》中指出，艺术家就是革命家，目标是"美化人类社会"："一切真正的革命运动都是艺术运动，一切热诚的实行家是纯真的艺术家，一切热诚的艺术家也便是纯真的革命家"；"二十世纪的文艺运动是在美化人类社会，二十世纪的世界大革命运动也正是如此。我们的目标是同一的……我们是革命家，同时也是艺术家。我们要做自己的艺术的殉教者，同时也是人类社会的殉教者"（第 17—20 页）。

---

① 郭沫若：《创造者》，《创造季刊》1 卷 1 期（1922 年 5 月 1 日），第 1—4 页。

② 成仿吾、郭沫若：《从文学革命到革命文学》。

主张为艺术殉教，指涉的是 1917 年蔡元培的《以美育代宗教说》（参阅第四章《中国的美育运动：王国维、蔡元培》一节）。《艺术之社会的意义》（1924）中又说："科学使我们的智的生活丰富，艺术使我们的情的生活丰富。艺术与科学是对于人类之教育最有力的手段。"（第 21—29 页）以"智的生活"对照"情的生活"，呼应科学与人生观论战的论点，毫无疑义。成仿吾会在 1927 年写下《从文学革命到革命文学》，不满新文化运动只呐喊不作为，宣告新文化运动的"寿终正寝"（第 123—133 页），一点也不意外。

柏格森与倭伊铿的人生哲学进入现代中国，是因为人生观派的引进。然而十九世纪到二十世纪初的欧洲哲学家，并非仅他们两位质疑科学理性权威、试图恢复哲学真理地位。当时的世界观哲学（world-view philosophy）——包括柏格森与倭伊铿的人生哲学（Lebensphilosophie）；宗派主义（factionalism）；斯宾诺莎（spinoza）、莱布尼茨、叔本华、黑格尔、海克尔（Ernst Haeckel）等的一元论（monism）；叔本华、尼采的唯意志论（voluntarism）；Helena Petrovna Blavatsky（1831—1891）、托尔斯泰等的神智论（theosophy）——都强调真理的经验化、相对性及历史性，设法在现代性去个人化的趋势中，找到人的自我的意义。[1] 对科学理性的质疑，进而探讨人非理性的层面，乃现代哲学对启蒙理性的彻底检讨。

《创化论》与人生观派

1923 年科学与人生观论战期间，《创化论》使用的语汇和概

---

[1] Charles R. Bambach, *Heidegger, Dilthey, and the Crisis of Historicism*, Ithaca: Cornell University Press, 1995, p. 26.

念引导、支撑了人生观派的论述。从人生观派导师梁启超的言论，即可证明。他在赴欧拜访倭伊铿后，1920 年 3 月写下《欧游心影录》，虽然本书在第一章已经论及，此处不妨回顾：

> 这些唯物派的质学派。托庇科学宇下建立一种纯物质的纯机械的人生观。把一切内部生活外部生活都归到物质运动的"必要法则"之下……根据实验心理学。硬说人类精神。也不过一种物质。一样受"必然法则"所支配。于是人类的自由意志。不得不否认了。

此处纯物质、纯机械的人生观与精神的对立，心理学将人类精神的物质化，物质的自然法则与人类自由意志（法文，第 266 页；英译，第 290 页）的对比，都是《创化论》的关键概念。

1923 年 1 月，梁启超诠释柏格森的宇宙永恒创造、永恒流动的概念，认为宇宙"正在创造之中。待人类去努力。所以天天流动不息"；并引用孔子"毋我"及佛家"无我"的说法，指出"我"是世界的一部分，无法与世界切割，更没有固定不变的"我"。[1] 将我视为小宇宙，与大宇宙同样流动不息，正是《创化论》所提倡的。而梁引用儒学与佛学来阐释柏格森，正是呼应汤化龙《创化论序》的呼吁：将柏格森学说与《易经》"天行健。自强不息。曰变动不居。曰神无方而易无体"的概念相互发明，以"为东西洋文明贯通之渠"。[2]1923 年论战爆发后，梁启超指

---

① 梁启超：《东南大学课毕告别辞》，《饮冰室合集》卷 5 之 40，第 7—15 页。
② 汤化龙：《创化论序》，收入张东荪译，《创化论》上，第 1—3 页。

出："凡物的文明。都是堆积的非进化的。只有心的文明是创造的进化的。"[1] 此处物质文明与"心"的文明的区别，以后者"创造的、进化的"特质作为判准，当然是呼应《创化论》的概念与语汇。

1927 年方东美为中央政治学校编写的《科学哲学与人生》，值得我们重新回顾。[2] 方东美被誉为新儒家的起源。他在书中指出，无论科学的唯物论或哲学的唯心论，都是运用理智而建设两种不同的宇宙观，现代哲学家如叔本华、尼采、柏格森的人生哲学则是"反理智主义"，发抒"生命欲与生命力"。方指出，十八世纪以前学者醉心数学，以数量的方法化除宇宙万物的差别相，争平等相，然而却抹煞了宇宙人生进展开拓的现象；十八世纪以后生物学的演化论则最能符合宇宙人生自由创进的需求，将宇宙与人生融成一片，表彰宇宙万物的差别相。然而仔细探究，我们会发现方东美对生物学的分析，基本上是根据柏格森的《创化论》，强调宇宙之全体都是时间的进展与流变的历程，有别于达尔文的演化论强调生物的演化乃因环境的变迁（参考本书第五、六章）。我们应该说，《创化论》让人生观派学者如方东美找到了对宇宙人生的新信仰。

透过翻译进入本土的跨文化语汇，不但为本土语言创造了一套全新的论述，更与传统的概念互相发明，企图为传统注入新活力；翻译之为用，不可小觑。日后新儒家成立，实延续了人生观派企图以跨文化语汇及概念创新传统的努力。《创化论》的翻译

---

[1]　梁启超：《历史现象是否为进化的》，《饮冰室合集》卷 5 之 40，第 5—6 页。

[2]　方东美：《科学哲学与人生》，商务印书馆，1936；参考国际方东美哲学研讨会执行委员会编《方东美先生的哲学》，幼狮文化，1989；张淑玲：《方东美的生命观与西方创化思想》，花木兰文化出版社，2011。

及影响，说明了跨文化研究作为一个方法论的意义。所谓跨文化，不仅跨越中国与西方，也跨越现代与传统及学科；亦即，跨历史分期、跨语际、也跨领域。与其说跨文化是一个新的学术领域，不如说它是一个新的研究方法，可以打开不同学术领域的现有格局。进一步而言，跨文化是自我面对他者文化的伦理态度，目的在打破自我中心主义。要真正理解自我，就必须理解自我与他者的互动如何在关键时期促成自我的创造性转化。

徐复观《心的文化》、牟宗三《生命的学问》

　　若说新儒家兴起于五四的东西跨文化交汇场域，亦不为过。《创化论》将柏格森的 consciousness 翻译成"心"，显示承继了儒家的心学传统。[①]战后移居港台的新儒家徐复观的著作，清楚显露心学的烙印。徐曾就读湖北武昌第一师范（武汉大学前身）、武昌国学馆，参加国民革命军，后留学日本明治大学、陆军士官军校步兵科。他曾在中国国民政府参谋本部参谋总长办公室、中国国民党中央党部等当幕僚，后弃武从文，任教东海大学及香港新亚书院，最终病逝于台北。[②]1949 年，除在香港创办的《民主评论》，是著名的自由主义刊物。1959 年，徐著有《中国思想史论集》，在第三版（1974）重编时于《孔子德治思想发微》的部分加入了《心的文化》一节，充分展示新儒家对唯心论、唯物

---

① 钟彩钧：《明代程朱理学的演变》，台北"中研院"中国文哲研究所，2018。钟彩钧以为，"明代哲学思想以心学为最有创见，成就也最高"（第 1 页）。书中指出，即使是理学家也探讨心学，第九章论及朱熹的"心的地位与功夫"，指出朱子的"天地以生物为心"（第 541 页）。

② 谢莺兴编《徐复观教授年表初编》，东海大学图书馆，2017。

论的批判。[1]冷战时期新儒家批判唯物论是很容易理解的，但是徐在同时批判唯心论，这一点就值得我们思考。徐在文章首先指出，中国文化最基本的特性就是心的文化，"中国文化认为人生价值的根源是在人的自己的'心'"（第242页）。徐认为，中国文化所说的"心"属于人的生理构造，并非西方唯心论的"心"，假如要勉强牵附的话，还不如牵附到唯物论，因为生理本来就是物，但应该说"形而中者谓之心"（第243页）。也就是说，徐认为中国人对"心的文化"不应诠释为形而上学，而应该是"形而中学"。徐指出，唯心论、唯物论的论争是西方本体论早有的论争，究竟是精神先于物质，还是物质先于精神？中国文化并不认为这是值得讨论的重大问题（第244页）。

徐复观重新检讨中国儒释道传统发展史上的重大转折，不妨将其视之为"人本"的转折或"内在超越"（immanence）的转折。[2]徐指出，中国文化在很长的时间中，以为道德的价值根源在神、在天，"到孔子才体认到道德根源乃在人的生命之中，故孔子说：'仁远乎哉？我欲仁、斯仁至矣'"。《中庸》说"天命之谓性"，虽然是形而上学的命题，但是这种形而上的命题必须落实在人的身上，"性是在人的生命中生根的"，中庸所重视的不是"天"，而是"性"的问题。到了孟子才明确指出，"道德之根源乃是人的心，'仁义礼智根于心'"，所陈述的则是"内在经验"（第245页）。道家亦如此，老子形而上的"道"，庄子将之"落

---

[1] 徐复观：《心的文化》，《中国思想史论集》，学生书局，1974，重编第三版，第242—249页。第一版、第二版原无此篇。

[2] 有关儒家哲学的"内在超越"，请参考杜维明：《超越而内在——儒家精神方向的特色》，《儒学第三期发展的前景问题》，联经出版社，1989，第165—211页。

实在人的心上，认为虚、静、明之心就是道。故庄子主张心斋、坐忘……人的精神由此而得到大解放……庄子的虚静明的心，实际就是一个艺术心灵；艺术价值之根源，即在虚静明的心"（第245页）。佛教认为，信仰可"超越生死轮回，升天成佛"（即外在超越）；后来禅宗则主张"明心见性""见性成佛"，也就是主张"本心即是佛"即内在超越，因此禅宗称为"心宗"（第246页）。从外在超越到内在超越的转折，正是1924年朱谦之、袁家骅的唯情论之重点，关于此处论述详见本书第五章。

徐复观在结语中指出，中国"心的文化"所说的"心"，有别于"一般所说的心或心理学上的'意识'"，而是"通过一种修养工夫，使心从其他生理活动中摆脱出来，以心的本来面目活动，这时心才能发出道德、艺术、纯客观认知的活动"。而孟子说"养生莫善于寡欲"，就是要"减少其他生理作用的干扰"，让心的本性能表现出来（第247—248页）。要显现心的本性，必须"通过一种工夫，把主观性的束缚克除"，此时"客观的事务，不致被主观的成见与私欲所歪曲，才能以它的本来面貌，进入于人的心中，客观才能与心作纯一不二的结合，以作与客观相符应的判断"（第248页）。这种主客合一，即是唯情论所主张。徐强调，工夫的内在经验，本身"是一种存在，不是由推理而得的（如形而上学的命题），故可以不与科学发生纠缠"（第248页）。文章最后总结心的文化的特点，包括工夫、体验、实践、现实性、社会化，是"和平的文化"；思辨必须以工夫、体验、实践为前提，否则思辨只是空想（第249页）。徐复观以"心的活动"（第247页）来对比科学理性，与张东荪《创化论》的翻译策略相通；强调主客合一、人生价值及艺术价值、思想落实于现实性及生命实践，与五四人生观派的一贯主张若合符节。人生观论述与新儒家兴起的联结，是值得检视的课题。

五四以后新儒家的兴起，有赖于梁漱溟、熊十力、冯友兰、张君劢、徐复观、牟宗三等学者对儒家哲学思辨的提倡，以及儒家哲学亦可发展出民主与科学的主张。[①] 然而，就本书而言，牟宗三在理性论述与情感论述之间的迂回游移，更值得玩味。众所周知，牟宗三的《理性之运用表现与架构表现》(1955) 依赖康德的实践理性主张，认为中国的理性表现不同于西方，中国是"理性的运用表现"，西方是"理性的结构表现"。[②] 然而同时，牟在《五十自述》(1959) 中表示，生命本身是"'非理性的'，不可思议的"。根据黄冠闵的研究，《五十自述》是"生命修辞"，强调"记忆所希望产出的真理"；这是一种"情感真理的证道"。本书第五章之《牟宗三、胡适与杜威》一节，将详论之。

欲探讨牟宗三如何关注"非理性的"生命以及"道德的心"，亦即如何开展五四时期人生哲学的观点，显而易见的莫若其《生命的学问》(1970)，此书出版时他正在香港中文大学新亚书院讲学。全书收集 1949 年他赴台后七八年间各报刊发表的文章，出版自序说道："人生总是纵贯的，立体的。专注于科技之平面横剖的意识总是走向腐蚀生命而成为'人'之自我否定。中国文化的核心是生命的学问。"[③] 他认为康德建立的"认识主体"只是"理论理性的"，必须"再转进一层而至实践主体"。何谓实践主体？就是"'道德的心'，抒发律令指导行为的意志自由之心由认识主

---

① 余秉颐：《认识新儒家：以价值观为核心的文化哲学》，学生书局，2011。

② 牟宗三：《理性之运用表现与架构表现》，《民主评论》6 卷 19 期，1955 年 10 月 5 日；后收入牟宗三，《政道与治道》，学生书局，1987，第 44—62 页。

③ 牟宗三：《生命的学问》，三民书局，1976，第 4 版，第 2 页。

体进而实践主体，智、意、情三度立体形之彻底形成，就是人生宇宙之骨干"。他进一步区分认识主体与实践主体：认识主体必是"下级的"，而实践主体，即意与情，则是"上级的"；人生的立体端赖'上级的'意与情的发挥；若只是"下级的"智，只是认识主体，就落于平面。他明白指出："只知科学知识者，或只是理智主义者，则于'实践主体'完全不能接触，视意与情为浮游无根之魂，让其随风漂流而漫荡，故亦不敢正视人生宇宙也"。他指出"仁义的德性一定要客观化于人文世界的。且进一步要扩及于整个的天地万物"，并列举王阳明曰"大人者以天地万物为一体者也"，程明道曰"仁者与天地万物为一体"。他认为此即是中庸"成己成物"的意义，"成己仁也，成物智也。合内外之道也"，也吻合孟子所说"万物皆备于我矣。反身而诚，乐莫大焉"。他说道："儒家的教义就是要这样充实饱满，才能算是成德。不是个人的得救，一得救一切得救，一切得救始一得救。个人的尽性，民族的尽性，与参天地赞化育，是连属在一起的。这是儒圣的仁教所必然函到的。"反对"理智主义"，主张"意志自由之心"、知情意的合一、情意高于理智并涵盖理智、个体与天地万物的合一，这些观点都是五四人生观派所论述的核心概念，请参考本书以下各章的讨论。

在《生命的学问》一书中，牟宗三又清楚地指出，他从求学起就坚持"理想主义"的立场，企图厘清中国思想界"所吸取于西方思想者之溷杂"，这方面以《逻辑典范》（1941；后改写为《理则学》，1959）、《认识心之批判》（1956—1957）为代表；此后归宗儒家，"重开生命之学问"，包括《历史哲学》（1955）、《道德的理想主义》（1959）、《政道与治道》（1961）。牟宗三等新儒家代表人物与五四人生哲学的一脉相承，值得学界深思。笔者认为，研究 1949 年以后旅居港台的新儒家，不应忽略他们根植于五四的人生哲学，因为两者看似断裂，实则延续。

第三章

梁漱溟的《东西文化及其哲学》

1923 年人生观论战爆发之前，梁漱溟应教育部邀请举行两个系列演讲，分别于 1920 年在北京大学、1921 年在济南省教育会，讨论中西文化的比较。这些演讲的内容编辑成书，即是《东西文化及其哲学》（1921）[①]。书中指出西方文化强调"科学"及"理智"，东方文化的精髓则是"形而上学"（五四时期又译为玄学）思考及"直觉"（第 30—33 页）；前者的特色是物质文化，后者则是精神文化。东方文化的特点即倭伊铿所说的"精神生活"及罗素所说的"灵性生活"，两者在英文都是"the life of spirit"（梁氏的英文，第 99 页），译成中文后因译者不同而产生差异。又指出，最近在中国提倡"艺术的人生态度""艺术生活"或"以美育代宗教"的人，都在提倡精神生活（第 99 页）。此处梁显然指涉蔡元培所提倡的美育运动。

蔡元培于 1912 年担任第一届教育部长期间就开始提倡美育运动了，第四章将详论之。梁漱溟尊崇人生观派的两位领袖，视两者为师："我年轻时受知于两位老前辈，一位是蔡元培先生，又一位便是梁任公先生。"[②] 梁漱溟十五岁开始阅读从日本引进的三整年六巨册《新民丛报》及《新小说》全年一巨册，进行自我教育，而梁启超在这些报刊上揭示的"新人生观"及改造中国社会的建议，对其启发甚大[③]。1916 年，仅二十三岁的梁漱溟在《东方

---

① 梁漱溟：《东西文化及其哲学自序》，《东西文化及其哲学》，商务印书馆 1922，第 5 版，第 1—5 页。

② 梁漱溟：《梁漱溟全集》，山东人民出版社，1993，第 548 页。6-10；13 卷 6 号（6 月 10 日），第 5—9 页；13 卷 7 号（7 月 10 日），第 8—12 页。

③ 汪东林：《梁漱溟问答录》，湖南人民出版社，1988，第 45 页。

杂志》上发表了《究元决疑论》，探讨佛学。[①] 蔡元培此时刚卸下
教育部长职务，正接任北京大学校长，在上海书店看了此文大为
赞赏，次年延聘梁为北大讲师，教授印度哲学。[②] 梁氏的学历是
1911 年北京顺天中学堂（今日北京四中）毕业，乃清末开办的新
式教育学校。可以看出，五四知识分子爱才，提携后进不遗余力，
往往破格任用。另一个例子是沈从文，虽只有小学毕业学历，但
在他二十七岁时（1929 年），胡适因徐志摩引荐，便聘请沈担任
上海中国公学讲师，教授新文学和小说习作课程。这些都是我们
耳熟能详的传奇故事。[③] 正因蔡、胡等人这种为天下举才的无私
情怀，才能造就五四一代大师云集，我们今天仰之弥高。

　　1921 年梁漱溟的《东西文化及其哲学》将东西文化对立起来，
影响深远，形塑了两三代人的文化观念。1927 年东西方文化论战
方兴未艾之时，清华大学哲学教授王国维（1877—1927）投身颐
和园的昆明湖中自尽。一个知识分子如此自我了结生命，究竟原
因何在？历来众说纷纭。陈寅恪认为，王国维乃因西方文化的强
势冲击，不忍目睹中国文化的日益衰亡而自杀：

　　　　凡一种文化值衰落之时，为此文化所化之人必感苦痛，
　　其表现此文化值程量愈宏，则其所受之苦痛亦愈甚；迨既达

---

　　① 　梁漱溟：《究元决疑论》，《东方杂志》13 卷 5 号（1916 年 5 月 10 日），
第 6—10 页；13 卷 6 号（6 月 1 日），第 5—9 页；13 卷 7 号（7 月 10 日），第
8—12 页。

　　② 　梁漱溟：《纪念蔡元培先生》（1942），《忆往谈旧录》金城出版社，
2006，第 95—102 页。

　　③ 　沈从文全集编委会编《沈从文年表简编》，《沈从文全集》附卷，北岳
文艺出版社，第 11 页。

极深之度，殆非出于自杀无以求一己之心安而义尽也。[①]

果其然乎？这是现代文化史上难解的谜。王国维对中国传统念兹在兹，在阐发传统学术之时，汲取西欧、日本文化的资源，左右逢源。其自杀竟会是因中国文化的衰落！王国维的自杀，应置于五四时期自杀事件频传的脉络下。五四前后自杀成为醒目的社会问题，自杀人数与日俱增，《晨报》1921 年 4 月至 12 月，报导的自杀人数高达一百十三人。[②]1918 年梁漱溟的父亲梁济（1858—1918）就是投湖自尽的，他曾写下遗书给子女："我之死，非仅眷恋旧也，并将唤起新也。唤新国之人尚正义而贱诡谋，然后旧国性保存一二。国性存然后国可以存。"（第 195 页）[③]清末民初，知识分子在剧烈转型期中不得安身立命，痛苦焦虑，岂区区苦闷一词可达万一。梁漱溟研究佛学，即是为了化解其父及自身之苦，由 1916 年《究元决疑论》的起首告白可知："论者曰。譬有亲族戚党友好。或乃陌路逢值之人。陷大忧恼病苦。则我等必思如何将以慰解而后即安……此忧恼狂易。论者身所经历（辛亥之冬壬子之冬两度几取自杀）今我得解。如何面值其人而不为说法。使相悦以解。获大安稳。以是义故。我而面人。贡吾诚款。唯有说法。"[④]然而，梁漱溟自己虽因法得解，其说法仍无法慰解

① 陈寅恪：《王观堂先生挽词》，《陈寅恪集·诗集》，生活·读书·新知三联书店，2001，第 12—17 页。

② 齐卫平：《五四时期中国社会转型与自杀现象》，《民国春秋》3 期，1998，第 49—51 页。

③ 梁焕鼐编撰《桂林梁先生遗著》，华文书局，1968。

④ 梁漱溟：《究元决疑论》，《东方杂志》13 卷 5 号（1916 年 5 月 10 日），第 6—10 页；13 卷 6 号（6 月 10 日），第 5—9 页；13 卷 7 号（7 月 10 日），第 8—12 页。

其父，后者终于两年后自杀。

东方化、西方化：罗素

哈尔登（Haldane）君《科学与将来》一书，详述人类将来如何可利用科学上之发明以促进其幸福，其所述指未来景象诚足动人心目。予对于哈君之逆料极愿表示同意，惟予历久自政府及政治家所得之经验，使予不能不对之稍有怀疑。予深惧科学将为人用以促进统辖者之势力，而不用以促进人之幸福也。第达拉斯（Daedalus）① 授其子易卡刺斯（Icarus）② 飞行之术，而其子以鲁莽而致死。现代科学家亦正授人以飞行之术，予深惧人类将蹈易卡刺斯之覆辙。

——［英］罗素：《科学之将来》，吴献书译，1931。

《东西文化及其哲学》的主旨是比较中国、印度及西方哲学，设法找寻中国文化在现代世界存在的意义。梁漱溟在绪论中首先讨论所谓"西方化"及"东方化"的问题，并认为，如欲厘清此二问题，必须先理解东方文化及西方文化的内涵。有关东西文化的比较问题，当年来访中国的西方学者都曾提出意见。梁漱溟指出，1919 至 20 年杜威来中国时，主张东西文化应该调和，梁启超在《欧游心影录》也持相同论调："于是大家都传染了一个意思，觉得东西文化一定会要调和的，而所期望的未来文化就是东西文化的调和的产物。"梁漱溟问：究竟什么是东方化，什么是西方化；两者是否具有同等的价值，究竟是否能调和？（第 2 页）

---

① 又译代达罗斯。编者注。

② 又译伊卡洛斯。编者注。

按，杜威来访，是先到日本。当年就读哥伦比亚大学的学生辈胡适、蒋梦麟等得知后，力邀其来中国。杜威于五四前三天抵达上海，邀请单位是北京大学、南京高等师范学校、中等教育改进社等团体，第二年则由讲学社续聘。[①] 其此次日本、中国之行，对日本的进步、中国的落后感触良深，在沿途写给女儿的家书中表露无遗。[②] 杜威来访期间作的五个讲演，由胡适口译，原载于《晨报》（1920 年 3 月 8 至 27 日），又载《北京大学日刊》（1920 年 3 月 11 日至 4 月 30 日）。1920 年由《晨报》出版为《杜威五大讲演》，其中一篇《现代的三个哲学家》[③]，讨论詹姆士、柏格森、罗素的学说。文中论及柏格森是人生观派宣扬的哲学大师，罗素是讲学社邀请的重量级哲学家，均是检讨西方文化最力的人。

1920 年 10 月，罗素抵达上海，是讲学社聘请的第一位学者。[④] 罗素主张反战、反对传统婚姻制度。1910 年，他任教于剑桥大学的 Trinity College，因反基督教被解聘。1918 年，他因反战而坐牢半年，并于 1927 年发表演讲《为何我不是个基督徒》[⑤]。1921 年，在罗素拜访中国一年后，于 1922 年出版《中国之问题》

---

① 郭廷以:《近代中国史纲》，香港中文大学出版社，1986，第 3 版，上下册合订本，第 505 页；较全面的研究，参考元青:《杜威与中国》人民出版社，2001。

② John Dewey, *Letters from China and Japan*, eds. Alice Chipman Dewey and Evelyn Dewey, New York: E. P. Dutton, 1920; [美] 杜威:《杜威家书：1919 年所见中国与日本》，刘幸译，北京师范大学出版社，2016。

③ [美] 杜威:《现代的三个哲学家》，胡适口译，伏庐笔记，《杜威五大演讲》下册，晨报社，1920，第 1—56 页。见第一章杜威有关柏格森的讨论。

④ 丁子江，《罗素与中西思想对话》，秀威资讯，2016，第 83 页。

⑤ Bertrand Roussell, *Why I Am Not A Christian and Other Essays on Religion and Related Subjects*, ed. Paul Edwards, London: George Allen & Unwin, 1957). Originally a talk given on March 6, 1927 at Battersea Town Hall.

（*The Problem of China*）一书，对中国的落后描写甚多。[①] 1924年，他出版了《伊卡洛斯：科学之将来》（*Icarus, or The Future of Science*），以神话故事中代达拉斯教导其子易卡剌斯飞行的故事，说明易卡剌斯的鲁莽致死，有如科学的过度发展及滥用，非但无法促进人类幸福，反而导致统辖者发展极权，祸害无穷。[②] 奥维德（Ovid）在《变形记》（*Metamorphoses*）中的一个故事中，讲述一名为了逃离克里特岛（Crete）的建筑师兼发明家代达拉斯做了两对翅膀，用蜡帮自己和易卡剌斯黏在身上。飞行之前，他告诫儿子要维持中道（middle course），不能飞得太低，使海水湿了他的翅膀，也不能飞得太高，使太阳融化了黏翅膀的蜡；但易卡剌斯不理会父亲的告诫，得意忘形，最终飞得太高，导致蜡融了，坠海而亡。易卡剌斯的神话故事家喻户晓，是许多欧洲画家的素材，如弗兰德画家鲁本斯（Peter Paul Rubens, 1577—1640）的油画《伊卡洛斯的陨落》（*The Fall of Icarus*, 1636）[③]。罗素的《易卡剌斯：科学之将来》是针对遗传学家、演化生物学家哈尔登于1923年2月4日在剑桥大学异端学社的演讲《代达拉斯：科学与将来》所著。[④] 很凑巧，十天之后，张君劢在清华大学发表演讲

[①]　Bertrand Russell, *The Problem of China*, London: G. Allen & Unwin, Ltd., 1922.

[②]　Bertrand Russell, *Icarus: Or, The Future of Science*, New York: E. P. Dutton & Co., 1924.

[③]　Hoakley, "Changing Stories: Ovid's Metamorphoses on canvas, 40 Daedalus and Icarus" (August 28, 2017). Online Posting: https://eclecticlight.co/2017/08/28/changing-stories-ovids-metamorphoses-on-canvas-40-daedalus-and-icarus/ (accessed on November 23, 2018).

[④]　哈尔登此演讲后来出版成书。参考 John B. S. Haldane, *Daedalus; or, Science and the Future*, London: E. P. Dutton and Co., 1924。

"人生观"，引爆了科学与人生观论战。可见两次欧战期间，这个议题是跨越欧亚的共同关怀。哈尔登以代达拉斯之名，认为科学可以为人类的未来带来幸福，罗素则以易卡剌斯之名出书，大力反驳；据说阿尔德斯·赫胥黎（Aldous Huxley, 1894—1963）的著名反乌托邦小说《美丽新世界》（*Brave New World*, 1932），即是受罗素此书之启发。罗素这本小书，于 1931 年译为中文《科学之将来》[①]，由上海商务印书馆出版。

图 3.1　弗兰德画家鲁本斯的《易卡剌斯的坠落》。油画，布鲁塞尔比利时皇家艺术馆收藏。

1921 年梁漱溟的《东西文化及其哲学》指出，由于罗素一向对西方文化有反感，所以来中国时大为赞美中国文化，但其实并

①　罗素：《科学之将来》，吴献书译，商务印书馆，1931。

不了解中国文化。[①] 梁漱溟认为，如今在全世界，西方化是主流，不仅西方如此，日本也因西化而强盛；来不及西化的，如印度、朝鲜、安南、缅甸，就沦落至被西方强权所占领。中国受到这种潮流的强大压力，也不得不西化。那么，东方化能存在吗？梁漱溟将"西方化"及"东方化"对立起来，这种二元对立的思考模式，是他在思想上最大的问题。除了这种二元对立的思考模式，所谓"西方化"或"西化"的概念，也值得商榷。从《东西文化及其哲学》直至今日，许多学者在讨论东方与西方接触的议题时，所谓现代中国的"全盘西化"，仍然是约定俗成、不假思索的说法。梁漱溟指出：

> 中国自从明朝徐光启翻译《几何原本》，李之藻翻译《谈天》，西方化才输到中国来。这类学问本来完全是理智方面的东西，而中国人对于理智方面很少创造，所以对于这类学问的输入并不发生冲突。直到清康熙时西方的天文，数学输入亦还是如此。后来到咸同年间，因西方化的输入，大家看见西洋火砲，铁甲，声，光，化，电的奇妙，因为此种是中国所不会的，我们不可不采取他的长处，将此种学来……全然没有留意，西洋这些东西并非凭空来的，却有他们的来源，他们的来源就是西方的根本文化……这些东西对于东方从来

---

① 罗素对西方文化了解当然更深刻。其访华之前，曾于 1920 年 5 至 6 月访问苏联。其 1919 年 *Proposed Roads to Freedom* 一书，检讨马克思主义式的社会主义："Marxian socialism, I fear, would give far too much power to the state, while Syndicalism, which aims at abolishing the state, would, I believe, find itself forced to reconstruct a central authority in order to put an end to the rivalries of different groups of producers." Cf. Bertrand Russell, *Proposed Roads to Freedom*, New York: Henry Holt and Company, 1919, p. xi.

的文化是不相容的。（第 4—5 页）

引文显示，清末为富国强兵，将西方的声光化电等科学知识输入中国后，练海军、办船政，历经数十年，非但这些东西无法顺利移植，反而搅乱了中国的旧有文化。到甲午战役，海军全军覆没，大家才知道在这些东西后面还有根本的问题。于是开办新教育、提倡戊戌变法、提倡立宪制度代议政治。辛亥革命虽推翻了清政府的统治，但西洋的政治制度还是不能在中国成立。最后陈独秀、胡适等人认为最根本的原因是追求整个西方文化，要从思想改革上做起，由此推动了新文化运动。梁漱溟则在此提问："中国人是否要将中国化连根的抛弃？"（第 7 页）

梁漱溟指出，西方的学问及军事、政治等制度"完全是理智方面的东西"，孔子的学问则是"完全听凭直觉"（见下文），用二分法来区别东西文化。他在文中引用李大钊 1920 年的文章《东西文明之根本异点》的论点"东方文明之根本精神在静，西方文明之根本精神在动"，因此东西文化根本不同，如果勉强溷合两种矛盾的精神，以"万世一系①一成不变之观念运用自由宪法，其国之政治固以杌陧不宁……必至人身与器物，国家与制度都归于粉碎"。李大钊认为，中国人虽在西方化政治制度之下，却仍旧保持在东方制度之下的态度。② 可能有鉴于这是文化生死存亡的时代，需要极端的思考来纠正弊病。梁漱溟问："怎样可以使根本态度上有采用西方化的精神，能通盘受用西方化？"（第 9 页）

———————

① "万世一系"意指日本天皇体系，从西元前六世纪第一代神武天皇以来均隶属同一家族。

② 李大钊：《东西文明之根本异点》，《守常文集》，上海书店，1989，第 37—48 页；原发表于《言志季刊》1920 年第 3 册。

1916 年陈独秀的《吾人最后之觉悟》及《宪法与孔教》也主张，假如采用西方化，必须彻底排斥东方化，因此要打倒孔家店。[①] 梁漱溟批评两者的意见："这种主张从根本上不要东方化是很对的；而不能说出所以然，就胡乱主张将来两文化必能融通，实在不对。"（第 10 页）

东西方的差异究竟在哪里，为何两种文化不能相容？梁漱溟的看法并不独特，虽然他也强调西方的科学及民主精神，但东方的精神何在，如何描述东方"非科学""非民主"的精神？这就是其创见了。梁漱溟指出，东方文明为艺术式的成就（例如东方的制作工程是手艺）；西方的文明成就于科学之上（西方把零碎不全的经验及知识，经营成学问）（第 26—28 页）。由于艺术化与科学化的不同取向，东方采取直观、玄学的方法，不能得到知识，最多只是主观的意见；西方则是科学的客观知识（第 28—29 页）。东方"非论理"的精神发达，讲求整体（例如中医认为整个人病了）；西方则是论理的精神，讲求部分（西医认为某器官病了）（第 28—30 页）。玄学讲一而变化、变化而一的本体（东方讲"流动抽象的表号"）；科学讲固定、不讲变化（西方讲多而固定的现象）（第 31 页）。这显然有别于李大钊前述说法："东方文明之根本精神在静，西方文明之根本精神在动。"总而言之，梁漱溟以艺术化、直观、非论理、讲"变化而一"的玄学，来界定东方精神。这其实也是呼应张东荪所译《创化论》的论点，对人生观派在论战期间的论述，有决定性的影响。"变化""整体""直观"等，成为人生观派的论述重点。

[①] 陈独秀:《吾人最后之觉悟》,《新青年》1 卷 6 号（1916 年 2 月 15 日）,第 1—4 页;《宪法与孔教》,《新青年》2 卷 3 号（1916 年 11 月 1 日）,第 1—5 页。

　　而梁漱溟因何认为东方文明是艺术式的成就？我们不能不考虑，从 1910 年代起蔡元培提倡"艺术的人生态度""艺术生活"及"以美育代宗教"（见第四章），对其理论的形塑作用。人生观派的论述是互相发明的，本章的起首已经点明。对艺术直观的推崇，正是倭伊铿的立场，我们在第一章也曾说明："艺术（art）与幻想（fantasy）可以超越启蒙以来的功利主义及布尔乔亚的现世工作伦理；应透过艺术与幻想来开创新的现实，开展充实的内在教化，开拓具有更清楚结构及更强烈美感的世界。"

　　梁漱溟也分析了西方的民主精神，认为其与科学精神相辅相成。民主精神尚平等、重公德，表现在"个性伸展、社会性发达"上，成就了"个性不失的社会组织"；这正是严尊卑、重私德的东方精神所缺乏的（第 35—42 页）。一个关键的问题是：为什么民主科学发生在西方，而不在东方？梁氏指出，金子马治（即柏格森《创造的进化》日文译者）认为这是环境因素造成的，因希腊国小山多、土地贫瘠、食物不丰，所以用科学控制自然；而中国地大物博，因此没有必要发明自然科学。梁氏反对这种说法，引用北大教授王星拱（1887—1949）于 1920 年的著作《科学方法论》[①]中指出，古希腊科学发展动力是求知，如天文、算学、力学等，均非谋求生活应用；由于古希腊科学专注于"理性的（rational，梁氏的英文）"及"非功利的（disinterested，梁氏的英文）"学术，因此难以为继（第 44—45 页）。也有人持马克思唯物史观主张，"一切文物制度思想道德都随着经济状态而变迁"；李大钊与胡适都提醒梁氏这种解释（第 43—44 页）。梁不予采信，因为这些说法把人类当成是被动的，认为人类的文化知识只被动

---

　　① 王星拱：《科学方法论》，北京大学出版部，1920。

地反射环境，忽略了人类创造性的活动和意志力的趋向。梁引用另一位北大教授顾兆熊（顾孟余，1888—1972）1919 年在《新青年》上的文章《马克思学说》：

> 社会科学里所研究的社会现象不是别的，乃是一种秩序之下的共同动作。这种共同动作是有组织的，有纪律的，有意志的。所以"唯物的历史观"所说的"旧社会秩序必要废除"这必要既不是伦理的必要，又不是天然现象因果的必要，乃是宗旨的必要……改革与否，并如何改革，这是视人的意志而定的，并不是机械的被动的。（第 456 页）①

对"机械"论的批判，也是《创化论》的主张。梁漱溟认为，马克思主义的唯物史观的错误，在于忽略了文化是"人类创造的活动，意志的趋往"，把社会发展解释成完全遵循经济发展、历史过程等客观因素。梁认为"文化这样东西点点俱是天才的创作，偶然的奇想，只有前前后后的'缘'，并没有'因'。这个话在夙习于科学的人，自然不敢说"（第 44 页）。第一章谈到，人的创造力与向上的意志，是倭伊铿与柏格森一贯的信念；这也是梁漱溟在谈论东西文化时的关键概念。要如何观察文化呢？梁遵从佛家的看法，从生活说起；重视生活，当然也符合人生哲学对哲学回归生命的呼吁。

---

① 顾兆熊:《马克思学说》,《新青年》6 卷 5 号（1919 年 5 月），第 450—465 页。

何谓生活?

梁漱溟对生活的定义，最能看出他自由出入于佛家及倭伊铿、柏格森学说，并联结"我"与宇宙万物。就佛家而言，"生活就是'相续'"（柏格森的 la durée，张东荪翻译为"绵延"）。梁指出，唯识佛家把"有情"（即生物）称为"相续"。因此生物就是生活，而宇宙就是"由生活相续"："宇宙实成于生活之上，托乎生活而存者也。这样大的生活是生活的真象，生活的真解"（第 48 页）。进一步言，生活是"事的相续"，所谓"事"就是一问一答；我们不断询问，不断追寻，所以"事"源源涌出，生活就成了"无已的相续"（第 49 页）。有意思的是，梁强调：探问生活之事的工具是身体官能加上意志，而非理性——"眼，耳，笔，舌，身，意"，而且"凡刹那间之一感觉或一念皆为一问一答的'事'"（第 49 页）。促使这六个工具发挥作用的是无尽无止的意欲，梁漱溟称之为"大意欲"。大意欲运用这六个工具，持续一问一答的事，对"前此的我"或"已成的我"努力奋斗。小范围的生活就是"现在的我"对"前此的我"（或"殆成定局之宇宙"）的奋斗努力。"前此的我"或"已成的我"是属于物质世界中的我；"现在的我"是非物质的，就是所谓的"心"或"精神"。这与倭伊铿及柏格森的说法是相通的：生命就是创新奋斗。此处梁漱溟引用唯识佛家，将生活定义为"一问一答"之"无已的相续"；到其门生朱谦之的唯情论，则强调《易经》的"生生"概念："宇宙的流行变化是一感一应，一感一应如是相续不已。感不已，应不已，于是生命就'恒久而不已'。"宇宙万物间相互感应的动态关系，就是传统学术中所说的"情"，也与西方"情动力"概念的精髓相通。第五章将详论之。

至于什么是生活的"奋斗"呢？梁漱溟运用佛教"碍"的观念来解释，很精彩，值得细细玩味：

> 凡是"现在的我"要求向前活动，都有"前此的我"为我当前的"碍"。譬如我前面有块石头，挡着我过不去，我需用力将他搬开固然算是碍，就是我要走路，我要喝茶，这时我的肢体，同茶盌都算是碍……我如果要求如我的愿，是我肢体运动或将茶盌端到嘴边，必须努力变换这种"前此的我"的局面……这种努力去改变"前此的我"的局面而结果有所取得，就是所谓奋斗。所以凡是一个用力都算是奋斗，我们的生活无时不用力，即是无时不奋斗，当前为碍的东西是我的一个难题；所谓奋斗就是应付困难，解决问题的。差不多一切"有情"——生物——的生活都是如此，并不单单是人类为然。即如苍蝇所以长成六个足，许多眼睛，全都因为应付困难，所以逐渐将他已成的我变成这个模样，以求适应环境的。不过这种应付都是在意识以前的，是本能的生活。人的生活大半分也都是本能的生活，譬如小儿生下来就会吃乳，睡觉……总之无论为本能的或为有意识的向前努力，都谓之奋斗。（第50页）

如此说来，属于物质的身体（眼、耳、鼻、舌、身）既是我们感知世界的工具，又是我们生活向前的窒碍；要克服"前此的我"所不能，"现在的我"就必须时时操练我们的身体，克服困难，去适应生活上新的要求和挑战。从小儿的求生本能，到逐渐成长后有意识的学习生活技能，每一阶段的努力都是生活的奋斗；而这种生活奋斗是我们向上意欲的精神接受身体的感知刺激后，体认需求，再透过身体的努力完成的。因此，在这个重复不已的生活奋斗过程中，精神与物质的交互作用密切不可分。延伸来看，任何一方如在环节上产生问题（例如智障或肢障），都使得无意识或有意识的生活奋斗任务倍加困难。如同第一章中所见倭伊铿提出的修辞性问题：应该是精神（意欲）领导物质（身体）呢，还是物质领导精神？梁漱溟此处等于这样回答：如果精神与物质两者不能平衡发展，小至个人，大至家国、社会、世界，生活的奋斗都会出问题。

梁漱溟提醒我们，在生活奋斗的过程中，不仅"前此的我"是障碍，其他有情的"他心"——其他生物的"现在的我"——也是障碍。"我"要得到大家的同意，就必须陈述己见，以求改造"他心"；这也是奋斗。另外一种障碍是宇宙间必然的"因果法则"，例如吃砒霜会致死、人老终将去世，这种自然规律的障碍是无法规避的。值得注意的是，梁漱溟把歌舞音乐美术等艺术工作与生活奋斗做对比，他认为艺术工作是个人潜力的抒写、自然的情感的发挥，并非应付困难或解决问题，因此与生活的奋斗不同（第51—52页）。梁强调艺术在情感上的作用，与美育运动的主张是相通的（详见第四章）。

梁漱溟指出，文化与文明虽然有别，但也可以说是一体两面。文明是我们生活中的"成绩品"，包括制造出来的器皿和一个民族的政治制度等；而生活上"抽象的样法"就是文化。当然，政治制度既可以是一个民族的制成品，也可以说是文化，因此说文明与文化是一体两面。各民族文明成品的不同，乃因用力之所在不同；至于文化的不同，是抽象的样法，就是各民族"生活中解决问题方法"之不同。他认为，"西方化"以"意欲向前"的奋斗为根本精神，总是改造局面，设法满足要求，这是文化的第一条路向。"东方化"则需就中国与印度两方面来谈。就中国文化而言，遇到问题总是顺应境地以求自我满足，并非奋斗地改造局面，而是随遇而安。其基本精神是自我"意欲的调和"；这是文化的第二条路向。印度文化方面，则持禁欲的态度，遇到问题就想根本取消这种问题或要求，既不向前改造局面，也不变更自己的意欲，是违背生活向前要求的本性的。其基本精神是"意欲反身向后要求"，是第三条路向（第53—55页）。这就回答了梁漱溟在全书开头所问的问题："如何是东方化，如何是西方化？"

　　梁漱溟强调，呼吁西方化的人不要只看民主科学，应该看西方文艺复兴以来西方文化的生活路向、人生态度的转变。他说："要引进西方化到中国来，不能单搬运，摹取他的面目，必须根本从它的路向、态度入手"（第57页）。他引用蒋梦麐（蒋梦麟）于1919年6月发表在《新教育》上的文章《改变人生的态度》[①]，支持其自身看法。文章说："这回五四运动、就是这解放的起点、改变你做人的态度、造成中国的文运复兴（即文艺复兴）；解放感情、解放思想、要求人类本性的权利……旧已譬如昨日死、新已譬如今日生。要文运复兴、先要把自己复生。"（第453—454页）。《新教育》是1919年1月由蔡元培、蒋梦麟、陶行知在上海创立的。人生观派在论述上的彼此支援呼应，昭然若揭。因此，人生观派跟胡适一样，都认为五四运动是一个文艺复兴运动，胡适的看法在本书导言中已经谈到。梁漱溟指出，蒋梦麟的文章强调，五四文艺复兴运动的目的是建立一个

---

　　① 蒋梦麟（蒋梦麐）：《改变人生的态度》，《新教育》1卷5期（1919年6月），第451—454页。

"新人生观"（第 59 页）。梁漱溟又引用蒋百里的《欧洲文艺复兴史》，此书是其 1918 年跟随梁启超欧游回国后由东方出版社出版的，书中说明：文艺复兴的主要纲领是"人之发现"与"世界之发现"，一方面是人本主义的趋势，一方面是自然的研究；前者导致民主的发展，后者导致科学的发展（第 58—62 页）。本书第六章方东美对欧洲文艺复兴的分析，基本上是与梁漱溟看法合拍的。

文化的三条路线

梁漱溟认为思想包括哲学、宗教，哲学又包括形而上学、认识论及人生哲学。他认为西方的哲学中，形而上学由盛到衰，现在正寻找出路；哲学最盛之时以认识论主导；人生哲学则不如形而上学及认识论。在中国不注重知识论；最盛的是人生哲学，"且微妙与形而上学相连占中国哲学之全部"。至于印度，宗教直至今日占了思想的全部；形而上学与西方是同样的，但研究动机不同，一直随着宗教兴盛；知识论有极细的研究但不盛；人生哲学则归入宗教，除宗教之外没有人生思想，因此伦理观念薄弱（第68—69 页）。梁氏以这种比较分析方法，来说明西方、中国与印度在精神生活上的异同。这与其世界文化分为三条路线的看法是一致的。当然，他并非不知，无论西方、中国或印度文化在路线上都并非单一进行，而都是各种路线并行，因时势而此消彼长，因此在不同时期会有不同的路线特别突出。从下列他描述西方文化三个路线的交替，即可知。

对西方文明历经的希腊时代、罗马时代、基督教黑暗时代、文艺复兴时期、直至现代文明的发展，梁漱溟如数家珍。同时，他也指出，希腊时代以人类现世幸福为目标，走的是第一条路向，科学、哲学、美术、文艺各方面都有长足的发展。到罗马时代继续希腊的生活路向，虽在政治法律上有成就，却日渐流于利己，淫纵骄奢，残忍纷乱，风俗败坏，最后由希伯来的基督教来导正挽救。虽一时奏效，到后来的流弊却是走到文化的第三条路，面向来世而不重现世，哲学、文艺、美术都成为宗教的附庸，科学被摒弃，迷信猖獗。加上教权浮滥腐败，于是西方文明进入了中古的黑暗时代。接着文艺复兴时期，西方文明恢复了希腊的人文理想，欧洲又成为人本主义的世界；另一方面，宗教改革的结果，新教变得具有入世精神（第 56—57 页）。有关新教与布尔乔亚的工作伦理结合，韦伯的《新教伦理与资本主义精神》（*The Protestant Ethic and the Spirit of Capitalism*, 1904）已经说明得很透彻，对基督教历史具有基本认识的人都耳熟能详。

　　梁漱溟承认，西洋文明是物质文明、东方文明是精神文明的说法，是浅薄的说法，然而却不能不同意东方文明的成就在精神方面。梁指出，欧洲文艺复兴刻意恢复了希腊的人本主义及科学精神，完全是运用理智，无论对于自我的认识或对宇宙自然的认识，都是如此。原本在直觉中我与自然浑然不分，如今在理智活动中我与自然一分为二；自由平等民主在"情感"中原是不分的，此刻又被"我""他"二分的理智活动打断了。梁漱溟的结论是，十九世纪以来，近世西方人"理智的活动太强太盛"，因此"精神上也因此受了伤，生活上吃了苦"（第 63 页）。相较之下，中国人"无征服自然态度而为与自然融洽游乐"，所以走的是第二条路向态度，走入玄学直观的路。至于印度文化，物质文明无成就，社会生活不进化，但是宗教发达，精神生活特盛。它热衷于生活的解脱，不向前也不持中，而是向后，走的是第三条路向（第 67 页）。梁氏认为，假如没有西方化的接触，由于中国人向来走的路线与西方人的不同，再走几百年一千年也不会有科学与民主精神产生出来（第 65 页）。他的言下之意是，由于东西文化的接触，中国还是有可能产生科学与民主。梁氏又主张"文化三期重现说"，第一期为"古代的西洋及其在近世之复兴"，第二期为"古代的中国及其将在最近未来之复兴"，第三期为"古代的 印度及其将在较远未来之复兴"（第 177 页）。这方面许多学者已论及，多半认为在东西文化论战期间，梁氏为了彰显中国文化的优越，而主张以"直觉"为主的中国文化，未来将解救以"理智"为主的西方文化之危机 ①。林安梧则批评其"文化三期重现说"是"一种历史决定论（historical determinism），而且是一辩证（发展）的决定论（dialectical and evolutionary determinism）。和其他的决定论者一样，以为历史是有迹可寻的，是可以预测的"（第 30 页）。② 梁氏对东西文化的许多评论的确有失武断，然而，我们不妨将重点放在其所凸显的东方重"直觉"与西方重"理智"的对比上，比较容易掌握其与人生观派一贯的思想脉络。林安梧认为梁漱溟代表了当代新儒家在中华民族千年以来的文化危机、道德迷失的状态下，从事"意义探求"的

---

① 熊吕茂：《梁漱溟与中国现代化的两难》，《岭南学刊：文化论丛》1999年 6 期，第 73—76 页；王汝华，《孔学的现代重光——由梁漱溟"新孔学的五个向度入探》，《逢甲人文学报》2009 年 19 期，第 51—88 页；王汝华，《现代儒家三圣：梁漱溟、熊十力、马一浮论宋明儒学》下册，新锐文创，2002，第 69—70 页。

② 林安梧：《梁漱溟及其文化三期重现说——梁著〈东西文化及其哲学〉的省察与试探》，《鹅湖月刊》1981 年 77 期，第 23—32 页；Lin Anwu, "Liang Shuming and His Theory of the Reappearance of Three Cultural Periods: Analysis and Evaluation of Liang Shuming's Eastern and Western Cultures and Their Philosophies," *Contemporary Chinese Thought* 40: 3, 2009, p. 16-38.

工作（第 23 页），良有以也。如果我们进一步注意到五四时期中国——日本——欧洲在此议题上的跨文化联结，梁漱溟对倭伊铿、柏格森人生哲学的呼应，以及对蔡元培以美育代宗教说的推崇，便不至于忽略人生观派检讨五四启蒙过度偏重理性的集体努力。林安梧还认为，梁的文化哲学"不只说明了事实是什么，更重要的是他企图去改变什么。它不只是一套知识理论，尤其也是一实践的指南针"（第 24 页），这是很敏锐的观察。本书第四、五章将说明人生观派的乌托邦想象及追求理念实践的企图。

印度唯识论与西方认识论

人生观派相信探求真理必须靠直觉，但直觉究竟如何定义？在《东西文化及其哲学》中，梁漱溟指出构成知识的三个要素：感觉、直觉与理智。他用佛教唯识论的概念来解释这三个要素的意思：

1. 唯识论的"现量"（pratyakṣa）：即西方认识论的"感觉"（sensation，梁的英文）。现量所认识的是"自相"，并不纯出主观，仍出于客观，因为是"借客观之物才变生的"。

2. 唯识论的"比量"（anumāna）：即认识论的"理智"（reason）。比量所认识的是"共相"，纯由主观生，是"我心所自生私有的"，构成意义及概念。

3. 唯识论的"非量"：即认识论的"直觉"。从现量的感觉，到比量的抽象概念，中间必须有直觉的阶段。直觉一半出于主观，一半出于客观。（第 82—88 页）

梁漱溟将唯识论的"非量"等同于认识论的"直觉"，并非普遍公认的看法。根据《佛光大辞典》，"非量"是"因明用语，又作似量，三量之一，指似现量与似比量，为错误的觉知与推论"。[①] 所谓因明，即古印度发展之逻辑学，佛教、耆那教（Jainism）、印度教均受其影响。印度因明以陈那（Dinnāga, 约440—520）及其再传弟子法称（Dharmakīrti, 约600—680）为高峰，由于陈那与弟子自在军（Isvarasena）及法称在理论上均有出入，所以在现量、比量与非量的关系上没有一致的意见。[②] 根据姚治华的研究，"非量"在专有用法中有两种意义，第一义为"不是量"，"量"在梵文是pramāna，因此"非量"是apramāna。第二义是理解为"似现量"（pratyaksābhāsa）和"似比量"（anumānābhāsa），前者指"错觉、忆念、希求等认知活动"，后者指"未能遵循有关推理规则而作的谬误推论"。无论似现量或似比量都被认为是谬误的（第94页），[③] 上引《佛光大辞典》显然取其第二义，姚治华则认为第二义不能使人信服。根据其考查中文文献及注疏，陈那的因明著作于七世纪传到中国的同时或稍后，"非量"作为第三种量的看法出现了，可能与自在军主张的"三种量理论及非认知概念"有关。姚氏主张"非量"可以理解为"量之无"或"非认知"（anupalabdhi），乃是获取知识的正确途径，因此是与"现量"（知觉）、"比量"（推理）并列的第三种量；如此应接近失掉的自在军传统（第95—96页）。姚氏又引用八世

---

① 《非量》，《佛光大辞典》。Online Posting: https://www.fgs.org.tw/fgs_book/fgs_ drser.aspx (2018年6月9日阅览)。

② 姚南强：《因明学说史纲要》，上海三联书店，2000。本书提到陈那与法称在理论上的差异，第51—126页。有关自在军与陈那的差异，参考下列姚治华的文章。

③ 姚治华：《非认知与第三量》，《台湾政治大学哲学学报》2007年17期，第89—114页。

纪学者昙旷（705—790）《大乘百法明门论开宗义记》对"非量"的说法"境体实无非可度量"，亦即"非存在之非认知"。姚氏认为昙旷的说法"提供了最确凿的证据显示自在军的三种量理论在中国佛教史留下过痕迹"，虽然其传播渠道无从得知（第 107—108 页）。

梁漱溟将"非量"等同于认识论的"直觉"，究竟根据何在？是个谜。印顺在《唯识学探源》一书中指出，在印度大乘佛教中，唯心论分真心派与妄心派二流。真心派从印度东方（南）的大众分别说系发展而来，"真心派重于经典，都编辑为经典的体裁：重直觉，重综合，重理性，重本体论"（第 2 页）[1]。此处说的直觉，与梁氏所说的直觉是否有关联？再看 Stcherbatsky 的著作 Buddhist Logic，其中提到古老的瑜伽派别 Svāyambhuva-yoga（Svāyambhuva 是人类的始祖之一，人类的始祖统称为 manu，即带领人类度过劫难的先知）。此派别相信一个个人化的、全知全能的慈悲之神，其神秘主义及因果报应观（karma）是印度许多宗教体系的共同基础。为了支持圣者及佛陀的存在，即使后来强调批判逻辑的因明学家也必须保留一个漏洞（loop-hole）让神秘主义可以渗入，这个漏洞就是"直觉"（yogi-pratyakṣa）。所谓直

---

[1] 印顺:《自序》,《唯识学探源》, 正闻出版社, 1984, 第 3 版, 第 1—5 页。

觉是一种先于感官、直接冥想真理的能力。[①] 上述梁漱溟所说的直觉，也许与 Svāyambhuva-yoga 这个派别所说的直觉相通？这就有待进一步的研究了。

梁漱溟认为，唯识论所提出的是形而上学的新方法，比罗素、柏格森的形而上学方法更令人满意可信（第 86 页）。就唯识论而言，生物（包括人）与非生物的差别在于有二执念：我执、法执。心，连同眼、耳、鼻、舌、口是前六识，第七识就是此二执。当生命运用身体的六个工具向前要求时，所见所闻所嗅所感的影象，皆由自己变现。西方哲学认为影象之后还有本质，就是"客观的物质世界"。但唯识论则不认为如此。在唯识论中，前七识所变现的影象皆来自第八识，即"阿赖耶识（ālaya-vijñāna）"，就是"唯一的物件"：

> 这七识所自变现生者亦皆出于阿赖耶识。唯一的物件只

---

① Th. Stcherbatsky, *Buddhist Logic* (New York: Dover Publication, Inc., 1962), pp. 20-21. This is an unabridged and corrected republication of the work first published by the Academy of Sciences of the U.S.S.R., Leningrad, circa 1930. 有关 yoga pratyakṣa 的定义，请参看 Yogapedia，网址：https://www. yogapedia. com/definition/9386/yoga-pratyaksha (accessed on June 23, 2018): "Yoga pratyaksha is one of the four ways of obtaining pratyaksha, or perception. From Sanskrit, yoga means "union" and pratyaksha means "this which is before one's eyes." It is considered super-normal intuition and is available once a yogi has removed their impurities through the practice of The Eight Limbs of Yoga. Once those impurities are removed, the yogi is able to perceive knowledge and truth fully and purely…Traditionally, there are said to be four ways of obtaining pratyaksha: indriya pratyaksha (sense perception), manas pratyaksha (mental perception), svadana pratyaksha (self-consciousness) and yoga pratyaksha (super-normal intuition). Yoga pratyaksha is the most advanced form of perception and requires development of the self through the practice of The Eight Limbs of Yoga."

此阿赖耶识，东看西看，上看下看，内看外看，所碰到的都是他。不过不单影象是随时变现，非恒在的东西，就是这内外的本质，你看他死呆呆的物质世界，实在也是迁流不息，相续而转。一块石头，是许多石头的相续。不单影象是随人变现各自不同，你眼识所现的红白属你，我眼识所现的红白属我；就是本质也非客观存在，而是随人不同的，你的宇宙是你所现，我的宇宙是我所现。最可注意的，内外俱是一阿赖耶识，而竟被我们打成两截，中间加了重重隔膜。这就是说，在我们生活中——向前要求中——分成物我两事；而七识执我又自现影象，则内里一重隔阻，前六识摄物又自现影象，则外向一重阻隔，所以整个的宇宙，所谓绝对，自为我们感觉念虑所不能得到，当这些工具活动的时候，早已分成对立，而且阻隔重重了。你要解开重幕，直认唯一绝对本体，必须解放二执，则妄求自息，重幕自落，一体之义，才可实证。这就是唯识家所贡献于形而上学的方法。（第84—85 页）

综观上述梁漱溟对佛家阿赖耶识的分析，有几个重点：

1. 人透过身体的六识（眼、耳、口、鼻、舌、心）从外界摄物。

2. 第七识（我执 [ātma-grāha][1]、法执[2]）从内里自现影象。

---

① 我执又名人执，即妄执人有一实在的我体。我执，就是意念中有个"我"之意念。既然有此意念，那对于事情就会有"我的"之概念。我执是佛法中很重要的一个名相，也是众生无明苦恼的来源处，也是个"根本无明"。《什么是我执》（2013 年 9 月 9 日），《觉悟人生的家》。网址：http://di-shui-chan- house.blogspot. hk/2013/09/blog-post_9331.html (2018 年 2 月 11 日阅览)。

② "法执即谓固执于法有实性，而不明五蕴等法由因缘而生，如幻如化；因此一切所知障从这法执而生，也就阻碍了对于佛教'真理'的理解。"玄奘释，《大唐西域记》(上)，季羡林编，中华书局，2000，第 368 页。

3. 内外本来俱是一阿赖耶识，因我执自现影象、前六识摄物又自现影象，形成重重隔阻，使得内外的阿赖耶识打成两截，而分成物我两事。

4. 欲直觉唯一绝对本体，必须解放我执与法执。也就是说，六识获得的现量（即感觉）只现某物的影象，若其物在眼前飞动一百刹那，我就有一百感觉相续，而有一百影片相续现起。每一影片是静的，必须解放二执，由直觉的作用将这些影片贯串起来，才能见到飞动之势。若解放彻底，则达到"现量直证'真如'——即本体"。这在哲学概念上，就是物我合一。（第 86 页）

梁漱溟认为印度的形而上学虽然与西洋的相同，但研究动机不同。西洋人是求知识的动机，即科学的动机——是"爱智"；印度人则是行为的动机，即宗教的动机——试着去解脱生活，复其清净本体（第 88 页）。职是之故，印度只有宗教而没有哲学。宗教如何定义呢？梁的结论是："所谓宗教的，都是以超绝于知识的事物，谋情志方面之安慰勖勉的。"（第 90 页）宗教的特质是超绝、神秘。超绝就是在现有的世界之外，也就是超越感觉所及、理智所统的世界，因为一切宗教多少总有出世的倾向——"舍此（现有世界）就彼（超绝世界）的倾向"。所谓神秘，就是不容理智作用的观念或经验。总而言之，超绝与神秘都是外乎理智的。

中国的形而上学：直觉与理智

梁漱溟除了以佛学概念来解析柏格森所说的"直觉"，更以儒家概念来说明。他认为，中国的形而上学体现于周易中（第117 页），是抽象的，讲的是"宇宙的变化流行"，其中心思想是调和；所谓变化，"就是由调和到不调和，或由不调和到调和"。

其抽象的意味必须用直觉来体会玩味，例如阴、阳、乾、坤等概念，不能用感觉或理智来获得。理智的概念是明确固定的，而中国形而上学的概念则"活动浑融"（第116—118页）。梁氏认为中国的形而上学与柏格森的思想相通，"柏格森将科学上明确固定的概念大加指摘，他以为形而上学应当一反科学思路，要求一种柔顺，活动的观念来用。这不是很像替中国式思想开其先路吗？"（第119页）本书第五章朱谦之与袁家骅的唯情论，对"变化"与"调和"的概念有进一步的阐发。此处我们先看看梁漱溟如何阐释孔子一贯的道理是"完全听凭直觉"（第124页），又如何以孟子的"四端之心"（第125页），来说明中国的形而上学建构在"直觉"上。

梁氏指出，《论语》上记载孔子避免四种固执的态度"子绝四，毋意，毋必，毋固，毋我"，又说孔子"无可无不可"（第123页），亦即孔子不强求一种客观固定、不知变通的道理。孔子是"无成心"的，遇事只是听凭直觉，当下"随感而应"，也就是随时随地"变化"，变化就是要"得中"与"调和"。所谓直觉，就是孟子说的良知、良能，也就是"求对、求善的本能直觉"。孟子所说的四端之心——恻隐之心、羞恶之心、恭敬之心、是非之心——就是仁义礼智，是"好善的""好美的"直觉（第125页）。梁漱溟认为，这种直觉是人天生就有的，原本非常敏锐，但后来杂染了不好的习惯，被蒙蔽了。只要恢复了本然的敏锐，就可以"活动自如，不失规矩"，而孔子所谓的"仁"就是这种"敏锐的直觉"，亦即本能、情感（第126页）：

> 所有饮食男女，本能的情欲，都出于自然流行，并不排斥，若能顺理得中，生机活泼，更非常之好的；所怕理智出

来，分别一个物我，而打量计较，以致直觉退位，成了不仁。
所以朱子以无私心合天理释仁，原从儒家根本的那形而上学
而来，实在大有来历。（第 127—128 页）

批判物我二分的理智、彰显天理人欲的相通、主张生机的活
泼自如，是人生观派的一贯立场。此处说朱熹以"无私心""合
天理"来阐释仁的意义，稍后又说，仁不只是慈悲惠他，而是宋
儒所说的"无欲"（第 130 页）。因此，仁的特性是无私心、无私
欲、合天理。此外，梁氏特别强调，"仁"指的是一种"内心生
活"，并非如胡适之所说，只是实际的伦理政治、礼乐仪节（第
129 页）。他以孔子说的"刚毅木讷近仁""巧言令色鲜矣仁"，来
分别仁与不仁：情感真实而理智不畅达是仁，理智伶巧而情感不
真实，就是不仁（第 128 页）。我们要注意的是，梁漱溟并非说
不要理智，而是说情感与理智必须达到"平衡状态"，也就是他
所强调的"得中"与"调和"。

梁漱溟指出孔子思想的重点之一，就是情感。他认为孔子
的思想可算是宗教，而宗教其实是一种"情志生活"。在孔子的
思想体系中，情志重于知识，而情志所表现的两种生活就是宗
教与艺术；宗教的力量又大于艺术（第 140 页）。孔子提倡孝悌、
实施礼乐，两者合起来就是他的宗教。孝悌是人对父母兄姊的
情感，也就是情感生活的发端。儒家重视丧葬，也是因为重视
情感。礼乐的作用，更是在情感上。梁氏认为提倡孝悌单靠言
语是无效的，反而令人生厌，必须靠仪式与音乐来熏陶人心：

　　那惟一神奇的神方就是礼乐，礼乐不是别的，是专门作
用于情感的；他从"直觉"作用于我们的真生命。要晓得感

觉与我们内里的生命是无干的，相干的是附于感觉的直觉；
理智与我们内里的生命是无干的，相干的是附于理智的直觉。
我们内里的生命与外面通气的，只是这直觉的窗户。（第 141
页）

这段话充分显示梁漱溟在认识论上的功力及主张。首先，礼
乐透过"直觉"对我们的情感产生作用，而情感是我们的"真生
命"，亦即内在生命。其次，感觉与理智跟我们的内在生命无关。
其三，与我们内在生命相关的是直觉，而直觉是依附于感觉与理
智的。其四，直觉是内在生命通向外界之窗。也就是说，直觉虽
有别于感觉与理智，但并非与之截然二分，而是相互依附的关系；
直觉是依附在感觉与理智上的。

有关直觉与理智的相互依附，梁漱溟着墨甚多。直觉是什
么？除了上述将之类比佛学的"非量"之外，他始终未清楚说明
直觉是什么。但他如此定义理智："离开当下而回省者，是有意识
的理智活动。"（第 143 页）言下之意，似乎直觉是当下、无意识
的，是一种自然的领悟活动。在说明孔子的思想方法时，梁氏指
出孔子常常"不直接任一个直觉，而为一往一返的两个直觉；此
一返为回省时附于理智的直觉"（第 143—144 页）。原因是，若
直接任一个直觉走，容易走偏、甚至危险，若有一个理智的回省
而仍诉诸直觉，就有"救济"。换句话说，就是以理智调节直觉；
在直觉的"自然求中"之外，以理智的"拣择的求中"来调和平
衡。对梁漱溟而言，"执两用中"就是孔子人生哲学的重点。直
觉与理智的互补，是人生观派一贯相信的道理；他们主张直觉，
是因为单靠理智不足以做正确的判断，而单靠直觉也是有弊病的，
所以需要理智来平衡。有关直觉与理智的关系，朱谦之与袁家骅

有进一步的分析，详见本书第五章。

如前所述，梁漱溟的《东西文化及其哲学》明确指出，蔡元培的美育运动呼吁"艺术的人生态度""艺术生活"或"以美育代宗教"，正是提倡精神生活。这是本书下一章的重点。

第四章

蔡元培美育运动的情感启蒙
跨文化观点

民国期间的美育运动是一个情感启蒙运动，1910 年代起由
担任中华民国第一任教育部长的蔡元培发起，得到全国艺术学
校师生的积极响应。这个情感启蒙运动是新文化运动的一环，历
来教育界有不少相关研究，文学界近年有零星的关注。①1920
年《美育》杂志发刊，是美育运动的里程碑；直至 1925 年，李
石岑与蔡元培仍出书提倡美育。本章从跨文化研究的角度探讨
这个议题，一方面探讨中国美育运动与日本及德国美育运动的
联结，另一方面彰显科学与人生观论战虽在 1923 年才因张君劢
的《人生观》一文而白热化，事实上人生观论述从 1910 年代就
长期酝酿，与蔡元培同时间领导的美育运动互相支援，两者在
理念上是合流的。美育运动的高潮是 1920 年出版的《美育》杂
志，共出了七期，是蔡元培提倡的美育运动之机关刊物②。美育
运动在二十世纪一二十年代中国新文化运动期间崭露头角，众多
知识分子认为晚清以来强调西方科学教育，却并未解决中国的
根本问题；唯有文化教育能改造个人，有健全的个人才能组成
健全的国家。蔡元培主张，学校应加强美育作为修身课程。《美
育》杂志的宗旨正是以美育来建设"新人生观"，以情感的启蒙
来改革主智教育。创办该志的社团为 1919 年成立的中国美育协

① Cf. Julia F. Andrews trans., "Replacing Religion with Aesthetic Education,"
in KirkA. Denton ed., *Modern Chinese Literary Thought: Writings on Literature, 1893-1945* (Stanford, Calif.: Stanford University Press, 1996), pp. 182-189; Ban Wang, "Use
in Uselessness: How Western Aesthetics Made Chinese Literature More Political?," in
Yingjin Zhang ed., *A Companion to Modern Chinese Literature*, West Sussex, England:
Wiley Blackwell, 2015, pp. 279-294.

② 丰一吟:《我的父亲丰子恺》，中和出版有限公司，2014。作者指出，其
父丰子恺与众多艺术教师发起的"中华美育会"于 1920 年出版了会刊《美育》
杂志，"由吴梦飞任总编辑，一共出了七期"（第 98 页）。

会，成员皆为大专院校的美术、音乐教师及知名艺术家，他们所任教的学校遍及浙江上海一带，对后来的艺术教育发展影响深远。

美育运动一直未获得学术界的关注，本章探讨此思潮，主要因为其牵涉到的跨欧亚联结。就跨文化理论而言，一个单一国家内发生的任何思潮，如果透过跨文化研究的角度探究，均可能展现思想跨越国家及文化疆界的层面。如同第三章指出，1921 年梁漱溟在《东西文化及其哲学》中，就明确指出美育运动的跨文化联结。他把德国倭伊铿的"精神生活"与英国罗素的"灵性生活"联结起来，又认为，"提倡艺术的人生态度者，或提倡艺术生活者，或提倡以美育代宗教者"都是提倡精神生活。梁漱溟所谓的"提倡以美育代宗教者"，明显指涉中国美育运动的领袖蔡元培。然而，梁漱溟固然指出中国美育运动与欧洲人生观运动的关联，却并未指出："美育"一词原本并非中文，而是日文的翻译语汇，其来源是德国的审美教育概念。跨文化研究的方法，就是探究此类跨文化语汇——亦即追溯一个概念从欧美的发源点出现后，旅行到不同文化语境中的过程。日本有关现代教育的语汇及概念，不仅有助于中国现代教育的发展，更串联了欧洲——日本——中国现代教育理论的三角联结。本章将从日本美育概念的跨文化联结谈起。

日本"美育"思想的跨文化性

美育的意识和实践，并非局限在中国疆界内的与世隔绝事件，而是跨文化的全球现象。十九世纪末、二十世纪初，欧洲及日本的知识分子普遍认识到培养一国公民审美意识的必要性。日本大正时期的著名作家夏目漱石（1867—1916）曾在 1901 年留学伦敦时写了一篇文章，比较日本与英国绅士的养成教育：

> 这个国度英国的文学艺术多么灿烂，正持续地培养着它的公民……在英国没有所谓的武士，但有绅士之说……我担心，就德育、体育及美育而言，日本的绅士恐怕相差太远了。[1]（笔者译）

"德育""体育"及"美育"等跨文化语汇，从十九世纪末以来在中国及日本风行，是明治末期翻译西方——尤其是英语世界及德语世界——教育概念的用语。夏目漱石是许多青年知识分子的精神导师，旗下追随者包括倭伊铿人生观思想的译者安倍能成。在明治维新的快速现代化时期，夏目对日本知识界的影响深远。

日本国会图书馆的明治时期电子藏书，书题包涵"美育"两字的，有三十九种之多，其中"美育社"出版的有七种。这显示美育在当时已经是普遍概念。最早的这类图书之一，是高岭秀夫（1854—1910）于 1885 至 1886 年翻译的《教育新论》，原作是约翰诺特（James Johonnot, 1823—1888）的《教育的原则与实践》（*Principles and Practice of Teaching*, 1878）。该书第十二章标题是《美育》，起首说道："知性教育的目的是真……德育的目的是善……美育的目的是美。"（第 447 页）[2] 美育运动串联

---

① 夏目漱石「伦敦消息」(1901)，『夏目漱石全集』卷 9，筑摩书房，1977，页 287-302。

② 高嶺秀夫訳『教育新論』卷 3，東京茗渓会，1885-1886。Originally James Johonnot, *Principles and Practice of Teaching*, New York: D. Appleton and Company, 1878.

真善美的标竿使然，不仅在明治、大正日本，从晚清到五四中国，"真善美"的追求成为文艺家的圣经。明治政府送了三位师范学校的学生到美国留学，高岭秀夫便是其中之一。他在纽约州立大学的 Oswego 校区就读，学习德裔瑞士教育家裴斯泰洛齐（Johann Heinrich Pestalozzi, 1746—1867）的理论：自发学习、直观（Ansachuung），以及兼具知性、伦理观及实际技能的教育，也就是合并头、心、手的教育。[1] 影响明治时期的西方教育家中，约翰诺特及裴斯泰洛齐是数一数二的人物。

日本最早将教育学建立为一门学术领域的，是大濑甚太郎（1866—1944），他也是最早使用"美育""德育"等新语汇的教育家之一。大濑是东京高等师范学院教授，1893 至 1897 年间曾在德、法、英留学。1891 年他指出直接挪用西方教学方法（pedagogy）的危险（第 2 页）[2]。其最为人称道的，就是在主导明治教育理论的"赫尔巴特主义"（Herbartianism）及新兴的"社会学教育论"（sociology of education）之间，取得平衡。赫尔巴特（Johann Friedrich Herbart, 1776—1841）是德国哲学家、心理学家、教育家，最重要的著作是《论对世界的审美观：教育的主

---

[1] Cf. Johann Heinrich Pestalozzi, *Lienhard und Gertrud: ein Buch für das Volk* [Leonard and Gertrude: A Book for the People], Zürich: Bei Heinrich Gessner, 1804. 本书讨论"完全儿童"（the whole child）的概念。有关裴斯泰洛齐与"全人"（the whole person）教育的理论，请见 Arthur Brühlmeier, *Head, Heart and Hand: Education in the Spirit of Pestalozzi*, trans. Mike Mitchell(Cambridge, UK.: Lightening Source for Sophia Books, 2010). 第二次大战以来，裴斯泰洛齐的教育理论在亚洲及非洲的实践，是 Pestalozzi World 这个慈善机构推广的，目的是协助开发中国家的儿童教育，以教育来对抗贫穷。参 Arthur Brühlmeier, "Preface to the English Edition," in *Head, Heart and Hand: Education in the Spirit of Pestalozzi*, p. ix.

[2] 大濑甚太郎『教授法』金港堂，1891。

要功能》[①]。其教育理论主张以内在自由及纪律为基础，培养儿童的"性格"，在英、法、美各地都有许多追随者。[②]1899 年早稻田大学讲师樋口勘次郎（1871—1917）的著作《统合主义新教授法》，开始提倡以音乐作为情感教育的一个学科[③]。其 1909 年的著作《教授法》综览西方从柏拉图以降，有关"直观"（即德文 Anschauung）的理论，包括卢梭、裴斯泰洛齐、赫尔巴特。[④] 1921 年小原国芳（1887—1977）开始提倡全人教育（the whole person education）的概念，认为"全人"意指"智、情、意"均衡发展的人。小原提到的德语系教育家，包括裴斯泰洛齐及其弟子福禄贝尔（Friedrich Froebel, 1782—1852）。[⑤] 在《给为人母的教育学》（1926）中，小原讨论美育的重要性，认为现代教育过度偏重功利主义、知性、道德教育、帝国教育及机械教育，却视艺术为敌，因此与上帝越行越远。小原主张，为了发展全人教育，

---

① Charles De Garmo, *Herbart and the Herbartians* (New York: Charles Scribner's Sons, 1895). "Darstellung" 的意思也是 "sense-impresions"。De Garmo 将赫尔巴特的书翻译为 *The Moral or Ethical Revelation of the World: the Chief Function of Education.*

② Cf. Alan Blyth, "From Individuality to Character: The Herbartian Sociology Applied to Education," *British Journal of Educational Studies* 29: 1 (February 1981): 69-79. Blyth 指出，赫尔巴特相信每个孩子一出生就具有"个性"（individuality），应该透过教育将"个性"转变为"性格"（character），他认为"个性"完美化之后就是"性格"。Blyth 指出，对赫尔巴特而言，教育是社会化的过程："To Herbart, as to Plato or Kant, the man attained fullness only through becoming the citizen."

③ 樋口勘次郎，《统合主义新教授法》（东京：同文馆，1899），第 213—216 页。

④ 『教授法』早稻田大学出版社。

⑤ 小原国芳『教育の根本問題としての宗教』集成社，1919。

美育及宗教教育是不可或缺的。[①] 美育与宗教的关系也成为中国美育运动的重要议题之一，推动此议题的关键人物是蔡元培。

中国的美育运动：王国维、蔡元培

中国第一位系统性讨论美育的，可能是清华大学教授王国维。1901 年及 1911 至 1916 年王国维曾留学东京。从 1903 年起写了一系列有关美育的文章，发表在上海的杂志《教育世界》上，这是其与朋友合办的杂志，宗旨是鼓吹现代教育。王国维主张教育的目的是培养"完全之人物"，显然是影射裴斯泰洛齐的理论，并将教育划分为"体育"与"心育"，后者即精神之教育，又分为"智育""德育（即意育）"及"美育（即情育）"，也就是知、情、意的教育。[②] 王探讨传统思想中的"美育"概念，认为孔子、苏轼、陶渊明、谢灵运等的"审美学"均指出审美最高之境界是"无欲之境界"。又引用康德的"不关利害之快乐"（Disinterested Pleasure，王国维的大写）理论，并提到叔本华《意志及观念之世界》（ *Die Welt als Wille und Vorstellung* ）中的"无欲之我"。王国维也提到希尔列尔（即席勒，Schiller）的《论人类美育之书简》（ Über die äesthetische Erziehung des Menschen, 1794 ），书中指出道德上"最高之理想存于美丽之心"（ Beautiful Soul，德文为"die schöne Seele"），并强调"美术者科学与道德之生产地也"。[③]

---

① 小原国芳『母のための教育学』イデア，1926。

② 王国维：《论教育之宗旨》（1903），《王国维哲学美学论文辑佚》，华东师范大学出版社，1993，第 251—253 页。

③ 王国维：《孔子之美育主义》（1904），《王国维哲学美学论文辑佚》，第 254—257 页。

王国维的文章虽然引用德国的美育概念，但所使用的现代教育语汇，几乎都是直接挪用日文。"心育"一词是其发明，日后这个语汇虽已被遗忘，但充分显示，国人在讨论精神教育及知性教育时，"心"是包含"理"的（见第五章）；张东荪在翻译《创化论》时也强调"心"与"理"的辩证（见第二章）。本书第一章曾指出日本的西田几多郎就是以"心"的知识（connaissance du coeur）来对抗理性的主导，这当然是儒家"心学"及佛教"求本心"思想的影响。王国维上述两篇文章中所使用的其他语汇，如"体育""智育""德育""美育""审美学""美术""科学""道德""最高""理想""美丽""境界""生产地"等，都来自日文汉字翻译，亦即本书所说的跨文化语汇。这两篇文章以文言文写作，然而其中夹杂的跨文化语汇，不可胜数。一般可能认为，胡适提倡的白话文改革是中国语文现代化的开始，其实远在白话文运动开始之前，文言文的写作早已产生巨大转变。如果检视清末古文大家严复及林纾的文字，会发现他们的桐城派古文夹杂了大量的外来概念的译语，因此现代语汇依附于传统文体而生。从跨文化研究的角度而言，现代与传统并非截然断裂的二元化概念；两者间的交互渗透促成了创新的可能。不只是王国维，本章所论及的其他中国知识分子，均透过日文中介的西方美育观念，运用跨文化语汇来重新审视传统美育观，赋予传统概念现代的意义，可说以一套新语汇创新了传统，也就是创新了自我。①

王国维的美育讨论言简意赅，充分掌握了西方美育概念的发

---

① 在清末民初，古文作者所使用的涵语书写，不仅夹杂了大量外来语以介绍新知，如林纾在翻译西洋探险小说时，更在古文中融合了现代报章杂志的通俗文体。李欧梵：《林纾与哈葛德》，收入彭小妍主编《文化翻译与文本脉络》，台北"中研院"中国文哲研究所，2013，第21—69页。

展。《论人类美育之书简》可能是最早讨论美育的著作，奠基于检讨康德美学的知性及理性倾向，也充分透露出席勒对法国大革命的失望。书中席勒指出，其所阐释的美的概念，主要是诉诸人心（vor einem Herzen）及情感（Gefühl），而非诉诸知性（Verstand）及理性（Vernunft）①。在第八封信中，席勒指出："当理性发现并建立律法之时，已经完成其功能；要实践律法，就必须要坚强的意志及热烈的感情。"以情感与理性展开辩证，正是五四美育运动的主轴。

中国美育运动的领袖是革命家及教育家蔡元培，他于 1912 年成为教育部长，后负笈德、法留学，专攻教育、哲学及美育理论。1917 至 1927 年间，他担任北京大学校长，又于 1928 至 1940 年担任中央研究院第一任院长。在教育部长任期中，蔡元培开始提倡美育。1912 年 4 月《东方杂志》讨论教育原则的专辑中，蔡元培将世界分为现象世界及实体世界："现象世界，为政治，故以造成现世幸福为鹄的；实体世界之事，为宗教，故以摆脱现世幸福为作用。而教育则立于现象世界，而有事于实体世界者也。"蔡在文中引用康德，指出审美的思考可以"脱离一切现象相对之情感"，升华为"浑然之美感"。透过这种浑然的美感，人可以接触"实体世界之观念"，即"与造物为友"。仔细分析这些概念，康德的影响痕迹昭然，但事实上也吻合传统中国所谓艺

---

① Friedrich Schiller, *On the Aesthetic Education of Men: in a Series of Letters* (Über die ästhetische Erziehung des Menschen; Oxford: Clarendon Press, [1967] 1982), ed. and trans. Elizabeth M. Wilkinson and L. A. Willoughby, parallel text in English and German, pp. 1-5; 日文版见安倍能成・高桥健二訳，『シラー美的教育論』岩波書店，1938，頁 1-170。根据安倍能成的序言，在其为高等学校二年级生时（1916 年左右），即已买到这批书简的英译本。

术之美浑然天成、与造物为友的概念。蔡主张，学校的课程中，10% 应该是"军国民主义"，40% 是"实利主义"，20% 是"德育"，25% 是"美育"，剩下的 5% 是"世界观"。他的意见收录于《教育部总长对于新教育之意见》一文中。[①]

蔡元培因抗议袁世凯的专政，于上任两个月之后辞职，接着便前往德国，在莱比锡大学旁听课程。1912 年冬季，蔡在巴黎的《民德杂志》创刊号发表《世界观与人生观》[②]。同年 10 月，安倍能成刚出版了倭伊铿的《大思想家的人生观》的翻译，不久"人生观""世界观"这类语汇成为日本日常用语。[③] 在中国，蔡元培可能是第一个使用这些日文语汇的。当时中国知识分子对全球文化事件的即时掌握，令人惊叹。蔡早在 1897 年就聘任家庭教师学习日文，次年回绍兴从事教育，开办中西学堂，招聘日语教习，曾于 1902 年赴日。[④] 蔡一直密切注意日本及德国文化界动态，1917 年担任北京大学校长期间，发表了《以美育代宗教说》。蔡在文章中指出，人的精神作用分为智识、意志、情感。初民将不可思议之事附丽于宗教，是为知识作用附丽于宗教；人因生存之欲望而发生利己之心，故有恃强凌弱、掠夺攫取之事，宗教则提

---

① 蔡元培：《内外时报：教育部总长对于新教育之意见》，《东方杂志》8 卷 10 期（1912 年 4 月），第 7—11 页。见蔡元培：《对于教育方针之意见》（1912），《蔡元培先生全集》，台湾商务印书馆，1977，第 2 版，第 452—459 页。

② 蔡元培：《世界观与人生观》，《明德杂志》创刊号（1912 年冬季）；收入《蔡元培先生全集》，第 459—463 页。

③ 安倍能成译，《大思想家的人生观》（东京：东亚堂书房，[1912]1913），第 5 版，版权页。参考本书第一章。

④ 川尻文彦：《"哲学"在近代中国——以蔡元培的"哲学"为中心》，收入孙江、刘建辉编《亚洲概念史研究（第一辑）》，生活·读书·新知三联书店，2013，第 66—83 页。

倡利他，是为意志作用之附丽于宗教；初民爱跳舞歌唱，石器时代之壁画遗迹亦证明初民之爱美思想，宗教遂以之诱人信仰，于是未开化人之美术均与宗教相关，是为情感作用之附丽于宗教。后来演化论证明天演变化与上帝创造无关，使得知识脱离宗教而独立；伦理学发现道德不能不随时随地而变迁，是为意志作用脱离宗教；无论美术、音乐、舞蹈、建筑，亦逐渐脱离宗教而独立，是为情感作用——即美感——脱离宗教。① 蔡认为，"美育之附丽于宗教者，常受宗教之累，失其陶养之作用，而转以激刺感情"，例如"扩张己教，攻击异教"、宗教战争以及宗教干政等。所以蔡主张："专尚陶养感情之术，则莫如舍宗教，而易以纯粹之美育。"

虽然蔡元培的文章中并未指出，但我们知道在欧洲浪漫时期，由于法国大革命的破坏性发展以及科学进步观所带来的宗教、哲学、政治上的断裂，诗人、作家及艺术家普遍追求整体性及调和性（wholeness and harmony），将美及艺术视为神的启示。② 英国浪漫诗人柯勒律治（Samuel Taylor Coleridge, 1772—1834）如此歌颂艺术之美："语言是人类神庙的圣火，缪斯是它独特的女祭师。"③ 瑞士教育家佛斯特（Friedrich Wilhelm Foerster, 1869—1966）的著作《学校与品性》（*Schule und Charakter*, 1907），就明确主张以美育及德育来取代宗教。④ "以美育代宗教"的概念，

---

① 原为 1917 年 4 月 8 日在神州学会的演讲。蔡元培：《以美育代宗教说》（1917），《新青年》1917 年 3 卷 6 期，第 1—5 页。每篇文章均各自编页码。

② Cf. David Jasper, *The Sacred and Secular Canon in Romanticism: Preserving the Sacred Truths* (London and New York: St. Martin's Press, 1999).

③ S. T. Coleridge, *Collected Letters of Samuel Taylor Coleridge*, electronic edition(Charlottesville, Va.: InteLex Corporation, 2002), vol. 3.

④ Cf. Friedrich Wilhelm Foerster, *Schule und Charakter*, Zürich: Schulthes & Co., 1914.

日后成为中国美育运动的圣经。1919 年五四新文化运动以民主科学作为解救中国沉疴的万灵丹，蔡元培却在该年 12 月 1 日呼吁"文化运动不要忘了美育"，主张美育在新文化运动中的关键角色：

> 不是用美术教育，提起一种超越利害的兴趣，融合一种划分人我的偏见，保持一种永久和平的心境；单单凭那个性的冲动，环境的刺激，投入文化运动的潮流，恐不免有……流弊……经了几次挫折，就觉得没有希望，发起厌世观，甚至自杀……文化进步的国民，既然实施科学教育，尤要普及美术教育……什（怎）能引起活泼高尚的感情呢？所以我很希望致力文化运动诸君，不要忘了美育。（第 495—496 页）①

根据艺术家周玲荪透露，这是由于五四运动后北京大学学生林德扬自杀，蔡元培痛切体认到美术教育才能避免消极主义及厌世观（第 1 页）。② 林德扬自杀事件发生于 1919 年 11 月 16 日，《新潮》于 12 月号刊登了三篇文章悼念及评论。罗家伦指出，林君是北大本科三年级，在国货维持股办事，因认为救国不能空言，于是在东安市场筹资办国货店，但招股困难。一位同乡京官原答应几千股，却于事后食言，林君受了刺激，愤而自杀。罗提出三个解决青年苦闷的方案：美术的生活、朋友的交际（尤其是男女交际）、确立新人生观。③ 蒋梦麟与李大钊都同意，问题的症结在

---

① 蔡元培：《文化运动不要忘了美育》，《蔡元培先生全集》，第 495—496 页。原发表于《晨报》，1919 年 12 月 1 日，第 1 页。

② 周玲荪：《新文化运动和美育》，《美育》3 期，第 1—16 页。

③ 罗家伦：《是青年自杀还是社会杀青年——北大学生林德扬君的自杀，教育上转变的大问题》，《新潮》2 卷 2 号（1919 年 12 月），第 346—348 页。

于建立新人生观，反抗颓废的时代文明，改造缺陷的社会制度，创造有趣味有理想的新生活。[1]当年蔡元培提倡美育运动，认为要解决青年苦闷，单凭科学教育不够，必须普及美育，目的是推动情感启蒙，使人"保持一种永久和平的心境""活泼高尚的感情"；这种看法，显然是同时代知识分子心有同感的。

《美育》杂志

蔡元培提倡美育的努力，促成 1920 年《美育》杂志的创刊。编辑都是 1919 年成立的"中华美育会"的成员，包括其 1902 年所协助创立的爱国女学及上海专科师范学校的教师。在短期内美育会便延揽了数百位全国美术及音乐学校的师生[2]。杂志的编辑委员，包括音乐家吴梦非（1893—1979）、刘质平（1894—1978），美学家及佛学家吕澂（1896—1989），兼演员、剧作家、舞台导演于一身的欧阳予倩（1889—1962），还有画家、音乐家及文学家丰子恺（1898—1975）等，多半是著名艺术家高僧李叔同（1880—1942）的弟子，而且大多留学日本。1901 年李叔同就读上海南洋公学时，曾师事蔡元培，因蔡的鼓励而于 1905 年留学日本，就读东京美术学校及音乐学校（东京艺术大学前身），专攻西洋画与音乐，1906 年与同学曾延年创办"春柳社"，开中国话剧运动的先声，演出《茶花女》等戏剧，曾由欧阳予倩担任其剧作《黑奴吁天录》及《热血》的角色。后来李叔同携日本妻子

---

[1]　蒋梦麟：《北大学生林德扬君的自杀——教育上生死关头的大问题》，《新潮》1919 年 2 卷 2 号，第 349—350 页；李大钊：《青年厌世自杀问题》，《新潮》1919 年 2 卷 2 号，第 351—356 页。

[2]　有关"中华美育会"的成立经过及《美育》杂志的创刊，请见《美育界纪闻》，《美育》1920 年 1 期，第 78—81 页。

回国，在天津、上海教书，并担任浙江两级师范及南京高等师范的图画音乐教师。1918 年在西湖灵隐寺剃度为僧，法号弘一。长于书法、篆刻、诗词、戏剧、油画、作曲填词，所作歌曲如《送别歌》《忆儿时》等，传诵一时。1914 年开中国裸体写生教学的先河，也是中国木刻艺术的早期提倡者。①《美育》创刊号封面上的标题"美育"两字，就是李叔同亲笔书法（图 4.1）。创刊号还收录其一幅油画，题为《女》（图 4.2），那半裸的模特儿，据说是李叔同在留日期间认识的日本女人，后来成为他的妻子，在李叔同出家之后，她便黯然回到日本。图的背后则是其小传，誉其开中国"美育之先导"。李叔同对中国美育运动的具体影响不可忽略。

图 4.1　艺术家李叔同为《美育》杂志封面题字。

---

① 　陈星：《李叔同身边的文化名人》，中华书局，2005。

图 4.2 李叔同油画，刊于《美育》杂志 1 期之首。

新文化运动的主流提倡"德先生""赛先生"，致力于中国国民的知性启蒙，《美育》杂志则提倡美的概念，认为只有改革人心，才能真正改革中国社会。杂志创刊号宣言便充分显示其立场：

> 我国人最缺乏的就是"美的思想"，所以对于"艺术"的观念，也非常的薄弱。现在因为新文化运动的呼声，一天高似一天，所以这个"艺术"问题，亦慢慢儿有人来研究他，并且也有人来解决他了。我们美育界的同志，就想趁这个时机，用"艺术教育"来建设一个"新人生观"，并想救济一般烦闷的青年，改革主智的教育，还要希望用美来代替神秘主义的宗教。（第 1 页）[①]

---

① 《本志宣言》，《美育》1920 年 1 期，第 1—2 页。

　　此宣言无疑是呼应蔡元培的文章《世界观与人生观》及《以美育代宗教说》。"美的思想""美育"及"人生观",是新文化运动期间对抗科学至上的概念。

　　吴梦非在第四期上发表的文章《对于我国办学者的一个疑问》,也充分显示《美育》杂志的纲领。文章指出,西洋教育界已经注意到"偏重理知教育的错误",开始致力于"情意教育"(第 3 页)。[1]"情意教育"一词是日文,后来中文翻译为"情感教育"。吴梦非希望中国教育界要顺着"世界的新潮流",理解"人生决不是单靠物质生活",并指出,北京大学在蔡元培担任校长后,学生们在绘画音乐上表现得很精彩。吴提醒读者:"这个时代,是教育改革的时代。"(第 3 页)"情感教育"(education sentimentale)是卢梭的主张所衍生的概念,他反对启蒙哲学的科学理性,认为唯有倾听情感(passions)所流露的本心和良知,才能学习道德的律法[2]。后来福楼拜(Gustav Flaubert)的小说《情感教育》(L'*Education sentimentale*, 1869),对情感(精神)与理性(物质)的辩证关系,多所着墨。所谓"情感教育",在二十世纪初的中国、日本知识界是耳熟能详的。

　　虽然《美育》的编辑多半留学日本,但他们在谈论美育概念时,几乎都偏向德语系、英语系及法语系的理论家,尤其是德语系。主编吴梦非(1893—1979)在创刊号上的文章《美育是什么?》,提到数年前德国发起的美育运动,指出其中提倡最力的是 Alfred Lichtward(1852—1914),为著名艺术史家,曾任汉堡艺术博物馆(Kunsthalle Hamburg)第一任专业馆长。吴提

---

①　吴梦非:《对于我国办学者的一个疑问》,《美育》1920 年 4 期,第 1—7 页。

②　Jean-Jacques Rousseau, *Discours sur les sciences et les arts*.

到佛斯特著的《学校与品性》一书说道 "F 氏 [Friedrich Wilhelm Foerster] 是欧洲大陆'伦理运动'的主唱者，他的宗旨是不靠托宗教，完全用修身来实施学校的德育"（第 4 页）[1]，并指出 "美同道德上的关系，就是能够养成我们人高雅的品性"（第 6 页）。吴指出，一般美学家对美学的解释就是求真善美，并讨论康德的三大著作："《纯粹理性批判》就是说我们人的智性力，《实践理性批判》就是说我们人的意志实践力，《判断的批判》就是情的直接判断。可见他说的美的本质，是根据哲学的见地，加上心理的见地，亦很明白的。"（第 7 页）吴认为，智性力是求真，意志实践力是求善，情的直接批判即说明美的本质。

在第二期的《美育是什么?（续）》中，吴梦非指出，现代美学的发展融合了哲学、心理学，更受到生物学的影响。吴引用德国美学家哈尔德曼（Eduard von Hartmann, 1842—1906）："美并不是实在，而是一种假象；美感亦不是实感，乃是假感。"（第 1 页）[2] 又引用德国音乐家及教育家兰艾（Paul Lange, 1857—1919）反驳哈尔德曼的言论，指出美是类似心理学上所说的 "错觉"："美感是介乎假象和实象……亦就是一种错觉，并不是像哈尔德曼所说的假象；亦并不是实象。"（第 1 页）吴继而根据达尔文（吴译为 "达浑"）的生物学理论，指出动物界也有审美的现象："美是从生物生存持续的必要上发达下来，同种族生存上有关系的就是美，倘使没有益处的就是丑。"（第 1 页）此处引用的是达尔文的 "性择" 理论（sexual selection），说明审美能力是种系演

---

① 吴梦非：《美育是什么?》，1920 年《美育》1 期，第 3—7 页。

② 吴梦非：《美育是什么?（续）》，《美育》2 期（1920 年 5 月 31 日），第 1—10 页。

化的动力：雌性动物选择最美的雄性动物为配偶，以延续种系的生存。从十九世纪中叶以来，达尔文的"性择"说在美学、哲学、心理学、社会学及女性主义等方面产生重大影响。①

图 4.3　《美育》5 期刊登黄学龙之论文《论吾国还宫与西洋各长音阶构成之异同》，附此插图（页 23）。

吴梦非特别强调美育的情感教化，引用德国美学家伏尔盖特（Johannes Volkelt, 1848—1930，又译伏尔恺脱）的理论，指出美感的根本性质在于"感得"（第 3 页），即中文的"移情作用"，或"情感的连通"。用今天西方情动力理论来看，就是一

① 彭小妍：《以美为尊：张竞生"新女性中心"论与达尔文"性择"说》，《中国文哲研究集刊》2014 年 44 期，第 57—77 页。

种"感染性的沟通"（contagious communication）或"情动力的传输"（affective transmission），亦即十九、二十世纪之交社会学及心理学所关注的"经常性暗示"（ordinary suggestibility）。此理论可以解释为何传统、情感、信仰、理念等能迅速而强力有效地代代相传。柏格森因而对灵媒（mediumship）、催眠暗示（hypnotic suggestion）以及幻觉、幻象等心理病态十分感兴趣，这种"心理之间的机制"（Inter-psychological mechanism）也形成其哲学基础（第 9 页）[1]。吴梦非特别强调伏尔盖特的主张，认为美育"并非人生安慰问题，乃是活动问题。并非消极问题，乃是积极问题"，也就是说，美育的传输机制是动态的，强调的是情动力的影响或被影响、即感染与被感染的力量，是联结国民情感的一种运动（第 4 页）。吴主张美育的根本精神除了提升个人高尚的品性，更是促成国民的情感融洽，而所谓情感的连通，就是"自他感情统一融和的状态，亦可以看做共同情感的极致"（第 3 页）。[2] 所谓"自他感情统一融和"，正是人生观派一贯的主张：感情的特性是连通主体与客体，达到主客合一。吴梦非此处是从情动力的社会性角度，来说明美育运动的精髓——美育的目的是熏陶情感，而透过情动力的感染与被感染特性，可以促成国民主体性的重新创造。艺术，如同康德所说，是没有目的的；美育则目的分明——透过情感的启蒙达到国民的认同感。本书第五、六章对情动力有进一步的分析。

1920 年的《美育》杂志虽然只是短暂性的出刊，却提供了中国美育运动与人生观运动合流的完整资料。该刊主张以"美育"

---

① Cf. Lisa Blackman and John Cromby, "Affect and Feeling," *International Journal of Critical Psychology* 21 (2007): 5-22.

② 吴梦非:《美育是什么?（续）》。

来建设"新人生观",显示 1923 年张君劢所启动的人生观论战的论述基础,早已在十九世纪末、二十世纪初的中国知识界展开。

《美育》主张以美来取代宗教,充分贯彻了蔡元培"以美育代宗教说"的精神。其诉求主轴——以情感的启蒙来改革"主智教育"——则彰显了情感与理性的辩证。此类辩证,至朱谦之与袁家骅提倡的唯情论达到高峰。1922 年,朱谦之在无政府主义刊物《民铎》上发表的《唯情哲学发端》及 1924 年出版的《一个唯情论者的宇宙观与人生观》的文章中,主张"真理"的认识并非透过"理性",而是透过"真情"。1924 年袁家骅的《唯情哲学》主张真理是情感,而非理智;并以"真情转化"的概念来统合宇宙与真我,打破"心物二元论",本书第五章将详细申论。透过《美育》杂志的探讨,我们知道美育运动是人生观运动的一环,而人生观运动是当年中国知识界集体性、组织性的思想运动,纲领清晰,辩证主题分明——提倡情感的启蒙,目的是检讨启蒙理性主义的偏颇。

美育与"美的人生":李石岑、蔡元培

1925 年美育运动方兴未艾,由教育杂志社编辑出版的两本美育论集可知:《美育之原理》及《美育实施的方法》。前书由著名无政府主义者及哲学教授李石岑(1892—1934)领衔,其他作者包括吕澄、胡人椿、黄公觉等美学家。《美育实施的方法》由蔡元培领衔,作者包括画家吕凤子、教育家何仲英及雷家骏。蔡文中说明:"李石岑先生要求我说说'美育实施的方法';我把我个人的意见写在下面。"(第 1 页)① 由此可见,这两本书的编辑应

---

① 蔡元培等:《美育实施的方法》,商务印书馆,1925。

该是李石岑以教育杂志社的名义所规划。李、蔡的两篇文章原均发表于《教育杂志》，李的《美育之原理》为 1922 年 1 月，蔡的《美育实施的方法》为 1922 年 6 月①。1925 年两篇文章分别加入其他文章集结成单行本，一方面继续辩论美育的理论；一方面关切美育理论的实施，提出一个具体的看法：美育的目的在创造"美的人生"。

　　1913 至 1919 年李石岑留学于日本，在东京期间与刘师培及日本无政府主义者大杉荣交好。李主编的《民铎》杂志被日本政府查封，回国后继续在上海发刊。曾担任《时事新报·学灯》主笔，1926 年接任《教育杂志》主编。1927 至 1930 年，前往法、英、德考察西方哲学。李石岑以提倡人生哲学著称，于 1925 年著有《人生哲学》一书（见本书第六章）。以李石岑对人生哲学的关注，提倡美育运动是顺理成章的（参见本书第六章末）。在《美育之原理》一书中，李开宗明义便说："夫教育上德智体三育之说，由来已久；经最近两世纪之实验，知未足予吾人以最后之满足，于是有美育之提倡。"（第 1 页）②至于为何德智体三育不足以令人满足，李认为要问教育与人生的关系："教育之第一义，即在诱导人生使之向于精神发展之途以进。"（第 2 页）又指出，教育原始的形式是德育及体育，到了社会分化发达、知识教化范围日广，德育便不足以启示人生。智育兴起，以教授知识与技能为主，虽有益于人生之实用，却不足以引导人类走上"生命向上之

　　① 李石岑：《美育之原理》，《教育杂志》14 卷 1 号（1922 年 1 月 20 日），第 1—8 页；蔡元培：《美育实施的方法》，《教育杂志》14 卷 6 号（1922 年 6 月 20 日），第 1—7 页。

　　② 李石岑：《美育之原理》，收入李石岑等著《美育之原理》，商务印书馆，1925，第 1—13 页。

途"。十八世纪以来，德育"不脱传袭的思想"，十九世纪以来智育与体育过甚的结果，流弊是"前此军国主义的欧洲大战"（第2页），亦即第一次世界大战。因此，要着重"精神之发扬"，就必须启示"人类之本然性"，这正是美育的作用（第3页）。避免偏重科学理性及无尽的物质追求所引致的战争威胁，追求"生命向上之途""精神之发扬""人类之本然性"等，正是人生哲学的主张。

为了彰显美育的作用，李石岑比较"美育"与"德、智、体、群"四育在根本原理上的差别为"德育所重在教，美育所重在感"，而感化之力远大于教化之力，原因是教乃由外部而强加，"感则由内发"。最关键的概念是："教之力仅贮藏于脑，而感之力乃浸润于心也。"（第11页）凸显"心"与"脑"的对比，正阐明了美育的作用在于"心"之所系的情感，而非"脑"所掌控的理性。本书第二章已经讨论张东荪的《创化论》把consciousness翻译为"心"；对人生观派而言，心的直觉先于脑，是脑所不能企及的。虽然李石岑并未进一步推论，我们可以如此延伸他的概念：以身体的器官（"心"与"脑"）来谈论情感与理性之所从出，"精神奠基于身体"的理论已经呼之欲出。张竞生于1925年稍后提出的"美的人生观"的概念，强调精神与身体的相互关系，本人专文《以美为尊：张竞生"新女性中心"论与达尔文"性择"说》已详尽讨论。李石岑引用席勒（Schiller）所代表的新人文派思想，指出"美育即德育……美育不特为德育之根本，同时为一切科学之根本"，因为美是"真理之显现，真理之直观"。（第7页）

在"美育"与"智育"的区别上，李石岑指出，智育的目标是追求真理，然而却不见得一定能达到目标："或言语文字所未能达，或自然科学所未能至，则智穷而去真仍远。"（第11页）亦即，即使穷尽了智育，可能仍达不到真理。值得我们注意的是，真理乃"言语文字所未能达"的说法。如果真理是言语文字不能捕捉的，意味的是：真理是"思考"（脑）所不能达的。因此李强调真理"非思考"或"非理性"的层面；这与法兰克福学派以"非思考""非理性"来对抗启蒙理性，不谋而合。就美育与真理的关系而言，李石岑认为美的特性是"呈露真境"，并借用柏格森的说法："美术由一种之感应，得彻入对象之里面，而把捉其内部生命。"（第 11 页）亦即，主体在面对客体（对象）之时，由于主客的彼此感应融和，主体得以捕捉客体（及自身）的内部生命。因此，美与真"常相伴而生"，而"美育所含智育之量，多过智育所自含之量"（第 11 页）。

就"体育""群育"与"美育"的关系而言，李石岑认为德智体三育均包含在"美育"的范围之内，然而美育自身有其固有之领域，"其领域即为与德智体三域绝缘之美育"（第 9 页），而美育之本义则为"美的情操之陶冶"（第 4 页）。"体育"本来就是锻炼"身体之美"（第 3 页），而机械的锻炼，远不如"美之环境""优美之心情"与"愉快之气分"对身体的益处（第 11—12 页）。"美育"包含了"群育"的功能，根据英国美学家拉士金（John Ruskin, 1819—1900）的主张，美具有普遍性及调停力，因此美育"足以减少社会上之反目与阶级间之斗争"（第 12 页）。在宗教与美育的关系上，李石岑认为两者的目标皆"启示吾人最高之精神生活"，而美是随处可遇的，无论山水万物宇宙，均能让人感受到自然的壮阔优美，因此美育可以取代宗教（第 12 页）。李认为，美育的目标是"人类本然性的充分发展"，并指出"所谓人类本然性，即生之增进与持续"，也就是尼采所谓"生活意志"，柏格森所谓"生之冲动"（第 12—13 页）。生的满足，在于生之增进与持续，人类不但追求努力正大的人生，而且企求"兴趣之人生，所谓美的人生"（页 13）。

人生哲学毕竟是一种实践哲学，当"美的人生"是美育的最高指标之时，主张人生哲学的知识分子也就倾向于规划性的思考。吕澂的《艺术和美育》指出，艺术便是生命，美育的最高目标不仅是鉴赏艺术或创造艺术品，而是创造"人间艺术生活"（第22页），而且"完全的艺术生活不过人间永久的憧憬，多事的艺术家也不过畸零的人物。在这里就少不得一番人间的努力，引导一般人走向那条路去，另开辟个人间世来。这引导、开辟的事可便是所谓美育了"（第23—24页）[1]。此处的"人间"是日文语汇，意指"人"或"人类"。吕指出，生命的根底是"对于一切生命之爱"，由此而"扩充着、前进着个体的生命，自然超脱地趋向创造一途"（第17页）。这显然是引用柏格森的创化论。要创造艺术的生活，艺术家要以艺术"解决'苦闷'的人生"，"改变向艺术的人生"（第22页），并必须养成一般人鉴赏的能力，使"随处能有美感，便觉到生活的趣味，而不绝充满着清新的生活力"，这关系到"生活的根本态度"；这种生活的趣味，必须"从生命力最自然的发展流出"，而非表面快感的刺激（第26页）。吕说道："艺术的真际是依美的态度开展的人生事实"，普遍地实现"艺术的人生。"（第26—30页）因此，艺术并非只是天才的专利，一般人只要是以美的态度来创造人生，都是艺术的人生。所谓美育，就是把正确的艺术知识传递给一般人；同时要"从事改造社会的运动"，使现实的社会和艺术的人生相容，并养成实施美育的人材（第32—33页）。

胡人椿在《艺术教育概论》中指出，从十八世纪末至十九世

---

[1]　吕澂:《艺术和美育》，收入李石岑等:《美育之原理》，第15—33页。

纪二三十年代，欧洲兴起"新人文主义"，排斥启蒙理性主义、实利主义、机械的人生观等，提倡"主情主义、审美主义、有机的人生观等"："人的真实生活不像启蒙主义者所说，全靠理智去做，乃是靠着敏锐的情感去做的。因此，教育不可仅仅磨炼人的理智，应当提倡美学，以陶冶感情。"（第35—36页）[1] 此处所说的"主情主义"，与朱谦之从1922起开始提倡的唯情论是相通的。本书第五章指出，1924年袁家骅的《唯情哲学》及朱谦之的《一个唯情论者的宇宙观及人生观》先后出版，可见此思潮在中国哲学界曾风行一时。如本书第二章与第五章所述，1920年代初创造社作家与朱、袁的渊源，见证了哲学上唯情论与文学上感伤主义的相濡以沫。所谓唯情论与"感伤主义"，都意指 sentimentalism，思想来源是卢梭。

　　《美育之原理》书后的附录，收录了吕澄与李石岑的通信。吕澄引用芬兰美学家罗日拉（Kaarle Sanfrid Laurila, 1876—1947）、德国艺术理论家菲德勒（Konrad Fiedler, 1841—1895）及义大利哲学家克罗齐（Benedetto Croce, 1866—1952）的概念，与李石岑讨论美育理论。[2] 美的态度，究竟是以"感情"（罗日拉之主张）、"感觉"（菲德勒之主张）或"直观"（克罗齐之主张）为主？（第84页）吕澄认为，主张"感觉"或"直观"的理论家，往往排斥"感情"，其实原因是他们并不了解"感情"究竟为何物。吕认为感情"（无）非是精神活动，而其倾向若过程样式之体验"，所有的精神活动均与自我构成一种关系，无论隐微或显

---

[1]　胡人椿：《艺术教育概论》，收入李石岑等：《美育之原理》，第35—56页。

[2]　吕澄：《附录：论美育书》，收入李石岑等：《美育之原理》，第83—90页。

著、无论精纯或驳杂，所有的体验都是感情，因此离开了精神活动就没有感情，任一种精神活动也不能离开感情而生。美的态度当然不例外："美的态度，即以所体验之特殊感情曰美感者，区别于其余态度；自其实言，美的态度，乃以一种精神活动过程曰观照的表出而成立。"（第 85 页）克罗齐认为直观是美的活动的本质，是内在的、纯粹的。吕则认为，观照对象（例如绘画或音乐）之所以成形，在于"表出"，而观照的活动，如果有所表白于外，也属于"表出"，因此美的态度不仅止于内，而是更广。无论感情或美的态度，吕澄均强调其为"精神活动过程"，也就是与观照对象的感与应的相互关系。从吕的上下文可看出这个精神活动的过程是动态的、相续的一感一应：观照对象"表出"创作者对自然、人生的解释，使鉴赏者有所感，鉴赏者所感得的便又"表出"为其个人的解释（第 86 页）。从美学理论的阐发，吕澄回到人生哲学的基调："今人恃科学概念而有之知识行为，亦仅适于机械的人生而已……人类之生，重在其有社会性也，虽曰美的人生，当难异是。"（第 88—89 页）

李石岑的回信，同意吕澄对美育的定义：美育即是"由美的态度以遂吾人之生"，然而认为吕过于强调美学理论，忽视了美育实践的方法。李主张"美育实一引导现实社会入于美的社会之工具"（第 90—91 页）。[1] 吕澄认为，"以美育代宗教"的说法不能成立，因为宗教重在"生之永续要求"，美术重在"生之扩张要求"；李石岑则认为宗教（尤其是"侈言阴骘攻击异派之宗教"）"一味激刺情感"，而美育则"专尚陶养情感"，最重要的是，美育的感化力量，远大于宗教的教化力量，因此美育"确足以代

---

[1] 李石岑：《附录：论美育书》，第 90—92 页。

宗教而有余"（第 92 页）。两人的通信让我们一窥美育运动的复杂性；虽然知识分子同心推广美育，然而在美育理论上各有主张，并非人云亦云。

《美育的实施方法》一书，就专注在李石岑所关心的实践问题上。蔡元培从家庭教育、学校教育、社会教育三方面说明。有关家庭教育，蔡认为即使不能推到优生学，至少也要从胎教谈起，主张成立公立胎教院与育婴院，设在风景及建筑优美之处，庭园、广场可供散步，室内装修恬静优雅。胎教院是给孕妇住的，从事的是"胎儿的美育"；所有的孕妇产儿后就住到育婴院，第一年由母亲自己抚养，第二年需要从事专业的母亲，就可把婴儿交给保姆。如无公立设施，家庭教育也应仿此。三岁进幼稚园、六岁进小学，不仅美术，各种科目的教学都要符合美育的要求。在社会美育方面，他主张设置美术馆、美术展览会、音乐会、剧院、博物馆等等。还要美化地方，举凡道路、建筑、公园、名胜、古迹，甚至公坟，都要规划。也就是说，其规划的正是李石岑所谓的"美的社会"蓝图，从"未生"到"既死"都具备了。由此可见，美育的思想最终目的在改革现实社会，导向一个"美的社会"的乌托邦蓝图。张竞生于 1925 年提出的"美的人生"与"美的社会"概念，绝非突然，第五章将论及。[1] 视之为民初美育运动的延伸，实不为过。

---

① 彭小妍：《张竞生的性美学乌托邦：情感教育与女性治国》，收入李丰楙主编《文学、文化与世变：第三届国际汉学会议论文集》，台北"中研院"中国文哲研究所，2002，第 561—588 页。

小结：沈从文、冰心

　　蔡元培自 1928 年起担任中央研究院院长，1937 年七七事变后，指挥中央研究院各所陆续迁移到后方。同年 11 月从上海来到香港，次年 5 月在圣约翰大礼堂举办美术展览会。原本想转赴后方，因身体状况不佳，香港的医药较为方便，未及时成行。1940 年 3 月 3 日，七十二岁的蔡元培在家中跌倒，3 月 5 日在香港养和医院逝世。①

　　1940 年蔡元培逝世数年后，小说家沈从文发表了一篇纪念文章《美与爱》，推崇其"以美育代宗教"的理念。沈惋惜现今的人只知庸庸碌碌地过日子，凡事只问政治与金钱，不知追求"生命"的意义。"蜻蜓点水的生活法"，只是"情感被阉割的人生观"。沈指出生命的永生，无论生物繁衍后代或人类生产文学艺术，都源自"爱"；之所以会追求永生，是因为在一切有生中发现"美"，也就是发现"神"。美无所不在，透过"汎神情感"可知生命最高的意义就是"神在生命中"（详见第五章）。最后沈从文写道：

　　　　我们实需一种美和爱的新的宗教，来煽起更年青一辈做人的热诚激发其生命的抽象搜寻，对人类明日未来向上合理的一切设计，都能产生一种崇高庄严感情……我们想起用"美育代宗教"的学说提倡者蔡孑民老先生对于国家重造的

---

　　①　陶英惠：《典型在夙昔：追怀中央研究院六位已故院长》（上），秀威资讯，2007，第 88—89 页。

贡献。（17：362）①

　　沈从文代表的是众多知识分子对美育运动的认同。由于美育运动对求真、求善、求美的提倡，"真善美"在五四文艺界人人朗朗上口，奉为圭臬。冰心终其一生信奉真善美，我们耳熟能详。她于 1919 至 1921 年期间写了 164 首诗歌，在《晨报副刊》上陆续发表，对"青年人"诉说：

> 青年人！
> 从白茫茫的地上
> 找出同情来罢
>
> ——冰心：《春水》之三十四

同情与爱是冰心这些小诗中反复出现的母题，真与美亦然：

> 真理
> 在婴儿的沉默中
> 不在聪明人的辩论里
>
> ——冰心：《繁星》之四十二

> 诗人呵！
> 缄默罢
> 写不出来的

---

① 沈从文：《美与爱》，《沈从文全集》卷 17，北岳文艺出版社，2002，第359—362 页。本篇原载报刊及年代均不详，只知是蔡元培逝世若干年之后的纪念文章。

是绝对的美

——冰心：《繁星》之六十八

　　冰心的诗作受到印度诗人泰戈尔影响甚深。后者虽然于 1924 年才由梁启超及蔡元培的讲学社邀请到中国访问，其诗集《飞鸟集》早已在中国广为流传。在上引诗中，冰心以"沉默"与"辩论"相对。"真理"只存在于"婴儿的沉默中"，理性的雄辩滔滔反而达不到真理；同样的，诗人即使呕心沥血也无法用文字写出"绝对的美"。换言之，真与美只存在于婴儿不受理性污染的真情中，绝非语言、文字及理性所能捕捉。冰心的诗显现情在宇宙人间沛然流动，并呼吁青年人追求真情；真理与美的关系不言而喻，真与美就存在于情之中，远非理性所能企及。只要有情，真与美就不远了——这正是二十世纪一二十年代美育运动者的主张。

　　二十世纪初蔡元培所领导的美育运动，具有两方面的意义：一，它是跨越欧亚的跨文化运动，联结了中国、日本与欧洲的知识界；二，它是中国知识分子为了共同的文化纲领而发起的组织性运动。中国美育运动的成员大多有留学日本的经验，其等所使用的美学、美育上的语汇，大多是直接挪用日本翻译欧美概念的语汇。然而在理论上，却几乎完全引用欧美（尤其是德语系）的美学家和美育理论家。当时关心美育的知识分子如胡人椿，对欧洲美育思想从希腊哲学以来的思想传承，了若指掌，[①] 也熟知欧洲

————————

　　① 胡人椿：《艺术教育概论》，收入李石岑等著，《美育之原理》，第35—56 页。胡人椿指出古代就提倡艺术教育，希腊哲学主张善即是美，因此认为提倡"美的教育"，如音乐、美术、体操、诗文等学科，就能达到使人从善的目的；中世纪黑暗时期，美育及其他文化衰落不振，到人文主义、新人文主义时期，美育又兴起。

十八世纪末以来对启蒙理性主义的对抗："人的真实生活不像启蒙主义者所说，全靠理智去做，乃是靠着敏锐的情感去做的。因此，教育不可仅仅磨炼人的理智，应当提倡美学，以陶冶感情。"（第36页）康德、席勒等的美学理论，裴斯泰洛齐、佛斯特等的美育理论，他们经常引用来提倡情感的启蒙。

值得注意的是，知识分子在探讨西洋的美育观时，往往从自身哲学传统中寻找对应的概念，进而重新塑造自己的传统。如前文所述，王国维就指出，孔子、苏轼、陶渊明、谢灵运等的"审美学"均以"无欲之境界"为审美的最高境界；言下之意，是可比拟康德的"无私欲"（disinterestedness）审美观及叔本华的"无欲之我"。就跨文化研究的角度而言，与他者的接触，正是检讨自我、重新认识自我，进而创新自我的开始。挪用他者的理论，赋予传统思维现代的意义，不仅是以他者认证自我的价值，更是重新建立自身文化的起始。

林毓生认为现代中国主流论述是"全盘西化""全盘性反传统主义"（totalistic iconoclasm），[1] 并把当年"打倒孔家店"的激烈革命口号视为主流，指出其破坏传统之不可取。后来其《中国传统的创造性转化》一书，继续指出五四主张彻底打倒传统的错误，认为要建立中国的新文化，应该对中西方传统的复杂性与独特性都要有"开放心灵的真实的了解"（第234页）；[2] 这个看法笔者是赞同的。首先，我们如果重新检讨当年的"主流"，高唱反传统的陈独秀本人是古文字、音韵学家；口口声声反封建的鲁

---

[1]　Yu-sheng Lin, *The Crisis of Chinese Consciousness: Radical Antitraditionalism in the May Fourth Era*, Madison: University of Wisconsin Press, 1979.

[2]　林毓生：《中国传统的创造性转化》，生活·读书·新知三联书店，1988。

迅、郁达夫，私下常以旧诗词发抒胸中块垒。他们孕育于传统文化，即使倡导打倒传统，仍无法彻底摆脱之；其中的复杂微妙，值得探索。因此，所谓五四"全盘性反传统主义"的说法，在新证据出现之后，值得商榷。其次，笔者重视的是，林毓生所主张的"对中西方传统的复杂性与独特性都要有'开放心灵的真实的了解'"，正是跨文化联结的关键。所谓"开放心灵"，与笔者近年来主张的"流动的主体性"相通。[1] 然而笔者认为重点不在对中西方传统有"真实的了解"，因为文化的接触一定伴随着对他者文化的"诠释"，而"诠释"的进行，往往是透过自身文化的视角。因此，所谓"开放心灵"，与其说是对他者文化"真实的了解"，不如说是充分体认这点：自我形成于与无数他者文化（不只是西方文化）的相互渗透过程中。跨文化联结的目的就是透过与他者文化的相互渗透，重新开创自我的文化。

林毓生所批判的彻底反传统主张，是五四以来启蒙理性至上的产物。笔者系统性地探讨了当年人生观派的"非主流"论述，尝试理解这些历来被视为"保守主义者"的知识分子，为传统文化的开创所作的努力。传统思想的危机，促成王国维、梁启超、张君劢、蔡元培等人敞开心灵，让他们深刻检视自身文化与他者文化的关系。他们从欧洲启蒙以来情感与理性的辩证，联结到五四时期的情感与理性辩证，积极从事跨越欧亚的跨文化联结（参考本书第一章）。如同前文所述，他们固然服膺共同的文化纲领，却绝非众口一声，而是经常以开放的态度相互针砭各自的理论见解。他们所展开的情感启蒙论述，在艺术界、教育界推动了美育

---

[1]　彭小妍：《中元祭与法国红酒：跨文化批判与流动的主体性》，收入彭小妍主编《跨文化情境：差异与动态融合——台湾现当代文学文化研究》，台北"中研院"中国文哲研究所，2013，第 199—232 页。

运动的展开，也孕育了近年王德威所提出的"现代抒情传统"及陈国球所提出的"抒情精神"的思想史背景（参考本书《导言》，注 18、19）；在思想界则促成了新儒家传统的形成，影响深远。

　　也许科学理性至今还是中国或全球社会的"主流"，全球高教体系人文学科所得到的资源，远在理工学科之下。但是在主流之外，却不乏"非主流"的非理性及情感论述空间。从欧洲启蒙时代的休姆与卢梭，到 1960 年代以来法兰克福学派的非理性论述、德勒兹的情动力主张，中间还有 1910 年代西田几多郎对"情的故乡"的向往。而中国五四时期人生观派对唯情论的提倡，正是欧亚反启蒙论述中遗漏的一块拼图，下一章将详论之。

第五章

朱谦之与袁家骅的"唯情论"

直觉与理智

直觉出的真理，所以和理知不同，即因一是实质的，而一是形色的。所谓实质，即依乎感情之活动，为主观的自觉。所谓形色，就是端借思维作用，以构成概念的知识和观念。向来一般哲学家对于这个问题，各各的主张不同：像笛卡尔、斯宾诺莎和莱勃宜治 [莱布尼茨]（Leibnitz）等，主张真理以判然明了的便是；像苏格拉底和柏拉图等，主张真理是概念的理知和观念；这都是注重真理之形色，叫做形色主义。又像实验主义者 [詹] 姆 [士] 和杜威等，主张真理是实际效用的知识，是注重真理之实质或内容，叫做内容主义。在我看来，他们都犯一个最大的毛病，就是把知识看作真理。即实验主义是近于主情意主义的，而仍旧承袭唯知主义之弊，崇尚知识……生命哲学者有鉴于此，乃一改从前理知之弊，采用直觉方法，去体会真理，发现真理，既不是绝对主义者说的静止绝对；也不是相对主义者说的相对；乃是"活的绝对"。活的绝对即是生活中单纯统一的状态——真情生命之流的本身，因努力而活动，因活动而创造的意义。静止性和比较性，在"活的绝对"当中，都不能存在；只有不断的努力，不断的活动，不断的创造，才算活的绝对之真理。

——袁家骅：《唯情哲学》（第 141—144 页）

斯宾诺莎与莱布尼茨是反笛卡尔的理智主义的，袁家骅此处将三人并列为重真理之形色的"形色主义"，又把实验主义者詹姆士与杜威批为偏重知识真理的"内容主义"，是否恰当，我们下文再详谈。此段引文主要显示人生观派的唯情论对唯知论（亦即理智主义）的反动，主张哲学回归人生（活的绝对）、回归直觉，回归"真情生命之流"。"活的绝对"也充分流露，袁家骅的唯情论批判以理知来追求真理无乃缘木求鱼，只有"采用直觉方法，去体会真理，发现真理"，才能达到绝对真理。而袁所提到的"努力""活动""创造"等跨文化语汇，显然来自倭伊铿与柏格森。

　　五四历来公认是启蒙的一代，代表科学的"赛先生"及启蒙理性，当时被视为解救中国数千年封建沉疴的万灵丹。然而同时也有反启蒙理性运动的出现，以情感的启蒙挑战理性的启蒙，这是学界向来忽略的一面。[①] 1920 年代爆发的科学与人生观论战，一般被认为是拥护儒释道的保守势力对进步势力的反扑。[②] 实际上，如同本书第一章所述，人生观派的领袖梁启超率领旗下众多知识分子，透过跨越中、日、德、法的人生观论述联结，重新检讨西方文化过度倚赖科学理性的弊端，可视为跨欧亚反启蒙运动的一环。在此跨文化联结过程中，包括日本的振兴东洋伦理运动（以井上哲次郎及京都学派为首）、德国倭伊铿的人生观思想、法国柏格森的人生哲学，都是梁启超等引以为据的跨欧亚反启蒙思潮；[③] 其基本诉求是，哲学的理性思辨应回归生命问题的探讨。在这波反启蒙运动中，值得注意的是挑战理性思唯的"唯情论"。深入了解这个概念的跨文化联结，会让我们理解，唯情论主张的情感启蒙，既挑战启蒙的理性主义，又继承并修正了启蒙的个人

---

　　① 　有关当代中国的此类议题，见许纪霖：《当代中国的启蒙与反启蒙》；联结五四与当代的物质主义、唯心主义辩论，或科学富强、文明价值辩论，见许纪霖，《启蒙如何起死回生》，北京大学出版社，2011；有关 1980 年代以降思考儒家思想与启蒙运动，见甘阳：《儒家与启蒙：哲学会通视野下的当前中国思想》，生活·读书·新知三联书店，2011。

　　② 　D. W. Y. Kwok, *Scientism in Chinese Thought, 1900-1950*, New Haven and London: Yale University Press, 1965.

　　③ 　参考本书第一章。

主义精神核心，启蒙与反启蒙之间的关系，错综复杂；启蒙与反启蒙事实上是一体的两面，难解难分。本章的初稿在 2013 年初次发表时，[1] 学界尚未见任何有关唯情论的研究，如今关心此议题的学者渐多，十分期待五四的启蒙论述可以打破窠臼，掀起开创性的发展。

情感与理性的辩证，在五四时代成为公共议题。五四有关"唯物""唯心"——即科学文明与精神文明——的辩论，我们耳熟能详；然而有关当时的"唯情"论，近三四年才见学界关注。由本章起首袁家骅《唯情哲学》的引文显示，五四思想界这场认识论辩证，直接大量挪用跨文化语汇，即来自日本翻译西欧概念的汉字语汇。引文中的跨文化语汇通篇皆是，"直觉"（ちょっかく）、"真理"（しんり）、"理知"（りち）、"主观"（しゅかん）、"思维"（しい，现代日文为"思惟"）、"作用"（さよう）、"概念"（がいねん）、"观念"（かんねん）、"知识"（ちしき）、"自觉"（じかく）、"实验主义"（じっけんしゅぎ）、"生命哲学"（せいめいてつがく）、"体验"（たいけん）、"单純"（たんじゅん）、"统一"（とういつ）、"絶对"（ぜったい）、"状態"（じょうたい）、"相对"（そうたい）、"努力"（どりょく）、"存在"（そんざい）、"活動"（かつどう）等。如果没有这些来自日文的跨文化语汇，现代中国语境内的哲学讨论完全不可能。然而，除了跨文化语汇，五四学者亦自创某些关键用语，显示他们在思想上的创发。例如"唯物論"（ゆいぶつろん）、"唯心論"（ゆいしんろん）是日本知识界对应 materialism 及 idealism 的翻

---

① 彭小妍：《"唯情哲学"与科学理性》，彭小妍主编《跨文化实践：现代华文文学文化》（台北"中研院"中国文哲研究所，2013，第245—264页。

译，而本章讨论的重点——批判唯心论与唯物论的唯情论——则是五四人的发明。日文翻译有"主情主义"（emotionalism）、"感情主义"（sentimentalism）等类似说法，用在描述十八世纪末到十九世纪欧洲新人文主义时代，对理性主义本位或"主知主义"（intellectualism）、"主意主义"（voluntarism）的反动。[①] 假如我们对语言不够敏感，很容易忽略五四人在本体论／认识论上的参与。

　　本书导论已经提到，思想史研究者许纪霖认为，1990 年代以来中国的新启蒙运动有如五四时期的启蒙运动，对外来思想采取"兼容并包、全单照收的拿来主义引进方式"，没有深入的理解；思想界虽有"尖锐的分歧"，焦点总是"表现在与中国语境有关的价值选择上，而没有深入到知识论层面"。[②] 然而，1920 年代的唯情论，正是从知识论层面批判启蒙理性主义，主张情感的启蒙才是根本，包括 1924 年袁家骅的《唯情哲学》及朱谦之（1899—1972）的《一个唯情论者的宇宙观及人生观》。[③] 这两本书均由上海的泰东书局出版，此书局多年陆续出版创造社的作品和机关刊

---

①　原随園『西洋史概論』稲門堂書店，1923，頁 87 – 93。日文"感傷主義"也是译自"sentimentalism"，对应的是欧洲十八世纪以来文学中的多情滥觞、感时悲秋；此思潮源头是卢梭，后来发展为文学艺术上的浪漫主义。五四时期"感伤主义"一词也经常使用，例如苏雪林对郁达夫的批评："'自我主义'（Egotism）、'感伤主义'（sentimentalism）和'颓废色彩'，也是构成郁氏作品的元素。他的作品自《沉沦》到最后，莫不以'我'为主体，即偶尔捏造几个假姓名，也毫不含糊地写他自己的经历"（页 300）。见苏雪林，《郁达夫及其作品》，《二三十年代作家与作品》，广东出版社，1980，再版，第 298—309 页。本书原为自 1932 年起，苏雪林在武汉大学担任新文学课程时的讲义。

②　许纪霖：《当代中国的启蒙与反启蒙》，第 12—13 页。

③　袁家骅：《唯情哲学》，泰东书局，1924；朱谦之：《一个唯情论者的宇宙观及人生观》，泰东书局，1924；收入黄夏年主编《朱谦之文集》卷 1，福建教育出版社，2002，第 455—512 页。

物，包括《女神》《创造季刊》《创造周报》《创造月刊》。如果知道两位作者此时的年纪，会让人大为惊叹。正因年轻，才令他们在文字间对真情生命的礼赞毫不掩饰。袁家骅写作此书时年仅二十一岁，为他作序的顾绶昌当时年仅二十。而1922年顾未满十八岁时，就在《时事新报》发表了他的第一篇论文《感觉与认识论》，获得该报主编张东荪赞扬。① 张东荪是中国第一批到日本学习哲学的学者，1918年翻译的《创化论》，是人生观派的理论基础，本书第二章已讨论。张东荪身为人生观派的大将，慧眼识英雄，不因其年少而废其言。袁、顾两人为好友，后来先后从北京大学英文系毕业，均曾留学英国。日后袁成为著名语言学家，专攻少数民族语言及汉语方言，任教北京大学、西南联大；顾则成为英国文学教授，任教四川大学、武汉大学、中山大学、广州外语学院。②

唯情论并非天真烂漫的呓语，朱谦之从少年时期起的挣扎与转变即透露端倪。其早年人生经历，充分反映五四时期新旧、东西文化杂陈的年代，儒释道与虚无主义、无政府主义、共产主义等外来意识形态竞逐，年轻人不知人生所为何来，在精神上彷徨痛苦。朱谦之早期信奉虚无主义，因在北京大学就读时"受厌世哲学洗礼"（即梁漱溟所教授的佛学），曾于1919年企图自杀（1:

① 顾绶昌：《往事·回忆·愿望》，收入北京图书馆《文献》丛刊编辑部、吉林省图书馆学会会刊编辑部编《中国当代社会科学家第6辑》，书目文献出版社，1983，第304—317页；朱建成：《顾绶昌》，庄毅主编《中华人民共和国享受政府特殊津贴专家、学者、技术人员名录1992年卷第2分册》，中国国际广播出版社，1996，第131—133页。

② 有关袁家骅生平，参考《袁家骅先生学术年表》，王福堂、孙宏开编选《袁家骅文选》，北京大学出版社，2010，第198—201页。

9）。^①1920 年 10 月与互助社同志分派无政府主义传单，友人被捕，为了营救友人，朱挺身而出，入狱百余日，在狱中阅读《诚斋易传》、谭嗣同的《仁学》《孙文学说》等书（1: 8—9）。朱到西湖皈依佛门，甚至想组织一种"宗教的新村"，结果发现僧界变形的家长制组织虚伪，无法忍受（1: 11）。于是浪游西湖，与郭沫若、郑振铎、袁家骅等徜徉水光山色，受到"自然的陶冶溶化"及"文学家的洗礼"。这段期间，正是郭沫若以文坛新人发迹之时，《女神》出版了，朱获赠郭的校订本，自问："我现在的泛神宗教，安知不是受这位'女神'之赐呢？"（1: 13，详见下文）因此唯情论的创发，与创造社的酝酿成立，几乎是同步的。朱又与其师梁漱溟、友人黄庆等，相约讨论学问，最后由"好乱的心理"转而"望治"，因西湖所见"宇宙之美"也生了"爱美的心"（1: 13）。此后朱"把虚无主义走到尽处"，致力于阐发孔家思想（1: 13），唯情论就是这种背景下的发明，是由悲观绝望到乐观面对生命的体悟。1924 年《一个唯情论者的宇宙观及人生观》出版时，朱谦之也不过是二十五岁年纪。北大哲学系毕业后，1929 年

①　原题《虚无主义者的再生》，为与杨没累（1898—1928）的来往信件，原载《民铎》4 卷 4 号（1923 年 6 月）。后出版为《荷心》（上海：新中国丛书社，1924）。朱谦之、杨没累：《荷心》（根据 1927 年南京中央书局版），收入黄夏年编《朱谦之文集》卷 1，福建教育出版社，2002，第 1—38 页（本文为信件三，第 5—15 页）。本文形式是写给情人（即第一任妻子）杨没累的自剖。文中说 1909 年 7 月 5 日"实行自杀"，又说三年前其十七岁时（1916）即"蓄意自杀"。此处 1909 年应为 1919 年之笔误（1: 9）。沉溺虚无的深渊导致自杀的冲动，在五四时期曾是相当严重的社会问题，有三个自杀事件成为公众议题：1918 年晚清知识分子梁济（梁漱溟之父，本书第三章已提及）、1919 年厌世自杀的有为青年林德扬、1919 年争取婚姻自由的女青年赵五贞。参考杨华丽：《论"五四"新思潮中的"赵五贞自杀事件"》，《中国现代文学论丛》9 卷 1 期（2014 年 6 月 23 日），第 172—183 页。

赴日本研究历史哲学，后来任教暨南大学、中山大学，最后在北
大哲学系担任教学研究。[1]

1922年朱谦之就已经在无政府主义刊物《民铎》3卷3号上
发表《唯情哲学发端》一文，指出"大宇宙的真相，就是浑一的
'真情之流'，浩然淬然的在那里自然变化，要间断都间断不了
的"。这可能是"唯情"及"真情之流"二词在思想史上的首度
出现。在同期的《通讯代序》，朱谦之告诉李石岑：

> 人自祖先以来，本有真情的，自知道怀疑以后，才变坏
> 了！拆散了！所以弟近来倒转下来极力主张信仰……由怀疑
> 去求真理，真理倒被人的理知赶跑了，怀疑的背后，有个极
> 大的黑幕，就是"吃人的理知"；而无限绝对的真理，反只
> 启示于真情的信仰当中。没有信仰，没有宇宙，没有人生，
> 乃至人们亲爱的，更情爱[的]，都要把他捣碎成为"虚无"，
> 可怜悯的人们呀！怀疑的路已经走到尽处了！为什么不反身
> 认识你自己的神，为什么不解放你自己于宇宙的大神当中
> 呢？"（3: 99）[2]

之后《唯情哲学发端》改以《发端》为题，收入1923年出
版的《周易哲学》起首。[3] 本书第四章已指出，李石岑是美育运动

---

[1] 黄夏年：《朱谦之先生的学术成就与风范》，黄夏年编《朱谦之选集》，
吉林人民出版社，2005，第1—16页。

[2] 朱谦之：《通讯代序》，《周易哲学》，收入黄夏年编《朱谦之文集》卷3，第
99—100页。此通讯原发表于《民铎杂志》3卷3号，1922年3月1日，第1—3页。

[3] 朱谦之：《发端》，《周易哲学》，《朱谦之文集》卷3，第101—106页。《唯
情哲学发端》一文原发表于《民铎杂志》3卷3号，1922年3月1日，第1—11页。

的推手之一，而美育与人生观运动是合流的。李主编的无政府主义刊物发表了朱谦之的《唯情哲学发端》，其间的相互关系确凿。

1924 年在唯情论的阐发上，朱谦之、袁家骅的基本主张相同：真情即真理、生活即真情之流、真我即宇宙、我和非我的融合等；然而朱进一步由真情生活论及政治理想及经济理想，这是袁所未触及的层面（详见下文）。仔细分析两人的唯情论著作，可清楚得知，当时知识分子对西方哲学思潮用功甚深，在不同思想脉络间有所取舍；与西方进行对话之余，他们进一步建立自己的思想体系。本章一方面以两人相关著作佐证唯情论在当时的萌发；一方面显示，为了反驳理性至上的趋势，唯情论如何主张情感的启蒙，系统性地重新建构人生观与宇宙观。袁家骅的《唯情哲学》于 1924 年 4 月首度面世，朱谦之的《一个唯情论者的宇宙观及人生观》则于同年 6 月问世，都由上海泰东书局出版。两书在短时间内由同一出版社连续推出，显然是经过规划的出版策略。

朱谦之的《唯情哲学发端》

按照发表先后，首先讨论 1922 年的《唯情哲学发端》一文，此文诠释《周易》的"情"观，为唯情论奠定理论基础。

《发端》的遣词用字，例如"生命""创造""进化""神秘的直觉""变化""流水""绵延""物质""空间""真的时间"等，并非传统学术固有的语汇；朱谦之的理论受到张东荪 1918 年所译《创化论》的启发，这点毫无疑义。然而柏格森创化论对生命的诠释乃奠基于记忆与物质的讨论，朱谦之对生命的诠释则标举"真情之流"。从美学观点来看，情感在认知过程中扮演了关键角色，这是美育运动及人生观运动所强调的；而朱谦之则进一步主张"真情之流",认为充塞宇宙万物的"情"即生命,亦即宇宙本体。其开创的唯情论在认知论与本体论上多所阐发,却鲜少人论及;"真情之流"所谓的"情",不仅是情感或爱情,而是宇宙本体的核心。

《发端》起首引用北宋理学家程颢(1032—1085)的"仁者以天地万物为一体",论道:

> 本体本自现成,本自实现,并不是超出我意识中的现象世界,即此意识中的现象世界便是——当下更是。会得时则上看下看内看外看,都莫不是汪洋一片的"真情之流",就是真生命了!就是神了!何等乐观!何等轻快!所以我们要实现本体,实在不用什么工夫,只须一任其自然流行便得……我这套唯情哲学,虽由于心的经验,但也不为无本,大概都具于《周易》中。《周易》告诉我们,宇宙万物都是时时刻刻在那里变化,而为学的方法,也只是简简单单的要"复以见天地之心"……我的学就是《周易》的学,孔圣传来的学,这无可讳言。(3: 101)

在五四一片打倒孔家店的挞伐声中,朱谦之的唯情论大力发扬孔学,贯彻其师梁漱溟1921年《东西文化及其哲学》的主张:孔子是人生哲学。此段引文在义理上最重要的概念是"真情之流"即本体——朱强调,此本体并非"超越意识的"现象世界,而是"在意识中"的现象世界,即在"当下"中。用西方现代哲学的概念来看,朱谦之认为本体不是超越物质世界的(transcendent),而是内在于物质世界、充斥宇宙的(immanent)。其所阐发的真情,并非一般意义下的感情或情绪,而是与晚近西方情动力理论相通的概念。此处我要引用德勒兹的情动力与生命动能（forces）的理论来对照朱谦之的"真情之流"，让我们对后者的本体论有进一步的理解。此处引用德勒兹的概念并不足怪，因为德勒兹的理论受到柏格森思想的启发，[①] 而柏格森的《创化论》则对应或批判斯宾诺莎和尼采的思想。从此角度来看，柏格森所体现的西方哲学传统，是朱谦之与德勒兹思想的共同来源。而有别于德勒兹，朱谦之主要从《易经》以来的儒家传统撷取论述资源；柏格森理论透过日译的跨文化语汇所带来的概念与传统儒家概念的相互印证，则是其不可或缺的论述工具及策略。

真情之流：此意识中的现象世界，即内在本体

对德勒兹而言，生命的伦理（ethics）有别于宗教上善恶分明的道德（moral）；斯宾诺莎及尼采对传统本体观的批判，意味着从"超越本体"（the ontology of transcendence）到"内在本体"（the ontology of immanence）的过渡。尼采主张的"上帝已死"（the death of God），不只是宗教上的意义，更重要的是认知论及本体论的涵义——这句话事实上是对"理性"的反动（a defiance of the dominance of Reason）。[②] 德勒兹认为尼采的哲学是一种"游牧思想"（nomadism），排拒宇宙本质论（universal essences）的

---

① Gilles Deleuze, *Le bergsonisme*, Paris: Presses Universitaires de France, 1966; Gilles Deleuze, *Bergsonism* trans., Hugh Tomlinson and Barbara Habberiam, New York: Zone Books, 1988.

② Paolo Bolaños, "Nietzsche, Spinoza, and the Ethological Conception of Ethics," *Minerva: An Internet Journal of Philosophy* 11, 2007. 本文发表于网络集刊，无页码。

敌视生命，而是要创造、增进、礼赞生命。^① 游牧思想意味的是
生命的自由不受理性规范束缚。尼采主张生命的动能——情动力
的初始就是动能（power），生命就是追求动能的欲望（Wille zur
Macht）。Macht 一般译为"权力"（power），Wille zur Macht 很
多人翻译成 will to power。事实上 Macht 意指"生命力"，亦即
生命的潜能或动能，与英文的 force、energy、potential 都是同义
字。^② 这些表达生命力的语汇，来自十九世纪物理学新兴的热力
学（thermodynamics）概念。^③ 方东美虽然用了"权力欲"一词，
但明白这实际上是"生命欲"，"生命欲即是权力欲。权力之扩大
即是生命之拓展"（参考本书第六章）。吴稚晖的《一个新信仰的
宇宙观及人生观》（1923）也指出"权力乃生意志"，"'宇宙是一
个大生命'，他的质，同时含有力。在适用别的名词时，亦可称
其力曰权力。由于权力乃生意志。其意是欲'永远的流动'"（第

---

① Ibid., "Nietzsche's philosophy is both a critique and an introduction of a
counterculture, that of "nomadism" —a philosophy that does not seek to be bound to
abrogated universal essences that are hostile to LIFE (thus, nihilistic), but rather seeks
to create, enhance, and celebrate LIFE."

② 德勒兹《千高原》的英译者 Brian Massumi 曾简短说明 force 与 power
不应混用："Force is not to be confused with power. Force arrives from outside to break
constraints and open new vistas. Power builds walls" (p. xiii). Cf. Gilles Deleuzeand
Félix Guattari, *A Thousand Plateaus: Capitalism & Schizophrenia*, trans. Brian
Massumi.

③ 有关热力学与严复及天演论，请参考王道还：《〈天演论〉中的热力学》
（见第二章，注 15）。热力学对西方现代生物学、哲学的发展有深刻影响，包括
达尔文、斯宾塞、尼采、柏格森、李欧塔等，均受到热力学的启发；当然，进
入生物学与哲学之后，难免超出了热力学的原意。亦请参考笔者有关张竞生研
究的会议论文，彭小妍，"Food and Sex: Zhang Jingsheng's Regimen Theory and
Thermodynamics,""文化交流与观照想象：中国文哲研究的多元视角"学术研讨
会，2016 年 12 月 8—9 日。

517—518 页）①。有关吴稚晖与人生哲学讨论,请参考第六章之一节"人生哲学与五四及其后"。

如前述,朱谦之在《通讯代序》中主张信仰真情,批判理性:"真理倒被人的理知赶跑了……无限绝对的真理,反只启示于真情的信仰当中……为什么不反身认识你自己的神,为什么不解放你自己于宇宙的大神当中呢?"（3: 101）这里所说的"信仰",不是信仰尼采所要打倒的神,而是信仰充沛于宇宙万物中的大神——真情之流:"'真情之流',就是真生命了! 就是神了!"《发端》强调从"穷理尽性"而"穷神知化",这是传统儒学的概念:"只要实实落落去穷尽其神,我便能充周发达,以到圣而不可知地位,那时我便是神了! 神便是我了!"（3: 113）换言之,生命本身就是神;这比柏格森人生哲学礼赞生命冲动,更进一步。对他而言,爱美是到达神的最初门路:"要穷神必先爱美,万物非美不相见……我们的视听言动,喜怒哀乐都是和神周流贯彻……神不可知,我们却可由他美的意象上,默识个体段,这便是博文约礼的工夫,一旦穷到尽处,就所见无非美者。"（3: 111）由美的欣赏、情的陶冶开创新的人生观;以美育代宗教,乃当时蔡元培主导的美育运动的主张。朱谦之揭露神之美与真情在人世宇宙间处处彰显,排斥超越现世的宗教观。他提倡"绝对自由的真情生活",认为:"当下便是乐土,我们更何忍毁灭人生,去求那超于人间的希望的'涅槃'?"（3: 100）由外在超越到内在超越,以生活当下、宇宙万物为本体,这就是朱谦之"真情之流"的理论主轴。梁漱溟在《东西文化及其哲学》中的文化三期重现说,

① 吴稚晖:《一个新信仰的宇宙观及人生观》,1923,收入汪孟邹编《科学与人生观之论战》。

预言文化第三期将走入印度弃绝现世的第三条路,朱谦之虽然承认梁漱溟此书对自己的影响,却不能赞成他"无生"的主张,两人思想在此分歧:

> 我于这书《东西文化及其哲学》出版时,实受极大的影响,假使没有这本书,或者我到今日,还停止在"无生"的路上,不过梁先生本是讲佛学的人,他最后又归到"无生"上去,那就绝不敢赞成了,这就是我和梁先生思想分歧的原因了。(3: 14)①

人生观派知识分子的同中有异、彼此批评、相互发明,实乃其论述活力的明证。

情存于一感一应之中

就情动力理论而言,情动力产生于居间状态,在恍惚忘我中酝酿(Affect is born in *in-between-ness* and resides as accumulative *beside-ness*②);情动力是身体与身体、物体与物体(即body)之间互动的能量(forces of encounter),乃联结人与物、人与世界的生命动能,永不休止、永远变化(a supple incrementalism of

---

① 朱谦之:《虚无主义者的再生》,《朱谦之文集》卷1,第5—15页。

② 恍惚忘我(beside-ness)意为 "being beside oneself in a sane sense"。Cf. Stanley Cavell, *A Pitch of Philosophy: Autobiographical Exercises* (Cambridge, Mass.: The Jerusalem-Harvard Lectures, 1994), pp. 144-145。Cavell 认为对美国诗人爱默森(Emerson)而言,"besideness" 就是体验绝美的艺术时的 "abandonment",亦即梭罗(Thoreau)所说的 "ecstasy",使人超越自我。

ever-modulating force-relations）。^①情动力的真正能量取决于这种持续酝酿的能量相互关系（force-relations）中，情动力就是一种动能（potential）：身体（及物体）具有感染与被感染能力（to affect and to be affected）的情感动能，^②也就是行动与感应的能力（the capacities to act and to be acted upon）。

有关真情之流，朱谦之阐释北宋理学家程颐（1033—1107）的"感通之理"及"生生"的概念，说法与当前的情动力理论不谋而合：

> 因为宇宙的流行变化是一感一应，一感一应如是相续不已。感不已，应不已，于是生命就"恒久而不已"……这不已就是生生的真谛！但须知在这生生中，又非有强安排，这一感便是无心感之，一感就有一应，这一应便是以无心应之。如动静、屈伸、往来、消息、寒暑、昼夜、上下，这都是自

---

① Malissa Gregg and Gregory J. Seigworth eds., *The Affect Theory Reader* (Durham and London: Duke University Press, 2010). 书中指出 "Affect is in many ways synonymous with force or forces of encounter…Affect can be understood then as a gradient of bodily capacity — a supple incrementalism of ever-modulating force-relations — that rises and falls not only along various rhythms and modalities of encounter but also through the troughs and sieves of sensation and sensibility, an incrementalism that coincides with belonging to comportments of matter of virtually any and every sort. Hence, affect's always immanent capacity of extending further still: both into and out of the interstices of the inorganic and non-living, the intracellular divulgences of sinew, tissue, and gut economies, and the vaporous evanescences of the incorporeal (events, atmospheres, feeling-tones)" (p. 2).

② 同 前 注："In this ever-gathering accretion of force-relations (or, conversely, inthe peeling or wearing away of such sedimentations) lie the real powers of affect, affect as potential: a body's capacity to affect and to be affected."

然而然的随感而应，没有丝毫杜撰出来。这么一说，就宇宙
进化都成立于这一感一应的关系上……一感一应，互为其
根，看来彻首彻尾只是一个浩浩无穷，只是浑一的"真情之
流"罢了。（3: 125—126）

此处"宇宙的流行变化是一感一应，一感一应如是相续不
已，于是生命就'恒久而不已'"，不就是情动力理论所说"持续
酝酿""能量互动""永不休止""永远变化"的情动力？一感一
应相续不已，正是情动力理论所彰显的"情动力就是一种动能"：
身体（及物体）"具有感染与被感染力的情感动能"也就是具有
"行动与感应"的能力。此处朱又指出，在生生不息的真情感应
中，一感一应相续不已均是"无心"；情动力理论指出情动力的
恍惚忘我（beside-ness），正与其相通。朱认为"宇宙进化都成立
于这一感一应的关系上"，不正是情动力理论所说的"生命动能
的相互关系"（force-relations）？

朱谦之特别强调"宇宙进化""宇宙流行变化"，充分反映柏
格森的创化论，这是西方情动力理论隐而未扬的："宇宙之生全
靠这一感在那里滚动；这一感便不住的感，就成为永远流行的进
化。"朱又强调情之恒动，曰"天地间翻来覆去，都只有动，静
是包括在动中的。若谓静不能流行，则何以谓之'静而生阴'。
看生这一字，可见静就是动……这一感一应之理，便可见一动一
静之妙，只此一动一静之妙，便括尽了天下事物"（3: 128）。那
么，情从何而来呢？朱明白宣示："情不是别有一个东西，即存于
一感一应之中。"（3: 128）情的一感一应持续不已，不就是说明
了情之恒动？因此，情就是感应、动静、阴阳、屈伸、往来、消
息、寒暑、昼夜、上下等事物的互相感应关系，亦即宇宙生命的

流行进化。

　　梁漱溟在《东西文化及其哲学》中经常引用《周易》，朱谦之进一步以《周易》为唯情论的理论根本。从情的流行变化，朱谦之进而发展时间、空间的概念，认为感的时候是"永不间断的绵延"，就是《周易》所说的"时"；静的时候则"向空间顿时发散"，成为分段的生命，就是《周易》所说的"位"。情虽不能用时间空间来谈，但除去时间空间就没有情。对朱而言，"时位是互相关系的，位非时无以显其位，时非位无以征其时，只有在'真情之流'里，这两者融合为一，便所有矛盾的现象，相反而即是相成"（3: 129）。"相互关系"一语汇，其实就是情动力的能量相互关系（force-relations）概念。朱以柏格森的时间空间概念来演绎，认为《周易》的"时"是"变化流动永不间断的绵延"，是大宇宙全体的实在；相对的，分段为时时时刻的分位时间，是分位的实在。宇宙是什么？朱用柏格森的"真时"概念说明："所谓宇宙，就是从'真的时间'，时时流出分位，复趁这分位而扩充发达，把分位的静止相，都给打碎了；那当下就发现'真的时间'了……守着这当下，便是真的时间了！便是无穷的、完全的、不间断的流行进化了！"（3: 131）这与柏格森对"当下"的看法若合符节：每一刻都是绵延不已的当下。（参见第二章"真时"与"抽象时间"的讨论）

情的"已发""未发"（not yet）与无限可能

　　朱谦之认为，情的一感一应不已之根本原理，就是"调和"，也就是"中"。进化就是"调和了又不调和"，"因有无限的不调和，所以有无限的调和"。他引用宋元之际理学家张澄（？—1143）的说法："易之为道，贵中而已矣。"又说："调和是变化的特征，这个变化，即是要实现那无穷无尽的预定调和，这便是进化。"（3: 126）继而用黑格尔辩证法的正（thesis）、反（antithesis）、合（synthesis），说明清代思想家戴震（1724—1777）的"一阴一阳之谓道"，并认为宇宙的生生不已，全因为生命自身这一感一应不已的情动力，显示生命是"极自然，同时又极有法则"，也就是戴震所说的"生者至动而条理也"（3: 125）。朱谦之此处正是发扬其师梁漱溟的看法。在《东西文化及其哲学》中梁引用《周易》的概念说明："看宇宙的变化流行，所谓变化就是由调和到不调和，或由不调和到调和。仿佛水流必求平衡，若不平衡，还往下流。"（第 118 页）[1]"调和"与"中"的概念，当然来自传统儒家；相对的，西方情动力概念强调的是情动力的冲击。

朱谦之一方面说明一感一应的情动力流行与"调和"的关系，一方面问："这流行是突变呢？还是渐变呢？"跟随梁漱溟的思路，朱也引用《周易》，指出渐变是常态，必到时运既终时，才有激进的突变。但即使是突变，也是渐进的，逐渐酝酿，必须那"潜滋暗长的动因，直到熏习成熟了，才忽然突变起来"。此处所谓"潜滋暗长的动因"，说的不就是情动力的潜能吗？情在未发之际，沉潜酝酿，暗中渐进滋长，直到不得不发之时才浮现为真情之流，此即"已发"：

> "调和"为进化的重要原素，教我们由调和去发现那存于天地万物的本体——情，只是一个情，流行于已发之际，

---

[1]　梁漱溟：《东西文化及其哲学》。

自自然然的会绵延进化，自自然然的要求调和，若不调和，还往下流。由这不断的"自调和而不调和"，"不调和而调和"，就成了进化，时时刻刻都没休息。（3: 127）

如此，在已发（真情之流）、未发（潜滋暗长的下流，即暗流）的持续更迭中，真情的流行由调和到不调和，复由不调和到调和，前进不已。朱谦之引用《周易》"化"的概念，说明"进化是渐，所以调和，所以生生不已"（3: 127）。生生不已就是生命无限。

我们回头看情动力理论。所谓 affect，其特质之一就是生于"已发未发之际"（not yet）。研究者最常引用的，是斯宾诺莎的身体潜能概念：身体若由大脑管控，究竟有多少能耐？相对的，身体如不服从大脑，从自然法则（自然是肉体的、物质的；corporeal）来看，身体究竟有多少潜能是未发的、是经验所未知的？① 斯宾诺莎这段话是批评笛卡尔的心物二元论。对笛卡尔而言，身体只是筋骨、肌肉、血管、神经、皮肤等物质所组成的一

---

① Cf. Malissa Gregg and Gregory J. Seigworth eds., *The Affect Theory Reader*: "In what undoubtedly has become one of the most oft-cited quotations concerning affects, Baruch Spinoza maintained, 'No one has yet determined what the body　can do'" (p. 3). Cf. Paolo Bolaños, "Nietzsche, Spinoza, and the Ethological Conception of Ethics" : "For indeed, no one has yet determined what the body can do, that is, experience has not yet taught anyone what the body can do from the laws of Nature alone, insofar as Nature is only considered to be corporeal, and　what the body can do only if it is determined by the mind."

具机器（automaton），是由大脑（mind）控制的。① 斯宾诺莎却指出，隶属自然法则的身体所具有的未发潜能，绝非大脑所能掌控。对德勒兹而言，斯宾诺莎这种身体潜能概念，乃从超越本体进入内在本体的关键，也是斯宾诺莎的"战争呐喊"（war cry），亦即对理性的挑战。② 笛卡尔主张神超越一切，斯宾诺莎则提出反对意见，主张"内在超越"（immanence），可参考德勒兹的《哲学上的体现问题：斯宾诺莎》中的第十四章《斯宾诺莎对笛卡尔的反动》。③ 第六章将进一步讨论此议题。

　　情动力生于已发未发之际的概念，也可以联结到马克思主义者雷蒙·威廉斯（Raymond Williams, 1921—1988）的"情感结构"（structures of feeling）理论。威廉斯认为所谓历史、经验都是已发生的过去，那么，如何理解"当下"（the present）？已成的、明确的体制是固定不变的，隶属社会；当下流动的、超脱或企图超脱固定体制规范的，则隶属个人。"思想"（thought）是过去的、固定的；相对的，"看法"（thinking）则是动态的、弹性

---

① Cf. René Descartes, "La description du corps humain et de toutes ses fonctions" [Description of the Human Body and all its Functions, 1648], in *Oeuvres de Descartes* [Complete Works of Descartes], Paris: Léopold Cerf, 1897-1913, v. 11, pp. 223-290.

② Paolo Bolaños, "Nietzsche, Spinoza, and the Ethological Conception of Ethics."

③ Gilles Deleuze, "Spinoza Against Descartes," in *Expressionism in Philosophy* [*Spinoza et le problème de l'expression*, 1968], trans. Martin Joughin, New York: Zone Books, 1990, pp. 155-167. 德勒兹指出："Against Descartes, Spinoza posits the equality of all forms of being, and the univocity of reality which follows from this equality. The philosophy of immanence appears from all viewpoints as the theory of unitary Being, equal Being, common and univocal Being" (p. 167). 笔者对德勒兹此书书名及关键语汇的翻译，与现行中文翻译不同。请参考第六章的深入分析。

的，比方说意识或感觉，直到这些意识或感觉走向固定化。艺术品、文学作品特别能体现当下的意义，因为创作的完成并非终点；受众"阅读"的动态经验使得文艺作品本身就是一种形成的过程（formative process），每一次"阅读"都是属于个人的、特定的当下。在虚构、梦境、下意识中萌发的想象力与精神状态，是社会体制无法管控的。在社会共识与个人实际感受之间有一种张力，有些潜藏的看法或感受是在社会体制之外的，这些看法与感觉的确是社会性的、实质的，但是尚酝酿未发，与已发的、定义分明的（fully articulate and defined）共识之间关系盘根错节。这些酝酿未发的感受代表新世代的特质，可能逐渐造成足够压力，乃至促成社会体制的改变；也就是说，"情感结构"的改变会促成社会体制的变动。① 所谓情感结构，是互相联结、充满张力、在变化过程中、社会性尚未彰显的，而情感结构一旦形成社会体制，固定化之后，新的情感结构又将形成，周而复始；通常在文艺作品中特别能观察到新的情感结构的形成。威廉斯以维多利亚时期的小说来说明：维多利亚初期的意识形态（意指新教工作伦理）认为贫穷、负债、私生不法的个别案例是道德沦丧的可耻象征，然而狄更斯、布朗特姐妹等的小说则透露出当代社会的情感结构。他们描写的这类社会边缘案例，看似个别存在，联结起来就暴露出这是整个社会失序所造成的一个普遍现象。果然，后来新的意识形态（意指社会主义）形成，与贫穷相关的问题便不再被视为可耻、失德，问题的症结彰显了，体制与情感结构间的紧张关系也纾解了（第 134 页）。

---

① Raymond Williams, *Marxism and Literature*, Oxford and New York: Oxford University Press, 1977, pp. 28-212.

朱谦之的"已发"与"未发"交相更迭的概念，也联结到革命：

> 进化都是一任自然，人们不应加以催迫，即在革命时候，也都是顺着自然而然，不是强安排也……宇宙是无穷的流行，也就是无限的革命——革命是进化必经的径路……同时革命即同时创造……生是永远没有间继，也永远没有完全的成功，就可见无时不有流行，即无时不在创造中，无时不望见着"未济"的路程。（3: 127—128）

此处柏格森的影响确凿。所谓"无限的革命"看似隐喻，目的似在说明进化是"未济"的事业。然而到了1924年的《一个唯情论者的宇宙观及人生观》，即可看出此处朱所谓的"革命"，是在现世建立美好社会的乌托邦愿景，稍后将详论之。

神即"美的本体"，"情"即本然之美

> 宇宙万有，其根柢惟一——神，神无声无臭，然却是常表示出来。因其无所表示，所以无所不表示，由神而表示为宇宙万有，而后大小远近千蹊万径的"情"，才跃然可见，而神在万有中挺然露现了（3: 139）。

这就是说，神是宇宙万有的反照，宇宙万有则是神的"真情"的展现。朱谦之反对以虚无为神，认为《周易正义》所说"尽神之理，唯在虚无，因此无虚之神以明道之所在，道亦虚无"为误谬，老庄之学的"忘象之论，更是误人"（3: 139）。对朱而

言，神来自有、来自明。万有以神明为体，云行雨施、品物流行，都是神的发用流行，无一不美丽。朱谦之引用宋代朱震（？—1138）于 1136 年撰写的《汉上易传丛说》："乾为美，又为嘉美之至也。"然而，感官所体验到的世界，是一时之美，不算极致；要由这些美的秩序，达到"那不可感觉永久理想之美——就是神了"，正是《二程遗书》中所说的："神是极妙之语。"因此，神即"美的本体"。朱谦之认为，《孟子》所说"充实之谓美"，证明了孔门重美的本体（3: 141）。

对朱谦之而言，充塞宇宙、能见之美，只是一个个"意象"，也就是"'真情之流'之缘感觉而现者"。一切意象之内，还有"真正的本体的自身"，就是神的真情（3: 142）。清代惠栋（1697—1798）《周易述》云："啧情之未动者也，在初为深，故曰深情，圣人见其啧，而拟诸其形容，象其物宜而情始见。"朱谦之如此解说：

> "情"是本然之美，流行于已发之际，敛藏于未发之时，当其未发而静，便叫做"啧"，已发而动，便化身为美的，相对的，有限的东西，才为种种的意象而出现了。（3: 143）

情潜藏于未发之时，情已发而动，便化身为形形色色的意象，是"美的""相对的""有限的"；神则是"美的本体"，是宇宙的统一，也就是绝对的、无限的。那么，人眼所能见的、有限的、美的东西，是物质吗？朱谦之的回答是否定的："依易理看来，物质只有可能性，如常人自以为有质碍的空间性的物质，其实在意想中还明明是一个意象，可见物质不过意象，举目而存只有意象而已，变化而已……假令有一物质，亦必非仅仅一种定体。而为在变迁历程的活动体——就是意象了，所以周易言象不言物。"朱提到，桌子只是一个形象，并非物质的存在："好比棹子这个形象，若认他是有物质的存在便错了。"（3: 143）揣摩上下文，应是此意：例如，木头若为一物质，并非一种固定的物体，而是可以变化为桌子、椅子、床等诸种意象；其实木头本身，也是从树苗长成大树，锯断树干整理而成的，所以木头也只是一个意象而已。朱认为形形色色的意象均从情而来，内在于一切意象的"宇宙的统一"就是情，所以万殊的共相即为情。如此看来，情就是生生不息。

如何去认识神呢？朱谦之主张用形而上学的方法，也就是"神秘的直觉"（Mystic Intuition，朱提供的英文）。在儒家来说，这就是"默识"："以神的智慧作自己的智慧，打开真情之眼，以与绝对无比不可言状的'神'融合为一，这就是孔门所谓'默识'了。"神不是言说可得的，不是靠观念和符号，只能由默识而得（3: 107）。所谓默识，就是"必须人们自己极力抛弃我底那知识，如文王之'不识不知，顺帝之则'，使自己自乐自进顺从神的智慧才得"（3: 108）。何谓神的智慧？"即人人所固有，先天所自具的良知"；只要"一任良知"便能达到神（3: 109）。朱谦之指出，神是宇宙万有的本体，因此在我们自身和宇宙万有中，随时随处都可默识神，都可求智慧，这就是周易所提倡的"穷神"的根本方法；所谓格物，也就是穷神（3: 111）。这也就是他在《虚无主义者的再生》中所说的："闭住理智之眼而大开真情之眼。"（3: 15）

朱谦之主张"泛神的宗教"：宇宙即是神，神即是宇宙，神也潜在人自身之内。神与情虽是同一件事，但是神是真情之流的主宰。朱主张"心、神、我合一"，泛神宗教"本于尧舜禹汤文武周公孔子之道"。朱认为《周易》哲学的根本教义，就是"天之神道，只是自然运行的大道理，换句话说，就是'泛神的宗教'"（3: 138 ）。

把神等同于自然的生生不息（God or Nature），是斯宾诺莎著名的理论，充分显示他的内在本体观。[①] 对斯宾诺莎而言，自然有两个面向，一是动态的、创生的过程，即正在创生中的自然（natura naturans），也就是柏格森所说的生之动力及创化；另一是此创生过程产生的静态的产物，即已创生的自然（natura naturata）。前者就是斯氏所说与神合一的自然。[②] 斯宾诺莎反对神是自然的创造者，反对神的超越性，于 1656 年仅十七岁时即被阿姆斯特丹的西葡裔犹太社群（serphardic community）永远驱逐。[③] 虽然朱谦之的泛神宗教与斯宾诺莎的神与自然合一是相通的，两者之间有一个最大的不同点：对斯宾诺莎而言，美、丑、善、恶是从人的角度来判断，是个别的偏见；就自然的角度而言没有美丑善恶，宇宙的法则是无关善恶的，只要合乎生存目的（self-preservation）的就是美、善。[④] 1927 年，方东美在《科学哲

[①]　Steven Nadler, "Baruch Spinoza," in Edward N. Zalta, ed., *The Stanford Encyclopedia of Philosophy* (Fall 2016 Edition), Online Posting: https://plato. stanford. edu/archives/fall2016/entries/spinoza/(accessed on July 20, 2018): "Spinoza's metaphysics of God is neatly summed up in a phrase that occurs in the Latin (but not the original Dutch) edition of the *Ethics*: 'God, or Nature,' *Deus, sive Natura*: 'That eternal and infinite being we call God, or Nature, acts from the same necessity from which he exists' (Part IV, Preface)."

[②]　Will Durant, *The Story of Philosophy: The Lives and Opinions of the Greater Philosophers*, pp. 171-173.

[③]　Steven Nadler, "Baruch Spinoza."

[④]　Will Durant, *The Story of Philosophy: The Lives and Opinions of the Greater Philosophers*, p. 174.

学与人生》中，就直指斯宾诺莎"始也主张泛神论，终乃完成无神论"（第 254 页）。[1] 方东美个人是泛神论者，其 1979 年的《生生之德》对此多所阐发，承接了朱谦之的泛神论主张。对方氏而言，泛神论是人神合一，而神是一种创造力、一种无限爱的精神，主体无限爱的情感经验与客体的生生之德相呼应，与儒家的仁爱观是相通的。[2] 由此可见，这种内在本体论是人生观派哲学家的共同点。

朱谦之与沈从文、吴稚晖、鸥外鸥

最能反映朱谦之泛神论的五四作家是沈从文，其乡土作品如《凤子》（1932—1937）描写来自都市的工程师，见证了苗乡傩戏的敬神仪式后，领悟到科学理性的不足，说道：

> 我自以为是个新人，一个尊重理性反抗迷信的人……看看刚才的仪式，我才明白神之存在，依然如故。不过它的庄严和美丽，是需要某种条件的，这条件就是人生情感的素朴，观念的单纯，以及环境的牧歌性。神仰赖这种条件方能产生，方能增加人生的美丽。缺少了这些条件，神就灭亡。（7:163）[3]

特意彰显科学理性与宗教情感的对立，沈从文显然是以文学作品回应科学与人生观论战，足见这场论战在当代知识分子心灵

---

① 方东美：《科学哲学与人生》，商务印书馆，1936，第 253—254 页。
② 方东美：《生生之德》，黎明文化 1980，第 3 版。
③ 沈从文：《凤子》，《沈从文全集》卷 7，第 81—166 页。

烙下的深刻印象。类似的例子在沈从文的乡土作品中俯拾皆是。1946 年的《虹桥》，明显回应美育运动的"以美育代宗教"说。故事中三位美术学校的毕业生，1941 年对日抗战期间深入藏区，寻思以专业报国。途中突然天际出现一抹瑰丽彩虹，三人欲以画笔捕捉这刹那天然美景，最后都徒然无功。其中一人认为此美景使人油然生出宗教心，艺术是无法取代宗教的："这个那能画得好？简直是毫无办法。这不是为画家准备的，太华丽，太幻异，太不可思议了。这是为使人沉默而皈依的奇迹。只能产生宗教，不会产生艺术的"（10: 390）① 另一人认为许多人具有"狭窄人生观"，无法领略自然的滋润（10: 391）。他有感中国革命连连，破坏了农村的美好大地，因此呼吁思想家重新认识贴近土地的多数农民："这点认识是需要从一个生命相对原则上起始，由爱出发，来慢慢完成的。政治家不能做到这一点，一个文学家或一个艺术家必需去好好努力。"（10: 392）第三人认为乡下人"信仰简单，哀乐平凡"，都市人应该学习他们"接受自然的状态，把生命谐和于自然中"（10: 395）。

1940 年蔡元培过世后若干年，沈从文发表的纪念文《美与爱》就直接呼应朱谦之，提出"泛神"的概念："美固无所不在，凡属造形，如用泛神情感去接近，即无不可见出其精巧处和完整处。生命之最高意义，即此种'神在生命中'的认识。"（17: 360）② 又说："一个人过于爱有生一切时，必因为在一切有生中发现了'美'，亦即发现了'神'。"（第 359 页）沈批评现在的"思想家"逐渐成为"政治八股交际公文注疏家"，情感虚伪，无论政

---

①　沈从文：《虹桥》，《沈从文全集》卷 10，第 384—398 页。
②　沈从文：《美与爱》，《沈从文全集》卷 17，第 359—362 页。

治、哲学、美术都沦为商业化，"背后都给一个'市侩'人生观在推行。换言之，即'神的解体'"，又指称这类"假道学""蜻蜓点水的生活法"，是"情感被阉割的人生观"（第361页）。最后沈呼吁一种"美和爱的新的宗教"，并赞美"用'美育代宗教'的学说提倡者蔡孑民老先生对于国家重造的贡献"（第361—362页），这在第四章已经讨论了。由此篇文章，可知五四知识分子十分清楚人生观派与美育运动在思想上的相互支援，而提倡泛神宗教的朱谦之更是当时的名流。

朱谦之青年时代在西湖的冶游与爱情，轰动一时，由沈从文1935年的短篇小说《八骏图》可窥其一二。此文讽刺八名同时访问青岛的大学教授都在情感方面生病了，即上文所说的"情感被阉割"：满脑子自由恋爱、情欲解放，却为礼教束缚，不敢轻举妄动，苦恼万分。他们同住在海边的"天然疗养院"中，有一天教授丙接到了一个喜帖，是上海 X 先生寄来的。1923年教授丙执教于杭州的大学时，与 X 先生同事。当时 X 先生与第一任妻子共同主张"精神恋爱"："这是个从五四运动以来有戏剧性过了好一阵子热闹日子的人物！这 X 先生当时住在西湖边上，租了两间小房子，与一个姓□的爱人同住。各自占据一个房间，各自有一铺床。"两人共同生活、读书、散步、写作，但坚决避免性交，只为了保持永远的精神恋爱。X 先生甚至著书提倡这种精神恋爱的好处（8: 208—209）。① 此处指涉的，正是朱谦之与杨没累的故事。1923年朱谦之出狱后，与杨没累谈恋爱，当年6月在《民铎》上发表的书信体文章《虚无主义者的再生》，就是他俩坠入情网的见证。1924年出版的两人三十五封书信集《荷心》，第八

---

① 沈从文：《八骏图》，《沈从文全集》卷8，第197—225页。

封信中杨没累写道："谦之，我们还要想想我们如果愿望我俩的
'爱'的长生，就当永远避开那些'恋爱的葬（礼）'，和那种'恋
爱的坟墓'……当永远免除那性欲的婚媾！"（1：18）①可见他们
之间始终维持柏拉图恋爱，是杨的主张。从同书中附录的杨母信
件，可知杨之所以坚持不性交，是因为无法负担孩子，而且她身
体孱弱，恐不胜生育的折磨；为了杨能继续学习音乐，两人合议
实行三年的"纯爱生活"（1：34—36）。著名的无政府主义者吴稚
晖的信，也收为附录。他提醒杨没累：

> 朱先生也是同亮月绿草一样，是自然的，是物质的……
> 理智是情的奴隶，定可随意使之服役，定不"吃人"。我
> 是主张明白理智，不要情其目而理智其实在，那就要吃人
> 了……指定了几件东西，同杨先生做一个终身目标，乃是
> 以理智，选择了，套住了情，使情不得自由，于是不得山
> 林花柳风月，两人便减兴趣，岂非把你们两人吃了吗？（1：
> 36—38）

吴稚晖所谓"理智是情的奴隶"，乃休姆在《人性论》中的
名言（参考本书导言）。吴显然不同意两人的做法，认为情乃身
体所从出，而人的身体毕竟是物质，理应顺从自然的召唤。如今
朱、杨两人执意精神恋爱，却是以理智束缚了情感、使理智跟礼
教一样吃人，因此吴力劝杨没累收回纯爱生活的决定。作为无政
府主义者，吴稚晖一贯主张身体的物质性及情慾的自然性，这在
他1923年的重要文章《一个新信仰的宇宙观及人生观》中，清

---

① 朱谦之、杨没累：《荷心》，《朱谦之文集》卷1，第1—38页。

楚可见（参考本书第六章）。朱、杨实行精神恋爱，又不惜出书宣告于世，是当年沸沸扬扬的惊人之举。1928年杨没累病逝，给朱谦之极大的打击（第69页）。[1] 后来，朱受熊十力与蔡元培支持，以中央研究院社会科学研究所的特约名义赴东京留学（第71页）。赴日前，朱与胡也频、丁玲及沈从文在上海经常来往。1932年，朱从日本归国后，便前往广州中山大学教书，与出身大家闺秀的女学生何绛云恋爱，跟第一次恋爱时一样高调。何经常协助他编辑文稿，在1934年《文化哲学》的书后序中，他特别提到何绛云对该书的贡献，并昭告天下两人的浓情蜜意："没有她，这一部书也许不会成功，就使成功，也决不会含着这样浓厚的诗的情绪的。"（6: 389—390）《奋斗二十年》提到，两人于1935年何毕业典礼之后结婚，婚后生活美满（1: 82）。沈从文这篇1935年的小说中，X先生的第一任妻子因"违反人性的理想"而弄坏了身体，终至香消玉殒；而即将结婚的第二任妻子是"上海交际花"。这种坊间八卦式的写法，虽扭曲事实，目的却是彰显沈从文整篇作品所讽刺的对象：知识分子"被阉割"的情感，提倡柏拉图恋爱的矫情。自命为乡下人的沈从文，一向歌颂苗族男女爱情与身体欲望的结合。[2] 沈虽然大力拥戴朱谦之所提倡的泛神宗教，对其所实行的"精神恋爱"，明显不以为然。

　　1935年新感觉派的鸥外鸥也在作品中影射朱谦之璀璨的情史。当年5月在《妇人画报》28期中，鸥外鸥发表了《股份ISM

---

[1]　朱谦之：《奋斗二十年》，《朱谦之文集》卷1，第65—86页。

[2]　Hsiao–yen Peng, "Miao Romances," in *Antithesis Overcome: Shen Cong wen's Avant-gardism and Primitism*, Taipei: Institute of Chinese Literature and Philosophy, Academia Sinica, 1994, pp. 125-145.

恋爱思潮——OGAI'ONIC-LOVE》[1]一文，首先讨论近代文明及古代文明的界线：机械的有无。其次他宣称"近代文明势必为五官的文明——官能的文明"：

> 那是和官能以外之世界的宗教哲学世界，没有交涉的官能享乐底社会。即是为理性，为不思索，为官能，为实验。故近代文明生出近代精神；近代精神置其基本于官能的实验，置之于享乐。（第1页）

由"文明""理性""精神""宗教哲学"等跨文化语汇，可知鸥外是在回应科学与人生观的讨论；论战虽然早在1923年爆发，到1930年代中期精英知识分子仍在《妇人画报》之类的通俗刊物上就题发挥，可见这些概念已经走入日常。说"近代文明"是"官能享乐底社会"，当然符合新感觉派作品所充斥的官能享乐主义，以及他们对"近代"或"现代"的执迷。把"理性"等同于"不思索"，看来奇怪；但如果理解新感觉派向来对"机械"的迷恋，也就有逻辑可循：机械是科学理性的产品，是"不思索"的。鸥外似乎跟科学派站在一起。这句话值得玩味："近代文明生出近代精神；近代精神置其基本于官能的实验，置之于享乐。"官能是身体，而身体是要"实验"的，要"享乐"的，亦即要在不同的身体上操练五官的感觉，要享受没有固定伴侣的性爱。也就是说，"近代精神"奠基在身体官能的不断实验和享乐上。把身体比做可以实验的物质，将近代精神视为奠基在身体（即物质）

---

[1]　鸥外鸥：《股份ISM恋爱思潮——OGAI'ONIC-LOVE》，《妇人画报》28期，1935年5月，第1—4页。

上，鸥外是从科学的角度，主张精神与物质合一。

鸥外提到自己的作品《研究触角的三个人》（1930）[1]，"研究触觉视觉的 ABC 三大学生徒的诉于感官的恋爱是有其存在之必然的价值的"，又说"恋爱乃生殖本能"（页 1）。接着批评精神恋爱：

> 完全离开了肉体的 Platonic love（柏拉图的恋——亦称唯情至上上之爱：鸥外注）这种东西，不能存在。它的发端，它的根 [柢] 是放在纯粹非性的精神生活上面的。
>
> 这种恋爱，在浪漫派的作品中非常触目皆是。（第 1 页）

所谓"柏拉图的恋""唯情至上上之爱"，除了指涉唯情论者朱谦之，还有他唯恐天下不知的精神恋爱，还能是谁呢？新感觉派的作品嘲笑浪漫主义，认为他们作品中只有性没有爱，反覆描写的是朝三暮四的男女。鸥外揶揄道："恋爱是刷在于点了火的卷烟肚腹上的字。（不可幸免的与卷烟愉快的偕亡的字呵！）"（图5.1）（第2—3页）他的言下之意是，恋爱就是印刷在卷烟上的文字，点了火抽完烟，文字也就一起烧掉了；性爱如果是"恋爱"，寿命只不过一支烟的时间！

---

[1]　参考彭小妍：《浪荡子美学与跨文化现代性：1930 年代上海、东京及巴黎的浪荡子、漫游者与译者》，联经出版社，2012，第 234—239 页。

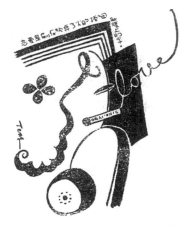

图 5.1　唯情至上上之爱：恋爱是刷在于点了火的卷烟肚腹上的字。

袁家骅的《唯情哲学》

顾绶昌为《唯情哲学》作序时首先指出，"形而上学与认识论的争辩，差不多是全部哲学史的中心问题"：包括古希腊的玄学家与"中感觉癖的原始的认识论者"的论争，中世纪至近世纪末倾向神学的形而上学家与认识论者的辩论；到十九世纪前半叶科学狂热，认识论终于占上风。顾认为，认识论从 Protagoras、柏拉图、亚里士多德以降，经过伽利略、笛卡尔，至康德集其大成；形而上学派则到二十世纪初柏格森提出"直觉法"（第 13 页），才得以振兴。① 此处所谓"形而上学"，就是五四科学与人生观论战——或科学与玄学论战——期间，掀起知识界波涛大浪的"玄学"。顾认为认识论的理论基础是由"感

---

① 顾绶昌：《唯情哲学序》，《唯情哲学》，第 1—15 页。文中提到的哲学家名字，除了康德以外，均用英文。

觉"到"知觉",进而获得"概念"或"知识";而对顾而言,柏格森所主张的"直觉",是超越"感觉"的。顾指出,康德的认识论最大的方法论错误是"范畴的先天根性说"(第 8 页)。顾认为,形而上学只要彻底摆脱"神学臭味"(第 9 页)或"神学的色彩"(第 11 页),认识论就无法抹灭形而上学的价值。

然而,顾绥昌固然认同柏格森的形而上学,也指出柏氏方法学上的误谬:柏氏所谓直觉是"理智的同情"(intellectual sympathy),不能成立,因为直觉与理智是两回事;柏氏为了找寻科学的根据,以感觉的时间性来证实直觉的存在,是最大的错误;柏氏对直觉的诠释仍不脱神秘色彩。对顾而言,袁家骅的唯情论是形而上学的重要成就,一方面既铲除了神学的束缚,又消解了柏格森的神秘色彩;它致力于阐释直觉的方法,也批判"理性派、意志派的虚妄"。

袁家骅所谓的"唯情哲学",简而言之,是透过直觉方法,以情融合自我及宇宙本体的人生哲学,与朱谦之的唯情论互相呼应。袁开宗明义便指出,"我的存在,是生命全体之意义和价值的问题";"我的存在,是单一的","真我"与"假我"并非二元对立;"假我"固然可能在一时间束缚、蒙蔽"真我",然而生命仍然永续存在。要了解我的存在,就必须摆脱"假我"的束缚,探讨"真我"的领域(第 1—2 页)。[1] 何谓"假我"?是受到"理知"束缚的我,是"物质的我",是"现象的我",是固定状态;从假我到真我,是直接的"自觉工夫",是"一线往前的生命努力"(第 4—5 页)。真我是本来的我,是自存的,反省内心的活动便能得到"本着心的发生,向内不住地追求,最后得到最纯真的一

---

[1] 袁家骅:《唯情哲学》。

点，便是'情'"。真我是绝对超越的，超越主观客观、时间空间，"至小无内""至大无外"，因此"真我无人我的区分，无相对的关系"，"真我就是大我，就是无我"（第6—8页）。换言之，所谓"真我就是真情的我，本体的我"，而"宇宙是真我——情——本体进化途中的现象"，所以"真我即宇宙自我的生命实体"（第9—13页）。袁家骅对"真我"的诠释，来自传统学术。闵建蜀认为，传统儒家以"真我"为"内在超越的创造体"；到新儒家时期，"真我"的探究仍然是核心议题。根据闵建蜀的看法，新儒家牟宗三主张"人通过自身的灵性体悟，就会发觉'我'的本来面目的'真我'，儒家的'仁''诚''良知'、道家的'自然无为'、佛家的'自性清净心'，也就这么给'体悟'出来了"。[①] 对于牟宗三的进一步分析，详见本章"牟宗三、胡适与杜威"一节。

　　袁家骅的理论思辨，充分显露其跨文化实践的特色。例如，他赞同倭伊铿对生命行动力的看法；袁所谓从假我到真我的"一线往前的生命努力"，正是倭伊铿人生哲学的根本概念。然而，袁也批判倭伊铿的知行相互关系说，进而引用王阳明的说法，主张"知行合一"。对袁而言，"知"是正心的工夫，"行"是修身的工夫，而工夫就是"生活方法"（第132—134页）。袁主张，"因生活上实际的努力，遂从行为中体悟真理，这种从行为中体悟出的真理，就叫作直觉的真理"，这种直觉的真理，是"绝对而无差别相的"（第141页）。同样的，袁一方面由柏格森得到灵感，另一方面又透过中国固有的理念来与之对话，继而进一步转化出自己创新的概念。袁同意柏格森的"生之动力"的说法，认为"真情源头，就是生之冲动"（第98、271页）。对袁而言，真

---

① 闵建蜀:《传统智慧中的真我》，香港中文大学出版社，2013，页385。

我就是真情的人生，是"一线绵延"和"真间相密合""创造进化的"——这是直接指涉柏格森的《创化论》及"绵延"（la durée）"真的时间"或真时的概念。然而，柏格森主张的"绵延"，是"记忆之堆积"，如雪的堆积；袁所主张的"绵延"，则是"感情之自然，是生命之神秘的发动和流行"，如水般的流动（第9、67、183页）。袁认为柏格森将记忆概括成"精神全体"的观点，是错误的（第65页），又批判柏格森对理知与直觉的看法：柏格森虽主张精神的一元论，认为理知误谬百出，同时却又承认理知是必要的、是可以独立永存的，而且主张直觉无法取代理知，因此柏格森仍然无法摆脱精神与理知的二元论；其所主张的"直觉"是"知情溷淆的直觉。"（第281—283页）相对的，袁家骅所主张的"直觉"是一元的，是明代陈白沙（陈献章，1428—1500）所说的"疑"与"觉悟"，也就是"明"与"觉"的工夫；袁所主张的"真情"，也就是王阳明所主张的"良知"，并非自然科学家所说的"理知"："我所肯定的理知，就是良知，是从感情触发的理知；而我所否定的理知，就是主知论者说的理知，是相离感情而自行分立的理知"（第114—118页）。因此，我们可以说，袁所主张的"直觉"，与陆王心学派的"心即理"哲学命题相通；如众所周知，陆王心学派是挑战宋明理学的。对袁而言，由心或真情所发出而悟得的"知"，才是真知；而"理知"受物质与空间限制，只是幻影。

袁家骅对西方哲学及心理学上有关知、情、意的辩论，十分熟悉。对袁而言，真理是感情，而非理知；主知论者固然错误，主意论者也不彻底。袁批判康德的"意志自由的道德实体概念"；相对的，袁不承认因果论，也不承认道德法，主张"任情自由论"，所谓任情的绝对自由，是"大我""无我"的努力，没有物的观念：

> 情的活动，就是精神生命的流行，永不固着于空间物质上
> 面，而是和真时合一，所以他的自由，是拥抱万有，而不落在
> 万有的中间；似这样的绝对单一，故有绝对自由的可能。（第
> 160—168 页）

此处所谓"真时"，就是精神（情），也就是朱谦之与袁家
骅所谓的"真情之流"。相对的，"空间就是物质"，因为"物
质 所在处，便是空间"。这是袁反复申论的概念："我和科学家
的 主张相反，我主张真时就是精神（情），因精神流动而成时
间，真时即真情之流。"并指出，"物质是精神的外象，是精神的
表面；而精神的存在，不必赖物质，物质乃不能离精神而独立"
（第 262 页）。

袁家骅认为，情是知与意的基础："在全体上，无论意志理
知和各种复杂的感情作用，实都拿'情'作其生命，作其根底"，
并认为"精神统一之命脉在感情，感情自身就是统一。"袁指
出，"理知是发源于感觉，而感觉不离感情，所以理知不会离感
情而单独存在"（第 73、77 页），"意志"是"'知''情'的溷合
物，并不能独立存在"（第 100 页）。袁批判德国的主意论者以意
志来说明精神全体，尤其是叔本华与尼采，认为尼采的"超人"
是"为权力意志而存在，为生活间 [开] 展而存在"（第 230 页）；
超人把感情的内在生命，用一己之私埋没了，因此得不到纯粹的
真实。袁则主张"情人"，指出超人是"向权力进行的意志"，情
人则是"向本体活动的感情"（第 226 页）。袁认为，情人的超越
（亦即 transcendentalism ）是"本然的含在的"（亦即 immanent ），

而超人的超越，"是意构的虚妄的"，怀抱极端的个人主义，以小我、假我为活动的范围，结果是"自促其生命的分离"。袁心目中的情人则知"大我就是无我，无我就是真我，所以他并不为我，并不认个人的小我为真我"（第 228—230 页）。因此，袁家骅以大我及无我为真我的概念，等于是既继承又修正了启蒙以降的极端个人主义概念。袁还将情人的概念与艺术及生命联结起来："情人的艺术，就是生命艺术，离生命别无艺术，艺术决不能超脱生命。"（第 251 页）这显然是在呼应蔡元培的美育概念。

"情人"与"超人"

1924 年袁家骅提倡的"情人"论，乍听之下似乎怪异，但如果知道捷克作家米兰·昆德拉（Milan Kundera, 1929—2023）于 1990 年也曾提出此说，便能心领神会。小说《永恒》（*Immortality*, 1990）写道：

> 欧洲一向以理性文明著称，但我们同样可说欧洲是一个主情的文明；欧洲创造了一种人，姑且称之为有情之人——情人。（第 196 页）
>
> （Europe has the reputation of a civilization based on reason. But one can say equally well that it is a civilization of sentiment; it created a human type whom I call sentimental man: *Homo sentimentalis.*）①

---

① Milan Kundera, *Immortality*, trans. Peter Kussi, New York: HarperCollins Publishers, 1991).

昆德拉所说的"情人"（Homo sentimentalis），与启蒙时代以来的"理性之人"（Homo rationalis）相对，也有别于工业革命以来谨守新教工作伦理的"经济人"（Homo economicus）。所谓欧洲创造的"情人"，族繁不及备载，包括卢梭、歌德、福楼拜、小仲马（Alexandre Dumas fils，《茶花女》作者）、帕斯捷尔纳克（Boris Pasternak，《日瓦戈医生》作者）等，他们的文学作品五四读者耳熟能详。中国自古以来尊情的传统，不绝如缕。《易经》曰："利贞者，性情也。乾始能以美利利天下。"魏晋士大夫标榜"情之所钟，正在我辈"；晚明以来的情观，尊崇"有情人"（第52 页）。① 晚清以来，文艺界的有情人包括苏曼殊、李叔同、郁达夫、郭沫若、徐志摩、冰心等。"情"如此受五四人生观派推崇，良有以也。

袁家骅致力于打破心物二元论，认为情是心、物的联结与统合，更是我与非我的合一，并修正朱谦之的"泛神论"（袁作"汎

---

①　夏咸淳：《晚明尊情论者的文艺观》，《天府新论》第 3 期，1994，第51—56 页。最近研究请参考杨儒宾：《情归何处——晚明情性思想的解读》，"东亚儒学与中国现代性"国际学术研讨会发表论文，台湾清华大学人文社会学院，2018 年 10 月 6 至 7 日。杨指出明代理学家主张"超越之情"，"相偶论"的情论由反超越论的儒者提出，而明末清初王夫之、方以智等人则提出"超越之情"与"相偶论"的统一。所谓"超越之情"即："当情由私人性的情感提升为超越之情，其性质与本体同化时，其地位虽获得前所未见的提升，但相当程度，也距离世俗之情越加遥远。"相对的，王阳明的致良知说渗透入明代戏曲小说中，"显示了情欲的彻底彰显"；而"情欲论的解读后来因与五四时期的全盘反传统运动联结，成为晚明情论的主流"。由于本会议论文发表时未写完，所谓"相偶论"需参考杨氏另一篇文章《从体用论到相偶论》："依据相偶性，真正的道德不须逆觉溯源，它就是两个相对应的人伦之间的合理关系……是相互主体的伦理关系。"（第56 页）参考杨儒宾：《从体用论到相偶论》，《清华人文学报》2011 年第 6 期，第31—80 页。

神论"）："泛神论常为一般具有感情的人们所信仰，但感情最深的人，必从泛神论引到唯我论。"（第 221 页）应该"由我直觉会证我即万有，万有生命即我，又何必说什么神呢？从此可见情人并无取于泛神论；情人所主张的就是唯我论……怎能妄说宇宙万有是非我呢？"（第 222 页）袁指出真我生命——也就是情——的本质是"纯一"与"整体"，有如王阳明说的"唯精""唯一"："一切个体的生命，根本上自是溷同，这个纯一的溷同，便是整体。我是纯一的，所以我即'整体'。"（第 18 页）袁认为"真我是和天地万物合一的"，这也就是真我的纯一，也就是情（第 24—25 页）。他又指出，"感情生活是把对象溶化在自身当中"（第 189 页），换句话说，情之所至，是主客不分的；同时主张"灵肉合化观"（第 250 页），心灵与身体是融合的，"灵肉合化观的真义，就是肉的灵化，肉即灵的表现，使肉化作灵一般"（第 251 页）。对唯情论者而言，宇宙与人生"浑然一体，根本合同"：

> 唯情主义……抱一种形而上学的态度，觉得真生命——本体，是没有物我的差别，没有相对的关系；故人生和宇宙，真我和本体，其实际生命—本体上关系，并非差别，并非相对，乃是浑然一体，根本合同的。（第 264 页）

袁主张"没有物我的差别"，也就是否认心物二元论、我与非我的二分。袁又主张体用合一，而要达到体用合一，端赖"反省内观的直觉法"，以达到"真情转化"：

> 我的真性，即是情之体，我的行为，即是情之用；而反省内体，就是真体运用，真性发现的道理。能不间断地反省

内观，则情之用不息，其体亦不灭。在这个真情转化的当中，即体即用，本无二致。而我和本体，人生和宇宙，也血脉相连，不能分开。我能反省内观，则外体的假我，可化为乌有，脱去宇宙外象的圈套，而和本体运通为一了。所以反省内观的直觉法，是一贯无间的方法。（第257页）

袁家骅一方面批判心物二元论，一方面发展"无"与"绝对"的概念。袁认为，柏格森由观念上来着眼，因此无是没有意义的，所以会在《创化论》中否认无的观念。但如果从实在（reality）上论，"无"就是"无限"（infinite），而所谓无限就是"真情的本体，生命的实在"（第18—21页）。对袁家骅而言，情是完全无限的，所以就是"绝对（absolute）"；真情生命就是绝对的真理，绝对的本体，也是活动的绝对，超乎静与动的划分（第152页）。袁批评柏格森的缺点是只主张生命的动态，却不知生命的静与动是不可分的。

"无"与"绝对"的说法，并非袁家骅的发明；京都学派的西田几多郎早已在十九世纪末、二十世纪初就发展出"绝对无"（absolute nothingness）的概念，其来源是老庄哲学的"无"。"实在""本体"等汉字语汇，也是西田的前行哲学家首发其端的，翻译自西洋哲学的概念。[1] 如本书第一章指出，西田以佛教"一切有情"的概念，批判启蒙理性的压抑人性。西田之所以能成就京都学派在日本哲学界的领导地位，端赖前行哲学家已创造出的

---

① 上山春平「絶対無の探究」，上山春平編『西田幾多郎』中央公論社，1970，頁7－85。中文讨论请参考吴汝钧：《京都学派哲学七讲》，文津出版社，1998；黄文宏：《西田几多郎论"实在"与"经验"》，《台湾东亚文明研究学刊》3卷2期，2006年12月，第61—90页。

一套语汇，奠定了他的思想发展基础。而日本现代哲学在概念语汇上的翻译与发明，实有益于促进中国思想界走上现代哲学的途径。顾有信（Joachim Kurtz）指出，二十世纪初第一批中国学者和留学生（如王国维、蓝公武、张东荪等①）开始前往日本学习哲学，随即将上课讲义、教科书和哲学史翻译成中文。稍后如贺麟、张东荪等，认为日本哲学术语"有失典雅"，企图将日译改为与中国固有思想相通的语汇，以显示"中国和西方思想具有相容性"，"哲学的探讨具有普世性"。例如贺麟将日译的"纯粹理性"改为"纯理论衡"，影射的正是王充（27—96）在一世纪的著作《论衡》；但是这种主张并不成功。② 此类研究，有助于我们理解中、日、西方哲学概念及语汇的跨文化联结，值得进一步探讨。

朱谦之的《一个唯情论者的宇宙观及人生观》

朱谦之的《一个唯情论者的宇宙观及人生观》原是 1924 年在济南第一师范学校的演讲稿，导言开宗明义说道："这次演讲是完全以我真情认识的真理为依归的。晓得怎样探求真理，就晓得怎样去作我的生活。"（1: 457）③ 这两句话言简意赅，点出全书的主旨：真理的认识并非透过理性，而是透过"真情"；真理的探求，也就是人生的实践。这正是梁启超所领导的人生观派

① 戴晴:《张东荪和他的时代：在如来佛掌中》，香港中文大学出版社，2009，第 119 页。作者指出张东荪在东京帝国大学哲学系就读期间（1905—1911），"与蓝公武、冯心支一同挤住在本乡丸山新町"。

② 顾有信（Joachim Kurtz）:《一个哲学虚构概念的本土化——论康德"Things in Themselves"的中文译法》，祈玲玲译，收入孙江、刘建辉主编《亚洲概念史研究（第一辑）》，生活·读书·新知三联书店，2013，第 47—65。

③ 朱谦之:《一个唯情论者的宇宙观及人生观》，1924，《朱谦之文集》卷1，第 455—512 页。

的一贯主张。早在 1921 年，朱的老师梁漱溟指出《东西文化及其哲学》的用意是"就自己所要做的生活下一番酌量"。因西洋人"未闻大道"，"中国人蹈袭西方的浅薄""东觅西求，都可见其人生的无着落"，两者"都未曾尝过人生的真味"，因此梁立意要把"我看到的孔子人生贡献给他们"。[①]朱谦之的《一个唯情论者的宇宙观及人生观》一方面承接其师对生活的关注，一方面强调情理相辅相成，认为科学的格物与人生哲学的真情主张是一以贯之的。后来张竞生的《美的人生观》（上海北新，1925），采取相同的立场（见本章结论）。方东美的《科学哲学与人生》（上海商务，1937）亦然："宇宙人生乃是一种和谐圆融的情理集团，分割不得。科学不能违情以言理，犹之哲学不能灭理以陈情。科哲合作，理情交得，然后人类思想与文化乃臻上乘。"（参见本书第六章）情感与理性是科学与人生观论战以来，两阵营反覆辩证的主题，从《一个唯情论者的宇宙观及人生观》于 1924 年面世起，我们就见证了情理相融的理论。

此书延续了 1922 年的《唯情哲学发端》的主张，进一步延伸《发端》中未曾触及的议题，一方面呼应袁家骅的《唯情哲学》，另一方面发展人生观派的实践理念。朱谦之首先申论客观的真理与主观的我之间的复杂关系：真理是公，我是私，因此，"要讲真理便不可不除去有'我'之私"（1: 457）。然而，朱也不完全否定主观，因为"真正的主观，是存在于自我的底子的'情'……这点'情'是个人的真正主观，同时和普遍的主观相符合"（1: 458）。朱主张人和人虽不同，却有同的地方，也就是"能够判别是非的'真情'"；这就是"人类共通的真理"（1:

---

① 梁漱溟：《东西文化及其哲学自序》，第 3—4 页。

458）。换句话说，人与人共通的真情就是人类共通的真理。对朱谦之而言，真情即真理，是一而变化、变化而一的；表示出来的真理因时地情境不同而变化，真情却是永恒不变的。朱指出，胡适所主张的实验主义只是一个假设，它固然是五十年来的真理，五十年前的真理已不适合今日，在五十年后实验主义也不见得是真理。所以假设不是永久存在的，并非普遍的真理（1: 461—462）。朱认为，真理并非"实在"的摹本，真理就是实在（1: 462）；和实在符合的真理，才有"永久存在性"（1: 462）。而所谓实在，就是"实的存在，是一种永古不变的天经地义"（1: 461），也就是"生活"——宇宙即是实在，即是真理（1: 462）。

朱谦之主张，要追求真理，就必须遵从《大学》所说，从格物做起，并指出，如 Berkeley、王阳明等的"主观观念论"（subjective idealism），以为"心外无理、心外无事"，却不知宇宙万有都不能外于心（1: 462）。如果"把我看得比宇宙还大，我不是宇宙的产物，宇宙是我的产物"，把自己无限扩大，而天地小，那么就是虚无的本体论（1: 463）。朱认为，"充塞宇宙都是理，即是心也"，而本体就是"宇宙万物的内的生活"（1:462）。对朱而言，格物和致知是同一件事，应从追求宇宙公共的真理，反之于身，若只将主观视为真理，那就是"把浩浩无穷的真理，结成一大块的私意了"。因此他认为真理最重要的就是"宇宙性"。他赞成陆象山所说："宇宙便是吾心，吾心即是宇宙。"（1: 464）

东西文化一元论

朱谦之提倡"东西文化一元论"，认为全宇宙是一个整体，因此无论东方、西方"同是这个心，同是走一条路，也只有这一条路可走"。朱批评梁漱溟的说法：西方文化的根本精神是意欲的追求，中国文化的根本精神是意欲的调和持中，并认为以意欲来说生活是不对的，因为"生活只是真情之流，是超过意欲的一种至纯粹的动。这一动便是生命的路，也就是东方西方唯一的路了"（1: 465）。梁漱溟的错误，在于忽略了西方不同的哲学流派有不同的主张，如希腊哲学："如 Socrates（苏格拉底）注重人生，Aristotle（亚里士多德）之主张中庸，Plato（柏拉图）派之泛神思想，何尝不可说是中国人的态度。"（1: 465）就中国文化而言，孔家有主内的孟子，有主外的荀子；陆象山偏于内观，朱熹偏于经验；王阳明时代也有湛甘泉及罗整庵两派与其驳难，"岂不应该都归入西洋态度"（1: 456）？梁漱溟以佛教代表印度，以唯识代表佛家，朱也不赞同。因为朱认为佛教在印度只风行一时，婆罗门更适合作为印度的代表，而"梁先生把印度思想看作'无生'，实在大误。不但印度人不是真个主张'无生'，并且赞美生的文字，如对于性爱，比别的地方要看得神圣些，尊重些"（1: 467）。相对的，朱谦之主张，无论西方、中国或印度哲学，都有三种流派：第一条路是唯物学派（如英美派、墨子、顺世外道）、第二条路是讲生命真理的正统派（如希腊派、儒家、婆罗门）、第三条路是唯心学派（如希伯来派、老庄、佛家）（1: 466）。朱谦之用的语汇是梁漱溟的第一条路、第二条路、第三条路，由上下文判断，应该就是唯物派、人生哲学派、唯心派。其全书的重点是正统派，也就是人生哲学的诠释。

1920 年代的人生观派普遍认为，儒家属于形而上学及生活哲学，朱谦之则特别强调生活哲学的系统性，认为儒家除了是形而上学及生活哲学，在社会问题（包括政治经济）方面也具有系统性的见解。他认为儒家思想就是"研究心的生活"，从孔孟、周敦颐、程颢、朱熹、程颐、陈白沙、湛甘泉，到龙溪、双江、东林学派，于宇宙、人生、心性各方面理论都越来越进一层；清儒在政治、实用、心性方面也有发明。更甚者，朱谦之指出，康有为的《大同书·礼运注》"发挥大同小康三世三统之旨"，梁启超的《先秦政治思想史》，都使儒家在政治思想史上有长足的地位。朱认为儒家思想的"进化"是从宇宙观（宋儒）、人生观（明儒）到政治哲学（清儒），而现在是儒家思想的"综合时代"，也就是"全生命的哲学的时代"（1：469—470）。朱对儒家传统的"进化"的诠释，对东西文化一元论的主张，反映在日后的著作《大同共产主义》（1927）、《国民革命与世界大同》（1927）、《到大同的路》（1929）中；对朱而言，儒家传统政治的传统精神就是大同思想，而朱主张的是超国家的组织："相信人类依共同生活团体的扩大，必至有超越国民国家的全人类的组织，《礼运》所谓'天下为公'，就是我们理想的最高团体。"（1：522）[1] 这种天下大同的思想，充满乌托邦精神，正是张竞生 1925 年《美的人生观》及《美的社会组织法》追求的目标。（见本章结论）

在谈宇宙观时，朱谦之首先指出，有关宇宙本体究竟是精神还是物质的形而上学问题，从西方哲学起到如今数千年来，始终未有定论。因此，英美实验主义者如詹姆士及杜威主张不谈形而上学（这不符合事实，请参考以下的牟宗三、胡适与杜威一节），相对的，欧洲的倭伊铿（朱称之为"欧根"）、柏格森则谈生命的流动概念，来替形而上学开一条新路。至于中国方面形而上学的传统，包括《系辞》、周敦颐的《太极图说》、张载的《正蒙》；到了胡适、梁漱溟等，主张抛开形而上学不谈，朱谦之认为是

---

① 朱谦之：《大同共产主义》，泰东书局，1927，收入黄夏年主编《朱谦之文集》卷 1，第 513—569 页。

"现在汉学的末流"（1: 471）[1]。朱主张必须谈形而上学，特别批判了排斥形而上学的斯宾塞及实验主义，并指出，斯宾塞及实验主义者认为宇宙的本原非人智所能知，而学者所研究的，只不过是现象罢了。朱认为这种"不可思议论"是误谬的（1: 472），并引用倭伊铿及柏格森的理论，指出人类的精神总是企图超越知识的限制，"本原问题本是我们所不免的思议而不能不思议的"；如果昧于不可思议论，就是违背哲学家"穷理而致知"的天职了（1: 472）。

对心理学及辩证法的批判

朱谦之提及其旧作《现代思潮批评》中的意见：根据心理学的研究，知、情、意是精神作用的基础，叔本华又证明了"智"是"意"的派生，而"意"包含了"情"的作用。因此，情是精神的最后本体（1: 473）。朱此时强调，作为宇宙本体的情，是绝对的，既不可分析，亦不可辩证，并批判心理学对心的分析：

> 若如前从心理状态以内发现的，在分析的着眼点上，把整个的心割成七零八碎，以为那不可分析的心，就是本体了。却不知依分析所得的东西，只是割据心的变现行相的一片一段，并不是本体，却正是本体所否定的。因为本体是永不间断，所以不可分析，并且生命是活动的，如何可作静态分析呢？只因从前没有看到这层，所以一面把不可分析的情，认为"本体"，一面把可分析的宇宙，认为"现象"，因此主张破坏宇宙，以后归于本体—情，其实从头（到）尾，就没有

---

① 朱谦之：《一个唯情论者的宇宙观及人生观》。

> 认识——整个的心——真生命，这是我从前以分析认识本体的一大错误。（1: 474）

亦即：情、本体、宇宙是合一而不可分割的，而这也就是"整个的心"与真生命。

用辩证的方法来讲本体，朱谦之认为也是不对的。辩证法以有无、善恶相对，最后不得不推到"超越有无的'无之又无'的'无'"及"无善无恶"的境界。然而，把"无"当作"情"来看，会流入虚无主义的弊病；"无善恶"也并非"善"的境界；"由辩证所得的，仍不出辩证的境界，绝不是真实的境界"（1: 474）。他认为老子所说"天下万物生于有，有生于无"，是以本体为"无"，"这种宇宙观完全是运用理智方法错误的结果"，"却不知本体当下便是，超开当下而求本体，都是胡思乱想也"（1: 477）。对朱而言，虚无论是危险的。朱主张"绝对之为绝对，即在其无始无终，生生不息，所谓'活泼泼地'，在天地万物万事上触处便见"（1: 477—478）。朱认为"万有在流动变化中之中，是永远向无限的方面生化，刻刻增大，刻刻创新，是永没有间断的时节"（1: 478），并认为代表中国道理的是"生"，是"绝对的表示""有生命就有表示"，否则就会归到"无生"的路上去。而朱自己"是以绝对信仰的态度承认生命原理的"，信仰"这世界"，也就是当下的世界，"我是真正的真正的'现世主义者'，很相信存在于这世界一切，都是'真情之流'，浩然淬然，一个个的表示都是活泼泼地，都是圆转流通的"（1: 479）。

此外，朱谦之曾经主张明心见性，极端反对"感觉"，以为感觉透过感官无从知道事物的实相，因此而否认科学。而他如今了解到这是错误的，不应"否认科学与形而上学之结合的统一"

（1: 474）。朱主张要有格物的工夫，"先在物理上理会"，然后透过直觉的方法，"直接默识物的本体"：

> 固然我们讲格物，不必像朱子所说"今日格一物，明日格一物"那样完全客观的态度，但我们却要先在物理上理会，才有个商量处，因为宇宙万物凡耳目所接触的部分，都是本体派生的模型，所以我们认识方法，如果只在外面末上做工夫，则所谓知，总不免于不完全的毛病，反之直接默识物的本体——由感觉直追到事物的根极，于是置身当中，把能觉的我加在所觉当中，不在外边转，而且不借力于反析，而全赖于直觉，不仅以知道外面的轮廓就够了，还要绝对的默识本体，所以这种方法，虽从感觉下手，而所得境界不以感觉为止。（1: 474）

这段话清楚地说明，朱谦之所谓"直觉"的定义："由感觉直追到事物的根极，于是置身当中"，也就是"把能觉的我加在所觉当中。"换句话说，就是（能觉的）主体与（所觉的）客体的合一。透过这种主客合一的直觉工夫，就能"默识本体"。这正是人生观派的一贯主张。

朱谦之认为，充塞在大自然、宇宙内的，无处无物不是本体，凡感性所生的歌、舞、咏、啸，"无时不听凭直觉，即无时不是本体，无时不与天地同流"（1: 475）。朱强调"宇宙万有，绝不是理智得来，只能永远缄默去证会的"，并认为，程明道因此而主张观天地、生物、气象，陈白沙因此而主张随处体认天理。朱引用《易经》："观其所感（所恒、所聚），而天地万物之情可见矣。"格物工夫是罗整庵所谓"物即我，我即物，浑然一致"，"心尽则与天为一"，而陈白沙所谓"往古来今四方上下都一齐穿纽，一齐收拾，随处无不是这个充塞，色是信他本来"，就是"见本体"（1: 475）。对朱谦之而言，"宇宙本体就是生命本身"，是"有情中的现象世界"，也就是"当下"（1: 480）。只要透过直觉、同情的工夫，"撤毁物和我之间的壁障"，就能"捕捉物的内部生命"（1: 480）。中国从《系辞》所描写的伏羲氏开始，"一切山川草木都是情的化身——由神的真情而流出"；而这套唯情论及"泛神思想"历经神农、黄帝，到《周易》，得到完整的发挥（1: 481）。1923 年的《周易哲学》对此已有充分解析："大概《周易》千言万语，都只是这'情'字，别无其他。"（3: 103）[①] 朱在文中又指出：

> 人的'情'本来毫无欠缺，虽着了理知，而这天植灵根，依然存在。所以我们所能作的，只需把向外逐物的颓习，倒转下来，真情一提起，理知就沉下去，那就复归于'真情之流'了。（3: 104）

司马长风、黄建中

伦理学之有唯理唯情二宗，犹知识论之有观念感觉二派矣。知识不能有观念而无感觉，亦不能有感觉而无观念；道德不能有理性而无情感，亦不能有情感而无理性。知识论既有调和观念感觉两派之说矣；伦理学亦有融通唯理唯情两宗而调和于其间者，则自我实现说（The theory of self-realization）是矣。

——黄建中：《比较伦理学》，1965。

---

① 朱谦之：《周易哲学》。

　　不过唯情论不是什么政治上的主义，只是一种人生态度……伟大的唯情论者必须攀上善和美的高峰。

　　　　　　　　　　——司马长风：《唯情论者的独语》，1979。

　　朱谦之认为可以用情的概念来贯穿儒家思想；孔子、孟子是唯情论者，朱也自称是唯情论者（1: 470）。[①] 所谓"唯情论者"的说法，因被主流五四启蒙论述长期遮蔽，后来虽似乎不见评家关注，但值得提起的是，到了1970年代仍见华语世界有学者使用。二战后的新文学史家司马长风（1920—1980）于1976年的散文集《唯情论者的独语》说道："唯情论不是什么政治上的主义，只是一种人生态度。"（第1页）[②] 司马长风是梁启超的信徒，认为儒家主张的"仁"，所教诲的就是"不忍之情"，并指出，经历了五四"打倒孔家店"的风暴之后，仍然自命儒家的人（意指新儒家）要受考验，看这不忍之情"在生活中是否实践出来"；又说"伟大的唯情论者必须攀上善和美的高峰"（第7页）；司马显然是指涉五四时期的唯情。在香港执教的陈国球，致力于宣扬司马长风的学术，曾写了一篇纪念文章《诗意与唯情的政治——司马长风文学史论述的追求与幻灭》（1983）[③]。受到司马的影响，陈从1980年代以来就着手提倡文学的抒情传统。陈虽不曾提起朱谦之与袁家骅的唯情论，但以抒情传统论述延续了唯情论的生命。晚近在大陆文学界，"唯情"的概念逐渐扩散。2013年，云南大学的施海涛研究司马长风，指出其《中国新文学史》

---

　　① 朱谦之：《一个唯情论者的宇宙观及人生观》。
　　② 司马长风：《唯情论者的独语》，远行出版，1976，第1—8页。
　　③ 陈国球：《诗意与唯情的政治——司马长风文学史论的追求与幻灭》，《感伤的旅程：在香港读文学》，学生书局，2003，第95—170页。

的"唯情性"。① 在对汤显祖的研究中也有以"唯情"为题的，例如《汤显祖的"唯情"文学观》（2001）及《汤显祖唯情文学观的逻辑解析》（2013），均以"唯情"说明汤显祖的至情论。②

在哲学界，据笔者所知，五四之后曾使用"唯情"说法的，是黄建中（1889—1959）。黄于1917年自北京大学毕业后，在北京朝阳及中国大学从事伦理学之研究及讲授，1921年赴爱丁堡大学及剑桥大学学习哲学。他在归国后陆续任教中央大学、中央政治学校、四川大学，并于1944年由四川大学出版历经长年写作修订的《比较伦理学》。1949年，黄建中于台任教，持续修订本书，过世后交由台湾商务印书馆出版，1960年通过审查，成为部定大学用书。1925年，黄曾衔蔡元培之命，赴爱丁堡参加第一次世界教育会议，主张"以生活和协代生存竞争"，显然是受到演化生物学影响；1944年，他在初版的自序指出："本书从生物学方面追溯道德行为之由来。"（第2页）③ 1960年，黄又于三版的序中指出此书受到"中和人生观"、相对论、互助论、"突创进化论"的启发（第2页）。他在此书的第十三章中将道德之源头分为"唯理宗"与"唯情宗"："伦理学之有唯理唯情二宗，犹知识论之有观念感觉二派矣……知识论既有调和观念感觉两派之说矣；伦理学亦有融通唯理唯情两宗而调和于其间者，则自我实现说（The theory of self-realization）是矣。"（第270页）北大作为

---

① 施海涛：《试论〈中国新文学史〉的对立性与唯情性》，《学术探讨》12卷6期，2012年6月，第100—103页。

② 左其福：《汤显祖的"唯情"文学观》，湘潭大学硕士论文，2001；肖鹰：《汤显祖唯情文学观的逻辑解析》，《河北学刊》33卷4期，2013年7月，第71—75页。

③ 黄建中：《比较伦理学》，台湾商务印书馆，1965，台2版。

五四革命启蒙论述的温床，是人尽皆知的常识；但一般不熟知的是，创发唯情论的朱谦之、袁家骅也是北大人，黄建中亦出自北大，若说黄此书传承了北京大学的唯情论传统，亦不为过。

牟宗三、胡适与杜威

从蔡元培、梁启超以来，与启蒙理性主义对话的人生观论述，在第二次世界大战以后的延续痕迹，应在新儒家群体中探讨。例如黄冠闵对牟宗三（1909—1995）《五十自述》（1959）中的"生命修辞"研究。牟宗三早年就读北京大学哲学系，1949年在台湾师范大学及东海大学任教，1960年应聘到香港大学，1968年担任香港中文大学新亚书院哲学系主任。1974年退休后，任教新亚研究所，其后又任教于台湾大学、台湾师范大学、东海大学、中央大学，直至1995年辞世于台。战后飘零港台的新儒家，历经国族的颠沛流离。黄冠闵指出，在《五十自述》中，牟氏的"独体"（当个体意识到自己是主体时）、"证苦证悲""觉情"（觉悟向道之情）等用语，显示出国族、个体形成的命运共同体除了"慧命的连带"，还有"由记忆修辞所串起的情感连带"（第119页）①。一方面，牟的"独体不只是涉及生命原则，也不停留在动态原则上，而是由提出理性原则，不同于理智（知识或审美）的另一种理性原则，此即，实践理性的原则"（第125页）。黄认为，这显然是康德的模式：要"安顿生命"，纯粹理性、审美判断力都不足，唯有依赖实践理性。然而另一方面，牟氏说："这个'理性的律则'，一觉

① 黄冠闵：《寂寞的独体与记忆共同体：牟宗三〈五十自述〉中的生命修辞》，《台大文史哲学报》87期，2017年8月，第119—150页。

便出现，刹那即有独体。不觉便不出现，刹时即无独体。"黄认为这几乎是意指良知，是仰赖直观的，是使理性律则能显现的直观。而根据牟氏晚期的看法，这是康德所不容许的"智性直观"（智的直觉）。那么为何牟氏在此没有提及主张直观、生命、动态宗教的柏格森？黄认为"生命动态与理性律则之间的对立成为不同理论型态的选择，一旦将两者融合也将面对一种内部的紧张。这就是牟宗三论述中隐含的二元论问题"（第125页）。而对牟宗三而言，"自述的文字乃是一种情感意义的重新配置"，也是"记忆所希望产出的真理"，是一种"情感真理的证道"（第131页）。

仔细阅读《五十自述》，不难看出牟宗三虽如同黄冠闵所说，"强调'理智'的优先性"（第125页），但牟对非理性层面亦相当关注，认为生命本身是"'非理性的'，不可思议的"；并指出，就"生命相续"而言，每一个生命实际上通着祖宗、民族及宇宙的生命："生命之连绵不断、息息相关，亦即其连绵性与感通性。"（第154—155页）①。黄冠闵认为，这种生命修辞就是证道的修辞，"明显地揭露了自传中记忆编写所蕴涵的宗教性"，亦即"儒家宗教性"（第146页）。笔者在本书第三章曾指出，梁漱溟由唯识佛家的观点，认为"生活就是'相续'"，而宇宙即"由生活相续"。根据《五十自述》，牟宗三在北京大学就读哲学系，一向心仪其师熊十力；虽素来跟老师梁漱溟"始终不相谐"，但"敬佩他"是"克己守礼之君子"（第101—102页），而其思想上受到梁之影响，十分明显。牟对北大发起的新文化运动的看法，与梁及人生观派的看法若合符节。牟反对理

---

① 牟宗三:《五十自述》，鹅湖出版社，1989。

智主义，但认为情感不能脱离理性，而生命必须生根于思想及义理，由下述可知：新文化运动"求中国好"的动机是正确的，但到后来"转为浅薄的干枯的理智主义，饾饤琐碎的考据，转而为反思想反义理。因为五四时的新文化运动，本无在生命中生根的积极的思想与义理，只是一种情感的气机之鼓荡"（第94页），意指偏离了理性的浪漫情怀。牟又说："西方的学问以'自然'为首出，以'理智'把握自然；中国的学问以'生命'为首出，以'德性'润泽生命。"（第89页）这不正符合梁漱溟所说：近世西方人"理智的活动太强太盛"；"理智与我们内里的生命是无干的"；西方以理智征服自然，中国人"无征服自然态度而为与自然融洽游乐"；人生哲学"微妙与形而上学相连占中国哲学之全部"（参考本书第三章）。

　　牟宗三与胡适的交恶，尤能看出两人的学术路线不同。《五十自述》指出，北大有些"僵化了的教授"只停留在"经验层上，知识层上"，尤其是胡适，而其实"自明亡后，满清三百年以来，皆然"（第88页）。这显然是批判胡的实验主义及考据学，从牟宗三《周易的自然哲学与道德函义》（1936）于1988年之自序即可确知。[①] 牟在大学时代自学周易，未毕业即已完成此研究。1931年牟就读三年级，胡适曾阅读部分文稿，说："你读书很勤，但你的方法有危险。"牟辩说："我讲易经是当作中国的一种形而上学看，尤其顺胡煦的讲法讲，那不能不是一种自然哲学。"牟描述胡的反应："他听了我的话，很幽默地说：噢，你是讲形而上哲学的！言外之意，那也就不用谈了！"（第1页）牟后来写了一封

---

① 牟宗三：《周易的自然哲学与道德函义》，文津出版，1988。原出版为《从周易方面研究中国之玄学及道德哲学》，大公报社，1936。

信给胡继续辩解自己的方法无危险，据理力争，并且"不恭维他（胡适）的考据法"（第 2 页），从此就得罪了胡适。因此《五十自述》中，牟认为胡蓄意"排除异己"（第 95 页），使牟当年毕业后无法留任北大，抗战时期流亡到昆明也无法在云南大学任教（第 92—93 页）。

科学与人生观论战期间，胡适与李大钊、陈独秀都是科学派大将，不赞成形而上学是可以理解的。胡适在 1931 年 8 月 28 日的《日记》中"记录了七十五个选秀生的成绩。牟先生的分数是八十分，但胡先生在分数后面加了一条注语，说：颇能够想过一番，但甚迂。"胡适这篇日记记载：

> 这七十五人中，凡九十分以上者皆有希望可以成才，八十五分者上有几分希望。八十分为中人之资。七十分以下皆绝无希望的。此虽只是一科的成绩，然大致可卜其人的终身。（150）[1]

胡既然给了牟八十分，显然认为牟只是"中人之资"，不提拔其担任教职是理所当然的。然而牟一定让胡深刻印象，因为七十余名学生中，胡只给了五人正面评语，其中三人是九十分，一人九十五分，说牟"颇能够想过一番，但甚迂"（第 151 页）。胡的评语可以说是褒贬兼而有之，而且这还是五个评语中字数最多的。胡适可能料想不到，日后牟宗三会在二十世纪五六十年代之后成为新儒家掌门人，名重一时。

---

[1]　胡适：《胡适日记 1931—1937》卷 6，曹伯言整理，安徽教育出版社，2001，第 150—151 页。

胡适 1910 年留学美国康奈尔大学农科，1915 至 1917 年于哥伦比亚大学师事杜威。1919 至 1920 年杜威来华，五次讲演由胡适口译发表，本书第三章已讨论。胡适所撰《实验主义》（1919）一文提到："杜威……把欧洲近世哲学从休（姆）（Hume）和康德（Kang）以来的哲学根本问题一齐抹煞，一齐认为没有讨论的价值。一切理性派和经验派的争论，一切唯心论和唯物论的争论，一切从康德以来的知识论，在杜威的眼里，都是不成问题的争论，都'可以不了了之'。"（第 67 页）① 这种说法不够精确，如果我们全面检视杜威的著作，可知其始终在讨论西方哲学这方面的问题。例如，杜威的《哲学的改造》（1920）一书从西方传统哲学的社会历史条件、精神文化、科学发展等背景，说明情感、欲望与想象在哲学中所扮演的角色，实际上是有心重新检讨现代哲学的理智主义。② 众所周知，杜威的经验主义是将科学的实证方法运用到哲学上；但是杜威主张科学方法，并不赞成科学主义、理智主义。刘放桐在主持复旦大学团队的三十七册《杜威全集》中指出："如果没有超越直接的经验和实践，没有记忆、想象等高于实践和直接经验的活动，就不可能有哲学等精神形态。在杜威看来，与哲学的产生直接相关的不是理智、科学、事实，而是情感、想象、价值。"（第 41 页）③ 杜威在《哲学的改造》中指出，哲学的起源跟科学及诠释不相干，而是隐

---

① 胡适:《实验主义》，收入葛懋春、李兴芝编《胡适哲学思想资料选》上，华东师范大学出版社，1981，第 45—90 页。

② 此书乃根据 1919 年杜威在东京帝国大学的演讲整理而成。Cf. John Dewey, Reconstruction in Philosophy, New York: Henry Holt and Company, 1920。

③ 刘放桐:《杜威的哲学概念及他对传统形而上学的批判》，《天津社会科学》6 期，2011，第 39—46 页。

喻的；哲学出自恐惧与希望的象征，形成于想象与暗示（第 7
页）。[1] 他在结论中明白表示：情感与科学应合作无间，实践与
想象应紧密结合（第 212—213 页）。[2] 此外，杜威恐怕也不会赞
成胡适彻底否定形而上学，胡适并未真正理解老师的思想；如前
所述，朱谦之认为英美实验主义者如詹姆士及杜威主张不谈形而
上学，也并非完全了解杜威。

在《杜威的形而上学》中，盖尔（Richard M. Gale）指出，
杜威反对的是传统形而上学，因为无法透过有效查证（effective
inquiry）来证实。杜威认为，传统形而上学的本体论将真实的
存在（true being）安置于永恒固定、超越感官经验的实在之中
（timelessly immutable, super-sensible reality），如柏拉图的"理型"
（forms）、亚里士多德的"本质"（essences）、普罗提诺（Plotinus,
204—270）的"永恒唯一"（the eternal one）、黑格尔的"绝对观
念论"（the Absolute）及传统神学的上帝。这种传统形而上学的
本体论看轻"在流变中的世界"（ontological downgrading of the
world of becoming），因此妨碍了此类终极概念的查证（第 479

---

① John Dewey, *Reconstruction in Philosophy*: "The Material out of which philosophy finally merges is irrelevant to science and to explanation. It is figurative, symbolic of fears and hopes, made of imaginations and suggestions, not significant of a world of objective fact intellectually confronted."

② John Dewey, *Reconstruction in Philosophy*: "When philosophy shall have co- operated with the course of events and made clear and coherent the meaning of the daily detail, science and emotion will interpenetrate, practice and imagination will embrace. Poetry and religious feeling will be the unforced flowers of life. To further this articulation and revelation of the meanings of the current course of events is the task and problem of philosophy in days of transition."

页）。① 这点若参考杜威的中期著作《哲学与美国生活》（1904）即可知，他在此文中明确指出：传统形而上学的根本问题，彻底反映在笛卡尔的心物二元论中。心物二元论充分显示需求、欲望与理性、理想的二分，这种二分正显示，在非民主社会中，少数人的"高尚"精神生活奠基于多数人的"低下"经济生活，并受其限制（第 76 页）。②

杜威对心物二元论的批判以及哲学实践的主张，在晚期的《身体与心灵》（1928）中也清楚可见。杜威提出。当代美国"实用主义"（pragmatism）的用意乃是回到科学与哲学不分家的时代（意指古希腊），因为两者都与艺术密切关联；当时科学与艺术都以 techne 这个字来表示，目的是结合理性与实践（第 25 页）③。希波克拉底（Hippocrates, B.C. 460—370）派主张哲学的整体观，认为哲学、科学、医学不可分；要了解身体不能对事情没有整体的知识（第 26 页）。杜威认为，当前教育、宗教的问题，例如基本教义派对演化论的攻击，是因为身心的二分，以及商业的物质主义及知识分子对生命的不屑一顾，这些都是由于知识与实践的

---

① Richard M. Gale, "The Metaphysics of John Dewey," *Transactions of the Charles S. Peirce Society* 38(4), 2002, p.477-518.

② John Dewey, "Philosophy and American National Life" (1904), in *The Middle Works, 1899-1924*, Carbondale and Edwardsville: Southern Illinois University Press, 1983, 3: 73-78. 此段原文如下："the entire dualism of mind and matter haunting the footsteps of historical philosophy is, at bottom, a reflex of a separation of want, of appetite, from reason, from the ideal, which in turn was the expression of the non-democratic societies in which the 'higher' and spiritual life of the few was built upon and conditioned by the 'lower' and economic life of the many." (p. 76)

③ John Dewey, "Body and Mind" (1928), *The Later Works, 1925-1953*, 3: 25-40.

分离；因此身心必须视为整体（第 27 页）。他在文章的结尾处总结道："要实践身心的完全合一，必须仰赖哲学与科学在艺术中的统合，尤其要在最高的艺术中——也就是教育的艺术中——统合"（第 40 页）①。杜威对身心二元论的批判，一方面回归古希腊融合科学、哲学、艺术的主张，另一方面坚持理论与实践合一，与五四人生观派并没有根本上的差别。由此看来，本章起首的袁家骅引文指出"实验主义者"，如詹姆士和杜威等，虽然主情意，但基本上是"唯知主义"，实际上显示其对实用主义片面的理解。综上所述，若要对某个哲学家下论断，应该观察其整体的著作。

盖尔指出，杜威所提倡的形而上学是一种"经验主义的形而上学"（empirical metaphysics，第 483 页）。虽然杜威的实用主义哲学主张，有意义的理念或假设必须能够透过未来经验证实（a meaningful idea or hypothesis [must] be empirically verifiable by future consequences，第 484 页），但同时杜威也像圣经的先知（a Biblical prophet）一样充满使徒的热情，想要把自己所经验的真理传递出去，解救世人（第 477 页）。盖尔认为这种矛盾（inconsistencies），是由于杜威对所谓"经验"（experience）的定义模棱两可，有时是限定性的（limited），有时是普遍性的（all-inclusive）。② 虽然杜威一生强调其经验主义信念，但是始终没有真正摆脱黑格尔的绝对

① 原文如下："The full realization of the integration of mind and body in action waits upon the reunion of philosophy and science in art, above all in the supreme art, the art of education."

② 例如引文："'Experience' is a word used to designate, in a summary fashion, the complex of all which is distinctly human," *The Later Works*, 1: 331。出自 *Reconstruction in Philosophy* 于 1948 年再版的未完稿导言，"The Unfinished Introduction"。

观念论（第 501 页）。杜威并未终结所有的传统形而上学，而是发展出一套"极度神秘的哲学"（a highly mystical philosophy，第 497 页）。罗蒂（Richard Rorty）的文章《杜威的形而上学》则指出，将杜威的《自然与经验》（*Nature and Experience*, 1925）这本书看成是一个形而上学体系（a metaphysical system），才是正确的（第 72 页）。①

如果仔细检验杜威晚期的《自然与经验》，尤其是其中第二章《有风险的与稳定的生命》（1925）②，便能一窥杜威为何企图结合科学与哲学，进而建立了一套"自然主义形而上学"（naturalistic metaphysics）。杜威所谓"有风险的生命"（existence as precarious），意指人类学所显示的俗世经验世界的不确定性、不可预测性及不可控制的风险（LW1: 43），③包括瘟疫、饥荒、谷物歉收、疾病、死亡、战败等。因此为了追求稳定与安全感，人类开始以规律的事物来减轻及控制风险，于是有了神话、巫术及宗教的仪式行为或建制，而这些仪式或建制又深入道德、法律、艺术及工业层面，哲学及俗世道德也逐渐由此类信仰及建制

---

① Richard Rorty, "Dewey's Metaphysics," *Consequences of Pragmatism* Minneapolis: University of Minnesota Press, 1982, pp. 72-89. 罗蒂指出："Dewey's book [*Nature and Experience*] consists, very roughly, of accounts of the historical and cultural genesis of the problems traditionally dubbed 'metaphysical,' interspersed with recommendations of various pieces of jargon which, Dewey thinks, will help us to see the irreality (or, at least, the evitability) of these problems. It is easier to think of the book as an explanation of why nobody needs a metaphysics, rather than as itself a metaphysical system." (p. 72)

② John Dewey, "Existence as Precarious and As Stable," (1925), LW1: 42-68.

③ 此句原文："We confine ourselves to one outstanding fact: the evidence that the world of empirical things includes the uncertain, unpredictable, uncontrollable, and hazardous."

而产生（LW1: 42—43）。对杜威而言，自然的风险经验及自然本身的规律原则，与一切人为建制经验（包括自然科学），是密不可分的（请看《自然与经验》第一章）。也就是说，经验与被经验的对象（the experienced）是密切相关的；理论必须靠推理（reasoning），但推理的长期过程中有许多部分会脱离被直接经验的对象（LW1: 11）。笛卡尔派的问题，就是看轻经验，直到伽利略、牛顿的出现才扭转这个趋势（LW1: 14—15）。毋庸置疑，杜威企图以科学的经验主义及实验方法来建立哲学体系。

然而，科学的经验主义对哲学体系有什么影响呢？在书前的《序》中，杜威认为传统哲学最大的问题是放弃了探讨实际"经验的真正本质"（the true nature of experience），只是设定纯粹理论性的稳定（a purely theoretical security and certainty），而这种传统哲学的"实质论"（traditional notion of substance，指亚里士多德的理论）也让物理学破解了。[1] 此处所谓"经验的真正本质"究竟指的是什么？我们也要注意，与此同时，杜威也认为现代科学是有问题的，现代科学只是以数据及共相（similar properties）来取代传统哲学的"固定实质"论（fixed substances），这点同样是浅薄的经验主义（LW1: 5）。如此看来，杜威固然不同意传统哲学的"固定实质"论，也不认同现代科学的"浅薄的经验主义"，但认为"经验的真正本质"才是值得追求的。所谓"经验的真正本质"，究竟应如何理解？自然及日常的经验是纷乱的（messy），哲学家透过经验主义一连串的试误实验（trial and error），从纷乱中找寻秩序，作为未来的指导原则。杜威之所以反对传统形而上学，是因为其出发点是理论先行，"由上而下"；杜威主张的是"由下而上"，从日常生活经验中找出引导未来的"绝对经验"

---

[1]　John Dewey, "Preface," *Nature and Experience*, LW1: 1-9。

（Absolute Experience），也就是他所说的"经验的真正本质"。在第二章中，杜威指出，"绝对经验"象征的是自然中稳定与风险根深蒂固的合一（the ineradicable union in nature of the relatively stable and the relatively contingent, LW1: 56）。杜威认为象征稳定力量的绝对经验必须出自代表风险现实的日常真实经验，一旦"终极现实"（ultimate reality or supreme reality）从中产生，"风险现实"作为寻找"终极现实"的跳板（springboard），就必然沦为"表相"（it obligingly dissolves into mere appearance, LW1: 56）。然而，他同样指出，绝对、永恒与涵盖一切的绝对经验，一旦成为完美的逻辑而容不下其他的规律（separate patterns, LW1: 57）时——更别提容不下任何缝隙与漏洞之时——就失去了意义，也沦为充满矛盾的表相。[1] 这种黑格尔式的辩证法，显示杜威的确没有完全摆脱黑格尔式的终极真理；这就是为什么评家认为杜威建立了一套"自然主义形而上学"。

我们不妨再看看第一章的结尾。杜威指出，哲学虽然采取经验主义的方法，但并不妨碍其探讨"更宏大的自由人道价值"（the larger liberal humane value, LW1: 40）。哲学家必须体认，从日常（ordinary）、普遍（common）、实际（concrete）的经验——亦即"生活"或"人生"（life）——可以发展出"判断与价值观的

---

[1]　"由上而下"（top down）"由下而上"（bottom up）是 David L. Hildebrand 的用语。杜威的实证主义哲学极为复杂，Hildebrand 的导读专书很有帮助。他指出，杜威的目的是在纷乱的自然中找寻出有效的查证及逻辑的规律，以引导未来事件的秩序；其用意是从日常生活的经验中找到更高度的条理（it is in experience that one finds patterns of inquiry and logic useful for ordering and directing future events … he is suggesting that philosophy seek greater coherence with life as experienced *throughout* the day). Cf. David L. Hildebrand, *Dewey: A beginner's Guide* (Oxford, UK: Oneworld Publications, 2008), pp. 4-5。

内在标准"（inherent standards of judgment and value, LW1: 41）[①]。最后杜威批判主张"外在超越"的哲学家（the transcendental philosophers），因为他们蒙蔽了日常经验探讨宏大人道价值的潜能。由此，我们可以下一个结论，杜威的实证哲学的目的，是从日常生活或人生本身探讨"内在超越"。如前所述，朱谦之与袁家骅的唯情论就是以内在超越来批判外在超越；不仅杜威与人生观派如此，新儒家亦如是。这是现代哲学发展的普遍趋势。值得注意的是，对杜威而言，哲学虽然应该采取经验主义的方法，并由外在超越转移到内在超越，但探讨的目标与传统哲学并无二致，即"宏大的自由人道价值"。

杜威之所以如此看重"由下而上""由内而外"的哲学方法，主要是因为达尔文主义的影响。波普（Jerome A. Popp）的专书指出，杜威是第一位揭橥演化论旗号的哲学家。[②] 我们若看杜威中期的《达尔文主义对哲学的影响》一文（1907）[③]，可知达尔文主义的兴起对杜威的哲学思考是个关键。这篇文章指出，达尔文主义的石破天惊，不在于对宗教本身的冲击，而是让科学界与

[①] 原文如下："The serious matter is that philosophies have denied that common experience is capable of developing from within itself methods which will secure direction for itself and will create inherent standards of judgment and value" (p. 41); "To waste of time and energy, to disillusionment with life that attends every deviation from concrete experience must be added the tragic failure to realize the value that intelligent search could reveal and mature among the things of ordinary experience (p. 41).

[②] Jerome A. Popp, *Evolution's First Philosopher: John Dewey and the Continuity of Nature*, Albany: State University of New York Press, 2007.

[③] John Dewey, "The Influence of Darwinism on Philosophy" (1907), MW4: 3-30.

哲学界惊觉到，从希腊哲学以来认为固定不变、永恒稳定的物种（species），实际上竟然是随机演变出来的。关键在于"设计论与随机论的对比"（design *versus* chance, MW4: 8—11）。传统物种观认为宇宙万物是有目的性的（the idea of purpose, MW4: 8），所有的生物均按照特定的型式（a specific type），逐渐成长到完美的状态。由于这种有目的性的调节原则（this purposive regulative principle）乃肉眼所不可见，所以这应是出于一种理想的或理性的力量（an ideal or rational force）。然而，这种完美的型式乃透过肉眼可见的改变而逐渐完成，因此可以说理性的力量是透过可感知的物质来彰显其终极目的。结论就是：这是大自然的机制，在物质界中有一个精神力量主导着，此精神力量只能透过理性来了解（MW4: 8—9）。设计论于是有了两方面的效果，一是大自然和科学有了共同的目的性，而这种目的性的终极或宇宙性格（the absolute or cosmic character of this purposefulness）也让人的道德及宗教努力有了价值。在此情况下，支撑科学与道德观的是一个共同的原则，两者之间的协调也就得到了保障。这种认识论在欧洲风行了两千年，尽管偶尔有挑战及争论；例如天文学、物理学及化学的发现排斥了目的论（MW4: 9）。另一方面，动植物学、胚胎学及化石研究，却加强了设计论的说法；生物对环境的绝佳适应、生物器官的完美组合、胚胎生长的早期已经预设了后来器官的功能、低等生物似乎是高等生物的写照等，凡此种种均奇妙无比。一直到十八世纪末，这些学问都是神学与唯心哲学（idealistic philosophy）的主要根据（MW4: 9）。

杜威1907年这篇文章继续说明，相对之下，达尔文的"天择说"（natural selection）震撼了传统的知识论。《物种原始论》（*On the Origin of Species*, 1859）证明了生物的适应是因为繁殖过剩，在生存竞争（the struggle for existence）中不得不持续演变（constant variation），过程中对生存有利的演变留下来，对生存有害的就去除了。这种随机论完全排斥了任何设计论的可能，因此反对者视达尔文主义为唯物论（materialism），认为达尔文使宇宙的存在变得意外、偶然（making chance the cause of the universe, MW4: 9）。杜威指出，达尔文主义的出现，意味着知识论转移的契机（the twilight of intellectual transition, MW4: 8）。柏格森与倭伊铿的人生哲学对唯心论、唯物论的批判，就是在此知识论转移的浪潮中出现，第二章已讨论。第六章在讨论方东美时，亦有详细分析。笔者于2014年的文章《以美为尊——张竞生"新女性中心"论与达尔文"性择"说》曾指出，达尔文的"性择说"在知识界所衍生的解读，导向了身心合一、精神与物质合一的普遍看法，无论对现代美学、现代哲学、心理学、社会学、甚至女性主义等均影响深远，此处不赘。（请参考本书导言）

小结：唯情论与张竞生的唯美主义

五四时期对唯情论呼应最力的，莫过于"性博士"张竞生的乌托邦作品《美的人生观》（1924）与《美的社会组织法》（1925）①。张氏在《美的人生观》自剖："我所提倡的不是纯粹的科学方法，也不是纯粹的哲学方法，乃是科学方法与哲学方法组

---

① 彭小妍：《性启蒙与自我的解放："性博士"张竞生与五四的色欲小说》，《超越写实》，联经出版社，1993，第117—137页；Howard Chiang, "Epistemic Modernity and the Emergence of Homosexuality in China," *Gender and History* 22(3), 2010: 629-657.

合而成的‘艺术方法’。”（ⅵ）① 这说明了张氏企图在科学派与人生观派的科哲二分之外，寻找另一种可能性——以艺术方法来融合科学与哲学；这显然是响应蔡元培的美育运动。如本书第四章所述，李石岑在《美育之原理》（1922）中就主张“美育者发端于美的刺激，而大成于美的人生”，又主张“美育实一引导现实社会入于美的社会之工具”。第四章亦论及蔡元培的《美育的实施方法》（1922）规划“美的社会”蓝图，从“未生”到“既死”都具备了。张竞生的“美的社会”并非凭空出现，充分显示人生哲学的实践哲学精神，其所提倡的“美的人生观”及“美的社会”，实乃人生观派理念之拓展。张在《美的人生观》进一步主张“唯美主义”，指出“美能统摄善与真，而善与真必要以美为根底而后可。由此说来，可见美是一切人生行为的根源了，这是我对于美的人生观上提倡‘唯美主义’的理由”（第212页）。众所周知，五四是一个主义的时代，却少有人注意当年“唯情主义”与“唯美主义”的互相发明。张竞生称其“美的社会”为“情爱与美趣的社会”，即是明证。

张在《美的社会组织法》中所提倡的“情人制”，正是呼应袁家骅的“情人”概念。袁的“情人”，简而言之，是“有情之人”；张竞生的“情人”，也出于此意，但更标举爱的意义，不仅是男女之爱，还有家国、人类、众生之爱。张氏主张“爱与美的信仰和崇拜”（第47页）② 及“情人的宗教”（第78页），虽然响应蔡元培的“以美育代宗教”说，但也稍加修正：“与一班宗

① 张竞生：《美的人生观》，北新书局，1927，第5版。原为1924年北京大学哲学课程讲义，1925年5月由北京大学出版。

② 张竞生：《美的社会组织法》，北新书局，1926。原于1925年9月4日至25日连载于《京报副刊》，后于1925年12月由北京大学出版社出版。

教仅顾念爱而遗却美的用意不相同，即和一班单说以美代宗教而失却了爱的意义也不一样。"（第49页）对张竞生而言，艺术教育包含了情感教育与性教育，亦即，心灵的情感启蒙不能忽略身体的启蒙。张认同人生观派及美育运动的情感启蒙，但进一步进入身体启蒙的领域；"灵肉合一"是其乌托邦理论的基础。因此1926年其《性史》的出版乃顺理成章，但因其探讨女性情欲及女子性高潮所出之"第三种水"，却招来"性博士"的讥讽，使其理想主义者的声誉一落千丈。[1]学界不乏张竞生性学的相关讨论，但却不知其乌托邦思想与人生哲学的关联。笔者将就此议题另撰专论。

1920年代初期，牵动中国思想界的唯情与理性的辩证，在中国传统思想界是周而复始的问题，如宋明的程朱"理学"与陆王"心学"之争。[2]人生观派对启蒙理性的批判，主要透过人生哲学作为一种实践哲学的主张。对朱谦之而言，真理的探求就是人生的实践；如欲透过理性来求得真理，无乃缘木求鱼。在申论唯情论之时，无论朱谦之或袁家骅均纵观古今横贯中外，旁征博引，体现了跨文化的意识及实践。从中国与欧洲思想交流史来看，绝非单纯的欧洲向中国输入的单向关系，而是相互影响的双向关系。1935年，朱谦之在广州中山大学担任历史系主任时，曾作系列演讲，申论"中国思想对于欧洲文化之影响"，主张"十八世纪欧洲的'哲学时代'实受中国哲学的影响，尤其

---

[1]　Cf. Hsiao-yen Peng, "*Sex Histories*: Zhang Jingsheng's Sexual Revolution," in *Critical Studies: Feminism/Femininity in Chinese Literature*, eds. Peng-hsiang Chen & Whitney Crothers Dilley, Amsterdam: Editions Rodopi B.V., 2002, pp. 159-177.

[2]　冯友兰将宋明儒家分为程朱理学与陆王心学两派。冯友兰，《中国哲学简史》，北京大学出版社，1985，第312—351页。

是受宋儒理学的影响"（第 294 页）①。朱在书中指出，"中国文物之西传形成了欧洲文艺复兴之物质基础"，"耶稣会教士接受的中国文化形成了启蒙运动的精神基础"。② 五四时期知识分子学贯中西，不但国学基础深厚，对西方思想史从古希腊到现代发展同样熟悉，恐怕不是"拿来主义"一词可以轻松打发的。这种说法，可能原因是学者并未仔细阅读当时人的著作，甚至不知有《唯情哲学》这类著作的存在。未尽读其书，焉能盖棺论定？

中西思想的跨文化联结，是值得深究的课题。例如，袁家骅的唯情论与德勒兹概念的相通不可等闲视之，由《唯情哲学》下列引文可清楚看出：

生命和人格，是"将在"（To be），也就是"即在"（Is），换言之，他是当创造时，就是成熟，因他是永远的创造，所以是永远的成熟。（第 214 页）

把"将在"和"即在"合而为一，"本在"（Being）就从这里跳了出来。明白说，生活无穷进化，道德也无穷进化，这无穷进化，就是"将在"，也就是无穷地和"即在"相接近相融合，而"本在"却含在这无穷的生活，无穷的道德当中。这样的生活，这样的道德，便是情人主张的生活，情人主张的道德。（第 237 页）

① 　朱谦之：《中国思想对于欧洲文化之影响》，众文图书公司，1977，重刊。根据 1940 年上海商务版重印。

② 　朱谦之：《中国思想对于欧洲文化之影响》，见《重刊记》，无页码。

上述引文中的英文词汇，皆为原著所加。袁此处所说的"将在"（To be），与德勒兹在《千高原》中所阐释的"流变"（becoming；devenir），异曲同工；而以 becoming 概念来诠释 being 的本体论，早已发展于亚里士多德的著作《形而上学》（Metaphysics）中。柏格森的创化论，儒家传统思想中"生生之谓易"的概念，何尝不是此意？

五四时期创造社等浪漫派对情感的讴歌，众所周知，五四一代也被称为"浪漫的一代"。然而当时思想界所发展的唯情论，却少有学者注意；深入探讨当时知识界的唯情论与启蒙理性的辩证，对所谓"五四启蒙运动"的复杂内涵将有别开生面的认识。

第六章

方东美的《科学哲学与人生》

科哲合作，理情交得

　　宇宙人生乃是一种和谐圆融的情理集团，分割不得。科学不能违情以言理，犹之哲学不能灭理以陈情。科哲合作，理情交得，然后人类思想与文化乃臻上乘，否则理张而情乖，或情胜而理屈，都觉轻重失平。二者有其一，则思想的破绽立显，文化之危机必至，人类活泼泼的生命精神势将支离灭裂枯索萎绝了。[1]

　　上引方东美（1899—1977）《科学哲学与人生》（1927）的《自序》中一段话，显示此书延续五四喧腾一时的科学与人生观论战，也等同于为论战做了一个总结："宇宙人生乃是一种和谐圆融的情理集团，分割不得。"引文充分说明，情与理不能偏废；唯有哲学与科学相互配合，各得其所，"人类思想与文化乃臻上乘"。若有偏废，无论"理张而情乖，或情胜而理屈"，都会导致思想的破绽及文化的危机，而"人类活泼泼的生命精神"便枯萎破碎了。我们要注意的是，《科学哲学与人生》——唯情论亦然——自始至终谈论的是普遍"人类"或"人"的思想文化问题；许纪霖认为，五四的科学与人生观论战只关心"与中国语境有关的价值选择上"（第12—13页）[2]，但本书所探讨的人生观派众多文献显示，许氏这种说法是值得商榷的。1910年代初至1920年代末，人生观派的唯情论致力于情感启蒙，批判启蒙理性主义；人生观派在本体论/认识论上的贡献值得我们重视。

　　若看《科学哲学与人生》第三章，就能明白方东美如何解析欧洲近代哲学思想变迁的问题，饶富趣味。方引用刘易斯·卡

---

[1]　方东美：《自序》，《科学哲学与人生》，商务印书馆，1936）第1—2页。
[2]　许纪霖：《当代中国的启蒙与反启蒙》。

罗尔（Lewis Carroll, 1832—1898）的童话 *Alice's Adventure in Wonderland*（1865，中文译名为《爱丽丝漫游奇境》），比喻欧洲人好不容易挣脱中世纪宗教制度的束缚之后，不是偏向物质科学、就是偏向精神主义哲学，想借此二者探求宇宙真理，却总不得其门而入。话说爱丽丝坠入深洞后，到了仙境花园"小如鼠穴"的门口，想一探奥秘。只见玻璃桌上一把小巧的钥匙，开了门后，自己躯体太大，无法进入。回头看桌上，有一瓶果汁（果子露），上书"请尝试之"。喝下后，身子缩小成一尺长，正想进入花园，钥匙却还在桌上，根本够不着。遂伏地痛哭，自言自语地安慰自己，仿佛幻作两人对话，可笑至极。忽又发现桌下有一玻璃盒，内有一饼干，上面也写着"请尝试之"。吃下之后，身子突然长成一丈，拿到了钥匙，却又身子巨大，进不了门。不禁感叹："一夜过来，我已非故我了……倘若我昨是今非，试问我是谁？世界上究竟有我的地位么？这真是一个极大的疑团。"无计可施之下，她无意中戴上了兔子的白手套，身子竟又缩小成二尺长。但钥匙在桌上拿不到，还是开不了花园的门。于是她自哀自怜，泪流成河。此故事如何比喻近代欧洲的哲学思想演变？方说：

> 假如我们把这个美丽的花园辟作"情理"的集团，辟作宇宙理境与人生情趣的连续体，则三四百年来欧洲学术史上所演的故事，亦不过是吃果子露，吃饼干，戴手套三件趣事而已。那些碧眼浪发，隆鼻白面，自视为天之骄子的欧洲人，亦不过是可怜的阿丽斯（爱丽丝）而已。（第87—88页）

方东美以上述这个故事的"三件趣事"，来比喻近代欧洲思想的三个转折点。首先，欧洲人从中世纪的宗教及封建制度解放出来之后，发现宇宙深幽无穷，于是想拿一把金钥匙——物质科学（即唯物论）——来解开宇宙的奥秘。结果科学的辉煌成就前所未有，人生的地位却降低了："科学的甘露吃下去，而人生曼妙的倩影反而缩小了。"第二转折点，为了纠正"宇宙理境之扩大，人生情趣之低微"的弊病，就用另一把金钥匙——精神主义的哲学（即唯心论）——来点化人生，结果人生却变成一尊"庞然大物的活佛"："所谓自然律乃是人类心智的指令。"如此只肯定精神生命，否定物质世界，"其末流遂助长宗教的虚无主义之气焰，把人类入世的热肠又烧断了"。第三转折点，物理学与相对论出现，修正了物质科学的唯物论与精神文明的唯心论二分的两极独断趋势，"一方面刻绘新宇宙，他方面认识新人生"。方东美预言"宇宙理境与人生趣味将发生重大之变化"，但因此第三转折正在"流衍激宕，系统未完成"，所以暂时存而不论。

方东美以爱丽丝梦游仙境的故事为比喻来谈论哲学，也许是空前，但非绝后；德勒兹在《意义的逻辑》（*Logique du sens*，1969）中发展著名的"流变"（becoming）概念，就是受到爱丽丝在童话故事中反覆变大、变小的启发（第 7—8 页）[1]。哲学与文学相互发明，是方东美此书的特色。爱丽丝的故事，早在 1922 年就由赵元任译成《阿丽思漫游奇境记》，上海商务印书馆出版。1928 年沈从文出版了一部仿讽小说《阿丽思中国游记》，专事嘲笑老大中国的腐败及新式文人的洋派，其中《八哥博士的欢迎会》

---

[1]　Deleuze, *Logique du sens* [The Logic of Sense], Paris: Les Édition de Minuit, 1969. 对德勒兹而言，爱丽丝的故事演绎了"意义的吊诡"（或"理性的吊诡"）（les paradoxes du sens），是"意义"与"无意义"（或"理性"与"非理性"）（le sens et le non-sens）的游戏，一个"浑沌／宇宙"（un chaos- cosmos）。见"Avant-propos (de Lewis Carol aux stoïciens)" pp. 7-8.

一章，众西洋鸟类包括夜莺、云雀齐聚一堂，竞相吟唱相濡以沫。沈所讽刺的对象，显然是胡适等归国学人及徐志摩等浪漫派诗人的新诗。[①] 相对的，方东美前一年出版的《科学哲学与人生》，则以欧洲浪漫派诗歌来佐证古希腊到十八、十九世纪西方人宇宙观的变化，详见下文。

方东美对文学的喜爱，在南京金陵大学哲学系求学期间即表露无遗。桐城派方苞是其十六世嫡祖，因家学渊源打下深厚的国学基础。金陵大学是教会大学，星期日在大学礼拜堂做礼拜时，方东美经常不按校规读圣经而看小说，差点就被开除。1918年，方氏和左舜生等人加入少年中国学会。同年，杜威来华，次年，便到南京讲学，方氏以流利英文代表少年中国学会南京分会致欢迎词。杜威在金陵大学教授西洋上古哲学史，方氏很欣赏此课程，但后来不喜其提倡的实用主义，便与老师分道扬镳。1919年，方氏在《少年中国》月刊 1 卷 7 期上发表《柏格森"生之哲学"》一文。1921 年，方由金陵大学毕业，得学校推荐前往美国威斯康星大学就读，曾转至俄亥俄州立大学修习黑格尔哲学，1924 年从威大毕业。方东美自学德、法文，可直接阅读德、法哲学，又自学佛经，在威大期间曾撰写 "A Critical Exposition of the Bergsonian Philosophy of Life"（柏格森人生哲学之评述），立论精彩、英文优美，获得研究柏格森及怀德海的权威麦奇威（Evander Bradley McGilvary, 1864—1953）教授激赏，发给系里师生传阅。方在柏格森研究的功力上，五四学者或无人能出其右。1924 年方东美回国，在武汉大学及中央大学任教，战后转至台湾大学，直

---

① 沈从文：《阿丽思中国游记》，《沈从文全集》卷 3，北岳文艺出版社，2002，第 76—109 页。

至 1977 年辞世。^①1957 年，由港 Union Press 出版方的著作 *The Chinese View of Life: The Philosophy of Comprehensive Harmony*（中国人的人生观）^②。

在方东美是否为新儒家这一问题上，学界有些争议。蒋国保指出，在儒学方面，方东美轻《论语》，重《周易》《中庸》，反对独尊儒家、力主三教并重，反对孟子以降的"道统"观念并主张恢复先秦儒学；此立场受到主张道统及学统的牟宗三批评（第3—21 页）。^③在《现代新儒学发展的轨迹》中，刘述先引用白安理（Uumberto Bresciani）的说法，认为 1920 年代第一代第一群新儒家为梁漱溟、熊十力、马一浮、张君劢，第一代第二群新儒家为冯友兰、贺麟、钱穆及方东美，第二代第三群新儒家是唐君毅、牟宗三、徐复观，第三代第四群是成中英、杜维明、刘述先（第 4 页）。^④刘氏对新儒家三个时代历史任务的描述，值得参考：

> 二十世纪二十年代新儒家对"五四"运动作出回应。四十年代新儒家尝试创建自己的哲学系统，六十年代流亡港台的新儒家由文化的存亡继绝转归学术，为之放一异彩。八十

---

① 孙智燊：《学生时代的方东美先生》，收入杨士毅编《方东美先生纪念集》，正中书局，1982，第 155—175 页。

② 中文翻译本，见方东美：《中国人的人生观》，冯沪祥译，收入方东美，《中国人生哲学》，黎明文化，1980，第 75—255 页。

③ 蒋国保：《方东美与现代新儒家》，安徽人民出版社，2013。根据蒋氏，牟宗三在《儒家系统之性格》一文中，批判方东美喜《周易》《中庸》而不喜理学家、《论语》及《孟子》，并批评方氏以美学的态度来讲儒学。

④ Umberto Bresciani, *Reinventing Confucianism: The New Confucian Movement*, Taipei Ricci Institute, 2001. 见刘述先，《现代新儒学发展的轨迹》。

年代海外新儒家晋升国际，倡议与世界其他精神系统交流互济。这便是现代新儒家思潮发展的指向。（第 5 页）

1920 年代新儒家对五四的回应，即是以情感启蒙批判启蒙理性主义，这正是本书的主要论点。姑且不论历代新儒家内部主张的争议，刘述先认为其师方东美思想丰富而具有创造性（第458—490 页）。[①] 笔者认为，方东美的创造性实来自他丰富的跨文化涵养，能自由出入中国传统学术、西方哲学及中西文学，旁征博引左右逢源。其身后由学生于 1980 年整理出版的《中国人生哲学》，仍不改早年《科学哲学与人生》的旨意及灿烂文采。以下详述之。

哲学史与文学

上述方东美的欧洲思想三个转折点，无论我们是否同意，其治哲学史的方法，倒是值得我们参考。方氏不仅欧洲科学、哲学发展如数家珍，也经常以中西古典与现代文学印证科哲理论，随处信手拈来，充分展现跨文化实践；既跨语际，也跨学科、跨历史分期。例如，在说明古代希腊民族与近代欧洲民族宇宙观之差异时，他引用英国诗人柯勒律治的诗作《咏愁诗》（Dejection, an Ode）以及《众民族的命运》（The Destiny of Nations: A Vision）。前一首诗反映古希腊的宇宙观沾染"物格化"的色彩，所以他们的宇宙是有限的；影响所及，数学及欧几里德几何学也拘泥于"物体大小的型态、广狭的方位、结构的法式"，均难以激发

---

① 刘述先:《方东美先生哲学思想概述》，收入罗义俊编《评新儒家》，上海人民出版社，1989，第 458—490 页。

人类伟大的心智，缺乏"抽象超逸的理想"。因此，诗中说"见到，而非感到，星星多么瑰丽"（I see, not feel, how beautiful they [those stars] are!）[1]。相对的，后一首诗反映近代欧洲民族设想宇宙是一种"广漠无涯的系统"，五官所见只是沧海一粟；应该运用"理智的玄想，情感的妙悟"才能领悟宇宙的无限，因为感官印象所得只是粗浅的符号，所象征的是宇宙无穷的事理，所以诗中说"凡身体感官所得，均是象征性的"（All that meets the bodily sense I deem symbolical）[2]。方东美又引歌德的《浮士德》（Faust）对伟大宇宙的歌颂："何等壮丽的景象！但，唉，只不过一场景象！／我如何领悟你，无垠的穹苍？"（Welch Schauspiel! Aber ach! ein Schauspiel nur!/Wo fass'ich dich, unendliche Natur?）[3]（德文诗为原文所引用，第 91 页）方也举出英国诗人华兹华斯（William Wordsworth, 1770—1850）的《序诗》（Prelude）对宇宙无穷的礼赞，引用凯慈（即济慈，1795—1821）在《希腊古瓮颂》（Ode on a Grecian Urn）的诗句"美即是真，真即是美"（Beauty is truth, truth beauty）。方此处引用的都是欧洲浪漫派的诗人，借以说明"近代诗人的宇宙观与科学的宇宙观——至少关于'无穷'一点——真是体合无违了"（第 94 页）。以浪漫文学来佐证近代欧洲的思想发展，方东美当然不是唯一。本书第一章已指出，倭伊铿极力推崇浪漫主义驱使主体回归自然；第二章也论及创造派作家与柏格森《创化论》的呼应。人生观论述与浪漫主义文学的

---

① 方东美译为古诗："怀情不易感／脉望尽无遗！"（页 90）虽精彩绝伦，但不易理解，故笔者重译为白话。以下亦同。

② 方东美译："五识取尘境，独影不带质。"（页 90）

③ 方东美译："乾坤森无垠，生世浑如寄，晏息向君怀，驰情入幻意！"（页 91）。

惺惺相惜，不言而喻。

方东美认为在科学上，近代数学的革命就是函数的发明；比起欧几里德几何学而言，函数趋重"无穷"之抽象分析。亦即，在文化转机之时，出现了新精神与新符号。方总结说："希腊民族精神的基本符号是物质的、个别的形体；近代欧洲民族的精神符号乃是无穷的空间。"近代欧洲因宇宙无穷的观念而产生了伟大的科学系统，物理学包括哥白尼、伽利略、开普勒（Johannes Kepler, 1571—1630）的天文学；物理学有牛顿（Isaac Newton, 1642—1726/27）；化学有鲍以尔（Robert Boyle, 1627—1691）、拉敷阿西叶（Antoine Lavoicier, 1743—1794），均分析空间系统、空间质数（第 95 页）。此类科学发展，均为划时代的创见。

近代科学的二元论

方东美认为，近代科学虽成就厥伟，但却是西洋民族的不幸，因其重视自然科学的探讨导致藐视人性。于是近代西方人就像可怜的爱丽丝，"一旦把科学甘露吃下去，转使自身的情影缩小了"（第 125 页）。他引用怀特海（方作"怀迪赫"）的《自然之概念》（*The Concept of Nature*），指出近代科学家因为要实现简约的数学理想，将全整的宇宙二元化，分成物质及其初性、心灵及其次性，结果使得科学、哲学都产生了大问题。

后来唯心论哲学兴起，就是为了纠正唯物主义的过失，提升人类心灵在宇宙中的地位。莱布尼茨反对笛卡尔以唯物论、机械论来解释自然界现象；相对的，他主张物质不是宇宙的真际，空间与运动只是表象，宇宙的统会乃来自精神力。巴克莱（George Berkeley, 1685—1753）认为感觉所摄不能脱离意识而独立，物质之初性如方位大小、运动、软硬度等，均非固定，都因意识而有别。休姆则破因果论，认为因果只是时序的先后；因果无必然关系，一因可以生众果，一果或有众因，因果各有多元性，没有必然的连锁；一切意象、心念，此生彼灭，各自独立。到了康德，一方面重新确定因果论的基础，解除了科学的危机，一方面主张知识根基以心性为本，时空格式、理解范畴皆"与心俱来、先天起用"。康德的唯心哲学，虽不否认物质、不违反科学，但是"科学上齐物的主力是物质本身所启示的因果律与自然律，康德哲学里齐物的主力则为心识内部至尊的律令……在科学的理论里，人类尊严丧失殆尽；在康德哲学里，人类地位，崇高无比"（第128—132页）。康德哲学以人类心智的律令来创建世界，征服了自然。到了黑格尔（方氏作"赫格尔"），更以精神世界震慑物质世界；社会意识、国家意识，均不如超越的精神境界、恒久的理想秩序，这种境界是"绝对的精神、宗教的园地，自满自足，毫无瑕疵"（第128—136页）。方东美如此评断，"近代精神派的哲学家酷似贪食饼干的阿丽斯（爱丽丝）"，人类心智的地位固然因此变得尊严高大，不可一世，却仍然与"宇宙内柔情妙理的花园"无缘。

方东美指出，无论科学的唯物论或哲学的唯心论，都是运用理智建设宇宙观与人生观，结果均不令人满意。于是现代哲学家遂有"反理智主义"的趋势，主张人生哲学，认为生命欲与生命力才是人生的真谛："生命是思想的根身，思想是生命的符号。"（第138页）此派哲学家包括叔本华、尼采、柏格森等人。

生物科学的启发

方东美认为，十八世纪以前影响哲学最巨的是数学，"物质科学运用整齐一致的数量方法，化除宇宙的差别相"，使人类求平等争自由都有理论根据，居功厥伟。这是一种"机械的宇宙观"（第 147 页）。而生物科学的发展，从十八世纪兴起到十九世纪达尔文演化论集其大成，凸显了生命除了其物质根身以外，另有其绵延不绝的机制，"生命现象能否竟用物质科学的定律以解释之，实是近代生物学上一个重要的问题"（第 153 页）。方指出，英国数学家霍布森（Ernest William Hobson, 1856—1933）的著作《自然科学的领域》（*The Domain of Natural Science*）[①] 不得不承认生物学是"半属物理，半属心理"的科学（第 153—154 页），亦即，生物学联结了自然科学与人文科学。

在谈论生命时，方东美明显受到张东荪翻译柏格森的影响，由"绵延"（第 152、155 页）、"生命现象，息息创造"（第 161 页）、"创进不息"（第 164 页）等中文用语，可以得知。在引用柏格森的《创化论》时，方用的是英文翻译本；引用尼采的《查拉图斯特拉如是说》（*Also Sprach Zarathustra*）时，则直接用德文版本，显然其德文阅读能力高于法文能力。此外，在谈论生命特性时，除了《创化论》的中译语汇，方总是使用传统中文用语，如"万物含情，以同种异形相禅"（第 157 页）。与梁漱溟、朱谦之及袁家骅的笔法类似，方大量使用儒家及佛学语汇。凡解析何谓"情"之时，传统文学的引用亦不可或缺。

对方东美而言，物质科学重视宇宙人生"事理的脉络"，哲学除了事理，还进一步重视宇宙人生的无穷"价值意味"：

[①]　Ernest William Hobson, *The Domain of Natural Science*, Cambridge: University of Cambridge Press, 1923 . 原为 1921 至 1922 年在 The University of Aberdeen 的 The Gifford lectures。方东美即引用此书。

诗人抚摹自然，写象人生，离不了美化；伦理学家观察人类行为，少不了善化。我们所谓情的蕴发即是指着这些美化、善化及其他价值化的态度与活动……近代哲学家受了科学的影响，颇有主张严守"道德的中立"者，无怪乎他们的哲学空疏不切人生了……其实我们于万象中搜求事理，寻得事理后，仍须追求美的善的情趣，乃能满足人性上根本的要求。我们从事哲学而得着境的认识，往往侧重分析，局于一隅，偏于一理，不能寄精神于色相，所认识的宇宙只是一个冷酷的机构，结果人生的热望都涣然冰释，顿起意态消沉的悲感了。我们如欲穷求宇宙的义蕴，充实人生的内容，须知人性是活跃的、创造的，不为现实所拘，处处要找着一种美的善的价值世界，为精神之寄托。（第16—17页）

这段话充分说明，情与理并非互相违背、互不相容的两极。哲学家以科学精神追寻宇宙人生事理真相的脉络，也就是追寻对境的认识——追求真，进而追寻宇宙人生美与善的价值；唯有哲学才能融真善美与一炉。人类的创造，无论理论、实践，无论美化或善化，目的都在"把现实世界抬举到理想的价值世界来，才显出它的高贵性"（第17页）。方东美引用 Friedrich Albert Lange（1828—1875）、桑塔亚那（George Santayana, 1868—1952）以及怀特海，说明"价值一词所指者便是事情内在的真相。价值的因素简直充满了诗的宇宙观"（第17页）①。这充分说明了全书起首所说："十七世纪以前，知识分工的需要尚未显著，哲学简直统摄

---

① 方所引用为 F. A. Lange, *History of Materialism*，G. Santayana, *Scepticism and Animal Faith*，以及 A. N. Whitehead, *Science and the Modern World*。

一切知识系统而为之宗主。"（第 1—2 页）但是近代自文艺复兴以来，知识系统渐次分化，科学逐渐兴盛，哲学便势微了。方又指出，"现今一般科学家因受十九世纪知识分工的影响，科学里有哲学，独自囿于一隅，不知哲学中有科学，何所见之不广也"（第 5 页）。

方东美对生物学——尤其是演化论——评价甚高，认为传统物质科学侧重宇宙万物数量的"平等相"，是数量化的科学；生物科学则表彰宇宙万物价值的"差别相"，是价值化的科学（第 163 页）；亦即，生物学结合了科学与哲学，"演化原理大放光明，已将宇宙与人生融成一片了"（第 159 页）。也就是说，演化论的原理指向物质与生命的融合，这基本上是言之成理的。但另一方面，方认为"演化的历程就是生命向上的发展，生命的自由创造"；人生哲学积极而进取，其根本精神就是"奋斗""自由""进步"（第 164 页）。这种说法，当然不是生物学或达尔文演化论的说法，而是尼采、柏格森、倭伊铿从人生哲学角度所诠释的演化概念。

在方东美笔下，由于生物科学的演化通例影响，各派人生哲学纷纷兴起，其中尼采的哲学"简直是生命的赞美歌"（第 167 页）。他认为尼采对生命力的推崇，表现在他对现代音乐、希腊悲剧、希腊雕刻的酷爱上，因为这类艺术活动都彰显自由创造的精神、实现无穷的可能：现代音乐宏壮的声调表达心跳的律动；希腊悲剧的雄奇文字表现生命的高致；希腊雕刻的造型艺术描摹纯美。叔本华主张"生命欲"（Wille zum Leben），尼采主张"权力欲"（Wille zur Macht），事实上，两者是相通的，正如方东美指出"生命欲即是权力欲。权力之扩大即是生命之拓展"（第 167 页）。亦即，尼采此处的 Macht 就是生命的能量，本书第五章已论及。方东美引用《查拉图斯特拉如是说》，说明尼采"超人"的意涵：

> 生命与日俱进，力求超脱……向前的生命，上进的生命是超人的业力……现实人类，卑微偏曲，容鄙懦弱。我教你做个超人，你已深下功夫，颠倒他，蹦越他，努力做个超人么？……同胞，快把你们的精神，你们的德业贯注于人间世！用你们的威权，重新估定一切价值！努力做个健者！努力做个创造者！（第168—169页）

现代哲学家受到达尔文演化论启发的，不只是尼采，最著名的还有柏格森，本书第二章已论及。

何谓"情"？

> 哲学思想，自理论看，起于境的认识；自实践看，起于情的蕴发。（第11页）

方东美固然重视生物学，却对生物学沦为物质科学颇不以为然，认为生物与物质最大的差异，在于"物质推移转变，不限目的，只是机械动作；生物含情创进，知所抉择，多数活动，妙有自由"（第153页）。言下之意，相对于无生物的物质本性，"情"乃生物所特有。何谓情？究竟如何定义之？方如此注解："广义的情，除却冷酷的理智活动以外，都是情。"（第15页）如果科学以理智活动为主，情的活动就属于哲学及文学讨论的范畴了。方认为科学家眼光"锐利而冷静"，哲学家的心情"强烈而温存"，因此哲学家接近于文艺家。难怪在《科学哲学与人生》全书中，古今中外诗词、戏剧的引文、艺术的指涉，俯拾皆是。方如此说明哲学之所由生："哲学思想，自理论看，起于境的认识；自实践

看，起于情的蕴发。"（第 11 页）

《绪论》之首就引用了清代文人史震林（1692—1778）《西青散记》卷四中的华夫人语"自古以来，有有法之天下，有有情之天下"；"何自有情因色有，何缘造色为情生。如环情色成千古，艳艳荧荧画不成！"（第 23、1 页）。"法""色""情"，本是佛学术语，由华夫人用来就有文学意味。"法"是万有的总名。所谓"色"，广义而言即外在环境的形形色色，五官之所感得；狭义而言，是眼之所见。"情"是《礼记》的"感于物而动，性之欲也"，也是佛家所谓"情所缘起"。方东美说："我们所谓情，乃是指着人生的欲望，人生的冲动，人生的要求。"（第 23 页）这显然又是人生观派如梁漱溟、朱谦之、袁家骅等人来自尼采、柏格森一脉相承的观点。触景生情，情之所生是因外在环境之色，色之所造是为情而生。"如环情色成千古"一句，说明千古以来情色环环相生，如想以绘画描摹之，则只能描摹色相，不能捕捉其情。科学家若入了花园，只注意花的品种类别，只见花的实物；文学家则"情感蕴藉，意兴缠绵"，物我感通，"物亦具我之情，我亦具物之情"（第 15 页）。

方东美总是透过文学来论情，第五章把人性的研究分成"文学的心理学"与"科学的心理学"，专事对心理学的批判。第二章已论及柏格森对心理学的反感：心理学将"我"分为诸种心态贯串起来，"犹如珠环。以丝串珠"，使得活活泼泼的心变成静止。方东美也认为心理学以科学方法解剖、分析人类心性，将全整、活跃的人性"化为无肉无骨的逻辑学说，抽象玄邈的科学系统"，只是"冒牌的心理学"（第 174—177 页）。文学则截然不同：

> 文学家对于他的对象,一举一动都移情同感(Einfühlung)[1];
> 文学家描写人性,不回顾,不旁观,只用想象的自由,把全
> 副心神直接投向别人的生命里面去,与之融会交感,合而为
> 一。(第 177—178 页)

所谓移情同感,就是文学家运用想象,与所观察的对象融合
为一,亦即"文学家本身,运用直觉,亲加体验,始能形容尽致"
(第 175 页);这也就是人生观派一贯的主张:透过直觉达到主客
合一的境界,本书前几章均曾反覆论及。对方东美而言,要了解
人性,研习文学是最佳途径,然而问题在于"近代人生之分析不
是人生经验的现象学(原文提供英文 phenomenology),而是心理
历程的物理学"(第 181 页)。对方氏而言,将心理学视为物质科
学,如同将生物学视为物质科学,都犯了同样的错误;这正是柏
格森的看法。心理学把人的心性与物质等量齐观,认为"每个人
只是自动机而已",于是"心理生活与物质现象同受机械定律的
约束,同受数量方法的支配"(第 180 页)。

笛卡尔的心物二元论与松果腺

方东美所谓的"自动机",指的是笛卡尔的理论,认为人的
身体是自动机(automaton),只是由骨骼、筋肉、神经等所组成,
受大脑控制。这是心物二元论的典型比喻(trope),后来的哲学
家及心理学家凡讨论心物二元论,都会回归到笛卡尔这个比喻;
本书第五章曾论及斯宾诺莎对此心物二元论的批判。然而,对笛
卡尔而言,情感(passions)究竟是属于心、还是属于物呢?晚

---

[1]　原文误植为 Einfuhlung。

近比较文学学者特拉达（Rei Terada）的笛卡尔心物二元论研究，超越了一般心理学家的理解。她指出：

> 笛卡尔区隔了情感（passion）与理性（reason），又将情感与统一的心智相连，然后基于心智统领情感的能力，把主体性交给了心智。对笛卡尔而言，灵魂与身体唯一的区别，是思维的功能。思想分主动和被动两种。被动的思想便是情感。虽然笛卡尔将情感归为思想，情感也就因此属于灵魂，但情感只是位于思想和灵魂之中，而非思想和灵魂的组成部分……情感是一种极其特殊的思想，以至于几乎无法被涵盖在"思想"的范畴中……对他（笛卡尔）而言，在解剖学上，松果腺（pineal gland）是情感的对等物。松果腺位于"大脑最深处"，却不仅仅是大脑的一部分，而是象征着大脑中可能存在的一个自治区，一个大脑中的梵蒂冈城……灵魂专事思想，情感却被它束诸高阁（kicked upstairs within the thinking soul），既是受限的也是危险的……晚近女性主义研究特别强调这个观点，显示男权主义视角下的心智范型既包含又放任情感，而驱动情感和情绪的，是非主体性的动能。（第8—9页）①

在此，特拉达把松果腺喻为大脑中的"一个自治区，一个大脑中的梵蒂冈城"，意味着对笛卡尔而言，位于松果腺中的情感，既是心智的一部分，受到心智的限制；但却又独立于心智，不受心智掌控，所以是危险的。值得玩味的是，笛卡尔把松果腺定义

---

① Cf. Rei Terada, *Feeling in Theory: Emotion after the "Death of Subject"*, Cambridge, Mass.: Harvard University Press, 2001.

为身心之间的连接点，没有它，身心就是功能各异且彼此分离的实体。因此，笛卡尔虽然主张心物二元论，但不得不承认，位于松果腺的情感是联结身心的关键。《笛卡尔全集》卷 11 的后半卷，就是《灵魂的情感》（*Les passions de l'âme*, circa 1647）。整卷最后，附了十余幅手绘大脑解剖图的折页，展示他想象中松果腺的位置，及其与大脑及外界刺激的交互作用（图 6.1、6.2）。①

情动力与唯情

此外，上述引文还透露一个重要概念：驱动情感的，是"非主体性的动能"（nonsubjective engines）。情动力的非主体性，是情动力理论的关键。有关这点，我们必须参考德勒兹的斯宾诺莎研究，尤其是第十四章《身体有什么能量？》（Qu'est-ce quepeut un corps?）②。斯宾诺莎认为神是唯一的"实质"（substance），乃绝对无限的存在；自然中的众生万物都

---

① René Descartes, *Les passions de l'âme* [Passions of the Soul, 1647], *Oeuvres de Descartes*, Paris: Léopold Cerf, 1897-1913, 11: 291-497.

② 德勒兹第十四章的标题，龚重林译为《身体能做什么?》，与英译本的翻译 "What Can a Body Do?" 类似。见德勒兹：《斯宾诺莎与表现问题》，龚重林译，商务印书馆，2013，第 215—235 页；Gilles Deleuze, *Expressionism in Philosophy: Spinoza*, pp. 217-234；Gilles Deleuze, *Spinoza et le problème de l'expression*, Paris: Les Éditions de Minuit, 1968, pp. 197-203。但笔者认为，此处 "peut" 是 pourvoir 的第三人称单数动词，与全书中的关键词 "puissance"（force；能量）相呼应，因此译为"能量"较好。据此，笔者宁可将本书的第十四章译为《身体有什么能量？》。所谓能量，指的是身体感受（to be affected）与回应（to affect）情动力的能量。西方哲学自亚里士多德、伽利略起，就关注物理学上的"力""能量""运动"的问题，到牛顿时发表了运动定律（Laws of Motion）；斯宾诺莎对物理学及数学相当熟悉。德勒兹显然也从十九世纪中期热力学的能量（energy, force, or power）概念得到灵感。龚重林将 mode 译为"样态"，笔者则译为"形体"，与书名的"体现"呼应。请参考下一个注解。

是"形体"（modes），是有限的单一存在，每一个形体都体现了一个独特的"特质"（essence），所有的特质加起来就是神的实质。[①] 德勒兹指出，斯宾诺莎的"自然主义"（naturalisme），是对笛卡尔的反动。笛卡尔主张神的实质创生万物，以神为创造者，是在大自然之外寻找实质存在（第 207 页）；他以数学及机械论的思维去除了自然的自身价值，否认自然中个别物体的潜能、内在能量及任何内在的存在。相对的，斯宾诺莎则主张，神的实质必须透过无数的形体来体现；这种主张恢复了大自然自有的能量（restaurer les droits d'une Nature douée de forces ou de puissance，第 207 页），以"内在超越"对抗"外在超越"（参考本书第五章）。斯宾诺莎显然认同伽利略的物理学理论，赋予形

---

① 本书的书名，笔者宁可译为《斯宾诺莎与体现的问题》，或《斯宾诺莎与形体化的问题》，因为 l'epression 的动词 exprimer 有"体现"或"身体化"（to embody）的意思。例如导言中斯宾诺莎的一句话："Par Dieu j'entends un être absolument infini, c'est-à-dire une substance consistant en une infinité d'attributs, don't chacun exprime une essence éternell et infini"（第 9 页；笔者译：就我的理解，神是绝对无限的存在，也就是由无限属性组合成的实质，其中每一个属性都体现了一种永恒无限的特质）。

体个别的特质，修正了笛卡尔著名的涡旋理论。[①] 对斯宾诺莎而言，自然中每个形体与生俱有的特质，就是欲力（*conatus*），也就是不同程度的能量（degrée de puissance），我们不妨将之理解为"生命力"。所谓"欲力"或"生命力"，意指每一种特质的生存功能（Il désigne la function existentielle de l'essence），正是形体维持存在的努力（第 209 页）[②]。本书所关注的柏格森"生之动力"，与斯宾诺莎先行的欲力或生命力理论，是一脉相承的。

① Cf. Edwin Arthur Burtt, *The Metaphysical Foundations of Modern Physical Science: A Historical and Critical essay*, London: Routledge, 2002, chapter 4, pp. 96-116；中文翻译请参考 [美] 爱德温·阿瑟·伯特：《近代物理科学的形而上学基础》，张卜天译，四川教育出版社，1994，第四章，第 91—110 页。笛卡尔设计的物理学只需要纯粹数学原理，他认为上帝的实质创生了广延的万物（extended things），万物的世界是一个巨大的机器，上帝启动了这个巨大机器的运转。所有物体都没有自发性、主动力，严格按照广延和运动的规律性、精确性和必然性持续运动，各个物体的运动彼此传递乃透过直接的碰撞。笛卡尔以高度思辨的"涡旋理论"（the laws of vortical motion, p. 103; or Catesian vortex），结合机械论与数学观，保住了可见物体的纯几何特征。伽利略则认为某些运动关乎引力（force or attraction, p. 103）、加速度（acceleration, momentum, p. 104）等问题；运动的数学处理，除了几何性质，还必须注意物体的特质（ultimate qualities）。开普勒则认为天文物体有"主动力"（active powers, p. 103）。

② 原文为："Le *conatus* chez Spinoza n'est donc que l'effort de persévérer dans l'existence"。法文"n'est…que"意指"is nothing…but"（只是，正是），是肯定式。龚重林译为否定式"因此，欲力在斯宾诺莎那里，并不是维持存在的努力"（页 230），英译也是否定式"Thus *conatus* is not in Spinoza the effort to persevere in existence"（页 230）。

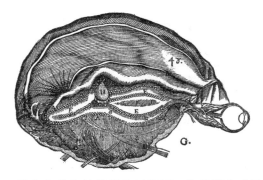

　　图 6.1　笛卡尔著名的松果腺示意图，为其著作《灵魂的情感》
（约 1647 年）卷后所附手绘大脑解剖图。大脑中间的 H，就是松果腺。

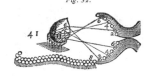

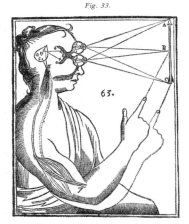

　　图 6.2　外界的刺激由眼睛进入大脑，再折射传输到松果腺，引
起情绪反应。

斯宾诺莎认为，欲力或生命力的动态特色（les caractères dynamiques），与其机械特色（les caractères mécaniques）相辅相成。所谓机械特色，就是所有形体固定不变的物质组成，意指笛卡尔的人体"自动机"概念（automaton，请参考前文）。但静态的机械特色不足以说明形体，形体的特性是透过情动（affections）与其他形体产生动态相互作用。正是由于生命力的动态作用，形体才能敏锐地感受各式各样的外来能量（être affecté d'un grand nombre de façons，第 210 页）。情动分成主动与被动两种，主动的、有行动力的情动是完整的理念，为生存所必须；被动的情动虽然是不完整的理念（idées iadéquates），但它累积了我们的感受力，同样也是维持生存所不可或缺。欲力或生命力是否发展为欲望（désir），有赖于我们实际感受到的情动或情感（déterminé par une affection ou un sentiment）的力道；一旦情感成为欲望，意识（conscience）必然伴随而来。因此情感与理念产生联结（liaison）的必要条件，就是先要有欲望与情感的联结（第 210—211 页）；我们的欲望，是因热烈的情感（passions）而生的。总而言之，当我们感受到的"被动的情动"（les affections passives）凝聚到一定程度，就会酝酿为理念，继而成为主动的行动力（notre puissance d'agir，即"主动的情动力"）；因此主动的情动奠基于被动的情动，两者都是生存所必须的。我们接受到外来情动力时，究竟保留或放弃，究竟哪些情感才会转为行动力，完全是选择性的；至于如何选择，就取决于我们的本性或特质（notre nature ou notre essence，第 211 页）了。

由于斯宾诺莎的启发，德勒兹进一步联结情动力与流变的关系。在《千高原》中，德勒兹与瓜达里指出"情动力就是流变"（Les affects sont des devenirs，第 314 页）。[1] 德勒兹对身体的定义，是从动物行为学（éthologie，第 314 页；ethology，第 257 页）的角度出发；不谈动物身体的内部器官或其功能，而是谈"无器官的身体"（un corps sans organes, or CsO，第 185—204 页；a body without organs, or BwO，第 149—166 页）；也不谈某个动物隶属于哪个物种（Espéce）或属（Genus），而是衡量其情动力（faire le compte de ses affects，第 314 页）。这当然是对生物学的反动。德勒兹指出，斯宾诺莎由动物行为学发展出其伦理学。斯宾诺莎反神学的超越外在，反对"存在位阶"（Chain of Being）理论：人因为有灵魂，最接近上帝，所以是所有生物的位阶中最高等的。他认为所有的动物是属于自然的，都是物质组成，是动静快慢（de movement et de repos, de vitesse et de lenteur，第 318 页）的物质组合。他由地理学的经纬来说明身体的情动力：身体是由经度（une longitude）与纬度（une latitude）所定义的物质，经度即快慢的速度，纬度即情动力能量的程度。因此，身体没有高低等之分，没有任何一种动物比其他动物更接近上帝。所有的身体都是速度与情动力的组合，在同一个"情动力配置的平台"（法文 agencement; 英文 assemblage）中，每一个身体都是平等的、可以相互流变的。人可以流变为马（devenir-cheval，第 314—318 页；becoming-horse）或任何其他动物，男人可以流变为女人，等等。

德勒兹引用高罗佩（Robert Hans van Gulik, 1910—1967）及李欧塔（Jean-François Lyotard, 1924—1998）的道家房中术研究，

---

[1] Gilles Deleuze et Félix Guattari, *Mille plateaux: capitalisme et schizophrénie 2*, Paris: Les Édition de Minuit, 1980; Gilles Deleuze and Félix Guattari, *A Thousand Plateaux: Capitalism and Schizophrenia*, trans. Brian Massumi, Minneapolis, MN.: The University of Minnesota Press, 1987.

说明情动力与"内在超越"的关系。[1] 女人的"本能或内在情动力"（force instinctive ou innée；the innate or instinctive force）就是"阴"，男人的内在情动力是"阳"，阴阳情动力的交换、调和，是生命的来源，能量的增长（augmentation des puissances；an augmentation of powers）。阴阳情动力的反覆流动及能量的持续增长，必须男人忍精。情动力交换是受欲望驱动的，这种欲望并非出自"内在的匮乏"（指拉冈[2] 的理论），也不是出自于延迟愉悦可生产的外在附加价值（produire une sorte de plus-value extériorisable[3]）。相反的，这种欲望是为了建构一个无器官的、充满能量的身体，也就是建构"道"，一个内在超越的场域（Tao, un champ d'immanence，第 195 页）。这个内在超越场域既非匮乏，也不靠外在规范，更与外在超越无关。[4] 当然，可以像儒家一样，将之解释为是为了繁殖后代，但这只是从社会阶层、生物、国家、家庭的外在角度来看。而从"道"的内在角度来看，这是打破任何阶层的，完全是欲望本身"一致性的平面"（un plan de consistance propre au désir，第 195 页）。德勒兹透过道家房中术，将"道"解释成内在超越的场域，相当有趣。由此可知，书

---

① Robert Hans van Gulik, *Sexual Life in Ancient China*, Leiden: Brill, 1961; Jean-François Lyotard, *Economie libidinale*, Paris: Édition Minuit, 1974, pp. 241-251.

② Jacques Lacan, 1901—1981.

③ 李欧塔的附加价值理论：能量累积到最后才洩精，可生下健康美丽聪明的后代，尤其是儿子。

④ 原文如下："Il ne s'agit pas d'éprouver le désir comme manque intérieur, ni de retarder le plaisir pour produire une sorte de plus-value, mais au contraire de constituer un corps sans organs intensif, Tao, un champ d'immanence où le désir ne manque de rien, et dès lors ne se rapporte plus à aucun critère extérieur ou transcendant" (p. 195).

中不断出现的"一致性的平面",指的就是内在超越的场域(Le champ d'immanence ou plan de consistance,第 195 页)。以下一段有助于我们的理解:

> 一致性的平面,就是全部无器官身体的组合,此即内在超越的纯粹多重性。这多重性的一部分可以是中国的,另一部分是美国的、或中世纪的、或小变态的,都处于一个普遍去疆域化的运动中,每一部分都从心所欲,无论是出自任何自我的品味、出自任何政治或策略形构、或出自任何出身来源。[①](第 195 页)

内在超越的场域,就是情动力配置的平台,这个平台只有身体情动力的互动,是去疆域化的场域,一切自我、政治、出身都化解、不重要了,这就是"内在超越的纯粹多重性"(*pure multiplicité* d'*immance*)。

内在超越的场域不仅是身体去疆域化的场域,更是宇宙间各种形体相互流变的平台。德勒兹回到斯宾诺莎的"形体"(mode)概念并指出,在内在超越的场域中,只有个别独特的形体(un mode d'individuation),而所谓形体绝非个人、主体、物品或实质(très different de celui d'une persone, d'un sujet,

---

① 原文如下:"Le plan de consistance, ce serait l'ensemble de tous les CsO,*pure multiplicité* d'*immanence*, don't un morceau peut être chinois, un autre américain, un autre médiéval, un autre petit-pervers, mais dans un movement de déterritorialisation généralisée où chacun prend et fait ce qu'il peut, d'après ses goûts qu'il aurait réussi à abstraire d'un Moi, d'après une politique ou une stratégie qu'on aurait réussi à abstraire de telle ou telle formation, d'après tel procédé qui serait abstrait de son origine." (p. 195)

d'une chose ou d'une substance, 第 318 页）。此形体，又可称为 *heccéité*，也就是决定每个形体独特性的特质（essence）。春夏秋冬等季节、时时刻刻、每个特定的日子，都是形体，都有一种完美的独特性，不假外求；它们也都不是主体或物品。它们是具有特质的形体（*heccéités*），因为它们都取决于分子、粒子的运动或休止，都具有感受或回应情动力的能量（pouvoir d'affecter et d'être affecté, 第 318 页）。德勒兹以宗教想象与东西文明来说明，例如魔鬼学主导的故事中，魔鬼的艺术在控制情动力流动与在空间中自由移动之时，风、雨、冰雹、大气的乌烟瘴气都扮演了重要角色；此外，东方文明不重视主体观（subjectivité）与超越现世的实质论（substantialité），更关注宇宙万物的内在独特性，因此日本的俳句以素描的方式来点出自然所指示的符号（第 319 页）。他又用文学作品来阐释，例如夏洛蒂·勃朗特（Charlotte Brontë, 1816—1855）的小说中暴风雨场景的重要性，劳伦斯（D. H. Lawrence, 1885—1930）与福克纳（William Faulkner, 1897—1962）小说中描写的每个时刻。人和动物可以流变为气候、季节、时刻，例如弗吉尼亚·伍尔芙（Virginia Woolf, 1882—1941）的名句 "The thin dog is running in the road, this dog is the road"（第 321 页），就是狗流变为道路了。这不就接近于中国传统哲学中，天地万物的相互感应？此即朱谦之《唯情哲学发端》的宣示"天地间翻来覆去，都只有动，静是包括在动中的。若谓静不能流行，则何以谓之'静而生阴'。看生这一字，可见静就是动……这一感一应之理，便可见一动一静之妙，只此一动一静之妙，便括尽了天下事物"；"情不是别有一个东西，即存于一感一应之中"（参考第五章）。

我们在第五章已经以情动力来说明唯情论的特质，此处不妨概括重申其特性，作为本书关于唯情论与情动力讨论的小结：1. 唯情强调的也是情动力，所谓情动力是身体与宇宙万物相互感应的动能，意味从超越本体到内在本体的过渡，也是从理性主义到情感主义的过渡；2. 情动力是一种动能，其感受或行动的能量取决于持续酝酿中的能量相互关系，而能量的相互关系永远变化、永不休止；3. 情动力生于已发未发之际，是具有无限可能的身体潜能，亦即自然（物质）的潜能；4. 情动力是隶属于自然的，自然的法则就是能量的相互关系，因此情动力是非主体性的动能。

以下我们回到方东美的《科学哲学与人生》。

"生命悲剧之二重奏"

《科学哲学与人生》最后一章起首，引用英国剧作家萧伯纳（George Bernard Shaw, 1856—1950）在《人与超人》（*Man and Superman*, 1902）一剧中的名言"生命中有两种悲剧：一种是不能从心所欲，另一种是从心所欲"，为全书做总结。方东美指出，古典希腊悲剧表达"从心所欲"的痛苦，近代欧洲悲剧则反映"不能从心所欲"的悲哀。如此重视"意欲"在生命中的地位，当然是呼应叔本华、尼采的哲学。本书第三章曾分析梁漱溟以"意欲向前""意欲的调和""意欲反身向后要求"来区分西方、中国及印度文化的区别，也就是梁氏所说的文化三条路。方氏此处是以古典希腊悲剧及西方现代悲剧来解析西方"意欲向前"的两个可能结果——"从心所欲"或"不能从心所欲"。

方东美以《大地歌辞》为例，说明古典希腊悲剧的精神（页207—209）。所谓《大地歌辞》（"The Demeter Ode"或"The Song of Demeter"），是希腊悲剧诗人欧里庇得斯（Euripides）的剧本 *Helen* 中一首颂歌，描写大地之母德穆铎（Demeter，又译德墨忒尔）从冥间拯救女儿婆赛芬（Persephone，又译珀耳赛福涅）的故事。[1] 英国著名作家及艺评家佩特（Walter Pater, 1839—1894）根据此颂歌改写为 "The Myth of Demeter and Persephone"。方氏引用佩特所描述的神话[2]，并指出，《大地歌辞》于西元前七、六世纪之交即流传于希腊（第 209 页）。神话中德穆铎是五谷女神，象征丰饶富庶。婆赛芬被亡父蔼德诺（Aideneus）劫入地府后，思念慈母，悲号哀泣。德穆铎闻女哀声肝胆欲裂，遍地寻女不得，于是迁怒人类，使百谷不苗，生灵涂炭。天父素慈（即宙斯，Zeus）、圣母瑞娅（Rhea，又译瑞亚）怜悯人间浩劫，介入协调，终使婆赛芬回返人世，与母重逢，并与母返回天上。从此大地复苏，百谷复生，圣母并嘱咐婆赛芬每年三分之二的时间陪伴母亲，三分之一的时间入冥府探问父亲。方氏盛赞古典希腊悲剧，主因是其"惊叹生命之危机"（第 227 页）"以神奇的幻想象征宇宙中各种互相联系的生命"（第 224 页）"着眼生命之美化"（第 207、227 页）"变无入有，故能从心所欲"（第 227 页）。总而言之，希腊悲剧的智慧充分表现于"人与自然的和谐"：

> 其物本主义的宇宙论，不期而合于人本主义的人生观。人格形成小天地，宇宙透露大生机。尽己则尽物，物中有我；明天以见性，性外无天。人资万物之性以为道，道法天地；

---

[1] Cf. L. A. Swift, "How to Make a Goddess Angry: Making Sense of The Demeter Ode in Euripides' Helen." 网址：http://oro.open.ac.uk/33490/1/helen%20paper%20cp%20final%20version.pdf (accessed on June 4, 2018).

[2] Walter Pater, *Greek Studies: A Series of Essays*, London: MacMillan and Co.,1895), pp.79-155. 方东美的注 11 写为第 81—151 页，可能其引用版本与笔者查到的不同。

物冒人类之性而成德，德贯生灵。（第 225 页）

　　方氏对古典希腊悲剧的赞美，显然有传统中国"天人合一"的影子。"明天以见性，性外无天""道法天地""德贯生灵"等用语，恍若引自儒家经典。"其物本主义的宇宙论，不期而合于人本主义的人生观"，乃物我不分的宇宙观与人生观，正是五四人生观派一贯的主张。其 1980 年的《中国人生哲学》重申物我合一的主张："几乎所有的中国哲学都把宇宙看作普遍生命的流行，其中物质条件与精神现象融会贯通，浑然一体，毫无隔绝，一切至善至美的价值理想，尽可以随生命的流行而充分实现。"（第 124 页）①值得注意的是，根据《科学哲学与人生》书中 的注解，方氏对希腊悲剧的解析乃大量参考尼采的《早期希腊哲学》（ *Early Greek Philosophy* ）②。叔本华的《作为意志与概念的世界》（ *The World as Will and Idea* ）③也是其灵感来源。有关希腊悲剧的涤情效果（catharsis），方则引用亚里士多德的《诗学》（ *Poetics* ）："百感触发之后，可得一洁净澄清之效果，斯盖以情洁情，使轨于正。"（第 196 页）"洁净澄清之效果"是 catharsis 的直译，"盖以情洁情，使轨于正"，是其解析。方氏指出，"纯正的希腊哲学"是苏格拉底、柏拉图以前的思想，也就是尼采所谓"希腊悲剧时代的哲学"，表现出

---

　　①　方东美:《中国人生哲学》，黎明文化，1982，第 4 版。

　　②　Friedrich Nietzsche, *Early Greek Philosophy and Other Essays*, trans. and ed. Maximilian A. Mügge, New York: The MacMillan Company, 1911. 比对方东美引用的页码，其所引用应为此版本。

　　③　Arthur Schopenhauer, *The World as Will and Idea*, trans. R. B. Haldane, M.A. andJ. Kemp, M.A., London: Kegan Paul, Trench, Trübner & Co., 1909.

"契合自然""天人无间","天与人都是普遍生命的流行"（第
223 页）。贯串古今中西的跨文化涵养，孕育了方氏的学术。

近代欧洲悲剧又是如何？相对于希腊悲剧"变无入有，故能
从心所欲"，近代欧洲悲剧则"运有入无，故不能从心所欲"。而
相对于希腊悲剧的"以情洁情"，近代欧洲悲剧则"驰情入幻"，
是"虚无主义的悲剧"（The Tragedy of Nihilism），与近代欧洲
哲学趋势相同（第 227 页）。方东美以桑塔亚那在《冥府对话
集》（Dialogues in Limbo, 1925）① 的一则童话为例，说明近代欧洲
以理智戕害情感的虚无主义悲剧。话说曩昔整个世界是个鸟语花
香的花园，秀丽的幼童奥托罗谷斯（Autologos，意为"天生智
慧"）日日嬉游花园中，自得其乐。守园的女神化作老妪，昼伏
夜出，夜夜以长柄钩镰修剪败果枯枝，往往连鲜美的花朵也剪去。
幼童在花园中随情所致，自行命名各色植物，玫瑰称佳丽、茉莉
称快乐、紫罗兰为苦心、蓟草为伤痛等。一位黑衣老人为植物学
家，告诫他不可"随性施名"，因植物有自然科学的属性及分类，
"花萼之朝开暮合，纯是顺应自然，何尝有灵魂寄寓其中呢！"
（第 228 页）幼童深感忧伤，含泪答道，若花园中花木均无生意
灵性，就与我自身无关，一切了无趣味，却也不能不恨你。老妪
闻之，入夜潜入幼童床前，以钩镰割取其头颅，将其尸埋入枯枝
败叶丛中。植物学家来园中不见幼童，伤心落泪，哀叹所学无传
人，逐渐形销骨立，如枯枝败叶般朽化长逝。幻化作老妪的女神
兀自如常入园修剪花木，对此浩劫却无动于衷（第 228—229 页）。

方东美以这则童话比喻近代欧洲思想的虚无主义：科学家

---

① George Santayana, *Dialogues in Limbo*, London: Constable and Co. LTD., 1925, pp. 51-54.

以冷酷的理智否定了纯真的深情与美感，使得哲学家不能包容生命之情意，落入虚无主义的深渊。方氏根据尼采的说法，认为希腊悲剧智慧结合了太阳神爱婆罗（即阿波罗，Apollo）的理性与酒神大安理索斯（即狄俄尼索斯，Dionysus）的热情（第 222、234 页），因此其艺术观、宇宙观均表现出"情理和谐""物我浃化"（第 234—235 页）。但到了文艺复兴后期，艺术热情失望之余，颓情纵生，虚无主义便侵入了。方氏以色尔曼（即塞万提斯，Cervantes）的小说《梦幻骑士》（方氏作"段葵素"；即堂吉诃德，*Don Quixote*，1605 和 1615）及莎士比亚的戏剧为代表，说明这种虚无感。例如《梦幻骑士》中，"懦夫可幻作武士，夜叉可虚拟美人，茅屋看成古堡，蒲管认为洞箫"，等等，荒诞不经（第 238 页）。莎翁的《哈姆雷特》（方氏作"哈穆勒"，circa 1599—1602）则悲叹：

> 至于人类的奇迹，不管他的理性如何高贵，他的才能如何无穷，他的容貌姿态如何轩豁而可敬，他的行动，他的了解如何通神入化，他纵然是世宙纯美的典型，有情众生的模范，自我看来，也等是尘埃。（第 239 页）[1]

比照原文，方氏的翻译传神动人。令人叹服的是其西洋文学修养，堪比拟外文系专家，其联结文学哲学的功力，更有过之而无不及。读完方氏精辟入理的跨学科分析，顿觉文学中隐藏的哲

---

[1]　原文为："What a piece of work is a man, how noble in reason, how infinite in faculties, in form and moving how express and admirable, in action how like an angel, in apprehension how like a god! The beauty of the world, the paragon of animals — and yet, to me, what is this quintessence of dust?"

理不可小觑。现今学科分化如此壁垒分明，实际上限制了我们对时代精神及个人生命的整体理解。

方东美也从巴洛克（方作"巴镂刻"，即 baroque）、洛可可（方作"罗考课"，即 rococo）艺术的分析，说明理智与艺术发展的关系。方引用美国历史学家泰勒（Henry Osborn Taylor, 1856—1941）的《十六世纪思想及其表达》（*Thought and Expression in the 16th Century*, 1920）第二卷，认为近代科学的理智高涨之时，也是巴洛克艺术的高峰。书中描写意大利文艺复兴时期天才艺术家黎俄那多·达文西（Leonardo Davinci, 1452—1519）对数理科学的信仰："没有一种人类的研究配称科学，除非它的理境已有了数学的证明为之撑持。"（第 245 页）[1] 文艺复兴时期的艺术充满生意，形象和谐，绚烂而仍归自然，不矫揉做作。之后巴洛克文化亦以理智为核心，然而其艺术特点是"以奇谲浓艳的外貌掩饰其内心之空虚"，而巴洛克的科学亦与其殊途同归（第 257—258 页）。十八世纪末期的启蒙运动（方作"启明运动"）就是巴洛克理智的尾声了，把科学的齐物论应用在解说人性的平等及生活自由上（第 247 页）。方氏认为十七、十八世纪的欧洲人"害了抽象理智主义的心病"，哲学上由笛卡尔、莱布尼茨的唯理主义趋于洛克（John Locke, 1632—1704）的感觉经验主义，与巴洛克艺术诉诸"感觉的餍足以逃避空虚"是同调的（第 258—259 页）。读者若熟悉德勒兹的学说，当能想起其 1988 年的著作《皱褶：莱布尼茨与巴洛克》（*Le Pli: Leibnz*

---

[1]　Henry Osborn Taylor, *Thought and Expression in the 16th Century*, New York: The MacMillan Company, 1920, v. 2.

et le baroque）①。虽同样重视巴洛克艺术与哲学、物质与精神的相互关系，德勒兹的论点略有区别，也更为具象及复杂。方东美强调巴洛克艺术害了理智主义的心病，以感觉的餍足逃避虚无；德勒兹则认为巴洛克艺术的皱褶（the fold）有两个层次：下层是物质（以大理石模仿布料）皱褶，上层是歌颂上帝荣光的灵魂皱褶（亦即精神皱褶），物质与精神两个层次既分隔又相连。有趣的是，上层是一个没有窗户的黑房间，屋顶装饰着被皱褶或绳索区隔的画作。这些皱褶代表一种内涵的知识，一旦物质祈求知识，这些皱褶就会开启行动；物质透过下层的许多小开口（some little openings）在皱褶、绳索下端启动震波（第 3—4 页）②。也就是说，只有物质才能启动精神。德勒兹以整本书来解析巴洛克与莱布尼茨的单子论（monadism），以修正笛卡尔的心物二元论，可见在欧洲传统中哲学与艺术发展的息息相关，更可见笛卡尔的心物二元论一直是西方哲学史上必须对应的问题。

方东美全书的结尾，以歌德的剧作《浮士德》（1772—1775及 1806—1831）"追虚摄幻的奇情"来说明"近代欧洲人虚无主义的悲剧"。浮士德为了追求一切科学知识及满足无尽的意欲，把灵魂卖给了魔鬼 Mephistopheles。魔鬼自称在其否定（人生）的逻辑之下（Ich bin der Geist, der stets verneint!），邪恶毁灭为常态，生亦即死，了无意义：

万物芸芸，其生也忽焉！

---

① Gilles Deleuze, *Le Pli: Leibniz et le baroque* (Paris: Les Editions de Minuit, 1988); *The Fold: Leibniz and the Baroque*, trans. Tom Conley, Minneapolis and London: University of Minnesota Press, 1993.

② Gilles Deleuze, *The Fold: Leibniz and the Baroque*.

万象历历，其亡也寂焉！

成也毁而生者熄，

势固宜然，孰谓非理之至极耶？

莫谓我恶，莫谓我危，

生而不有，毁以灭之，

真乃吾之本职焉！（第 265—266 页）①

人生哲学与五四及其后——吴稚晖、李石岑及无名氏等

人生哲学在五四时期影响深远，并非仅及人生观派。1923 年科学与人生观论战爆发之前，许多五四知识分子都曾撰文谈论倭伊铿及柏格森。例如论战时隶属科学派的陈独秀与李大钊，均于 1915 年发表文章论及倭伊铿及柏格森的人生哲学。李大钊于当年八月在陈独秀主编的《甲寅》上发表了《厌世心与自觉心》，一文，认为柏格森主张的"自由意志之理"（Theory of free will）及《创造进化论》，说明了社会进化的普遍法则，可以启发中华

---

① Johann Wolfgang von Goethe, Faust. https://www.german-grammar.de/exercises/ table_of_content/classical_literature/faust/verses/verse19.htm (accessed on June 8, 2018).

Ich bin der Geist, der stets verneint! (I am the Spirit that denies!)

Und das mit Recht; denn alles, was entsteht, (And rightly too; for all that doth begin)

Ist wert, daß es zu Grunde geht; (Should rightly to destruction run;)

Drum besser wär's, daß nichts entstünde. (Twere better then that nothing were begun.)

So ist den alles, was ihr Sünde, (Thus everything that you call Sin,) Zerstörung, kurz, das Böse nennt, (Destruciton—in a word, as Evil represent—) Min eigentliches Element. (That is my own, real element.)

民族青年"奋进""努力"的自觉，摆脱厌世自杀的悲观情绪。[①]
陈独秀于当年九月《青年杂志》的发刊词《敬告青年》中，认
为柏格森是"进步的而非保守的"，与中国名言"人生如逆水行
舟，不进则退"相呼应，是打倒封建制度余孽的象征："自宇宙
之根本大法言之，森罗万象，无日不在演进之途，万无保守现状
之理……此法兰西当代大哲柏格森之《创造进化论》（L'évolution
Créatrice）所以风靡一世也。"（第 3 页）[②] 又提及倭伊铿与柏格
森均揭橥人生哲学的大旗，对抗毁灭生活的欧洲大战，是"实
利的而非虚文的"："当代大哲，若德意志之倭根（即倭伊铿，R.
Eucken），若法兰西之柏格森，虽不以现时物质文明为美备，咸
揭橥生活（英文曰 Life，德文曰 Leben，法文曰 La vie）问题，
为立言之的。生活神圣，正以此次战争，血染其鲜明之旗帜。欧
人空想虚文之梦，势将觉悟无遗。"（第 5 页）[③]

　　柏格森在五四前后是各路人马都阅读的哲学家，无论新儒家
如梁漱溟、冯友兰、方东美、牟宗三、唐君毅，还是左派的李

---

　　① 李大钊：《厌世心与自觉心》，《李大钊文集》上，人民出版社，1984，
第 145—152 页。原刊于《甲寅》1 卷 8 号（1915 年 8 月 10 日）。
　　② 陈独秀：《敬告青年》，《青年杂志》1 卷 1 号（1915 年 9 月 15 日），第
1—6 页。《青年杂志》1916 年 9 月 1 日改名为《新青年》。
　　③ 董德福：《柏格森哲学与"五四"进步思潮》，《社会科学》1966 年第 5
期，第 34—36 页。董德福亦注意到柏格森与"五四进步思潮"的联结，认为陈
独秀与李大钊"推崇柏格森哲学，意在重建新型的人生观和历史进化观"，但又
认为"柏、倭两氏的人生哲学仍是龟缩在心灵里面的臆语，并未深入到现实层面，
实质是西方的玄学"（第 34 页）。

大钊、陈独秀、瞿秋白，都从柏格森哲学上得到启发。[①] 自由主义者胡适 1924 年出版的《五十年来之世界哲学》也论及柏格森，指出其反理智主义的主张，认为科学与论理不能让我们知道"实在"的真相，只有直觉才能；"生活的冲动"是"不断的生活，不息的创造"。胡认为柏格森批评机械论的见解独到，但认为其提倡的是"盲目的冲动"，殊不知"近代科学思想早已承认'直觉'在思考上的重要位置"，因此"柏格森的反理智主义近于'无的放矢'"（第 45—46 页）。[②]

如前所述，无政府主义者也是人生哲学的信奉者，包括吴稚晖与李石岑。[③] 吴稚晖在 1923 年论战期间写了两篇文章，都收在《科学与人生观》的论文集中。这两篇意见看来似乎南辕北辙，让人不知他究竟站在哪一边。第一篇《箴洋八股化之理学》，吴大骂张君劢对科学的攻击，认为科学及物质文明是必要的（第 443 页）。[④] 吴稚晖指出："精神与物质是双方并进，互相促成，什么战争不战争，竟会归咎到物质呢？"（第 444 页）吴稚晖显然偏向于方东美的精神与物质并重、情理交融立场；基于此立场，他提醒朱谦之及杨没累，人的身体是物质，柏拉图式的精神恋爱

[①] 有关瞿秋白受到人生哲学的影响，可参考张历君：《心声与电影——论瞿秋白早期生命哲学中的修辞》，收入陈平原主编《现代中国》11 辑，北京大学出版社，2008，第 198—209 页。有关柏格森在五四时期的传播，参考吴先伍：《现代性的追求与批评：柏格森与中国近代哲学》，安徽人民出版社，2005，第 27—42 页。

[②] 胡适：《五十年来之世界哲学》，申报馆，1924。1923 年 2 月出版为《申报五十周年纪念刊》。

[③] 两人传记，参考许晚成编《李石岑情变万言书》，龙文书店，1964；张文伯：《吴稚晖先生传记》，文星书店，1967。

[④] 吴稚晖：《箴洋八股化之理学》；《一个新信仰的宇宙观及人生观》。

有违自然（参考第五章）。吴除了不满意张君劢将战争归咎于物质文明，此文旨在批判国故派。他不满张要谈程朱理学，在国故堆中"玩物丧志"（第446页），而根据章太炎的考据，胡适作《中国哲学史大纲》、梁启超作《清代学术概论》《中国历史研究法》《先秦政治思想》，均"祸世殃民"（第448页），不知"要葬送多少青年"（第449页）。第二篇文章《一个新信仰的宇宙观及人生观》，吴则是站在人生观派的立场。吴稚晖强调他的宇宙观及人生观不是哲学家的人生观，而是"柴积上日黄中乡下老头儿信仰中的宇宙观人生观"，也就是一般老百姓的信仰；他的信仰是"一个新信仰，非同'虔诚城隍拜土地'宗教式的旧信仰"（第495页）。但由下文可知，吴稚晖的信仰绝非乡下老百姓可以理解的，只有具备相当科学素养的人才能一窥究竟。

吴首先承认，他这篇文章从丁文江的角度来看，"的确是玄学鬼附在我身上说的。然而我敢说附在我身上的玄学鬼，他是受过科学神的洗礼的，这种玄学鬼一定到世界末日，可以存在，不受孔德排斥的"（第497页）。吴这种说法，是因为无政府主义者信仰科学，相信物质文明，而同时也相信人生观派主张的人生价值。他批判张君劢为"无赖的玄学鬼"，因为张认为科学无法进入"不可知的"的领域，主张只有玄学才能独占"不可知"。吴稚晖不相信不可知，也就是不相信超越现世的唯一的神；他信仰上的"一个"，是内在超越："上帝神非即我，非即毛厕里的石头。不过有个我，便有个上帝神来鉴临了我；亵渎点又说有块毛厕里的石头，便又有各上帝神去鉴临了他；那就上帝神也已降尊得极咯。充其量，上帝神止是那'一个'里面的贵族。"（第498页）但是他情愿不谈神，主张"一个就是我，就是你，就是毛厕里的石头，就是你所可爱的清风明月及一切物质文明精神文明，

就是你所可憎的尘垢秕糠及一切蛇狼虎豹政客丘八！"（第 502
页）因此，吴稚晖是信仰生命的，信仰生命所包含的物质、精神、
一切善的与恶的、一切美的与丑的；所以说，他信仰的"'一个'
是活物"（第 502 页）以上这些概念，与斯宾诺莎、朱谦之的泛
神论是相类的（请参考第五章）。吴稚晖指出，人、苍蝇、玫瑰
树、石头，都是活物，都是若干"原质"构成的，地位都相等，
没有高下之分。唯一的区别是，庶物的本能胜于人，但无创作；
人之伟大，在于创作的能力（第 504—505 页）；因此他显然反对
宗教上"存在位阶"的说法，但认为人高于其他动物，是因为有
创造力，因此是认同柏格森的人生哲学与创化论的。

　　生物有感觉，无生物是否有感觉呢？吴下列有关"质力交推"
的说法，与第五章论及的斯宾诺莎本质论及情动力，有相通之处，
来源都是综合了笛卡尔及伽利略的物理学理论：

> 一个活物，变而为万有，大之如星日，质力并存；小之
> 如电子，质力俱完。故若欲将感觉的名词，专属于动植物，
> 亦无不可。惟我还须作一甚可骇怪之词，我以为动植物且本
> 无感觉，皆只有其质力交推，有其辐射反应，如是而已。（第
> 510 页）

　　"质力交推"的物理学翻译语汇，早见于严复译《天演论》
的《自序》："大宇之内，质力相推，非质无以见力，非力无以 见
质。"（第 4 页）[1] 吴稚晖相信科学，同时也相信人生价值，他的语

---

① 　赫胥黎（Thomas Henry Huxley）:《天演论》，严复译，王道还编辑校注，
文景书局，2012，第 3—7 页。

气诙谐，将哲学概念与物理学作对应："譬之于物理学，孔老先生的'施之己而勿愿，亦勿施于人'，耶老先生的'爱人如己'便是牛顿的万有引力说。这'各尽所能，各取所需'便是恩斯坦的相对原理。"（第 506 页）他对梁漱溟的评论，可看出尊重："梁漱溟慧眼看孔子，而且在觉海茫茫之中，捆握住了直觉，替孔子的仁下了的了解，我不能不相对承认。"（第 506 页）但他对张君劢是没有好感的，主要因为后者引爆科学与人生观论战的文章《人生观》，他认为这篇文章"不敢排斥空中楼阁的上帝，他意中定然有个'灵魂'"（第 513 页）。

吴稚晖对生命的肯定，由他对尼采及柏格森的评论可知："尼采主张创造是出于权力意志，这是千对万对……柏格森主张'宇宙是一个大生命，永远的流动。生之冲动，故……'那更千对万对"，但是他认为，尼柏两人都承认人是万物之灵，都"委蛇了上帝，所以有一些不澈底"（第 517 页）。吴主张：

> "宇宙是一个大生命"，他的质，同时含有力……亦可称其力曰权力。由于权力乃生意志。其意是欲"永远的流动"，及至流动而为人，分得机械式之生命（质与力），本乎生命之权力，首造意志。从而接触外物，则造感觉。迎拒感觉，则造情感。恐怕情感有误，乃造思想而为理智。经理智再三审查，使特种情感，恰像自然的常如适当，或更反纠理智之蔽，是造直觉。（第 517—518 页）

上引文结合了西方传统的机械论与尼采、柏格森的生命论：宇宙是个大生命，生命之意志是要永远地流动，这是尼采与柏格森的生命论，而同时他强调生命的基础是物质，因此质与力就是生命的机械根源；流动为人之后，先有意志，其次有感觉、情感、理智、直觉。这引导出吴稚晖的宇宙观主张：初始是溷沌，破裂后，变成大千宇宙，也就成为无数的我，质力的若干量合成"某某子。合若干某某子，成为电子。合若干电子，成为原子。合若干原子，成为星辰日月，山川草木，鸟兽昆虫鱼鳖。你喜欢叫他是绵延创化也好，你滑稽些称他是心境所幻也得。终之他是至今没有变好，并且似乎还没有一样东西，值得他惬意，留了永久不变。这是我的宇宙观"（第 523 页）。吴稚晖直接点出宇宙可称为"绵延创化"、永远变化，仿佛柏格森上身；他更指出，这个大千宇宙的目的，是朝向"真美善"（第 524 页）。显然，他固然信仰科学，也信仰"真美善"的人生价值。

吴稚晖的人生观如何呢？他以"喫饭，生小孩，招呼朋友"三句"粗俗话"来交代，头两句就是"饮食男女"或"食色"。至于招呼朋友，就是孟子的四端之心：恻隐、辞让、是非、羞恶，是凡人皆有的"良心"，也是"人性本善的善性"。两方面加起来，就是"欲性"与"理性"（第 538—539 页），也就是常人的特性。主张四端之心，跟梁漱溟对"仁"的解释是契合的，至于"喫饭生小孩"，就是生物学的生存与繁殖了。此处又是生物学与柏格森的结合。他说：

> 生小孩的事，决连不上什么神工鬼斧。生小孩是止是宇宙变动的绵延。狭言之，又止是宇宙万有各个自己的绵延。例如人爸爸，人妈妈，生个人小孩，便是人在六百万年中，绵延六十万次，如是而已。宇宙万有各个的绵延，并不用绝对相同的一种方式。（第 562—563 页）

男女之爱，对吴稚晖而言，就是性欲，就是生理。对吴稚晖而言，人生观最重要的是与"他生观"并存，换言之，就是儒家的仁人爱物："竭吾人类招呼他生物之能力，冀日泯其亲疏，斯之为正当。否则倘异日超人者见疏吾人，与今日吾人之见疏牛羊相等，烹人以充超人之食……所以招呼朋友，决不可遗他生物者，仍所以重人生观也。"（第 652 页）这里谈的，除了儒家的"仁"观，就是俄国无政府主义者克鲁泡特金（Peter Kropotkin，1842—1921）《互助论》（1902）的人文精神了：在演化的生存竞争中，人类必须以互助的精神来帮助所有的物种生存。[1]

另一位无政府主义者李石岑，于 1925 年出版《人生哲学》一书，原是 1923 年在山东教育厅的演讲稿。李指出"本来人生哲学这个名称，在英文为 Philosophy Life，在德文为 Lebensphilosophie"，并列举中外提倡人生哲学的学者，包括英国的杜威、中国的梁启超及梁漱溟、美国的詹姆士·李（James Wideman Lee, 1849—1919）及其日译者高桥五郎（1856—1935）、德国的弗尔克特（即伏尔盖特，Volkelt）、倭伊铿等，尤其赞美倭伊铿的大力提倡，使人生哲学"见重于著作界"[2]。在"现代哲学之人生观"一节中，除了柏格森与倭伊铿之外，李石岑特别提到"实用主义者的人生观"、尼采及托尔斯泰的人生观。李认为实用主义者包括皮尔斯（Charles Sanders Peirce, 1839—1914）、詹姆士、席勒和杜威，主张宇宙间没有绝对不变的真理，并主张"真理的建设，是由于实际的人生"；实用主义者最大的贡献是关于"真

[1]　Peter Kropotkin, *Mutual Aid: A Factor or Evolution*, London: W. Weinemann, 1902.

[2]　李石岑:《自序》,《人生哲学》, 地平线出版社, 1972, 第 1—7 页。

理进化"的主张、奋斗的人生观、创造的人生观（第148—166
页）。这符合本书第五章的杜威分析。巴金于1928年翻译了俄
国无政府主义领导人克鲁泡特金未完成的俄文著作 *Ethics: Origin
and Development*（1921），中译本书名为《人生哲学：其起源及其
发展》。[①] 无政府主义者对人生哲学的提倡不遗余力。

五四时期以人生哲学为名的著作，不可胜数。除了李石岑、
梁漱溟，冯友兰（1895—1990）、杜亚泉（1873—1933）等都出
版过《人生哲学》。杜亚泉一直被视为保守主义者，于1908至
1920年主编《东方杂志》十二年，主张东西文化调和论，1918
至1920年间与《新青年》主张全盘西化的陈独秀等大打笔仗。[②]
方东美生前的讲稿，1980年由门人整理为《中国人生哲学》；梁

[①] 看英译本，并未使用"philosophy of life"，多半使用"morality"
或"ethics"，例如"the possibility of developing an Ethics based on the natural
sciences"，或"Darwin's theory of the origin of moral sentiment in man"。然而
两位英译者的序指出："The Russian writer removes ethics from the sphere of the
speculative and metaphysical, and brings human conduct and ethical teaching back
to its natural environment: the ethical practices of men in their everyday concerns
……a subject of special and academic study becomes closely linked to whatever is
significant in the life and thought of all men." 由英译界此段文字看来，克鲁泡特
金将伦理学从思辨与形而上学的桎梏中解放出来，回归到日常生活的实践，将学
院的特定研究转变成与人的生活与想法息息相关。因此巴金以"人生哲学"来
翻译书名是有道理的，也说明其对人生哲学的信仰。Cf. Prince Peter Kropotkin,
Ethics: Origin and Development, trans. Louis S. Friedland and Joseph R. Piroshnikoff
, New York: Tudor Publishing Co., 1924, pp. iii-iv. 中译本参考巴金：《人生哲学：其
起源及其发展》，帕米尔书店，1987，再版；根据版本为《人生哲学：其起源及
其发展》，上海自由书店，1928。

[②] 杜亚泉：《人生哲学》，商务印书馆，1929。有关杜亚泉的研究，请参考
刘纪蕙：《"心的治理"与生理化伦理主体——以〈东方杂志〉杜亚泉之论述为例》，
《中国文哲研究集刊》29期，2006年9月，第85—121页。

漱溟身后，则有《我的人生哲学》出版。人生哲学对五四一代及其后代的影响，远比一般理解的为深远。

尤有甚者，二十一世纪以来中国大陆儒学复兴，儒家学术作为人生哲学也应势变身重现为"生活儒学"。黄玉顺主张生活儒学，对梁漱溟的《东西文化及其哲学》提出"生存论"的思考（第 8 页）[①]。所谓梁漱溟的"生存论"，黄氏指出就是卡尔·雅斯贝斯（Karl Jaspers, 1883—1969）的"生存哲学"（existentialism，第 338 页）。Existentialism 事实上就是我们熟知的"存在主义"哲学，最著名的存在主义哲学家是萨特（Jean-Paul Satre, 1905—1980），二十世纪六七十年代曾在台湾大为风行。然而，黄氏此处所谓梁漱溟的"生存论"，在五四脉络下从未出现。如同本书第三章指出，梁漱溟最关心的问题是"生活"，认为要观察文化就必须从生活说起，而这种对生活的关怀 是在倭伊铿与柏格森的人生哲学（philosophy of life）脉络下产生的。梁以唯识佛家的概念演绎之，将生活定义为"一问一答"之"无已的相续"。黄玉顺认为，"如果生活即'事的相续''连续的涌出不已'，那么，'为什么这样连续的涌出不已呢? 因为我们问之不已——追寻不已。问是思的事情，问之不已即思之不已'"（第 352 页）。但笔者则认为，梁漱溟"一问一答"的"问"并非"思"，亦即，并非理智活动。"一问一答"指的是意欲"不断询问，不断追寻"的直觉活动，也就是生生不息，亦即朱谦之所说的一感一应的宇宙流行变化，强调的是宇宙万物相互感应的动态关系，也就是德勒兹所说的"情动力"概念；这说明了人生观派的反理智主义立

---

① 黄玉顺:《面向生活本身的儒学：黄玉顺"生活儒学"自选集》，四川大学出版社，2006。

场。此即方东美在《科学哲学与人生》所说的，"生命是思想的根身，思想是生命的符号"（第 138 页）。

文学上最能充分反映五四科学与人生观论战之精髓的，应是作家无名氏（1917—2002）。他沉寂多年、于 1980 年代重新浮出地表。其本名卜宁，又名卜乃夫，曾在北京大学旁听，自学成功，以 1943 年的《北极风情画》一举成名，1944 年的《塔里的女人》亦风靡一时。1945 至 1960 年潜心写作《无名书》六卷，为时十六年。前二卷《野兽·野兽·野兽》《海艳》在 1949 年前问世，第三卷《金色的蛇夜》上册写完时，杭沪已是红旗飘扬，无名氏前往上海秘密出版。1950 年写完第三卷下册，无法出版。1956 年，他秘密写作第四卷《死的岩层》、第五卷《开花在星云以外》、第六卷《创世纪大菩提》。"文革"期间，他的书稿被没收，幸而 1978 年后发还。1979 年元旦起，《无名书》的手抄稿分批辗转寄到香港其兄处，后于 1980 年初陆续出版，大为轰动。

无名氏于晚近重获盛名，有赖于司马长风在《中国新文学史》（1975—1978）下卷的大力鼓吹。① 陈思和认为，"从郁达夫到无名氏，体现了西方浪漫主义在中国由盛到衰的过程"，并将《无名书》与法国浪漫派夏多布里昂（François-René de Chateaubriand, 1768—1848）的《阿达拉》（*Atala*, 1801）及歌德的《浮士德》联结起来，指出"正因为无名氏摆脱了启蒙的叙事立场，所以他超

---

① 厉向君：《略论无名氏与〈无名书初稿〉》，《齐鲁学刊》2001 年第 5 期，第 142—144 页。作者指出，司马长风曾于 1978 年在《明报》上宣称："自新文学运动诞生以来，《无名书初稿》是最伟大的小说作品，这由于它表现了前所未有的独创性。"（页 142）有关司马长风对《无名书》的分析，见司马长风，《中国新文学史》卷下，骆驼出版社，1987，第 100—108 页。司马长风认为《无名书》"在独创性上，虽有辉煌成就"（页 107），但显著的缺点是"文字和描写的奢侈""主题过于广大，而且情节和人物都嫌蕴育不足"（第 107—108 页）。

越现实层面以后直接进入了抽象的文化层面"（第 7 页）。[1]尉天
骢认为《无名书》充满人生哲理与宗教情操，在乱世中追求生命
最终的平衡、和谐与自由，而平衡的主轴"就是不含任何功利的
单纯的爱"（第 55 页）。[2]邬红梅则指出，《无名书》中展现的"生
命冲动"是柏格森人生哲学的核心概念，"这种非理性主义哲学，
强调宇宙间的生命意志、感性、直观，取代了以理性和概念为核
心的理性主义哲学"。[3]上述学者的论点，包括"摆脱了启蒙的叙
事立场""追求生命最终的平衡、和谐与自由"、以柏格森的"生
命冲动"取代了理性主义哲学，连起来看正是五四时期人生观派
的主张。

　　《无名书》在每一卷的前面，都有一段献词："献给这一时代
为真理而受苦难，而不屈，而挣扎，而战斗，而终将获胜的各民
族纯洁灵魂！"1982 年 12 月 20 日在《联合报》发表的《略论人
类未来理想与信仰》中，无名氏写道"你得彻底理解各种信仰的
精华或核心意义。这不只指理智理解，更重要的是感情的体验"
（第 8—9 页）[4]，充分表达人生观派的立场。其皇皇巨著《无名书》
六卷本，以史诗式的小说艺术形式演绎了人生哲学。全书的历史
背景是现代中国的革命动荡年代，从北伐、国共分裂到抗战胜利。
男主角印蒂高中毕业前一个月突然失踪，留书给父亲说，他必须

―――――――
　　[1]　陈思和：《试论〈无名书〉》，《当代作家评论》1998 年第 6 期，第 4—16 页。
　　[2]　尉天骢：《探求·反思·自由——读〈无名书〉》，收入无名氏，《无名书：
野兽·野兽·野兽》上，文史哲出版社，2002，第 13—56 页。
　　[3]　邬红梅：《从〈无名书〉看无名氏的生死观》，《河南科技大学学报》29
卷 2 期（2011 年 4 月），第 45—48 页。
　　[4]　陆达诚：《谈〈创世纪大菩提〉序曲》，收入无名氏《无名书：创世纪大
菩提》上册，第 7—12 页。

走遍天涯海角去找寻"生命中最可贵的'东西',甚至比生命本身还要重要的'东西'"(上,第 76 页)[①]。此时年轻的印蒂只是在精神危机中凭着"盲目的感觉"出外寻找,但并不清楚自己要寻找什么;在阅读过程中我们逐渐明白,他在寻找生命的真理。从十八岁左右离家,投身革命的惊涛骇浪,继而追求爱欲的欢乐,在《金色的蛇夜》中坠入灵魂堕落的虚无深渊,有如浮士德;于是开始思考神与宗教的意义。到《开花在星云以外》开卷时,四十一岁的印蒂登上五千仞的华山修行,逐渐体悟儒释道在禅修中融合为一体的世界观,关注的不再仅是自己民族的命运,而是全人类的福祉。最后,在《创世纪大菩提》中,八年对日抗战终于结束,印蒂历尽千山万水,前往四川寻找阔别十四年的情人瞿萦,回到了追寻真理之旅的起点也是终点——爱与新生命串联起来的"生命整体的智慧"。印蒂对新婚妻子瞿萦诉说:

> 我们不倚赖上帝……佛,和别的任何神祇,也不凭仗任何强制性的一元论,也不完全借助于社会现实的强迫性的压力,我们所皈依的,是生命整体的智慧,与由此而产生的高超的生命境界,以及东西文化(包括将来科学的发展)毫无抵触的新的文化的整体……
>
> 我之再寻找你,和你共同创造我们的第一个生命——海地,正基于上述这种哲学观念,以及我过去的灵魂空间背景。五千仞上,我获得的,是伟大自然的回声,可这不够,我还必须综合人间的回声——你、我们未来的孩子。今后,我更要找寻并设法获得更多的回声——人类。只有穿过你和他,

---

① 无名氏:《无名书:野兽·野兽·野兽》上、下册,文史哲出版社,2002。

在灵魂和肉体上，我才能有血有肉的健全的走向他们——人类。起点是我，中程是大自然宇宙、你和他，终点却是他们。而真正最后的永恒终点仍是整个星际空间。（上册，第 141 页）

印蒂最终信仰的不是任何超越现世的神祇，亦非斯宾诺莎或朱谦之信仰的内在于自然的泛神宗教，而是内在于生命本身的整体的智慧。如同人生观派，印蒂由我出发，探询我与众多非我——大自然、宇宙、有情众生、他人——的关系，最后把关怀眼界放到全人类，甚至"整个星际空间"。印蒂说明他的理想："我想建立的，以及我想和大家共同探讨轫创的，是一种星球哲学或星球主义。它也是一种整体生命观照，和综合的人生哲学感觉，把国家或民族感觉，化成世界感觉，而且要变成星球感觉。"（上册，第 139 页）印蒂认为东方哲学，尤其是中国古典玄学，最精华的部分就是这种"高贵的素质"（上册，第 139 页）。这种人生观与宇宙观，正是唯情论的主张，读者可回顾本书第五章袁家骅《唯情哲学》的说法——"我和本体，人生和宇宙，也血脉相连，不能分开"（第 257 页）；也不要忘记朱谦之《一个唯情论者的宇宙观及人生观》所主张的儒家思想的"进化"：从宋儒的宇宙观、明儒的人生观、清儒的政治哲学，到当前儒家思想的"综合时代"，亦即"全生命的哲学时代"（第 469—470 页）。

印蒂这种人生哲学伴随着伦理观："宇宙、万象、生命、死亡、人类、爱情、一切一切，我都可以超脱，只有一样，我不能，这就是伦理责任。"（上册，第 141 页）婚后印蒂从事文化出版事业，编辑"欧美文化批判""中国传统文化批判"及"明日中国文化建设"等丛书计划，并与瞿萦、艺术家、思想家、实业家朋友们按照"地球农场"的理想，创造新的社会实践及人生追求。地球农场不仅是洞悉人世阴暗与严峻危险后的幸福追求，更是"人与人新关系"的实验："或多或少，无条件的对他人奉献一点人力物力，以尽一个地球人的最低道德责任。"（下册，第569页）印蒂主张，所有知识分子应分出一部分精力"投入现实生活，为人群做点事"：画家卖画筹开办费，农场种植蓖麻子、养鸡、兔、羊、蜂，农场筹备委员会主席由大家轮流担任，每人轮流奉献时间担任农作，另招募年轻男女工人二十名（下册，第572—574页）；工人每天上课两小时，由知识分子规划文学、艺术、经济、历史等课程及授课（下册，第610—614页），收入稳定后地球农场的所有权由印蒂转让给工人们（下册，第621页），农场中的一切事物由工人们自治管理，最后进行农场美化，实现美育的目标（下册，第730页）。印蒂着手"星球哲学"的规划和推广，因为民族、国家、洲际、世界的观念都过时了，而未来的世界政府将是地球政府（下册，第646—647页），共同的目标之一是"探索建立未来人类的统一的综合的新信仰"（下册，第697页），也就是"结合求真求美求实践行动效率的求善潮流"，追求"综合的生命大平衡、大和谐的历史新潮流"（下册，第718页）。这种乌托邦式的规划和实践，犹如本书第四章指出，人生哲学是一种实践哲学。《野兽·野兽·野兽》强调行动及实践的必要，如下列一段直接提到"人生哲学"：

> 行动是思想的唯一见证者，至少，社会思想与人生哲学是如此……言语文字和思想是实践的一半，行为是实践的另一半……没有行为的思想，只能算半个真理……生命本身就是一连串的动，一连串的行为。（下册，第308页）

　　思想与实践的配合，是人生观派一贯的理想。蔡元培的《美育的实施方法》规划了李石岑所说的"美的社会"蓝图，包括"胎儿的美育"到"社会美育"、公坟的美化等。《无名书》中，印蒂规划的"地球农场"着眼于人类与地球的和谐共生，永续生存的概念更向前走了一步。这极可能是现代中国环保书写的前驱，如今自然写作在全球遍地开花，无名氏小说中发挥的环保概念值得关注。

　　《无名书》主旨是新的人生哲学的追求。《野兽·野兽·野兽》中印蒂历经清党的血腥大屠杀，朋友非死即逃，有的囚禁了，有的转向另一个阵营。印蒂有如置身炼狱，彷徨无主，喃喃自言："生命在哪里呢？路在哪里呢？"（下册，第 300 页）《创世纪大菩提》中他找到了自己的路，既非极尽意欲能事的西方人的道路，亦非印度的禁绝意欲的道路："目前世界精神大潮流中，有两种主流。一种太偏于'我要'，一种太偏于'我不要'。前者是绝对的浪漫主义，后者是中世纪的僧侣思想。"（下册，第 438 页）也就是说，不是梁漱溟《东西文化及其哲学》中所说的文化第一条路向（意欲向前）或第三条路向（意欲返身向后要求），而是中国人生哲学的路，是意欲调和的入世道路。《野兽·野兽·野兽》中柏格森的语汇及概念俯拾皆是，例如下列一段：

　　　　我们感受到无穷绵延和变化，但我们却无法了解这绵延体。我们成天活在时间里，整天谈它、说它、利用它，甚至写它，但我们却一辈子从未见到嗅到或摸到它的真形真影。我们只有一片绵延意识，但这意识是人的精神结晶，神经系统产物，这结晶与产物都不能代表时间。时间既不是观念，是一片物质体么？……近代科学大师说时空不只是一种主观

的知觉方式，也是物质世界的真实特性，并以 1919 年的一次日蚀证明。（上册，第 68 页）

如本书第二章针对柏格森《创化论》的分析，柏格森认为，真正的时间是"绵延"和"变化"，而科学的时空观是以物质为基础的。柏格森主张精神与物质、主观与客观的合一，这也是人生观派的主张。上述引文中直接提到"科学大师"的时空观，批判"科学唯物论"的针对性十分明显。对科学的批判，是《无名书》一贯的态度，卷六《创世纪大菩提》中印蒂说："今天科学有点像'天方夜谭'那只瓶子里的妖魔，渔翁——人类，打开瓶子后，立刻发现，他可能带给自己无穷危险。"（下册，第 435 页）印蒂指出，科学一方面提升我们的物质享受及官能享乐，一方面含有可怕的成分：反复的核爆弹有可能毁灭地球（下册，第 436 页）。因此，在太偏于"我要"与"我不要"的世界精神潮流中，印蒂主张"建设一种又神话又科学的人生哲学与信仰"，发展新的"人类的伦理原则"，以"哲学的平衡、和谐"来适应科学所创造的未来"神话式的新现实"，安定人类的精神、保卫自己的幸福与"生命的绵延"（下册，第 438 页）。而与印蒂的人生哲学最有共鸣的，是画家蔺素子，后者将"艺术境界与哲学境界……溶成一片"（下册，第 415 页），以水墨画表现出"东西文化精神相溶互化后的新画面"（下册，第 410 页）。《无名书》显然承袭了五四人生观派认为文学、哲学、艺术在精神上相通的看法；如本章前述方东美主张哲学家接近于文艺家，因为两者皆以"情"感受人生花园之美。

写作《无名书》之前，无名氏就持续思索理智与情感、直觉的关系。其 1943 年的散文写道：

　　直到现在止，人的"感觉"及"直觉"的特征，还远过于"思辩"的特征，而今日人生中令我们快乐的要素，多在感觉范畴，少在思辩范畴。

　　严格说来，理智的分析也应该属感情的绵延之流，与直觉不同的是：后者是动态，前者是静态。凡关于感情及意志的，总有人为的及强力的成分，至于智慧的直观，（此既非一般直观，亦非浅薄的思辨），它似乎是佛家所谓第八识，即阿赖耶识，则是一种极自然而非人力的纯属下意识的状态（第 1 页）。①

　　无名氏不仅认为直觉、感情重于思辨，更认为理智是感情的一部分；他强调直觉的动态与理智的静态对比，与人生观派的看法是合拍的。在《科学哲学与人生》中，方东美批判笛卡尔"把思想看作心之全体大用"，是极大的误谬。要去妄就真，心就必须"解脱思想，触发他种作用"，也就是触发情感与直觉的作用（第 252 页）；情感与理智是不能二分的。今天，我们谈论五四的启蒙理性运动时，不要忘了人生观派的唯情论所主张的情感启蒙。

---

① 　无名氏:《人生的奥义》（无名氏沉思录），开山书店，1972。

结论

唯情论与启蒙理性

还原一个完整的"五四故事"

本书一方面重建人生观运动的跨欧亚反启蒙联结，一方面着眼于重新诠释五四的文化遗产。唯情与理性的辩证是五四留给后代的遗泽，弥足珍贵，可惜在两岸分席的历史长河中被遗忘了。

笔者认为，宣扬启蒙、救亡、革命的理性思维，却只说了五四一半的故事。相对的，强调五四的文学艺术成就，而文学艺术无他，所发扬的正是陈世骧、王德威、陈国球相继指陈的"抒情传统"，其思想背景是本书所企图还原的五四唯情论。文艺背后具有本体论／认识论的意义，只是需要理论化来彰显。本书深究唯情论所体现的本体论意涵，指出五四唯情论的情感启蒙如何针对启蒙理性论述，深刻反思唯情论的道德、伦理、政治内涵，目的是还原一个完整的"五四故事"。

五四作为一个历史事件，不断重新被诠释与被赋予新的意义，正说明它的复杂性与多义性。笔者认为，人生观派对文艺的倚重不只是标榜学术自主，也导向以情感启蒙及唯情论建立新人生观的政治伦理企图，这就是为什么美育运动的领导人物均提出美好人生的乌托邦蓝图。李欧梵于1973年出版的《中国现代作家的浪漫一代》书，讲述了清末民初从苏曼殊到郁达夫等一脉相承的情的传统，娓娓道来。[1] 提倡浪漫主义的创造社，会从文学革命走向革命文学，也是顺理成章的。同是检讨五四的多重意义，张灏则指出，以启蒙运动为源头的理性主义，以及讴歌情感的浪漫主义，两者并存而"互相纠缠、互相激荡"，良有以也（第35页）。[2] 但是张灏又主张：

---

[1]　Leo Ou-fan Lee, *The Romantic Generation of Modern Chinese Writers*, Cambridge, Mass.: Harvard University Press, 1973；李欧梵：《中国现代作家的浪漫一代》，新星出版社，2005。

[2]　张灏：《重访五四：论五四思想的两歧性》。

> 五四对科学理性的信心又超过启蒙运动，因为西方启蒙运动思想里面尚有对科学理性主义一些批判性的认识。康德（Immanuel Kant）和休（姆）（David Hume）所代表的理性主义都承认科学理性无从替人类的价值建立一个习性的标准。借用韦伯（Max Weber）的名词，欧洲启蒙运动多多少少认识科学只能建立功效理性，而非价值理性，但五四则缺少这份批判的认识，相信科学既可建立功效理性，又可建立价值理性。它既是人类客观知识的保证，又是价值观和人生观的绝对标准。（第34—35页）

张灏所说的"相信科学既可建立功效理性，又可建立价值理性"的五四人，应该是科学与人生观论战中的科学派人士。本书则指出，人生观派的唯情论正是针对科学理性主义的"批判性认识"。本书扭转一向被视为"保守主义者"的人生观派形象，提出对人生观派的新诠释，就教于方家。

本书重构人生观论述跨越欧亚的故事，旨在说明：五四推崇理性的启蒙论述高张之时，主张情感启蒙及唯情论的反启蒙论述也同时展开；两者实为一体的两面，互为表里。五四的唯情论及情感启蒙论述，是人生观派学者系统性的努力：梁启超、张东荪、梁漱溟、蔡元培、张君劢、方东美等人，企图透过唯情与理性的辩证联结欧亚反启蒙论述。这种有意识的系统性努力，可从梁启超及蔡元培主导的几个文化事件及组织来观察。梁启超方面，包括1898至1911年其流亡日本期间，与留日学人及提倡"复兴东洋伦理"的日本学者交往；1916年宪法研究会（即"研究系"）成立，以《时事新报》为喉舌，1918年发表了张东荪的《创化论》，奠定人生观派的论述基础；《时事新报》又于 1920 年起大量刊登创造社作家的作品，间接促成创造社的成立；1918 年率领子弟兵如张君劢赴欧拜访倭伊铿，事后张君劢留在耶拿跟倭氏学习哲学，两人于 1922 年以德文合著《中国与欧洲的人生问题》一书；1920 年起与蔡元培、林长民、张元济等组织讲学社，邀请东西方哲人如杜威、罗素、杜里舒、泰戈尔等来华演讲；1921 年梁漱溟出版《东西文化及其哲学》；1923 年张君劢的文章《人生观》导致科学与人生观论战的爆发等。蔡元培方面，包括 1901 年担任南洋公学特班总教习，1902 年协助创办爱国女学、上海专科师范学校，培育了日后美育运动的无数推手；1912 年担任中华民国第一届教育部长以来积极推动美育运动；1920 年创办《美育》杂志，直至 1924 年袁家骅的《唯情哲学》与朱谦之的《一个唯情论者的宇宙观及人生观》出版。美育运动是人生观运动的一环，《美育》杂志及相关出版品上发表的一系列美学理论，为人生观运动奠定了情感启蒙及唯情论的基础。说到人生观派的关系网络，当然更不能忽略无政府主义者及其出版刊物——如《民铎》《民德》等——所扮演的角色。20 世纪 10 年代至 20 年代梁启超与蔡元培的一系列计划与作为，在在显示人生观派长期酝酿反启蒙运动，以情感启蒙及唯情论来反制科学理性主义的主导。由此可见，1923 年科学与人生观论战的爆发，乃必然的结果。

本书追溯"人生观""直觉""创造"等跨文化语汇由欧美进入日本、进而进入中国的历程，还原了联结五四与欧亚反启蒙论述的跨文化网络。这也显示，中国的现代化与跨文化语汇进入本土语言，是息息相关的。一个跨文化语汇的引进，也就是一个新概念的引进，此新概念又与传统相应的概念联结，互相发明，促成了传统概念的重新诠释。甚且，此类跨文化语汇已经成为我们的日常语言。今天难以想象，若没有这些跨文化语汇，我们如何可能表达自我、如何可能描述世界。我们熟悉的五四启蒙论述强调的是为了救亡图存必须"全盘西化"，本书提出的五四反启蒙论述则显示，在一片"打倒孔家店"的呼声中，儒家传统却因与倭伊铿、柏格森的互动而再生，1949 年后的新儒家学者亦延续此一命脉而兴起。到了二十一世纪中国崛起，政治经济力量叱咤风云之余，传统儒家的软实力也应运而生，以孔子学院现身，遍及全球，相关儒学著作也成为书市主力。2015 年陈平原的文章《作为一种"思想操练"的"五四"》，指出大陆儒学复兴之后，现代文学学者面对五四评价的进退两难："进入新世纪后，随着'传统''国学''儒家'地位的不断攀升，'五四'话题变得有些尴尬，在某些学术领域甚至成了主要批判对象。"（第 22 页）[①]黄万盛亦认为这是个问题，"化解启蒙——儒家的二元论或许是二十一世纪中国最大的文化工程"[②]。本书则主张，若摆脱五四仅是启蒙理性的定见，以全新角度正视与之并行的情感启蒙及唯情论，"五四"话题会更趋复杂有趣。

　　五四反理性主义的唯情论，联结了欧洲启蒙时代以来的情感论述与传统中国的情观，显现在现代中国文艺抒情传统的发展上。

---

　　①　陈平原：《作为一种"思想操练"的"五四"》，《探索与争鸣》（2015年 7 月），第 20—23 页；收入《作为一种思想操练的五四》，北京大学出版社，2018，第 1—15 页。

　　②　黄万盛：《启蒙的反思和儒学的复兴——二十世纪中国反传统运动的再认识》，《开放时代》2007 年第 5 期，第 51—70 页。文中主张"中国的启蒙运动一开始就有显明的功利性；启蒙的根本目的并不是解决认知问题，实现国家的繁荣和民族的强大才是启蒙的真正目的，认知真理只是导向这个目标的手段。这个区别是中国启蒙在根本上不同于西方。"但本书认为，五四的反启蒙正是解决认知问题，与西方没有根本的不同。

五四运动当然并未彻底打倒传统。五四情感启蒙及唯情论的重建，让我们理解到五四时期现代与传统、本土文化与外来文化互相渗透、互相发明的盘根错节互动。

本书在案例研究方面，说明跨文化研究作为一个方法论的意义。所谓跨文化，不仅跨越中国与西方，也跨越现代与传统；亦即跨语际也跨历史分期。与其说跨文化是一个新的学术领域，不如说它是一个新的研究方法，可以打开不同学术领域的现有格局。进一步而言，跨文化是自我面对他者文化的伦理态度，目的在打破自我中心主义。要真正理解自我，就必须理解自我与他者的互动如何在关键时期促成自我的创造性转化。跨文化是一种吊诡，一方面任何文化对异文化都充满好奇与欲望，无法阻挡外来文化的入侵；另一方面又想象并维护传统的"纯粹"，两种倾向不断互相拉扯、互相攻讦。五四以来，儒家思想的蜕变发展充分展现了这两种倾向的并存较劲。随后，新儒家兴起，梁漱溟、熊十力、冯友兰、张君劢等人提倡儒家哲学的思辨，主张儒家哲学亦可发展出民主与科学，有别于人生观派对非理性的强调。新儒家如牟宗三则主张中国的理性表现不同于西方，中国是"理性的运用表现"，西方是"理性的结构表现"。[1] 新儒家与五四传统的断裂与连续，同样值得深究。[2]

巴金：追求真情的五四人

最后我分析巴金的《随想录》，作为本书的总结。《随想录》

---

[1] 牟宗三：《历史哲学》，人生出版社，1970；牟宗三，《政道与治道》，学生书局，1987。

[2] 杨儒宾：《1949礼赞》，联经出版社，2015。

充分显示出巴金是一个追求真情的五四人。直接的证据是他在
《五四运动六十周年》这篇文章中的陈述：

> 今年是五四运动的六十周年……今天我仍然像在六十年
> 前那样怀着强烈的感情反对封建专制的流毒……我们是五四
> 运动的产儿，是被五四运动的年轻英雄们所唤醒，所教育的
> 一代人。（第 64 页）[1]

这句话很值得我们深入思考。它不仅清楚地表明巴金自觉是
喝五四奶水长大的，更透露出五四运动六十年之后，他回顾过去
时，用什么方式来诠释、理解五四传统的复杂性。正如本书所指
出，这个复杂性表现在当年知识界进行的情感与理性辩证。此本
体论／认识论辩证是五四带给我们最珍贵的遗产，今天我们应该
从这个角度来重新认识五四传统。

巴金的文章中所说的"反对封建专制的流毒"，是五四启蒙
理性的理想。[2] 要注意的是，巴金这句话等于是一个五四人呼应
又批判另一个五四人，显示出五四精神的复杂性。巴金说他自己
"怀着强烈的感情反对封建专制的流毒"，等于告诉我们：启蒙理
性的理想如要实现，完全依赖信仰者"强烈的感情"支持；反之，
也只有真情才能戳破启蒙理性。

终其一生，巴金信仰情感至上。[3] 巴金是隶属于五四的真情

---

[1]　巴金：《五四运动六十周年》，《随想录》第 1 集，人民文学出版社，
1980，第 64—67 页。

[2]　许纪霖：《当代中国的启蒙与反启蒙》，北京大学出版社，2011。

[3]　彭小妍：《阶级斗争与女性意识的觉醒：巴金〈激流三部曲〉中的无政
府主义乌托邦理念》，《中国文哲研究集刊》（1992 年 3 月）2 期，第 353—382 页。

之人，如同"创造社"等浪漫派文人讴歌情感，也是真情之人。徐志摩 1928 年的文章最能透露情感的反启蒙理性主义本质：

> 哈代（Tomas Hardy）的死应分结束历史上一个重要的时期。这时期的起点是卢[梭]的思想与他的人格，在他的言行里，现代"自我解放"与"自我意识"实现了它们正式的诞生。从忏悔录到法国革命，从法国革命到浪漫运动，从浪漫运动到尼采（与道施滔奄夫斯基 [Dostoevsky]），从尼采到哈代——在这一百七十年间我们看到人类冲动性的情感，脱离了理性的挟持，火焰似的迸窜着，在这光炎里激射出种种的运动与主义。（第 86 页）①

从卢梭对自我的讴歌，从法国革命到浪漫主义、尼采、哈代，徐认为他见证到一百七十年来人类一脉相承的精神："人类冲动性的情感，脱离了理性的挟持。"虽然徐也许并不理解 1924 年朱谦之、袁家骅等的唯情论的本体论／认识论层面，至少体会到情感与启蒙理性的辩证关系。巴金的《随想录》给我们的启发，是五四承先启后、跨越欧亚的情感与理性的永恒辩证。它告诉我们，理性与真情必须相辅相成，不能偏废。荒废理性，则流于感情用事；泯灭真情，就沦入乌托邦理性的机械论。我们在讨论五四的启蒙理性之时，不要忘了五四的唯情论。

---

① 徐志摩：《汤麦士哈代》（1928），收入《徐志摩全集》，香港商务印书馆，1983，第 3 卷，第 80—106 页。

参考文献

中文专著

[德] 顾有信：《一个哲学虚构概念的本土化——论康德"Things in Themselves"的中文译法》，祈玲玲译，收入孙江、刘建辉主编《亚洲概念史研究·第 1 辑》，生活·读书·新知三联书店，2013。

[法] 柏格森（Henri Bergson）著：《创化论》（L'évolution créatrice）（1918），张东荪译释，原载《时事新报》1918 年 1 月 1 日起 3 个月；后收入《创化论》，商务印书馆，1919。

[法] 费南：《瞿秋白——翻译理论与语言共同体：寻找一个中国读者》，收入彭小妍编《文化翻译与文本脉络：晚明以降的中国、日本与西方》，台北"中研院"中国文哲研究所，2013。

[美] 爱德温·阿瑟·伯特（Edwin Arthur Burtt）：《近代物理科学的形而上学基础》（The Metaphysical Foundations of Modern Physical Science: A Historical and Critical Essay），张卜天译，四川教育出版社，1994。

[美] 杜威：《杜威家书：1919 年所见中国与日本》（1920），刘幸译，北京师范大学出版社，2016。

[美] 杜威：《现代的三个哲学家》，胡适口译，《晨报》，1920 年 3 月 8—27 日；后收入《杜威五大讲演》下，晨报社，1920。

[日] 牧野英二：《日本的康德研究史与今日的课题》，廖钦彬译，收入李明辉编《康德哲学在东亚》，台湾大学出版中心，2016。

[日] 牧野英二：《日本康德研究的意义与课题（1946—2013）》，廖

钦彬译，收入李明辉编《康德哲学在东亚》，台湾大学出版中心，2016。

[日]西田几多郎：《善之研究》，魏肇基译，开明书店，1929。

[唐]慧琳：《一切经音义》，收入《大正新修大藏经》54 册，新文丰出版公司，1983。

[英]罗素：《科学之将来》（*Icarus; or, The Future of Science*,1924），吴献书译，商务印书馆，1931。

《联共（布）、共产国际与中国苏维埃运动（1927—1931)》，中央文献出版社，2001。

《新译愣严经》卷 1，三民书局，2003。

巴金：《人生哲学：其起源及其发展》（1928），帕米尔书店，1987，再版。

巴金：《五四运动六十周年》，《随想录》，人民文学出版社，1980。

蔡元培：《北京大学校旗图说》（1918)：《蔡子民先生言行录》，文海出版社，1973；根据上海新潮社版影印。

蔡元培：《内外时报：教育部总长对于新教育之意见》，《东方杂志》8 卷 10 期（1912 年 4 月）；后改题《对于教育方针之意见》（1912)：《蔡元培先生全集》，台湾商务印书馆，1977。

蔡元培：《世界观与人生观》（1912)，《民德杂志》创刊号（1912 年冬季）；后载《教育周报》16 期（1913）；后收入《蔡元培先生全集》，台湾商务印书馆，1977。

蔡元培：《文化运动不要忘了美育》（1919)，《晨报》，1919 年 12 月1 日；后收入《蔡元培先生全集》，台湾商务印书馆，1977。

蔡元培等：《美育实施的方法》，商务印书馆，1925。

陈国球：《结构中国文学传统》，华中师范大学出版社，2011。

陈国球：《诗意与唯情的政治——司马长风文学史论的追求与幻灭》，《感伤的旅程：在香港读文学》，学生书局，2003。

陈平原：《作为一种"思想操练"的"五四"》，《探索与争鸣》7 期，

2015；后收入《作为一种思想操练的五四》，北京大学出版社，2018。

陈世骧（ChenShih hsiang）：《中国的抒情传统》（On Chinese Lyrical Tradition: Opening Address to Panel on Comparative Literature），收入杨铭涂译：《陈世骧文存》，志文出版社，1975，第 2 版。

陈玮芬、廖钦彬编《跨文化哲学中的当代儒学：与京都学派哲学的对话》，台北"中研院"中国文哲研究所，2015。

陈星：《李叔同身边的文化名人》，中华书局，2005。

陈寅恪：《王观堂先生挽词》（1927）：《陈寅恪集．诗集》，生活·读书·新知三联书店，2001。

川尻文彦：《"哲学"在近代中国——以蔡元培的"哲学"为中心》，收入孙江、刘建辉编《亚洲概念史研究·第一辑》。

戴晴：《张东荪和他的时代：在如来佛掌中》，香港中文大学出版社，2009。

丁子江：《罗素与中西思想对话》，秀威资讯，2016。

杜维明：《超越而内在——儒家精神方向的特色》，《儒学第三期发展的前景问题》，联经出版社，1989。

杜亚泉：《人生哲学》，商务印书馆，1929。

方东美：《科学哲学与人生》，商务印书馆，1936。

方东美：《生生之德》，黎明文化，1980，第 3 版。

方东美：《中国人的人生观》，冯沪祥译；收入方东美：《中国人生哲学》，黎明文化，1980。原书为 Thomé H. Fang, *The Chinese View of Life: The Philosophy of Comprehensive Harmony*, Hong Kong :Union Press,1957.

方东美：《中国人生哲学》，黎明文化，1982，第 4 版。

方东美：《自序》，《科学哲学与人生》，商务印书馆，1936。

丰一吟：《我的父亲丰子恺》，香港中和出版有限公司，2014。

甘阳：《儒家与启蒙：哲学会通视野下的当前中国思想》，生活．读书．新知三联书店，2011。

工藤贵正：《厨川白村现象在中国与台湾》，秀威经典，2017。

顾绶昌：《往事·回忆·愿望》，收入北京图书馆《文献》丛刊编辑部、吉林省图书馆学会会刊编辑部编《中国当代社会科学家第6辑》，书目文献出版社，1983。

顾绶昌：《唯情哲学序》，收入袁家骅：《唯情哲学》，泰东书局，1924。

郭沫若：《创造者》，《创造季刊》，1卷1期（1922年5月1日）。

郭沫若：《女神之再生》，《民铎》2卷5期（1921年2月15日）；后改题《女神》，泰东书局，1921，再版。

郭廷以：《近代中国史纲》，香港中文大学出版社，1986，第3版。

国际方东美哲学研讨会执行委员会编《方东美先生的哲学》，台北幼狮文化，1989。

海青：《"自杀时代"的来临？二十世纪早期中国知识群体的激烈行为和价值选择》，中国人民大学出版社，2010。

何乏笔：《内在超越重探——韦伯论"基督工夫"与资本主义精神的创造转化》，收入刘述先、林月惠编《当代儒家与西方文化（宗教篇)》，台北"中研院"中国文哲研究所，2005。

何乏笔主编《跨文化漩涡中的庄子》，台湾大学人文社会高等研究院东亚儒学研究中心，2017。

何石彬：《《阿毗达磨俱舍论》研究：以缘起、有情与解脱为中心》，宗教文化出版社，2009。

赫胥黎（Thomas Henry Huxley）著，王道还编辑校注：《天演论》，严复译，文景书局，2012。

侯健：《从文学革命到革命文学》，中外文学月刊社，1974。

胡人椿：《艺术教育概论》，收入李石岑等：《美育之原理》，商务印书馆，1925。

胡适：《实验主义》（1919），收入葛懋春、李兴芝编《胡适哲学思想资料选》上，华东师范大学出版社，1981。

胡适：《五十年来之世界哲学》（1923），申报馆，1924。1923 年 2 月出版为《申报五十周年纪念刊》。

胡适著，曹伯言编《胡适日记 1931—1937》，安徽教育出版社，2001。

黄冠闵：《寂寞的独体与记忆共同体：牟宗三〈五十自述〉中的生命修辞》，《台大文史哲学报》87 期（2017 年 8 月）。

黄冠闵编《跨文化哲学中的当代儒学：政治哲学》，台北"中研院"中国文哲研究所，2014。

黄建中：《比较伦理学》，台湾商务印书馆，1965。

黄夏年：《朱谦之先生的学术成就与风范》，收入黄夏年编《朱谦之选集》，吉林人民出版社，2005。

黄兴涛：《"她"字的文化史：女性新代词的发明与认同研究》，福建教育出版社，2009。

黄玉顺：《超越知识与价值的紧张："科学与玄学论战"的哲学问题》，四川人民出版社，2002。

黄玉顺：《面向生活本身的儒学：黄玉顺"生活儒学"自选集》，四川大学出版社，2006。

黄玉顺：《儒学与生活："生活儒学"论稿》，四川大学出版社，2009。

蒋国保：《方东美与现代新儒家》，安徽人民出版社，2013。

劳思光：《文化哲学讲演录》，香港中文大学出版社，2002。

老志均：《鲁迅的欧化文字：中文欧化的省思》，师大书苑，2005。

黎照编《鲁迅梁实秋论战实录》，华龄出版社，1997。

李大钊：《东西文明之根本异点》（1920）：《守常文集》，上海书店，1989。原载《言志季刊》，1920 年第 3 册。

李大钊：《厌世心与自觉心》，《甲寅》1 卷 8 期（1915 年 8 月 10 日）；后收入《李大钊文集》上，人民出版社，1984。

李明辉：《当代儒学之自我转化》，台北"中研院"中国文哲研究所，

1994。

李欧梵：《林纾与哈葛德》，收入彭小妍编《文化翻译与文本脉络》，台北"中研院"中国文哲研究所，2013。

李石岑：《附录：论美育书》（1925），收入李石岑等：《美育之原理》，商务印书馆，1925。

李石岑：《美育之原理》，原载《教育杂志》，14 卷 1 期（1922 年 1 月 20 日）；后收入李石岑等：《美育之原理》，商务印书馆，1925。

李石岑：《自序》，《人生哲学》（1925），地平线出版社，1972，重印。原为 1923 年于山东教育厅的演讲稿。

李石岑等：《美育之原理》，商务印书馆，1925。

李泽厚、刘绪源：《该中国哲学登场了：李泽厚 2010 年谈话录》，译文出版社，2011。

李泽厚：《中国现代思想史论》（1987），三民书店，2009。

李泽厚：《中国哲学如何登场：李泽厚 2011 年谈话录》，译文出版社，2011。

梁启超：《东南大学课毕告别辞》（1923）：《饮冰室合集》卷 5 之 40，中华书局，1989。

梁启超：《历史现象是否为进化的》（1923）：《饮冰室合集》卷 5 之 40，中华书局，1989。

梁启超：《亡友夏穗卿先生》，《东方杂志》21 卷 9 期（1924）。梁焕鼐编撰：《桂林梁先生遗著》，华文书局，1968。

梁实秋：《论鲁迅先生的"硬译"》（1929），收入黎照编《鲁迅梁实秋论战实录》，华龄出版社，1997。

梁漱溟：《东西文化及其哲学》，商务印书馆，1922，第 5 版。

梁漱溟：《东西文化及其哲学自序》，《东西文化及其哲学》，商务印书馆，1922，第 5 版。

梁漱溟：《纪念蔡元培先生》（1942）：《忆往谈旧录》，金城出版社，

2006。

梁漱溟：《梁漱溟全集》，济南：山东人民出版社，1993。

林安梧：《梁漱溟及其文化三期重现说——梁著〈东西文化及其哲学〉的省察与试探》，《鹅湖月刊》77 期（1981 年 11 月）。

林少阳：《鼎革以文：清季革命与章太炎"复古"的新文化运动》，上海人民出版社，2018。

林维杰、黄冠闵、林宗泽编《跨文化哲学中的当代儒学：工夫、方法与政治》，台北"中研院"中国文哲研究所，2016。

林维杰、黄雅娴编《跨文化哲学中的当代儒学：工夫论与内在超越性》，台北"中研院"中国文哲研究所，2014。

林毓生：《中国传统的创造性转化》，生活·读书·新知三联书店，1992。

刘禾（Lydia H. Liu）：《跨语际实践：文学，民族文化与被译介的现代性（中国，1900—1937）》（*Translingual Practice: Literature, National Culture, and Translated Modernity, 1900-1937*），宋伟杰 等译，生活·读书·新知三联书店，2002。

刘述先：《方东美先生哲学思想概述》，收入罗义俊编《评新儒家》，上海人民出版社，1989。

刘述先：《现代新儒学发展轨迹》，《儒家哲学的典范重构与诠释》，万卷楼图书股份有限公司，2010。

鲁迅：《"硬译"与文学的阶级性——附"新月"的态度》（1930），收入黎照编《鲁迅梁实秋论战实录》，华龄出版社，1997。

鲁迅：《摩罗诗力说》（1908）：《鲁迅全集》卷 1，人民文学出版社，1989。

陆达诚：《谈〈创世纪大菩提〉序曲》，《无名书：创世纪大菩提》上，文史哲出版社，1999。

吕澄：《附录：论美育书》（1925），收入李石岑等：《美育之原理》，商务印书馆，1925。

吕澂：《艺术和美育》（1925），收入李石岑等：《美育之原理》，商务印书馆，1925。

蒙培元：《情感与理性》，中国社会科学出版社，2002。

闵建蜀：《传统智慧中的真我》，香港中文大学出版社，2013。冯友兰：《中国哲学简史》，北京大学出版社，1985。

牟宗三：《从周易方面研究中国之玄学及道德哲学》，大公报社，1936。

牟宗三：《理性之运用表现与架构表现》，《民主评论》6卷19期（1955年10月5日）；后收入《政道与治道》，学生书局，1987。

牟宗三：《历史哲学》，香港人生出版社，1970。

牟宗三：《生命的学问》，三民书局，1976，第4版。

牟宗三：《五十自述》（1959），鹅湖出版社，1989。

牟宗三：《周易的自然哲学与道德函义》（1936），文津出版社，1988。

彭小妍：《"唯情哲学"与科学理性》，收入彭小妍编《跨文化实践：现代华文文学文化》，台北"中研院"中国文哲研究所，2013。

彭小妍：《浪荡子美学与跨文化现代性：一九三〇年代上海、东京及巴黎的浪荡子、漫游者与译者》，联经出版社，2012。

彭小妍：《性启蒙与自我的解放："性博士"张竞生与五四的色慾小说》，《超越写实》，联经出版社，1993。

彭小妍：《以美为尊：张竞生"新女性中心"论与达尔文"性择"说》，《中国文哲研究集刊》44期（2014年3月）。

彭小妍：《张竞生的性美学乌托邦：情感教育与女性治国》，收入李丰楙编《文学、文化与世变：第三届国际汉学会议论文集》，台北"中研院"中国文哲研究所，2002。

彭小妍：《中元祭与法国红酒：跨文化批判与流动的主体性》，收入彭小妍编《跨文化情境：差异与动态融合——台湾现当代文学文化研究》，台北"中研院"中国文哲研究所，2013。

彭小妍编《文化翻译与文本脉络》，台北"中研院"中国文哲研究所，2013。

沈从文：《阿丽思中国游记》（1928），《沈从文全集》卷3，北岳文艺出版社。

沈从文：《八骏图》（1935），《沈从文全集》卷8，北岳文艺出版社。

沈从文：《凤子》（1932—1937），《沈从文全集》卷7，北岳文艺出版社。

沈从文：《虹桥》（1946），《沈从文全集》卷10，北岳文艺出版社。

沈从文：《美与爱》（1940后），《沈从文全集》卷17，北岳文艺出版社。

沈从文全集编委会编《沈从文年表简编》，《沈从文全集》附卷，北岳文艺出版社。

司马长风：《唯情论者的独语》，远行出版社，1976。

司马长风：《中国新文学史》，骆驼出版社，1987。

苏雪林：《郁达夫及其作品》（1932），《二三十年代作家与作品》，广东出版社，1980，再版。

孙智燊：《学生时代的方东美先生》，收入杨士毅编《方东美先生纪念集》，正中书局，1982。

汤化龙：《创化论序》，收入柏格森著，张东荪译释：《创化论》（L'évolutioncréatrice），商务印书馆，1919。

陶英惠：《蔡元培与北京大学》，《民国教育学术史论集》，秀威资讯，2008。

陶英惠：《典型在夙昔：追怀中央研究院六位已故院长》，秀威资讯，2007。

田汉、宗白华、郭沫若：《三叶集》，上海书店，1982。

汪东林：《梁漱溟问答录》，湖南人民出版社，1988。

汪孟邹编《科学与人生观之论战》，香港中文大学近代史料出版组，1973。

王昌焕编撰：《梁启超张东荪》，人民日报出版社，1999。

王德威：《现代抒情传统四论》，台湾大学出版中心，2011。

王福堂、孙宏开：《袁家骅先生学术年表》，收入王福堂、孙宏开编选《袁家骅文选》，北京大学出版社，2010。

王国维：《孔子之美育主义》（1904），《王国维哲学美学论文辑佚》，华东师范大学出版社，1993。

王国维：《论教育之宗旨》（1903），《王国维哲学美学论文辑佚》，华东师范大学出版社，1993。

王汝华：《现代儒家三圣：梁漱溟、熊十力、马一浮论宋明儒学》，新锐文创，2002。

王星拱：《科学方法论》，北京大学出版部，1920。

尉天骢：《探求·反思·自由——读〈无名书〉》，收入无名氏：《野兽·野兽·野兽》上，文史哲出版社，2002。

无名氏：《告读者》，收入《无名书：创世纪大菩提》上，文史哲出版社，1999。

无名氏：《人生的奥义》（无名氏沉思录），开山书店，1972。

无名氏：《无名书》（1945—1960），共 6 卷，文史哲出版社与九歌出版社，1998—2002。卷 1《野兽·野兽·野兽》（2002）；卷 2《海艳》（2000）；卷 3《金色的蛇夜》（九歌，1998）；卷 4《死的岩层》（2001）；卷 5《开花在星云以外》（2002）；卷 6《创世纪大菩提》（1999）。

吴汝钧：《京都学派哲学七讲》，文津出版社，1998。

吴先伍：《现代性的追求与批评：柏格森与中国近代哲学》，安徽人民出版社，2005。

吴稚晖：《一个新信仰的宇宙观及人生观》（1923），收入汪孟邹编《科学与人生观之论战》，香港中文大学近代史料出版组，1973。原出版为《科学与人生观》，亚东图书馆，1924，再版，下册。此版本每篇文章均各自编页码。

吴稚晖：《箴洋八股化之理学》（1923），收入汪孟邹编《科学与人生观之论战》，香港中文大学近代史料出版组，1973。原出版为《科学与人生观》，亚东图书馆，1924，再版，下册。此版本每篇文章均各自编页码。

夏咸淳：《晚明尊情论者的文艺观》，《天府新论》3 期（1994）。孙江、刘建辉主编《亚洲概念史研究》，生活·读书·新知三联书店，2013。共三辑。

谢莺兴编《徐复观教授年表初编》，东海大学图书馆，2017。

徐复观：《心的文化》，《中国思想史论集》，学生书局，1974，第 3 版重编。

徐改平：《从文学革命到革命文学：以文学观念和核心领袖的关系变迁为中心》，中国社会科学出版社，2013。

徐志摩：《汤麦士哈代》（1928）：《徐志摩全集》卷 3，香港：商务印书馆，1983。

许纪霖：《当代中国的启蒙与反启蒙》，社会科学文献出版社，2011。

许纪霖：《启蒙如何起死回生》，北京大学出版社，2011。

许晚成编《李石岑情变万言书》，龙文书店，1964。

玄奘释，季羡林编《大唐西域记记校注（上下）》，中华书局，2000。

杨儒宾：《1949 礼赞》，联经出版社，2015。

杨永乾：《张君劢传：中华民国宪法之父》，台北唐山出版社，1993。

姚南强：《因明学说史纲要》，上海三联书店，2000。

印顺：《自序》，《唯识学探源》，正闻出版社，1984，第 3 版。

余秉颐：《认识新儒家：以价值观为核心的文化哲学》，学生书局，2011。

元青：《杜威与中国》，人民出版社，2001。

袁家骅：《唯情哲学》，泰东书局，1924。

张东荪：《理智与条理》（1946），收入张耀南编《知识与文化：张东荪文化论著辑要》，中国广播电视出版社，1995。

张东荪：《译言》（1919），收入柏格森（Henri Bergson）著，张东荪译释：《创化论》（*L'évolution créatrice*）（1918），原载《时事新报》1918年1月1日起3个月；后收入《创化论》，商务印书馆，1919。

张竞生：《美的人生观》，北新书局，1927，第5版。原为1924年北京大学哲学课程讲义，1925年5月由北京大学出版。

张竞生：《美的社会组织法》，北新书局，1926。原于1925年9月4日至25日连载于《京报副刊》，后于1925年12月由北京大学出版社出版。

张君劢：《人生观论战之回顾——四十年来西方哲学界之思想家》（1963），收入程文熙编《中西印哲学文集》下，学生书局，1971。

张历君：《心声与电影——论瞿秋白早期生命哲学中的修辞》，收入陈平原编《现代中国》11辑，2008。

张淑玲：《方东美的生命观与西方创化思想》，台北花木兰文化出版社，2011。

张文伯：《吴稚晖先生传记》，台北文星书店，1967。

郑伯奇：《忆创造社》（1959）：《忆创造社及其他》，三联书店（香港）有限公司，1982。本文曾于1959年在上海《文艺月报》连载。

郑学稼：《由文学革命到革文学的命》，亚洲出版社，1953。

钟彩钧：《明代程朱理学的演变》，台北"中研院"中国文哲研究所，2018。

朱建成：《顾绶昌》，收入庄毅主编《中华人民共和国享受政府特殊津贴专家、学者、技术人员名录1992年卷第2分册》，中国国际广播出版社，1996。

朱谦之、杨没累：《荷心》（1923），新中国丛书社，1924；后收入朱谦之著，黄夏年编《朱谦之文集》卷1，福建教育出版社），2002。

朱谦之：《大同共产主义》（1927）；后收入朱谦之著，黄夏年编《朱谦之文集》卷 1，福建教育出版社，2002。

朱谦之：《发端》，原载《民铎杂志》3 卷 3 期（1922 年 3 月 1 日）；收入朱谦之著，黄夏年编《朱谦之文集》卷 1，福建教育出版社，2002。按：《民铎杂志》每一篇文章均单独编页码。

朱谦之：《奋斗二十年》（1946）；后收入朱谦之著，黄夏年编《朱谦之文集》卷 1，福建教育出版社，2002。

朱谦之：《通讯代序》，原载《民铎杂志》3 卷 3 期，1922 年 3 月 1 日；后收入《周易哲学》（1923）；收入朱谦之著，黄夏年编《朱谦之文集》卷 3，福建教育出版社，2002。按：《民铎杂志》每一篇文章均单独编页码。

朱谦之：《文化哲学》（1934），收入朱谦之著，黄夏年编《朱谦之文集》卷 6，福建教育出版社，2002。

朱谦之：《虚无主义者的再生》，原载《民铎》4 卷 4 期（1923 年 6 月）；后收入《荷心》（1923）；收入朱谦之著，黄夏年编《朱谦之文集》卷 1，福建教育出版社，2002。

朱谦之：《一个唯情论者的宇宙观及人生观》（1924）；后收入朱谦之著，黄夏年编《朱谦之文集》卷 1，福建教育出版社，2002。

朱谦之：《中国思想对于欧洲文化之影响》（1940），台北众文图书公司，1977 年重刊。

朱谦之：《周易哲学》（1923）；后收入朱谦之著，黄夏年编《朱谦之文集》卷 3，福建教育出版社，2002。

朱谦之著，黄夏年编《朱谦之文集》，福建教育出版社，2002，共 9 卷。

朱寿桐：《情绪：创造社的诗学宇宙》，上海文艺出版社，1991。

左其福：《汤显祖的“唯情”文学观》，湘潭大学硕士论文，2001。

左玉河编著《张东荪年谱》，群言出版社，2013。

中文论文

《本志宣言》，《美育》1 期（1920 年 4 月 20 日）。

《美育界纪闻》，《美育》1 期（1920 年 4 月 20 日）。

蔡元培：《美育实施的方法》，《教育杂志》14 卷 6 期（1922 年 6 月 20 日）。

蔡元培：《以美育代宗教说》（1917），《新青年》3 卷 6 期（1917 年 8 月 1 日）。原为 1917 年 4 月 8 日在神州学会的演讲。

陈独秀：《敬告青年》，《青年杂志》1 卷 1 期（1915 年 9 月 15 日）。

陈独秀：《吾人最后之觉悟》，《新青年》1 卷 6 期（1916 年 2 月 15 日）。

陈独秀：《宪法与孔教》，《新青年》2 卷 3 期（1916 年 11 月 1 日）。

陈来：《论李泽厚的情本体哲学》，《复旦学报》3 期（2014）。

陈思和：《试论〈无名书〉》，《当代作家评论》6 期（1998 年）。

陈相因：《"自我"的符码与戏码——论瞿秋白笔下"多余的人"与〈多余的话〉》，《中国文哲研究集刊》44 期（2014 年 3 月）。

成仿吾、郭沫若：《从文学革命到革命文学》，《创造月刊》1 卷 9 期（1928 年）。

董德福：《柏格森哲学与"五四"进步思潮》，《社会科学》5 期（1966）。

顾兆熊：《马克思学说》，《新青年》6 卷 5 期（1919 年 5 月）。

黄文宏：《西田几多郎论"实在"与"经验"》，《台湾东亚文明研究学刊》3 卷 2 期（2006 年 12 月）。

蒋梦麟：《北大学生林德扬君的自杀——教育上生死关头的大问题》，《新潮》2 卷 2 期（1919 年 12 月）。

蒋梦麟：《改变人生的态度》，《新教育》1 卷 5 期（1919 年 6 月）。

李大钊：《青年厌世自杀问题》，《新潮》2 卷 2 期（1919 年 12 月）。

李伟：《无名氏——卜乃夫传奇》，《文史春秋》5 期，1996。

李永强：《梁启超与讲学社》，《荷泽学院学刊》28 卷 6 期（2006 年 12 月）。

李泽厚、刘悦笛：《关于"情本体"的中国哲学对话录》，《文史哲》3 期（2014）。

厉向君：《略论无名氏与〈无名书初稿〉》，《齐鲁学刊》5 期（2001 年）。

梁启超：《欧游心影录》，《晨报》，1920 年 3 月 6 日—8 月 17 日。

梁启超：《人生观与科学——对于张丁论战的批评（其一）》，《晨报副刊》，1923 年 5 月 29 日，1—2 版。

梁漱溟：《究元决疑论》，《东方杂志》13 卷 5 期（1916 年 5 月 10 日）；13 卷 6 期（6 月 10 日）；13 卷 7 期（7 月 10 日）。

刘放桐：《杜威的哲学概念及他对传统形而上学的批判》，《天津社会科学》6 期（2011 年）。

刘纪蕙：《"心的治理"与生理化伦理主体——以《东方杂志》杜亚泉之论述为例》，《中国文哲研究集刊》29 期（2006 年 9 月）。

罗家伦：《是青年自杀还是社会杀青年——北大学生林德扬君的自杀，教育上转变的大问题》，《新潮》2 卷 2 期（1919 年 12 月）。

鸥外·鸥：《股份 ISM 恋爱思潮——OGAI'ONIC—LOVE》，《妇人画报》28 期（1935 年 5 月）。

彭小妍：《阶级斗争与女性意识的觉醒：巴金〈激流三部曲〉中的无政府主义乌托邦理念》，《中国文哲研究集刊》2 期（1992 年 3 月）。

齐卫平：《五四时期中国社会转型与自杀现象》，《民国春秋》3 期（1998）。

施海涛：《试论《中国新文学史》的对立性与唯情性》，《学术探讨》12 卷 6 期（2012 年 6 月）。

王道还：《〈天演论〉中的热力学》，《科学文化评论》10 卷 5 期，2013。

王汎森：《"烦闷"的本质是什么——主义与中国近代私人领域的政

治化》，《思想史 1》2013 年 9 月。

　　王汝华：《孔学的现代重光——由梁漱溟"新孔学的五个向度入探"：《逢甲人文学报》19 期，2009 年 12 月。

　　邬红梅：《从〈无名书〉看无名氏的生死观》，《河南科技大学学报》29 卷 2 期（2011 年 4 月）。

　　吴梦非：《对于我国办学者的一个疑问》，《美育》4 期（1920 年 7 月）。

　　吴梦非：《美育是什么？》，《美育》1 期（1920 年 4 月 20 日）。

　　吴梦非：《美育是什么？续》，《美育》2 期（1920 年 5 月 31 日）。

　　肖鹰：《汤显祖唯情文学观的逻辑解析》，《河北学刊》33 卷 4 期（2013 年 7 月）。

　　熊吕茂：《梁漱溟与中国现代化的两难》，《岭南学刊：文化论丛》6 期（1999 年）。

　　徐水生：《道家思想与日本哲学的近代化——以西周、中江兆民、西田几多郎为例》，《鹅湖月刊》379 期（2007）。

　　杨华丽：《论"五四"新思潮中的"赵五自杀事件"》，《中国现代文学论丛》9 卷 1 期（2014 年 6 月 23 日）。

　　杨儒宾：《从体用论到相偶论》，《清华人文学报》6 期（2011 年 12 月）。

　　杨儒宾：《情归何处——晚明情性思想的解读》，"东亚儒学与中国现代性"国际学术研讨会发表论文，台湾清华大学人文社会学院，2018 年 10 月 6—7 日。

　　姚治华：《非认知与第三量》，《台湾政治大学哲学学报》17 期（2007 年 1 月）。

　　张东荪：《新创化论》，《东方杂志》25 卷 1 期（1928 年 1 月）。

　　张君劢：《人生观》，《清华周刊》272 期（1923 年 3 月）。

　　张君劢：《倭伊铿精神生活哲学大概》，《改造》3 卷 7 期（1921 年 3 月）。

　　周玲荪：《新文化运动和美育》，《美育》3 期（1920 年 6 月）。

日文文献

ジェームズ・ジョホノット（James Johonnot）（高嶺秀夫訳）『教育新論』巻 3，東京茗溪会，1885。原作 James Johonnot, *Principles and Practice of Teaching*, New York : D. Appleton and Company, 1878）。

ルドルフ・クリストフ・オイケン（Rudolf Eucken）（安倍能成訳）「凡例」，『大思想家の人生観』東亜堂書房，1913。

ルドルフ・クリストフ・オイケン（Rudolf Eucken）（安倍能成訳）「無題の序」，『大思想家の人生観』東亜堂書房，1913。

ルドルフ・クリストフ・オイケン（Rudolf Eucken）（安倍能成訳）『大思想家の人生観』東亜堂書房，1913。

安倍能成・高橋健二訳，『シラー美的教育論』岩波書店，1938。

白石喜ノ助『基督教の宇宙観及び人生観』教文館，1913。

大瀬甚太郎『教授法』金港堂，1891。

金子馬治・桂井当ノ助訳「ベルグソン小伝」，『創造的進化』早稲田大学出版社，1913。

久松真一「我尊会有翼文稿．不成文会有翼生草稿について」，西田幾多郎『西田幾多郎全集』巻 16，岩波書店，1978。

鈴木重雄『世界観・国家観・人生観』，第一公論社，1942。

人生哲学研究会編『近代人の人生観』越三堂，1925。

上山春平「絶対無の探究」，上山春平編『西田幾多郎』中央公論社，1970。

上山春平編『西田幾多郎』中央公論社，1970。

西田幾多郎「フランス哲学についての感想」，『西田幾多郎全集』巻 12，岩波書店，1978。

西田幾多郎「病中述懐」（1889—1890），『西田幾多郎全集』巻 16，岩波書店，1978。

西田幾多郎「場所的論理と宗教的世界観」（1945），『西田幾多郎全集』巻 11，岩波書店，1978。

西田幾多郎「純粋経験に関する断章」，『西田幾多郎全集』巻 16，岩波書店，1978。

西田幾多郎「答宾劇」（1889—1890），『西田幾多郎全集』巻 16，岩波書店，1978。

西田幾多郎「絶対矛盾的自己同一」（1939），『西田幾多郎全集』巻 9，岩波書店，1978。

西田幾多郎「日記」（1897—1945），『西田幾多郎全集』巻 17，岩波書店，1978。

西田幾多郎「善の研究」（1911），『西田幾多郎全集』巻 1，岩波書店，1978。

西田幾多郎「生命」（1944），『西田幾多郎全集』巻 11，岩波書店，1978。

西田幾多郎「書簡集一」（1887—1937），『西田幾多郎全集』巻 18，岩波書店，1978。

西田幾多郎「数学の哲学的基礎附け」（1945），『西田幾多郎全集』巻 11，岩波書店，1978。

西田幾多郎「現代の哲学」（1916），『西田幾多郎全集』巻 1，岩波書店，1978。

下村寅太郎「後記」，西田幾多郎『西田幾多郎全集』巻 1，岩波書店，1978。

夏目漱石「伦敦消息」（1901），『夏目漱石全集』巻 9，筑摩書房，1977。

小原国芳『教育の根本問題としての宗教』集成社，1919。

小原国芳『母のための教育学』イデア，1926。

有田和臣「生命主義哲学から生命主義文芸論への階梯—生命主義

者としての西田幾多郎、その小林秀雄に与えた影響の一側面—」『京都語文』18 期。

原随園『西洋史概論』稲門堂書店，1923。

真井覚深『弘法大師の人生観』六大新報社，1916。

中村雄二郎「哲学における生命主義」，鈴木貞美編『大正生命主義と現代』河出書房新社，1995。

中村哲夫「梁启超と「近代の超克」論」，狭間直樹編『梁启超：西洋近代思想受容と明治日本』みすず書房，1999。

子安宣邦『近代の超克とは何か』青土社，2008。

西文文献

Altman, Matthew C. and Cynthia D. Coe. *The Fractured Self in Freud and German Philosophy*. Hampshire, England: Palgrave and Macmillan, 2013.

Ansell-Pearson, Keith, Paul-Antoine Miquel and Michael Vaughan. "Responses to Evolution: Spencer's Evolutionism, Bergsonism, and Contemporary Biology." In *The New Century: Bersonism, Phenomenology and Responses to Modern Science*, ed. Keith Ansell-Person and Alan D. Schrift. Chicago: University of Chicago Press, 2010.

Ball, Terence. "Marx and Darwin: A Reconsideration," *Political Theory* 7:4(November 1979).

Bambach, Charles R. *Heidegger, Dilthey, and the Crisis of Historicism*. Ithaca: Cornell University Press, 1995.

Bergson, Henri. (1907) L'*évolution créatrice*. Paris: Presses Universi-taires deFrance, 1998.

Bergson, Henri. *Creative Evolution*, trans. Arthur Mitchell. New York: H.

Holt and Company, 1911.

Bergson, Henri. "Avant-propos." In *Le sens et la valeur de la vie, par Rudolph Eucken*, trans. Marie-Anna Hullet and Alfred Leicht. Paris: Librairie Félix Alcan, 1912, pp. i-iv. Traduit de l'allemand sur la 3e édition.

Berlin, Isaiah. "The Counter-Enlightenment." In *Against the Current: Essays in the History of Ideas*. Princeton and Oxford: Princeton University Press, 2013, 2nd edition.

Blackman, Lisa and John Cromby. "Affect and Feeling," *International Journal of Critical Psychology*, 21 (2007).

Blyth, Alan. "From Individuality to Character: The Herbartian Sociology Applied to Education," *British Journal of Educational Studies* 29: 1 (February 1981).

Bolaños, Paolo. "Nietzsche, Spinoza, and the Ethological Conception of Ethics,"

Minerva: An Internet Journal of Philosophy 11 (2007). Internet publication, with no page numbers.

Brühlmeier, Arthur. *Head, Heart and Hand: Education in the Spirit of Pestalozzi*, trans. Mike Mitchell. Cambridge, U. K.: Lightening Source for Sophia Books, 2010.

Burtt, Edwin Arthur. *The Metaphysical Foundations of Modern Physical Science: A Historical and Critical essay*. London: Routledge, 2002.

Cai, Yuanpei. "Replacing Religion with Aesthetic Education," trans. Julia F.

Andrews. In *Modern Chinese Literary Thought: Writings on Literature, 1893-1945*, ed. Kirk A. Denton. Stanford, Calif.: Stanford University Press, 1996.

Carter, Robert E. *The Nothingness beyond God: An Introduction to the Philosophy of Nishida Kitarō.* St. Paul, Minnesota: Paragon House, 1997. Cavell, Stanley. *A Pitch of Philosophy: Autobiographical Exercises.* Cambridge, Mass.: The Jerusalem-Harvard Lectures, 1994.

Chen, Shih-hsiang. "On Chinese Lyrical Tradition: Opening Address to Panel on Comparative Literature," AAS Meeting, 1971. *Tamkang Review* 2:2 & 3:1 (Oct. 1971 & April 1972).

Chiang, Howard. "Epistemic Modernity and the Emergence of Homosexuality in China," *Gender and History* 22: 3 (November 2010).

Coleridge, S. T. *Collected Letters of Samuel Taylor Coleridge*, electronic edition. Charlottesville, Va.: InteLex Corporation, 2002, vol. 3.

Damásio, António. *Descarte*s' *Error: Emotion, Reason, and the Human Brain.* New York: Avon Books, 1994.

Darnton, Robert. *The Business of Enlightenment: A Publishing History of the Encyclopédie 1775-1800.* Cambridge, Mass.: The Belknap Press of Harvard University Press, 1970.

David-Ménard, Monique. *Hysteria from Freud to Lacan: Body and Language in Psychoanalysis.* Ithica: Cornell University Press, 1989.

Davis, Edward B. "Myth 13." In *Galileo Goes to Jail and Other Myths about Science and Religion*, ed. Ronald L. Numbers. Cambridge: Harvard University Press, 2009.

Deleuze, Gilles. *Le bergsonisme.* Paris: Presses Universitaires de France, 1966. Deleuze, Gilles. *Spinoza et le problème de l'expression* (*Spinoza and the Problem of Expression*). Paris: Les Éditions de Minuit, 1968.

Deleuze, Gilles. *Logique du sens* (*The Logic of Sense*). Paris: Les Édition de Minuit, 1969.

Deleuze, Gilles and Félix Guattari. *Mille plateaux: capitalisme et schizophrénie 2.* Paris: Les Édition de Minuit, 1980.

Deleuze, Gilles and Félix Guattari. *A Thousand Plateaus: Capitalism and Schizophrenia (Mille plateaux: capitalisme et schizophrénie 2), trans.* Brian Massumi. Minneapolis. MN.: The University of Minnesota Press, 1987.

Deleuze, Gilles. *Bergsonism (Le bergsonisme),* trans. Hugh Tomlinson and Barbara Habberiam. New York: Zone Books, 1988.

Deleuze, Gilles. *Le pli: Leibniz et le baroque (The Fold: Leibniz and the Baroque).* Paris: Les Editions de Minuit, 1988.

Deleuze, Gilles. *Bergsonism,* trans. Hugh Tomlinson and Barbara Habberiam. New York: Zone Books, 1988.

Deleuze, Gilles. *Expressionism in Philosophy* (Spinoza et le problème de l'expression, 1968), trans. Martin Joughin. New York: Zone Books, 1990.

Deleuze, Gilles. "Spinoza Against Descartes." In *Expressionism in Philosophy: Spinoza* (Spinoza et le problème de l'expression), trans. Martin Joughin. New York: Zone Books, 1990.

Deleuze, Gilles. *The Fold: Leibniz and the Baroque,* trans. Tom Conley. Minneapolis and London: University of Minnesota Press, 1993.

Descartes, René. *Les passions de l'âme (Passions of the Soul,* 1647). In *Oeuvres de Descartes.* Paris: Léopold Cerf, 1897-1913, vol. 11.

Descartes, René. "La description du corps humain et de toutes ses fonctions," (Description of the Human Body and all its Functions, 1648) in *Oeuvres de Descartes.* Paris: Léopold Cerf, 1897-1913, vol. 11.

Descartes, René. *Oeuvres de Descartes (Complete Works of Descartes).* Paris: Léopold Cerf, 1897-1913.

Dewey, John. "Philosophy and American National Life," (1904). In *The Middle Works, 1899-1924.* Carbondale and Edwardsville: Southern Illinois University Press, 1983..

Dewey, John. "The Influence of Darwinism on Philosophy," (1907).

In *The Middle Works*, *1899-1924*. Carbondale and Edwardsville: Southern Illinois University Press, 1983..

Dewey, John. *Letters from China and Japan*, ed. Alice Chipman Dewey and Evelyn Dewey. New York: E. P. Dutton, 1920.

Dewey, John. *Reconstruction in Philosophy*. New York: Henry Holt and Company, 1920.

Dewey, John. "Existence as Precarious and As Stable," (1925). In *The Later Works, 1925-1953*. Carbondale and Edwardsville: Southern Illinois University Press, 1981-1990..

Dewey, John. "Preface." In *Nature and Experience* (1925). In *The Later Works, 1925-1953*. Carbondale and Edwardsville: Southern Illinois University Press, 1981-1990.

Dewey, John. "Body and Mind," (1928). In *The Later Works, 1925-1953*. Carbondale and Edwardsville: Southern Illinois University Press, 1981- 1990..

Durant, Will. *The Story of Philosophy: The Lives and Opinions of the Greater Philosophers* (1926). New York: Pocket Books, 1953.

Engler, Barbara. *Personality Theories: An Introduction*. Belmont, Calif.: Wadsworth Cengage Leaning, 2014.

Eucken, Rudolf. (1922) *Die Lebesanschauungen der Grossen Denker: Eine Entwick-lungsgeschichte des Lebensproblems der Menschheit von Plato bis zur Gegenwart* (*The Philosophy of Life of the Great Thinkers: A History of the Development of the Problem of Human Life from Plato to the Present*, 1890). In *Gesammelte Werke* (*Complete Works*). Leipzig: Verlag von Veit & Co., 1907, 7th edn.

Eucken, Rudolf. (1922) *Die Lebesanschauungen der Grossen Denker: Eine Entwicklungsgeschichte des Lebensproblems der Menschheit von Plato bis zur Gegenwart* (*The Philosophy of Life of the Great Thinkers: A History of the Development of the Problem of Human Life from Plato to the Present*, 1890). In *Gesammelte Werke* (*Complete Works*). Hildesheim: Georg Olms Verlag AG, 2007, vol. 12.

Eucken, Rudolf. *The Problem of Human Life: As Viewed by the Great Thinkers From Plato to the Present Time*, trans. Williston S. Hough and W. R. Boyce Gibson. London: T. Fisher Unwin, 1910. Based on the 7th edition (1907) of the original.

Eucken, Rudolf and Carsun Chang. *Das Lebensproblem in China und in Europa (The Problem of Life in China and Europe)*. Leipzig: Quelle & Meyer, 1922. Foerster, Freidrich Wilhelm. *Schule und Charakter* (*School and Character*).Zürich: Schulthes & Co., 1914.

Gale, Richard M. "The Metaphysics of John Dewey," *Transactions of the Charles S. Peirce Society* 38: 4 (Fall 2002).

Garmo, Charles De. *Herbart and the Herbartians.* New York: Charles Scribner's Sons, 1895.

Gottlieb, Anthony. *The Dream of Enlightenment: The Rise of Modern Philosophy*. New York, N. Y.: Liveright Publishing Co., 2016.

Greenblatt, Stephen. "Cultural Mobility: An Introduction." In *Cultural Mobility: A Manifesto*, ed. Stephen Greenblat. Cambridge: Cambridge University Press, 2010.

Gregg, Malissa and Gregory J. Seigworth eds. *The Affect Theory Reader.* Durham and London: Duke University Press, 2010.

Grieder, Jerome B. *Hu Shih and the Chinese Renaissance.* Cambridge, Mass.: Harvard University Press, 1970.

Gulik, Robert Hans van. *Sexual Life in Ancient China*. Leiden: Brill, 1961. Hadot, Pierre. *Philosophy as a Way of Life: Spiritual Exercises from*

Socrates to Foucault, trans. Michael Chase. Malden, Mass.: Blackwell, 1995.

Haldane, John Burdon Sanderson. *Daedalus; or, Science and the Future.* London: E. P. Dutton and Co., 1924.

Haldane, John Scott. *The Philosophical Basis of Biology: Donnellan Lectures, University of Dublin, 1930. London: Hodder and Stoughton Limited, 1931.*

Heisig, James W. *Philosophers of Nothingness: An Esssay on the Kyoto School.*

Honolulu: University of Hawai'i Press, 2001.

Hildebrand, David L. *Dewey: A Beginner's Guide.* Oxford, U. K.: Oneworld Publications, 2008.

Hobson, Earnest William. *The Domain of Natural Science.* Cambridge: University of Cambridge Press, 1923.

Hon, Tze-ki (韩子奇). "Constancy in Change: A Comparison of James Legge's and Richard Wilhelm's Interpretations of the *Yijing.*" In *Monumenta Serica*, vol. 53. Taylor & Francis, Ltd. 2005.

Hume, David. *A Treatise of Human Nature.* Bristol: thoemmes Press, 2001.

Humphrey, Robert. *Stream of Consciousness in the Modern Novel.* Berkeley: University of California Press, 1954.

Jaroslav Průšek. *The Lyrical and the Epic: Studies of Modern Chinese Literature.* Bloomington: Indiana University Press, 1980.

Jasper, David. *The Sacred and Secular Canon in Romanticism: Preserving the Sacred Truths.* London and New York: St. Martin's Press, 1999.

Johonnot, James. *Principles and Practice of Teaching.* New York: D. Appleton and Company, 1878.

Kallen, Horace M. *William James and Henri Bergson: A Study in*

Contrasting Theories of Life. Bristol, England: Thoemmes Press, 2001.

Keiji, Nishitani. *Nishida Kitarō*, trans. Yamamoto Seisaku and James W. Heisig. Berkeley and Los Angeles: University of California Press, 1991.

Kropotkin, Peter. *Mutual Aid: A Factor or Evolution.* London: W. Weinemann, 1902.

Kropotkin, Prince. *Ethics: Origin and Development*, trans. Louis S. Friedland and Joseph R. Piroshnikoff. New York: Tudor Publishing Co., 1924.

Kundera, Milan. *Immortality*, trans. Peter Kussi. New York: HarperCollins Publishers, 1991.

Kwok, D. W. Y. *Scientism in Chinese Thought, 1900-1950.* New Haven and London: Yale University Press, 1965.

Lacan, Jacques. *The Language of the Self: The Function of Language in Psychoanalysis*, trans. Anthony Wilden. Baltimore: Johns Hopkins University Press, 1981.

Lee, Leo Ou-fan. *The Romantic Generation of Modern Chinese Writers.* Cambridge, Mass.: Harvard University Press, 1973.

Lin, Anwu. "Liang Shuming and His Theory of the Reappearance of Three Cultural Periods: Analysis and Evaluation of Liang Shuming's Eastern and Western Cultures and Their Philosophies," *Contemporary Chinese Thought* 40: 3 (Spring 2009).

Lin, Yu-sheng. *The Crisis of Chinese Consciousness: Radical Antitraditionalism in the May Foruth Era.* Madison: University of Wisconsin Press, 1979.

Liu, Lydia H. *Translingual Practice: Literature, National Culture, and Translated Modernity, 1900-1937.* Stanford, Calif.: Stanford University Press, 1995.

Lyotard, Jean-François. *Economie libidinale*. Paris: Édition Minuit, 1974. Masini, Federico. *The Formation of Modern Chinese Lexicon and Its Evolution Toward a National Language: The Period from 1840 to 1898*. Berkeley: University of California, Project on Linguistic Analysis, 1993.

McDonald, Joan. *Rousseau and the French Revolution, 1762-1791*. London: Bloomsbury Collections, 2013.

McMahon, Darrin M. "The Counter-Enlightenment and the Low Life of Literature in Pre-Revolutionary France," *Past & Present* 159 (May 1998).

Meyer, Paul H. "The French Revolution and the Legacy of the Philosophes," *The French Review* 30:6 (May 1957).

Miller, Brook. *Self-Consciousness in Modern British Fiction*. New York: Palgrave MacMillan, 2013.

Mornet, Daniel. "Le Romantisme avant les romantiques," [Romanticism Before the Romanticists]. In *Le Romantisme et les lettres* [*Romanticism and Literature*], ed. Société des amis de l'Université de Paris. Paris: Édition Montaigne, 1929.

Nazar, Hina. *Enlightened Sentiments: Judgment and Autonomy in the Age of Sensibility*. New York: Fordham University Press, 2012.

Nehamas, Alexander. *The Art of Living: Socratic Reflections from Plato to Foucault*. Berkeley, Calif. : University of California Press, 1998.

Nietzsche, Friedrich. *Early Greek Philosophy and Other Essays*, trans. and ed. Maximilian A Mügge. New York: The MacMillan Company, 1911.

Novallis, Julian Schmidt. *Heinrich von Ofterdinggen*. Leipzig: Brockhaus, 1876. Novallis, Julian Schmidt. "Preface." In *Heinrich von Ofterdingen*. Leipzig: Brockhaus, 1876.

Pagden, Anthony. *The Enlightenment and Why It still Matters*. Oxford: Oxford University Press, 2013.

Paolucci, Paul. *Marx's Scientific Dialectics: A Methodological Treatise for a New Century*. Leiden and Boston: Brill, 2007.

Pater, Walter. *Greek Studies: A Series of Essays*. London: MacMillan and Co., 1895. Peng, Hsiao-yen. "Miao Romances." In *Antithesis Overcome: Shen Cong wen's Avant-gardism and Primitism*. Taipei: Institute of Chinese Literature and Philosophy, Academia Sinica, 1994.

Peng, Hsiao-yen. "Sex Histories: Zhang Jingsheng's Sexual Revolution." In *Critical Studies: Feminism/Femininity in Chinese Literature*, ed. Peng-hsiang Chen & Whitney Crothers Dilley. Amsterdam: Editions Rodopi B.V., 2002.

Peng, Hsiao-yen. *Dandyism and Transcultural Modernity: The Dandy, the Flâneur, and the Translator in 1930s Shanghai, Tokyo, and Paris*. London and New York: Routledge, 2010.

Peng, Hsiao-yen. "Food and Sex: Zhang Jingsheng's Regimen Theory and Thermodynamics." International Conference on "Cultural Exchange and Imagination: Multiple Perspectives of Chinese Literature and Philosophy" (December 8-9, 2016).

Pestalozzi, Johann Heinrich. *Lienhard und Gertrud: ein Buch für das Volk* (*Leonard and Gertrude: A Book for the People*). Zürich: Bei Heinrich Gessner, 1804.

Popp, Jerome A. *Evolution's First Philosopher: John Dewey and the Continuity of Nature*. Albany: State University of New York Press, 2007.

Rorty, Richard. *Consequences of Pragmatism*. Minneapolis: University of Minnesota Press, 1982.

Rorty, Richard. "Dewey's Metaphysics." In *Consequences of Pragmatism*.

Minneapolis: University of Minnesota Press, 1982.

Rousseau, Jean-Jacques. *Discours sur les sciences et les arts*. Paris: Le Livre de Poche, 2004.

Russell, Bertrand. *Proposed Roads to Freedom*. New York: Henry Holt and Company, 1919.

Russell, Bertrand. *The Problem of China*. London: G. Allen & Unwin Ltd., 1922.

Russell, Bertrand. *Icarus: or, The Future of Science*. New York: E. P. Dutton & Co., 1924.

Roussell, Bertrand. *Why I Am Not A Christian and Other Essays on Religion and Related Subjects*, ed. Paul Edwards. London: George Allen & Unwin, 1957. Originally a talk given on March 6, 1927 at Battersea Town Hall.

Santayana, George. *Dialogues in Limbo*. London: Constable and Co. Ltd., 1925. Schiller, Friedrich. *On the Aesthetic Education of Men: in a Series of Letters* (Über die äesthetische Erziehung des Menschen, 1794), trans. and ed.

Elizabeth M. Wilkinson and L. A. Willoughby, parallel text in English and German. Oxford: Clarendon Press, 1982.

Schopenhauer, Arthur. *The World as Will and Idea*, trans. R. B. Haldane, M.A. and J. Kemp. M.A. London: Kegan Paul, Trench, Trübner & Co., 1909.

Spengler, Oswald. *Der Untergang des Abendlandes* (*The Decline of the West*).

Wien und Leipzig: Wilhelm Braumüler, 1918.

Spengler, Oswald. *Der Untergang des Abend-landes: Umrisse einer Morphologie der Weltgeschichte* (*The Decline of the West: Outlines of the Morphology of World History*). München: Beck, 1922-1923.

Stcherbatsky, Th. *Buddhist Logic* (New York: Dover Publication, Inc.,

1962).

Taylor, Henry Osborn. *Thought and Expression in the 16th Century*. New York: The MacMillan Company, 1920.

Terada, Rei. *Feeling in Theory: Emotion after the "Death of Subject,"* Cambridge, Mass.: Harvard University Press, 2001.

Thom, Martin. "The Unconscious Structured as a Language." In *The Talking Cure: Essays in Psychoanalysis and Language*, ed. MacCabe Colin. London: Macmillan, 1981.

Trevor-Roper, Hugh. *History and the Enlightenment*. New Haven and London: Yale University Press, 2010.

Turner, Frank M. *European Intllectual History from Rousseau to Nietzsche*. New Haven, C. T.: Yale University Press, 2014.

Umberto, Bresciani. *Reinventing Confucianism: The New Confucian Movement*.

Taipei: Taipei Ricci Institute, 2001.

Valéry, Paul. "La crise de l'esprit" (1919). In *Oeuvres*. Paris: Gallimard, 1957. 原发表于 *The Athenaeum*, 11 April and 2 May 1919.

Valéry, Paul. "The Crisis of the Mind" (La crise de l'esprit). In *The Outlook for Intelligence*, trans. Denise Folliot and Jackson Mathews. New Jersey: Princeton University Press, 1962.

Vittinghoff, Natascha. "Unity vs. Uniformity: Liang Qichao and the Invention of a 'New Journalism' for China," *Late Imperial China* 23.1 (June 2002).

Wang, Ban. "Use in Uselessness: How Western Aesthetics Made Chinese Literature More Political?." In *A Companion to Modern Chinese Literature*, ed. Yingjin Zhang. West Sussex, England: Wiley Blackwell, 2015.

Wang, David Der-wei. *The Lyrical in Epic Time: Modern Chinese*

Intellectuals and Artists Through the 1949 Crisis. New York: Columbia University Press, 2015.

Wargo, Robert J. J. *The Logic of Nothingness*. Honolulu: University of Hawai'i Press, 2005.

Williams, Raymond. *Marxism and Literature*. Oxford and New York: Oxford University Press, 1977.

Wu, Xiaoming. "'The Heart that Cannot Bear . . . the Other': Reading Menzi and the Goodness of Human Nature." In *From Skin to Heart: Perceptions of Emotion and Bodily Sensations in Traditiona Chinese Culture*, ed. P. Santangelo and U. Middendorf. Wiesbaden: Harrassowitz Verlag, 2006.

Yusa, Michiko. *Zen & Philosophy: An Intellectual Biography of Nishida Kitarō.*

Honolulu, HI: University of Hawai'i Press, 2002.

网络资料

Baynes, Cary F, trans. "Introduction to the *I Ching* by Richard Wilhelm" (1950). *HTML* Edition by Dan Baruth. https://www.iging.com/intro/ introduc. htm. Accessed on October 30, 2018.

Goethe,JohannWolfgangvon.*Faust*.https://www.german-grammar.de/ exercises/table_of_content/classical_literature/faust/verses/verse19.htm. Accessed on June 8, 2018.

Hoakley, "Changing Stories: Ovid's Metamorphoses on canvas, 40 Daedalus and Icarus" (August 28, 2017).https://eclecticlight.co/2017/08/28/ changing-stories-ovids-metamorphoses-on-canvas-40-daedalus-and-icarus/. Accessed on November 23, 2018.

Steven Nadler. "Baruch Spinoza." In *The Stanford Encyclopedia of Philosophy*, ed. P. Santangelo and U. Middendorf (Fall 2016 Edition). URL=https:// plato.stanford.edu/archives/fall2016/entries/spinoza/. Accessed on July 20, 2018.

Swift, L. A. "How to Make a Goddess Angry: Making Sense of The Demeter Ode in Euripides' Helen." http://oro.open.ac.uk/33490/1/helen%20 paper%20cp%20final%20version.pdf. Accessed on June 4, 2018.

Tung Lin Kok Yuen Buddhist Door Website Team (2006-2013). *Buddhistdoor Buddhist Dictionary.* http://dictionary.buddhistdoor.com/en/ word/65966/ 横超 . Accessed on March 29, 2013.

"yoga pratyaksha." In *Yogapedia*. https://www.yogapedia.com/defini-tion/9386/ yoga-pratyaksha. Accessed on June 23, 2018.

《什么是我执》（2013 年 9 月 9 日），《觉悟人生的家》。http://di-shui-chan- house.blogspot.hk/2013/09/blog-post_9331.html。

《非量》，《佛光大辞典》。https://www.fgs.org.tw/fgs_book/fgs_drser. aspx。

"集合论的中心难题是无限集合的概念"，《集合论简介》。http:// people. linux.org.tw/~cwhuang/pub/math/logic/set.html。

许知远、庄秋水：《访谈陈平原：整个 20 世纪都是五四新文化的世纪》，《东方历史评论》微信公号：ohistory。http:// www.gooread.com/ article/20121938330/。

后汉书应劭传，《奏上删定律令》。后汉书应劭传：《奏上删定律令》。https://ctext.org/hou-han-shu/zh?searchu= 创造。2019 年 3 月 18 日阅览。

欧阳芬，《传奇作家无名氏》（2007），《新浪博客》。http://blog.sina. com.cn/ouyangfeng。